Η Φωτογραφία Του Γκρι

Τον Πρόλογο

Ο καλλιτέχνης είναι ο δημιουργός των όμορφων πραγμάτων. Να αποκαλύψει τέχνη και να κρύβει ο καλλιτέχνης είναι ο στόχος της τέχνης. Ο κριτικός είναι αυτός που μπορεί να μεταφράσει με άλλο τρόπο ή ένα νέο υλικό την εντύπωση των όμορφων πραγμάτων.

Η υψηλότερη ως η χαμηλότερη μορφή κριτικής είναι ένας τρόπος αυτοβιογραφίας. Αυτοί που βρίσκουν άσχημες έννοιες στα όμορφα πράγματα είναι διεφθαρμένοι χωρίς να είναι γοητευτικοί. Αυτό είναι ένα σφάλμα.

Εκείνοι που βρίσκουν όμορφες έννοιες στα όμορφα πράγματα είναι οι καλλιεργημένοι. Για αυτούς υπάρχει ελπίδα. Είναι οι εκλεκτοί για τους οποίους τα όμορφα πράγματα σημαίνουν μόνο την ομορφιά.

Δεν υπάρχει κάτι τέτοιο όπως ένα ηθικό ή ένα ανήθικο βιβλίο. Τα βιβλία είναι καλά γραμμένα ή κακώς γραμμένα. Αυτό είναι όλο.

Ο δέκατο ένατο αιώνα αντιπαλότητα του ρεαλισμού είναι η οργή του που βλέπει το πρόσωπό του σε ένα ποτήρι.

Ο 19ος αιώνας ανυπομονησία του ρομαντισμού είναι η οργή του που δεν βλέπει το πρόσωπό του σε ένα ποτήρι. Η ηθική ζωή του ανθρώπου αποτελεί μέρος του αντικειμένου του καλλιτέχνη, αλλά ηη ηθική της τέχνης συνίσταται στην τέλεια χρήση ενός ατελούς μέσου. Κανένας καλλιτέχνης δεν επιθυμεί να αποδείξει τίποτα. Ακόμα και πράγματα που είναι αληθινά μπορούν να αποδειχθούν. Κανένας καλλιτέχνης δεν έχει ηθικές συμπάθειες. Μια ηθική συμπάθεια σε έναν καλλιτέχνη είναι ένας αχρείος τρόπος ύφους. Κανένας καλλιτέχνης δεν είναι πάντα νοσηρό. Ο καλλιτέχνης μπορεί να εκφράσει τα πάντα. Η σκέψη και η γλώσσα είναι στα καλλιτεχνικά όργανα μιας τέχνης. Η αντίληψη και η αρετή είναι για τα καλλιτεχνικά υλικά για μια τέχνη. Από τη σκοπιά της μορφής, ο τύπος όλων των τεχνών είναι η τέχνη του μουσικού. Από την άποψη της αίσθησης, η τέχνη του ηθοποιού είναι ο τύπος. Όλη η τέχνη είναι ταυτόχρονα επιφάνεια και σύμβολο. Όσοι πηγαίνουν κάτω από την επιφάνεια το κάνουν με τον κίνδυνο τους. Όσοι διαβάζουν το σύμβολο το κάνουν με τον κίνδυνο τους. Είναι ο θεατής, και όχι η ζωή, που η τέχνη πραγματικά καθρεφτίζει. Η πολυμορφία της άποψης για ένα έργο τέχνης δείχνει ότι το έργο είναι νέο, πολύπλοκο και ζωτικό. Όταν οι κριτικοί διαφωνούν, ο καλλιτέχνης συμφωνεί με τον εαυτό του. Μπορούμε να συγχωρούμε έναν άνθρωπο για να κάνουμε ένα χρήσιμο πράγμα εφ 'όσον δεν το θαυμάσει. Η μόνη δικαιολογία για να κάνει ένα άχρηστο πράγμα είναι ότι κάποιος το θαυμάζει έντονα.

Όλη η τέχνη είναι αρκετά άχρηστη.

Όσκαρ Γουάιλντ

Κεφάλαιο 1

Το στούντιο ήταν γεμάτο με την πλούσια μυρωδιά των τριαντάφυλλων και όταν ο ανοιχτός καλοκαιρινός άνεμος ανακατεύτηκε ανάμεσα στα δέντρα του κήπου, ήρθε μέσα από την ανοιχτή πόρτα το βαρύ άρωμα του λιλά ή το πιο λεπτό άρωμα του αγκάθι με ροζ άνθη.

Από τη γωνία του διακονίου των περσικών σάκων-σάκων στις οποίες έδινε ψέματα, όπως και το έθιμο του, αναρίθμητα τσιγάρα, ο άρχοντας μπορούσε απλά να πιάσει τη λάμψη των μελιού γλυκών και μελιού χρωματισμένων ανθών ενός εργαστηρίου, του οποίου τα θολά κλαδιά φαινόταν δύσκολα να φέρουν το βάρος μιας ομορφιάς τόσο φρεσκάδας όπως της δικής τους. Και από τώρα και στο εξής οι φανταστικές σκιές των πτηνών κατά τη διάρκεια της πτήσης στριμώχτηκαν στις μακριές κουρτίνες από μετάξι που τεντώθηκαν μπροστά από το τεράστιο παράθυρο, δημιουργώντας ένα είδος στιγμιαίας ιαπωνικής επίδρασης και τον έκαναν να σκεφτεί εκείνους τους πεταμένους, νεοφώτιστους ζωγράφους που, μέσα από μια τέχνη που είναι απαραιτήτως ακίνητη, επιδιώκει να μεταδώσει την αίσθηση της ταχύτητας και της κίνησης. Το σφύριγμα των μέλισσων που έτρεχαν μέσα από το μακρόχρωμο χορτάρι ή περιστρέφοντας με μονότονη επιμονή γύρω από τα σκονισμένα κέρατα που έμοιαζαν με τη σκονισμένη ξύλα, φαινόταν να καταστήσουν την ακινησία πιο καταπιεστική. Το θορυβώδες βρυχηθμό του λονδίνου ήταν σαν το σημάδι του βοριδώνα ενός μακρινού οργάνου.

Στο κέντρο της αίθουσας, στερεωμένο σε ένα όρθιο καβαλέτο, στάθηκε στο πορτρέτο ενός νεαρού άντρα με εξαιρετική προσωπική ομορφιά και μπροστά του, σε μικρή απόσταση, καθόταν ο ίδιος ο καλλιτέχνης, ο βασιλικός χώρος, ο ξαφνικός η εξαφάνιση πριν από μερικά χρόνια προκάλεσε εκείνη τη στιγμή μια τέτοια δημόσια ενθουσιασμό και οδήγησε σε πολλές παράξενες εικασίες.

Καθώς ο ζωγράφος κοίταξε τη χαριτωμένη και όμορφη μορφή που είχε τόσο επιδέξια αντικατοπτρίσει στην τέχνη του, πέρασε το πρόσωπο του χαμόγεμου ευχαρίστησης και φαινόταν να παραμείνει εκεί. Αλλά ξεκίνησε ξαφνικά και κλείνοντας τα μάτια του, έβαλε τα δάχτυλά του πάνω στα καπάκια, σαν να προσπαθούσε να φυλακίσει μέσα στον εγκέφαλό του κάποιο περίεργο όνειρο από το οποίο φοβόταν ότι θα μπορούσε να ξυπνήσει.

"είναι το καλύτερο σας έργο, ο βασιλικός, το καλύτερο που έχετε κάνει ποτέ", είπε ο άρχοντας μαλακά. "πρέπει σίγουρα να το στείλετε το επόμενο έτος στο .η ακαδημία είναι πολύ μεγάλη και πολύ χυδαία.όποτε έχω πάει εκεί, υπήρξαν είτε τόσοι πολλοί άνθρωποι που δεν ήμουν σε θέση να δω τις εικόνες, που ήταν τρομερό, ή τόσες πολλές εικόνες που δεν ήμουν σε θέση να δω τους ανθρώπους, κάτι που ήταν χειρότερο, το είναι πραγματικά το μόνο μέρος. "

«δεν νομίζω ότι θα το στείλω οπουδήποτε», απάντησε, ρίχνοντας το κεφάλι του πίσω με τον περίεργο τρόπο που έκανε τους φίλους του να γελούν σε τον στο . "όχι, δεν θα το στείλω οπουδήποτε."

Ο άρχοντας ανέβασε τα φρύδια του και τον κοίταξε με έκπληξη μέσα από τα λεπτές μπλε στεφάνια καπνού που έσκυψαν σε τέτοιες φανταχτερά σφυρήλατα από το βαρύ τσιγάρο του με οπιοειδή. "μην το στείλετε οπουδήποτε; αγαπητός συνάδελφός μου, γιατί; έχετε οιονδήποτε λόγο; ποια περίεργα γουρούνες εσείς οι ζωγράφοι είναι! Κάνετε οτιδήποτε στον κόσμο για να κερδίσετε μια φήμη ... Μόλις έχετε ένα, φαίνεται να θέλετε να το πετάξετε είναι ανόητο από εσάς, γιατί υπάρχει μόνο ένα πράγμα στον κόσμο χειρότερο από το να μιλάμε και αυτό δεν μιλάει γι 'αυτό ένα πορτρέτο σαν αυτό θα σας έδινε πολύ πάνω από όλους τους νέους ανθρώπους στην αγγλία και θα κάνατε το παλιό οι άνδρες αρκετά ζηλότυποι, αν οι ηλικιωμένοι άνδρες είναι πάντα ικανοί για οποιαδήποτε συγκίνηση ».

"ξέρω ότι θα με γελάς", απάντησε, "αλλά πραγματικά δεν μπορώ να το εκθέσω, έχω βάλει πάρα πολλά από τον εαυτό μου σε αυτό."

Ο άρχοντας απλώθηκε στον διάβα και γέλασε.

"ναι, ήξερα ότι θα ήταν, αλλά είναι αλήθεια, όλα τα ίδια."

"πάρα πολύ από τον εαυτό σου σε αυτό! Κατά τη δική μου λέξη, βασιλικός, δεν ήξερα ότι ήταν τόσο μάταια και πραγματικά δεν βλέπω καμία ομοιότητα μεταξύ σας, με το τραχύ έντονο πρόσωπο σας και μαύρα μαλλιά σας άνθρακα, και αυτό ο νεαρός άνδρας, ο οποίος μοιάζει σαν να ήταν φτιαγμένος από ελεφαντόδοντο και τριαντάφυλλα γιατί, αγαπητός μου βασιλικός, είναι ναρκισσός και εσύ - καλά, φυσικά, έχεις μια πνευματική έκφραση και όλα αυτά, αλλά ομορφιά, πραγματική ομορφιά , τελειώνει όπου ξεκινά μια πνευματική έκφραση, η διάνοια είναι από μόνη της ένας τρόπος υπερβολής και καταστρέφει την αρμονία οποιουδήποτε προσώπου, τη στιγμή που κάποιος κάθεται να σκεφτεί, κάποιος γίνεται όλη η μύτη ή όλο το μέτωπο ή κάτι τρομακτικό. Άνθρωποι σε κάποιο από τα μαθήματα που μάθουν, πόσο αποτρόπαια είναι, εκτός από την εκκλησία, αλλά στην εκκλησία δεν σκέφτονται, ένας επίσκοπος συνεχίζει να λέει σε ηλικία ογδόντα ότι του είπαν να πει όταν ήταν αγόρι ηλικίας δεκαοχτώ, και ως φυσική συνέπεια πάντα φαίνεται απολύτως ευχάριστη. Το όνομα του οποίου ποτέ δεν μου είπε, αλλά η εικόνα του οποίου πραγματικά με εντυπωσιάζει, ποτέ δεν σκέφτεται.

Είμαι σίγουρος γι 'αυτό. Είναι ένα ωραίο πλάσμα χωρίς νόημα που πρέπει να είναι πάντα εδώ το χειμώνα, όταν δεν έχουμε λουλούδια για να το κοιτάξουμε και πάντα εδώ το καλοκαίρι, όταν θέλουμε κάτι να χαλαρώσει τη νοημοσύνη μας . Δεν κολακεύει τον εαυτό σου, το βασιλικό: δεν είσαι τουλάχιστο σαν αυτόν. "

"δεν με καταλαβαίνετε, ," απάντησε ο καλλιτέχνης. "φυσικά δεν είμαι σαν τον ίδιο, ξέρω ότι τελείως καλά, πράγματι, θα ήθελα να λυπούμαι που μοιάζω με τον ίδιο, να σηκώσετε τους ώμους σας, σας λέω την αλήθεια, υπάρχει ένας θάνατος για κάθε φυσική και πνευματική διάκριση, η ένα είδος θανατηφόρου που φαίνεται να σκύβει μέσω της ιστορίας τα ασταθή βήματα των βασιλιάδων, είναι καλύτερο να μην είναι διαφορετικό από τους συναδέλφους κάποιου, οι άσχημοι και οι ηλίθιοι έχουν το καλύτερο σε αυτόν τον κόσμο, μπορούν να καθίσουν στην ευκολία τους και να χτυπήσουν αν δεν ξέρουν τίποτα για τη νίκη, είναι τουλάχιστον εξοικειωμένοι με τη γνώση της ήττας, ζουν όπως όλοι θα πρέπει να ζούμε - αδιατάρακτοι, αδιάφοροι και χωρίς ανησυχία, δεν καταστρέφουν τους άλλους και δεν το λαμβάνουν ποτέ από ξένα χέρια. Το βαθμό και τον πλούτο σας, το μυαλό μου, όπως είναι - η τέχνη μου, ό, τι αξίζει, το καλό βλέμμα του γκρίζου γκρίζου, όλοι θα υποφέρουν για αυτό που οι θεοί μας έδωσαν, υποφέρουν τρομερά ».

" γκρι" είναι το όνομά του; " ρώτησε ο άρχοντας , περπατώντας απέναντι από το στούντιο προς το .

"ναι, αυτό είναι το όνομά του, δεν είχα την πρόθεση να το πω σε σας."

"μα γιατί όχι?"

"οχι, δεν μπορώ να εξηγήσω, όταν μου αρέσουν οι άνθρωποι πάρα πολύ, ποτέ δεν λέω τα ονόματά τους σε κανέναν, είναι σαν να παραδίδω ένα κομμάτι από αυτά, έχω μεγαλώσει για να αγαπώ την μυστικότητα, φαίνεται να είναι το μόνο πράγμα που μπορεί να κάνει η σύγχρονη ζωή μυστηριώδης ή θαυμάσια σε μας το πιο κοινό πράγμα είναι ευχάριστο αν κάποιος κρύβει μόνο όταν φεύγω από την πόλη τώρα δεν λέω στους ανθρώπους μου πού πηγαίνω αν το έκανα θα χάσω όλη μου την ευχαρίστηση είναι μια ανόητη συνήθεια , τολμώ να το πω, αλλά κατά κάποιον τρόπο φαίνεται να φέρνει πολύ ρομαντισμό στη ζωή κάποιου. Υποθέτω ότι με σκέφτεσαι τρομερά ανόητο γι 'αυτό; "

«δεν είναι καθόλου», απάντησε ο άρχοντας , «δεν είναι καθόλου, αγαπητός μου βασιλικός, φαίνεται να ξεχνάς ότι είμαι παντρεμένος και η μόνη γοητεία του γάμου είναι ότι κάνει μια ζωή απατηλή απολύτως απαραίτητη και για τα δύο μέρη. Ξέρει πού είναι η γυναίκα μου και η σύζυγός μου δεν ξέρει ποτέ τι κάνω. Όταν συναντάμε - συναντάμε περιστασιακά, όταν γευματίζουμε μαζί ή πηγαίνουμε στο χήρο - λέμε ο ένας στον άλλο τις πιο παράλογες ιστορίες με τις πιο σοβαρές η γυναίκα μου είναι πολύ καλή σε αυτό - πολύ καλύτερα, στην πραγματικότητα, από ότι είμαι, δεν παίρνει ποτέ συγχέεται με τις ημερομηνίες της, και πάντα το κάνω, αλλά όταν με βρει έξω, δεν κάνει καμία σειρά καθόλου. Θα ήθελε, αλλά απλώς γελάει σε μένα ».

«μισώ τον τρόπο που μιλάς για την παντρεμένη σου ζωή», είπε ο βασιλικός προς τα δεξιά, περπατώντας προς την πόρτα που οδηγούσε στον κήπο. "πιστεύω ότι είστε πραγματικά ένας πολύ καλός σύζυγος, αλλά ότι είστε βαθύτατα ντροπιασμένος από τις δικές σας αρετές, είστε ένας εκπληκτικός συνάδελφος, δεν λέτε ποτέ κάτι ηθικό και ποτέ δεν κάνετε κακό πράγμα." ο κυνισμός σας είναι απλώς μια στάση . "

"το να είσαι φυσικό είναι απλώς μια στάση, και το πιο ενοχλητικό θέλω να ξέρω", φώναξε ο γέρος , γελώντας. Και οι δύο νεαροί άνδρες βγήκαν στον κήπο μαζί και εγκαταστάθηκαν σε ένα μακρύ κάθισμα από μπαμπού που στέκονταν στη σκιά ενός ψηλού δάφνου δάφνης. Το ηλιακό φως γλίστρησε πάνω από τα γυαλισμένα φύλλα. Στο γρασίδι, οι λευκές μαργαρίτες ήταν θορυβώδεις.

Μετά από μια παύση, ο άρχοντας άρπαξε το ρολόι του. "φοβάμαι ότι πρέπει να πάω, βασιλικός", μουρμούρισε, "και πριν πάω, επιμένω να απαντήσω σε μια ερώτηση που έβαλα σε σας πριν από λίγο καιρό."

"τι ειναι αυτο?" είπε ο ζωγράφος, κρατώντας τα μάτια του σταθερά στο έδαφος.

"ξέρετε αρκετά καλά".

"δεν το κάνω, ο χάρι."

"λοιπόν, θα σου πω τι είναι. Θέλω να μου εξηγήσεις γιατί δεν θα παρουσιάσεις την εικόνα του γκρι, θέλω τον πραγματικό λόγο".

"σου είπα τον πραγματικό λόγο."

"όχι, δεν το είχες, είπε ότι ήταν επειδή υπήρχε πάρα πολύ από τον εαυτό σου σε αυτό, τώρα, είναι παιδαριώδες".

«χάρι», είπε ο βασιλικός προς τα εμπρός, κοιτάζοντάς τον ευθεία στο πρόσωπο, «κάθε πορτρέτο που είναι ζωγραφισμένο με αίσθημα είναι ένα πορτρέτο του καλλιτέχνη, όχι του κάπρου» ο σίτερ είναι απλώς το ατύχημα, η ευκαιρία. Αποκαλύπτεται από τον ζωγράφο, είναι μάλλον ο ζωγράφος που αποκαλύπτει τον έγχρωμο καμβά ο λόγος που δεν θα παρουσιάσω αυτή η εικόνα είναι ότι φοβάμαι ότι έχω δείξει σε αυτό το μυστικό της ψυχής μου ».

Ο άρχοντας άρχοντας γέλασε. "και τι είναι αυτό?" ρώτησε.

«θα σου πω», είπε προς τα δεξιά. Αλλά μια έκφραση περιπλοκών ήρθε στο πρόσωπό του.

«είμαι όλη η προσδοκία, ο βασιλικός», συνέχισε ο σύντροφός του, κοιτάζοντας τον.

"ω, υπάρχει πραγματικά πολύ λίγα να πει, ", απάντησε ο ζωγράφος? "και φοβάμαι ότι δύσκολα θα το καταλάβετε, ίσως δεν θα το πιστέψετε".

Ο άρχοντας χαμογέλασε και σκύβοντας κάτω, έκοψε μια ροζ-πέταλα μαργαρίτα από το χορτάρι και το εξέτασε. "είμαι βέβαιος ότι θα το καταλάβω", απάντησε, κοιτάζοντας με προσοχή το μικρό χρυσό, λευκό φτερό δίσκο, "και όσον αφορά την πίστη των πραγμάτων, μπορώ να πιστέψω οτιδήποτε, υπό την προϋπόθεση ότι είναι απίστευτο".

Ο άνεμος τίναξε μερικά άνθη από τα δέντρα, και τα βαρύ άνθη-λιλά, με τα ομαδοποιημένα αστέρια τους, κινούνταν προς τα πίσω και προς τα πίσω μέσα στον χαλαρό αέρα. Μια ακρίδα άρχισε να χτυπάει από τον τοίχο και σαν ένα μπλε νήμα μια μακρά λεπτή μύγα δράκων έπεσε πάνω στα καφέ φλέβα της. Ο άρχοντας αισθάνθηκε σαν να μπορούσε να ακούσει την καρδιά του βασιλικού του , και αναρωτιόταν τι έρχεται.

"η ιστορία είναι απλά αυτό", είπε ο ζωγράφος μετά από λίγο καιρό. "πριν από δύο μήνες πήγα σε μια συντριβή στην κυρία '. Γνωρίζουμε ότι οι φτωχοί καλλιτέχνες πρέπει να εμφανίζονται στην κοινωνία από καιρό σε καιρό, ακριβώς για να υπενθυμίσω στο κοινό ότι δεν είμαστε άγριοι, με ένα παλτό και μια λευκή γραβάτα, όπως μου είπατε μια φορά, ο καθένας, ακόμα και ένας χρηματιστής, μπορεί να κερδίσει τη φήμη του για τον πολιτισμό του. Καλά, αφού ήμουν στην αίθουσα περίπου δέκα λεπτά, μιλώντας σε τεράστιους γεμάτους αγάπηδες και κουραστικό ακαδημαϊκούς, ξαφνικά συνειδητοποίησα ότι κάποιος με κοιτούσε, γύρισα στο μισό της στροφής και έβλεπα για πρώτη φορά το γκρίζο γκρίζο, όταν τα μάτια μας συναντήθηκαν, αισθανόμουν ότι γινόταν ανοιχτόχρωμο, μια περίεργη αίσθηση τρόμου ήρθε πάνω μου, ήξερα ότι είχα έρθει μπροστά να αντιμετωπίσω με κάποιον του οποίου η απλή προσωπικότητα ήταν τόσο συναρπαστική ώστε, αν του επέτρεψα να το κάνει, θα απορροφά όλη τη φύση μου, ολόκληρη την ψυχή μου, την ίδια την τέχνη μου, εγώ δεν ήθελα εξωτερική επιρροή στη ζωή μου. , χάρι, πόσο ανεξάρτητος είμαι από τη φύση, πάντα είμαι ο δικός μου κύριος, είχα τουλάχιστον τρόποι έτσι, μέχρι που γνώρισα το γκρίζο. Τότε - αλλά δεν ξέρω πώς να σας το εξηγήσω. Κάτι φάνηκε να μου λέει ότι ήμουν στα πρόθυρα μιας τρομερής κρίσης στη ζωή μου. Είχα μια περίεργη αίσθηση ότι η μοίρα είχε για λογαριασμό μου εξαιρετικές χαρές και εξαιρετικές θλίψεις. Φοβήθηκα και γύρισα για να σταματήσω το δωμάτιο. Δεν ήταν η συνείδηση που με έκανε να το κάνω: ήταν ένα είδος δειλίας. Δεν παίρνω καμία πίστη στον εαυτό μου για την προσπάθεια να ξεφύγουν. "

"η συνείδηση και η δειλία είναι πραγματικά τα ίδια πράγματα, ο βασιλικός είναι η συνείδηση του εμπορικού σήματος της εταιρείας.

"δεν το πιστεύω αυτό, και δεν πιστεύω ότι το κάνεις, όμως, ό, τι κι αν ήταν το κίνητρό μου - και ίσως να ήταν υπερηφάνεια, γιατί ήμουν πολύ υπερήφανος - σίγουρα πάλευα στην πόρτα. , φυσικά, σκόνταψα εναντίον της κυρίας . "δεν πρόκειται να φύγετε τόσο σύντομα, κύριε ;" φώναξε, ξέρεις την περίεργη φωνή της; "

"ναι, είναι παγώνι σε όλα εκτός από την ομορφιά", λέει ο άρχοντας , τραβώντας τη μαργαρίτα σε κομμάτια με τα μακριά νευρικά δάκτυλά του.

«δεν θα μπορούσα να την ξεφορτωθώ», με έφερε στα χρέη μου, με ανθρώπους με αστέρια και γόβες και ηλικιωμένες κυρίες με γιγαντιαίες τιάρες και μύτες παπαγάλων, μίλησε για μένα ως αγαπημένο της φίλο, είχα συναντήσει μόνο μια φορά πριν, αλλά το πήρε στο κεφάλι της για να μου λιοντάρει. Πιστεύω ότι κάποια εικόνα μου είχε κάνει μεγάλη επιτυχία την εποχή εκείνη, τουλάχιστον είχε κουβεντιάσει στις εφημερίδες, που είναι το πρότυπο της αθανασίας του δέκατου ένατου αιώνα. Εγώ προσωπικά απέναντι στον νεαρό άντρα της οποίας η προσωπικότητα με είχε ξυπνήσει τόσο παράξενα, είχαμε πολύ κοντά, σχεδόν άγγιξε, τα μάτια μας ξανασυναντήθηκαν, ήταν απερίσκεπτη για μένα, αλλά ζήτησα από την κυρία να με παρουσιάσει σε εμένα. Τόσο ασήμαντος, τελικά, ήταν απλώς αναπόφευκτος, θα είχαμε μιλήσει ο ένας τον άλλον χωρίς εισαγωγή, είμαι σίγουρος γι 'αυτό, μου είπε ο και έπειτα αισθανόταν ότι ήμασταν προορισμένοι να γνωρίζουμε ο ένας τον άλλον ».

"και πώς η κυρία περιγράφει αυτόν τον θαυμάσιο νεαρό;" ρώτησε ο σύντροφός του. "ξέρω ότι έρχεται για να δώσει μια γρήγορη ακριβή από όλους τους καλεσμένους της. Θυμάμαι ότι με έφερε σε έναν παθιασμένο και κοκκινόφημο παλιό κύριο που καλύπτεται όλο με παραγγελίες και κορδέλες και σφυρίζοντας στο αυτί μου με τραγικό ψίθυρο που θα πρέπει να έχει ακουστεί απόλυτα για όλους στο δωμάτιο, τις πιο εκπληκτικές λεπτομέρειες, απλά έφυγα, μου αρέσει να βρω ανθρώπους για τον εαυτό μου, αλλά η κυρία αντιμετωπίζει τους καλεσμένους της ακριβώς όπως ένας δημοπράτης μεταχειρίζεται τα αγαθά του, είτε τις εξηγεί εντελώς μακριά, ή λέει ένα τα πάντα για αυτά εκτός από αυτό που κάποιος θέλει να γνωρίζει. "

"κακή κυρία ! Είστε σκληρός για την, !" είπε προς τα αριστερά αφηρημένα.

"αγαπητή μου συνάδελφος, προσπάθησε να βρει ένα σαλόνι και μόνο κατάφερε να ανοίξει ένα εστιατόριο, πώς θα μπορούσα να την θαυμάσω, αλλά πες μου, τι έλεγε για τον κ. Γκρίζο;"

"ω, κάτι σαν," γοητευτικό αγόρι φτωχό αγαπητή μητέρα και εγώ απολύτως αδιαχώριστη, ξεχνάμε ό, τι κάνει - φοβάται ότι δεν κάνει τίποτα - ναι, παίζει το πιάνο - ή είναι το βιολί, αγαπητέ κύριε. Γκρί?' κανένας από εμάς δεν θα μπορούσε να βοηθήσει το γέλιο, και γίναμε φίλοι αμέσως. "

«το γέλιο δεν είναι καθόλου κακή αρχή για μια φιλία και είναι το καλύτερο τέλος για ένα», είπε ο νεαρός άρχοντας, μαζεύοντας μια άλλη μαργαρίτα.

Ο κούνησε το κεφάλι του. "δεν καταλαβαίνετε τι είναι η φιλία, ο χάρι", μουρμούρισε- "ή ποια εχθρότητα είναι, για αυτό το θέμα, που σας αρέσει ο καθένας, δηλαδή, είστε αδιάφοροι σε όλους".

"πόσο τρομερά άδικα από σας!" λέει ο άρχοντας , γυρνώντας το καπέλο του πίσω και κοιτώντας ψηλά στα μικρά σύννεφα που, όπως και τα λαστιχένια σκελίδες του γυαλιστερού λευκού μεταξιού, παρασύρθηκαν στο κοίλο τούρκουσο του καλοκαιριού. "ναι, τρομερά άδικος από σας, κάνει μεγάλη διαφορά μεταξύ των ανθρώπων, επιλέγω τους φίλους μου για την καλή εμφάνισή τους, τους γνωστούς μου για τους καλούς τους χαρακτήρες και τους εχθρούς μου για τις καλές τους νοημοσύνησ ... Ένας άνθρωπος δεν μπορεί να είναι πολύ προσεκτικός στην επιλογή του οι εχθροί του, δεν έχω κάποιον που να είναι ανόητος, είναι όλοι άνθρωποι με κάποια πνευματική δύναμη και επομένως όλοι με εκτιμούν, αυτό είναι πολύ μάταιο από μένα, νομίζω ότι είναι μάλλον μάταιο ".

"θα έπρεπε να το πιστεύω, αλλά σύμφωνα με την κατηγορία σου, πρέπει να είμαι απλώς γνωστός."

"αγαπητέ παλιό βασιλικό μου, είσαι πολύ περισσότερο από μια γνωριμία."

"και πολύ λιγότερο από έναν φίλο, ένα είδος αδερφού, υποθέτω;"

"α, αδελφοί, δεν με νοιάζει αδελφούς, ο μεγαλύτερος αδελφός μου δεν θα πεθάνει και οι μικρότεροι αδελφοί μου δεν φαίνεται να κάνουν τίποτα άλλο".

"βασανίζω!" αναφώνησε χαϊδεμένος, παρακινώντας.

"αγαπητός συνάδελφός μου, δεν είμαι αρκετά σοβαρός αλλά δεν μπορώ να βοηθήσω να κατακρίνω τις σχέσεις μου υποθέτω ότι προέρχεται από το γεγονός ότι κανείς από εμάς δεν μπορεί να σταθεί σε άλλους ανθρώπους που έχουν τα ίδια λάθη όπως εμείς οι ίδιοι. Η αυτοκρατορία των αγγέων εναντίον όσων αποκαλούν τις κακίες των ανώτερων τάξεων · οι μάζες θεωρούν ότι η μεθυστικότητα, η βλακεία και η ανηθικότητα πρέπει να είναι δική τους ιδιότητα και ότι αν κάποιος από εμάς κάνει έναν κώλο από τον εαυτό του, είναι λαθροθηρία στα συντηρήματά του όταν ο φτωχός νοτιοαφρικανός μπήκε στο δικαστήριο διαζυγίου, η αγανάκτησή του ήταν πολύ μεγαλοπρεπής και παρ 'όλα αυτά δεν υποθέτω ότι το 10% του προλεταριάτου ζει σωστά ".

"δεν συμφωνώ με μια μόνο λέξη που είπατε και, επιπλέον, ο χάρι, αισθάνομαι βέβαιος ότι ούτε εσύ."

Ο άρχοντας χάιδεψε την αιχμηρή καφέ γενειάδα του και χτύπησε το δάχτυλο της πανοραμικής δερμάτινης μπότας του με ένα φουντωτό έβενο ζαχαροκάλαμο. «πώς αγγλικά είστε βασιλικός, αυτή είναι η δεύτερη φορά που έχετε κάνει αυτή την παρατήρηση .. Αν κάποιος παρουσιάζει μια ιδέα σε έναν αληθινό αγγλικό - πάντα ένα εξάνθημα που κάνει - ποτέ δεν ονειρεύεται να εξετάσει αν η ιδέα είναι σωστή ή λάθος. Το μόνο πράγμα που θεωρεί ότι έχει σημασία είναι αν το πιστεύει ο ίδιος. Τώρα, η αξία μιας ιδέας δεν έχει τίποτα να κάνει με την ειλικρίνεια του ανθρώπου που την εκφράζει. Πιο καθαρά πνευματική θα είναι η ιδέα, όπως στην περίπτωση αυτή δεν θα χρωματίζεται ούτε από τις επιθυμίες του, ούτε από τις επιθυμίες του ούτε από τις προκαταλήψεις του ... Όμως δεν προτείνω να συζητήσω μαζί σας την πολιτική, την κοινωνιολογία ή τη μεταφυσική. Καλύτερα από τις αρχές, και μου αρέσουν τα άτομα που δεν έχουν καλύτερες αρχές από οτιδήποτε άλλο στον κόσμο, πες μου περισσότερα για τον κ. Γκρι, πόσο συχνά τον βλέπεις;

"κάθε μέρα, δεν θα ήμουν χαρούμενος αν δεν τον έβλεπα καθημερινά, είναι απολύτως απαραίτητο για μένα".

"πόσο έκτακτη! Νόμιζα ότι ποτέ δεν θα ενδιαφερόταν για τίποτα εκτός από την τέχνη σου".

"είναι τώρα όλη μου η τέχνη για μένα", είπε ο ζωγράφος σοβαρά. "μερικές φορές σκέφτομαι ότι υπάρχουν μόνο δύο εποχές οποιασδήποτε σημασίας στην ιστορία του κόσμου: η πρώτη είναι η εμφάνιση ενός νέου μέσου για την τέχνη και το δεύτερο είναι η εμφάνιση μιας νέας προσωπικότητας για την τέχνη. Της ζωγραφικής του πετρελαίου ήταν για τους βενετούς, το πρόσωπο του παλιού ήταν για την τέχνη της ελληνικής τέχνης και το πρόσωπο του γκρίζου του θα μείνει κάποια μέρα. Δεν είναι απλώς το να ζωγραφίζω από αυτόν, να ζωγραφίζω από αυτόν, σκίτσο από αυτόν. Βέβαια, έχω κάνει όλα αυτά, αλλά είναι πολύ περισσότερο για μένα απ 'ό, τι ένα μοντέλο ή ένα .δεν θα σας πω ότι είμαι δυσαρεστημένος με αυτό που έκανα από αυτόν ή ότι η ομορφιά του είναι τέτοια που η τέχνη δεν μπορεί δεν υπάρχει τίποτα που η τέχνη δεν μπορεί να εκφράσει και γνωρίζω ότι το έργο που έχω κάνει, καθώς γνώρισα το γκρίζο του , είναι καλή δουλειά, είναι το καλύτερο έργο της ζωής μου, αλλά με κάποιο περίεργο τρόπο - αναρωτιέμαι ότι θα καταλάβετε μου; η προσωπικότητά του μου πρότεινε έναν εντελώς νέο τρόπο στην τέχνη, έναν εντελώς νέο τρόπο στυλ. Βλέπω τα πράγματα διαφορετικά, νομίζω από αυτούς διαφορετικά. Μπορώ τώρα να αναδημιουργήσω τη ζωή με έναν τρόπο που ήταν κρυμμένος από μένα πριν. «ένα όνειρο της φόρμας σε ημέρες σκέψης» - ποιος λέει αυτό; ξέχασα; αλλά αυτό που μου έδωσε το γκρίζο γκρίζο ήταν. Η απλή ορατή παρουσία αυτού του παιδιού - γιατί μου φαίνεται λίγο περισσότερο από ένα παιδί, αν και είναι πάνω από είκοσι - η απλή ορατή παρουσία του - αχ! Αναρωτιέμαι ότι μπορείτε να συνειδητοποιήσετε ότι αυτό σημαίνει; ασυνείδητα ο ίδιος ορίζει για μένα τις γραμμές ενός νέου σχολείου, ενός σχολείου που θα έχει όλο το πάθος του ρομαντικού πνεύματος, όλη την τελειότητα του ελληνικού πνεύματος. Η αρμονία της ψυχής και του σώματος - πόσο είναι αυτό! Εμείς στην τρέλα μας διαχωρίσαμε τα δύο και εφευρίσαμε έναν ρεαλισμό που είναι χυδαίο, μια ιδεολογία που είναι άκυρη. Βασανίζω! Αν ξέρατε μόνο τι γκρίζο γκρίζο είναι για μένα! Θυμάσαι το τοπίο μου, για το οποίο η μου πρόσφερε τόσο τεράστια τιμή, αλλά με την οποία δεν θα συμμετείχα; είναι ένα από τα καλύτερα πράγματα που έχω κάνει ποτέ. Και γιατί είναι έτσι; γιατί, ενώ ζωγραφίζα, το γκρίζο γκρίζο κάθισε δίπλα μου. Μια μικρή επιρροή που πέρασε από αυτόν σε μένα, και για πρώτη φορά στη ζωή μου είδα στο πεδιάδα των δασών το θαύμα που πάντα έψαχνα και πάντα έλειπε ».

"βασιλικός, αυτό είναι εξαιρετικό!

Ο σηκώθηκε από το κάθισμα και κατέβηκε πάνω-κάτω στον κήπο. Μετά από λίγο καιρό επέστρεψε. "," είπε, "το γκρίζο είναι για μένα απλά ένα κίνητρο στην τέχνη, ίσως να μην βλέπεις τίποτα μέσα του, να βλέπω τα πάντα μέσα του, δεν είναι ποτέ πιο παρών στη δουλειά μου παρά όταν δεν υπάρχει εικόνα του. Είναι μια πρόταση, όπως έχω πει, ενός καινούριου τρόπου, τον βρίσκω στις καμπύλες ορισμένων γραμμών, στην ομορφιά και τις λεπτές αποχρώσεις ορισμένων χρωμάτων.

"τότε γιατί δεν θα εκθέσετε το πορτραίτο του;" ρώτησε ο άρχοντας .

"διότι, χωρίς να το θέσω, έχω μπει σε αυτό μια έκφραση όλης αυτής της περίεργης καλλιτεχνικής ειδωλολατρίας, για την οποία, φυσικά, δεν μου άρεσε ποτέ να μιλήσω γι 'αυτόν, δεν ξέρει τίποτα γι' αυτό, δεν θα μάθει ποτέ τίποτα γι 'αυτό. Αλλά ο κόσμος μπορεί να το μαντέψει και δεν θα βάλω την ψυχή μου στα ρηχά αλαζονικά μάτια, η καρδιά μου δεν θα πρέπει ποτέ να βρεθεί κάτω από το μικροσκόπιο τους.

"οι ποιητές δεν είναι τόσο σχολαστικοί όσο είσαι, ξέρουν πόσο χρήσιμο πάθος είναι για δημοσίευση, σήμερα σπασμένη καρδιά θα τρέχει σε πολλές εκδόσεις".

«τους μισώ γι 'αυτό», φώναξε προς τα δεξιά. "ένας καλλιτέχνης πρέπει να δημιουργήσει όμορφα πράγματα, αλλά δεν πρέπει να βάλει τίποτα από τη δική του ζωή σε αυτά, ζούμε σε μια εποχή που οι άνθρωποι αντιμετωπίζουν την τέχνη σαν να ήταν μια μορφή αυτοβιογραφίας, έχουμε χάσει την αφηρημένη αίσθηση της ομορφιάς. Την ημέρα που θα δείξω στον κόσμο τι είναι και για τον λόγο αυτό ο κόσμος δεν θα δει ποτέ το πορτρέτο του γκρίζου του . "

"νομίζω ότι κάνετε λάθος, βασιλικό, αλλά δεν θα διαφωνήσω μαζί σας, είναι μόνο οι διανοητικά χαμένοι που ποτέ υποστηρίζουν.

Ο ζωγράφος θεωρείται για λίγα λεπτά. "μου αρέσει", απάντησε μετά από μια παύση. "ξέρω ότι μου αρέσει, βέβαια, τον κολακεύω φοβερά, βρίσκω μια παράξενη ευχαρίστηση να πω τα πράγματα σ 'αυτόν που ξέρω ότι θα λυπούμαι που είχα πει, κατά κανόνα, είναι γοητευτικό για μένα, και κάθουμε στο στούντιο και μιλάμε για χιλιάδες πράγματα, αλλά τώρα, και πάλι, είναι τρομερά ανόητος και φαίνεται να έχει μια πραγματική απόλαυση να μου πείσει, τότε αισθάνομαι, , ότι έδωσα μακριά όλη μου την ψυχή σε κάποιον που αντιμετωπίζει σαν να ήταν ένα λουλούδι για να βάλει το παλτό του, ένα κομμάτι διακόσμησης για να γοητεύσει τη ματαιοδοξία του, ένα στολίδι για μια καλοκαιρινή μέρα ».

«μέρες το καλοκαίρι, βασιλικός, είναι ικανές να παραμείνουν», μουρμούρισε ο άρχοντας . "ίσως θα κουράσετε νωρίτερα από ότι θα είναι, είναι θλιβερό να το σκεφτείτε, αλλά δεν υπάρχει καμία αμφιβολία ότι η μεγαλοφυία διαρκεί περισσότερο από την ομορφιά, αυτό σημαίνει ότι όλοι μας παίρνουμε τέτοιους πόνους να υπερ-εκπαιδεύσουμε τους εαυτούς μας. Άγριο αγώνα για ύπαρξη, θέλουμε να έχουμε κάτι που να υπομείνει, και έτσι γεμίζουμε το μυαλό μας με τα σκουπίδια και τα γεγονότα, με την ανόητη ελπίδα να διατηρήσουμε τη θέση μας, τον άρτια πληροφορημένο άνθρωπο - αυτό είναι το σύγχρονο ιδεώδες. Ο άρτια πληροφορημένος άνθρωπος είναι ένα φοβερό πράγμα, είναι σαν ένα κατάστημα -- , όλα τα τέρατα και η σκόνη, με τα πάντα να έχουν τιμή πάνω από τη σωστή αξία του. Κοιτάξτε τον φίλο σας και θα σας φανεί λίγο έξω από το σχέδιο ή δεν θα σας αρέσει ο τόνος του χρώματος ή κάτι τέτοιο · θα τον πείτε με πικρό τρόπο στην καρδιά σας και θα σκεφτείτε σοβαρά ότι έχει συμπεριφερθεί πολύ κακό σε σας, την επόμενη φορά που θα καλέσει, θα είστε απόλυτα κρύο και αδιάφορο, θα είναι μια μεγάλη διότι θα σας αλλάξει. Αυτό που μου είπα είναι ένα ρομαντισμό, ένας ρομαντισμός της τέχνης που μπορεί κανείς να το ονομάσει και το χειρότερο να έχεις ένα ρομαντισμό οποιουδήποτε είδους είναι ότι αφήνει ένα τόσο απαραβίαστο ».

"χάρι, μην μιλάς έτσι, όσο θα ζήσω, θα κυριαρχήσει η προσωπικότητα του γκρίζου , δεν μπορείς να νιώθεις αυτό που αισθάνομαι, αλλάζεις πολύ συχνά".

"αχ, αγαπητός μου βασιλικός, αυτός είναι ακριβώς ο λόγος που το αισθάνομαι. Όσοι είναι πιστοί γνωρίζουν μόνο την ασήμαντη πλευρά της αγάπης: είναι οι άπιστοι που ξέρουν τις τραγωδίες της αγάπης." και ο άρχοντας άρχοντας χτύπησε ένα φως σε μια ασημένια ασημένια θήκη και άρχισε να καπνίζει ένα τσιγάρο με έναν συνειδητό και ικανοποιημένο αέρα, σαν να συνόψισε τον κόσμο σε μια φράση. Υπήρχε ένα σκουριασμένο κούνημα των σπουργίβ στα πράσινα φύλλα βερνικιού του κισσού και οι μπλε σύννεφο-σκιές κυνηγούσαν πέρα από το χορτάρι σαν χελιδόνια. Πόσο ευχάριστο ήταν στον κήπο! Και πόσο ευχάριστα τα συναισθήματα των άλλων ανθρώπων ήταν - πολύ πιο ευχάριστα από τις ιδέες τους, του φάνηκε. Την ψυχή του, και τα πάθη των φίλων του - αυτά ήταν τα συναρπαστικά πράγματα στη ζωή. Απεικόνισε στον εαυτό του με σιωπηλή διασκέδαση το κουραστικό γεύμα που είχε χάσει, παραμένοντας τόσο μακρύς με το βασιλικό αίθριο.

Αν είχε πάει στη θεία του, θα ήταν σίγουρο ότι θα συναντούσε εκεί τον καλό κύριο και όλη η συζήτηση θα αφορούσε τη σίτιση των φτωχών και την αναγκαιότητα για μοντέλα καταλυμάτων. Κάθε τάξη θα είχε κηρύξει τη σημασία αυτών των αρετών, για την άσκηση των οποίων δεν υπήρχε ανάγκη στην ίδια τους τη ζωή. Οι πλούσιοι θα είχαν μιλήσει για την αξία της ακρίβειας, και το αδρανές μεγαλόψυχα για την αξιοπρέπεια της εργασίας. Ήταν γοητευτικό να έχει δραπετεύσει όλα αυτά! Καθώς σκέφτηκε τη θεία του, μια ιδέα φαινόταν να τον χτυπήσει. Γύρισε προς την αίθουσα και είπε: "αγαπητός μου συνάδελφος, μόλις θυμήθηκα."

"θυμηθήκαμε τι, χάρι;"

"όπου άκουσα το όνομα του γκρίζου γκρίζου".

"που ήταν?" ρώτησε προς τα εμπρός, με ένα μικρό συνοφρύωμα.

"δεν φαινόταν τόσο θυμωμένος, βασιλικός, ήταν στη θεία μου, η κυρία μου είπε ότι είχε ανακαλύψει έναν θαυμάσιο νεαρό που θα την βοηθήσει στο ανατολικό άκρο και ότι το όνομά του ήταν γκρίζο. Ότι δεν μου είπε ποτέ ότι ήμουν όμορφος οι γυναίκες δεν έχουν καμία εκτίμηση για την καλή εμφάνιση τουλάχιστον οι καλές γυναίκες δεν το έχουν πει ότι ήταν πολύ σοβαρός και είχε μια όμορφη φύση. Το πλάσμα με τα γυαλιά και τα μαλλιά, τα φουντάκια και τα τράβηγμα στα τεράστια πόδια. Μακάρι να ήξερα ότι ήταν φίλος σου. "

"είμαι πολύ χαρούμενος που δεν το κάνατε, ."

"γιατί?"

"δεν θέλω να τον συναντήσετε".

"δεν θέλετε να τον συναντήσω;"

"όχι."

"ο κ. Γκρι είναι στο στούντιο, κύριε," είπε ο μπάτλερ, έρχεται στον κήπο.

"πρέπει να μου παρουσιάσετε τώρα", φώναξε ο γέρος , γελώντας.

Ο ζωγράφος γύρισε στον υπάλληλό του, ο οποίος σταμάτησε να αναβοσβήνει στο ηλιακό φως. "ρωτήστε τον κύριο γκρίζο να περιμένει, : θα είμαι μέσα σε λίγες στιγμές." ο άνδρας πλώθηκε και ανέβηκε στον περίπατο.

Τότε κοίταξε τον άρχοντα . "το γκρι είναι ο αγαπητός μου φίλος", είπε. "έχει μια απλή και όμορφη φύση, η θεία σου είχε δίκιο σε αυτό που είπε γι 'αυτόν, μην τον χαλάσει, μην προσπαθείς να τον επηρεάσεις, η επιρροή σου θα ήταν κακή, ο κόσμος είναι μεγάλος και έχει πολλά θαυμάσιοι άνθρωποι σε αυτό, μην αφαιρείτε από μένα το μόνο άτομο που δίνει στην τέχνη μου ό, τι και αν έχει τη γοητεία της: η ζωή μου ως καλλιτέχνης εξαρτάται από αυτόν. Μίλησε πολύ αργά και οι λέξεις του φάνηκαν εξαντλημένες σχεδόν από τη θέλησή του.

"ποια ανοησία μιλάς!" είπε ο άρχοντας , χαμογελώντας, και πήρε προς τα εμπρός το χέρι, τον οδήγησε σχεδόν στο σπίτι.

Κεφάλαιο 2
Καθώς εισήλθαν, είδαν το γκρίζο. Καθόταν στο πιάνο, με την πλάτη τους στρέφοντας τις σελίδες ενός τόμου των "σκηνικών του δάσους" του . "πρέπει να μου δανείσετε αυτά, βασιλικό", φώναξε. «θέλω να τα μάθω, είναι απόλυτα γοητευτικό».

"αυτό εξαρτάται εξ ολοκλήρου από το πώς κάθεσαι σήμερα, το ."

"ω, είμαι κουρασμένος να κάθονται και δεν θέλω ένα πορτραίτο του ίδιου του εαυτού μου", απάντησε ο κοριτσίστας, αναποδογυρίζοντας στο μουσικό σκαμνί με εκούσιο, πεντανόστιμο τρόπο. Όταν έριξε το βλέμμα του κυρίου , ένα αχνό ρουσίνι χρωματίζει τα μάγουλά του για μια στιγμή και ξεκίνησε. "ικετεύω τη χάρη σας, βασιλικό, αλλά δεν ήξερα ότι είχατε κάποιον μαζί σας".

"αυτός είναι ο άρχοντας , ο , ένας παλιός φίλος μου , μόλις του είπα τι ήταν ο καπιταλιστής, και τώρα έχεις χαλάσει τα πάντα".

"δεν χάσατε την ευχαρίστησή μου να σας συναντήσω, κύριε γκρι", είπε ο άρχοντας , προχωρώντας προς τα εμπρός και επεκτείνοντας το χέρι του. "η θεία μου έχει μιλήσει συχνά για μένα για εσάς, είστε ένας από τους αγαπημένους της, και, φοβάμαι, ένα από τα θύματά της επίσης".

«είμαι τώρα στα μαύρα βιβλία της κυρίας », απάντησε ο με μια αστεία εμφάνιση πεποίθησης. "υποσχεθήκαμε να πάμε σε μια λέσχη με ένα λευκό με το τελευταίο της βράδυ, και πραγματικά ξέχασα όλα αυτά, έπαιζαμε ένα ντουέτο μαζί-τρία ντουέτα, πιστεύω ότι δεν ξέρω τι θα μου πει. Είμαι πάρα πολύ φοβισμένος να καλέσω. "

", θα κάνω την ειρήνη σου με τη θεία μου, είναι αρκετά αφοσιωμένη σε σένα και δεν νομίζω ότι έχει σημασία για το αν δεν είσαι εκεί." το κοινό πιθανότατα θεώρησε ότι ήταν ένα ντουέτο όταν η θεία κάθεται στο πιάνο, κάνει αρκετό θόρυβο για δύο άτομα. "

"αυτό είναι πολύ φρικτό γι 'αυτήν και δεν είναι πολύ ωραίο για μένα", απάντησε ο , γελώντας.

Ο άρχοντας τον κοίταξε. Ναι, ήταν σίγουρα θαυμάσιος, με τα τελείως καμπυλωτά κόκκινα χείλη, τα ειλικρινή μπλε μάτια του, τα τραγανή χρυσά μαλλιά του. Υπήρχε κάτι στο πρόσωπό του που έκανε έναν να τον εμπιστευτεί αμέσως. Όλη η ειλικρινή νεολαία ήταν εκεί, καθώς και η παθιασμένη αγνότητα της νεολαίας. Κάποιος αισθάνθηκε ότι είχε κρατήσει τον εαυτό του αδιάθετο από τον κόσμο. Δεν περίμενα να τον λατρεύουν βασιλικό.

"είστε πολύ γοητευτικός για να πάτε για φιλανθρωπία, κύριε γκρι-πάρα πολύ γοητευτικό." και ο άρχοντας πέταξε κάτω στο και άνοιξε το τσιγάρο.

Ο ζωγράφος ήταν απασχολημένος μίξη τα χρώματα του και να πάρει τα πινέλα του έτοιμη. Κοίταξε ανησυχούν και όταν άκουσε την τελευταία παρατήρηση του ηγέτη του , τον κοίταξε, δίστασε για μια στιγμή και στη συνέχεια είπε: ", θέλω να τελειώσω αυτή την εικόνα σήμερα. Σας ζήτησα να φύγετε; "

Ο άρχοντας χαμογέλασε και κοίταξε το γκρίζο. "πρέπει να πάω, κύριε γκρίζα;" ρώτησε.

"ω, παρακαλώ όχι, κυρία , βλέπω ότι ο βασιλικός είναι σε μια από τις θορυβώδεις του διαθέσεις και δεν μπορώ να τον αντέχνω όταν σκοντάψει." επιπλέον, θέλω να μου πεις γιατί δεν πρέπει να πάω για φιλανθρωπία . "

"δεν ξέρω ότι θα σας πω ότι, κύριε γκρι, είναι τόσο κουραστικό θέμα που κάποιος θα πρέπει να μιλήσει σοβαρά γι 'αυτό, αλλά σίγουρα δεν θα ξεφύγει, τώρα που με ζήτησες να σταματήσω. Δεν πειράζει πραγματικά, βασιλικός, έτσι; μου είπατε συχνά ότι σας άρεσαν οι κάτοικοι σας να έχουν κάποιον που να μιλήσει. "

Προς τα δεξιά χτύπησε το χείλι του. "αν ο το επιθυμεί, φυσικά πρέπει να μείνετε. Οι ιδιοτροπίες του είναι νόμοι για όλους, εκτός από τον εαυτό του."

Ο άρχοντας άρχοντας πήρε το καπέλο και τα γάντια του. "είσαι πολύ πιεστικός, βασιλικός, αλλά φοβάμαι ότι πρέπει να φύγω υποσχέθηκα να συναντήσω έναν άνδρα στην ορλεάνη αντίο, κύριε γκρίζα ελάτε να με δείτε λίγο το απόγευμα στην οδό είμαι σχεδόν πάντα στο στο σπίτι μου στις πέντε, γράψτε μου όταν έρχεστε, θα ήθελα να σας λυπούμαι που σας λείπει ».

"βασιλικός", φώναξε ο γκρίζος γκρίζος, "αν ο άρχοντας πηγαίνει, θα πάω κι εγώ, ποτέ δεν ανοίγεις τα χείλη σου ενώ ζωγραφίζεις και είναι φρικιαστικά μουντα στέκεται σε μια πλατφόρμα και προσπαθείς να φανεί ευχάριστος. Επιμένω σε αυτό ».

"παραμονή, , να υποχρεώσω τον και να με υποχρεώσω", είπε προς τα δεξιά, κοιτάζοντας με προσοχή την εικόνα του. "είναι αλήθεια ότι ποτέ δεν μιλάω όταν δουλεύω και ποτέ δεν ακούω και πρέπει να είναι τρομερά κουραστικό για τους ατυχείς μου κάθιστες.

"αλλά τι γίνεται με τον άνθρωπο μου στις ορλεάνες;"

Ο ζωγράφος γέλασε. "δεν νομίζω ότι θα υπάρξει κάποια δυσκολία γι 'αυτό, καθίστε και πάλι, και τώρα , σηκωθείτε στην πλατφόρμα και μην προχωρήσετε πάρα πολύ ή δώστε προσοχή σε αυτό που λέει ο . Έχει πολύ κακή επιρροή σε όλους τους φίλους του, με την μόνη εξαίρεση του εαυτού μου. "

Ο γκρίζος γκρίζος ανέβηκε στη σκηνή με τον αέρα ενός νεαρού μάρτυρα και έκανε μια μικρή πικρία δυσαρέσκειας για τον άρχοντα, στον οποίο προτιμούσε περισσότερο. Ήταν τόσο διαφορετικός από τον βασιλικό. Έκαναν μια ευχάριστη αντίθεση. Και είχε μια τόσο όμορφη φωνή. Μετά από μερικές στιγμές του είπε: "έχετε πραγματικά μια πολύ κακή επιρροή, ; τόσο κακή όσο λέει ο βασιλικός;"

"δεν υπάρχει καμιά καλή επιρροή, κύριε γκρι, κάθε επιρροή είναι ανήθικη - ανήθικη από επιστημονική άποψη".

"γιατί?"

"γιατί να επηρεάσει κάποιον είναι να του δώσει την ψυχή του, δεν σκέφτεται τις φυσικές του σκέψεις, ούτε καίει με τα φυσικά του πάθη, οι αρετές του δεν είναι πραγματικές γι 'αυτόν, οι αμαρτίες του, αν υπάρχουν πράγματα όπως οι αμαρτίες, δανείζονται να γίνει ένας ηχώς της μουσικής κάποιου άλλου, ένας ηθοποιός ενός μέρους που δεν έχει γραφτεί γι 'αυτόν, ο στόχος της ζωής είναι η αυτο-ανάπτυξη, να συνειδητοποιήσουμε τέλεια τη φύση μας - αυτό είναι που είμαστε εδώ για όλους. Φοβούνται τον εαυτό τους, σήμερα, έχουν ξεχάσει το υψηλότερο από όλα τα καθήκοντα, το καθήκον που οφείλει στον εαυτό του, φυσικά, είναι φιλανθρωπικοί, τροφοδοτούν τους πεινασμένους και ντυμένοι τον ζητιάνο, αλλά οι δικές τους ψυχές λιμοκτονούν και είναι γυμνοί το θάρρος έχει εξαφανιστεί από τη φυλή μας, ίσως ποτέ δεν το είχαμε πραγματικά, ο τρόμος της κοινωνίας, που είναι η βάση της ηθικής, ο τρόμος του θεού, που είναι το μυστικό της θρησκείας - αυτά είναι τα δύο πράγματα που μας κυβερνούν. Ακόμη-"

"απλά γυρίστε το κεφάλι σας λίγο πιο δεξιά, ο δωριάν, σαν καλό αγόρι", είπε ο ζωγράφος, βαθιά στο έργο του και συνειδητό ότι μόνο ένα βλέμμα είχε έρθει στο πρόσωπο του κοριτσιού που δεν είχε δει ποτέ εκεί πριν.

"και παρόλα αυτά," συνεχίζει ο ο λόρδος, με τη χαμηλή, μουσική του φωνή και με εκείνο το χαριτωμένο κύμα του χεριού που ήταν πάντα τόσο χαρακτηριστικό γι 'αυτόν και που είχε ακόμα και στις ημέρες του, "πιστεύω ότι αν κάποιος ήταν να ζήσουν πλήρως και πλήρως τη ζωή του, να δώσουν μορφή σε κάθε συναίσθημα, έκφραση σε κάθε σκέψη, πραγματικότητα σε κάθε όνειρο - πιστεύω ότι ο κόσμος θα αποκτούσε μια τόσο νέα ώθηση χαράς που θα ξεχάσουμε όλες τις ασθένειες του μεσοπελαφικού, και να επιστρέψουμε στο ελληνικό ιδεώδες - σε κάτι λεπτότερο, πλουσιότερο από το ελληνικό ιδεώδες, μπορεί να είναι, αλλά ο πιο γενναίος άνθρωπος ανάμεσα σε εμάς φοβάται τον εαυτό του, ο ακρωτηριασμός του άγριου έχει την τραγική του επιβίωση στην αυτοψία που μαζεύει τη ζωή μας , τιμωρούμε για τις αρνήσεις μας, κάθε ώθηση που προσπαθούμε να στραγγαλίζουμε στο μυαλό και να δηλητηριάζουμε εμάς, το σώμα αμαρτάνει μια φορά και έχει κάνει με την αμαρτία του, επειδή η δράση είναι ένας τρόπος καθαρισμού. Μια χαρά, ή η πολυτέλεια μιας λύπης, ο μόνος τρόπος για να απαλλαγείτε από έναν πειρασμό είναι να το αποδώσετε. Αντισταθείτε και η ψυχή σας αρρωστήθηκε από τα λαχτάρα για τα πράγματα που έχει απαγορεύσει στον εαυτό της, με την επιθυμία για ό, τι οι τερατώδεις νόμοι της έχουν κάνει τερατώδες και παράνομο. Έχει ειπωθεί ότι τα μεγάλα γεγονότα του κόσμου λαμβάνουν χώρα στον εγκέφαλο. Είναι στον εγκέφαλο, και μόνο στον εγκέφαλο, ότι γίνονται και οι μεγάλες αμαρτίες του κόσμου. Εσείς, κύριε. Γκρι, εαυτός σου, με τη ροδοκόκκινη σας νεολαία και το ροδοκόκκινο αγόρι σας, είχα πάθη που σας έκαναν φοβισμένους, σκέψεις που σας γεμίζουν με τρόμο, όνειρα ημέρας και όνειρα ύπνου των οποίων η απλή μνήμη μπορεί να λεκιάζει το μάγουλο σας ντροπή-"

"να σταματήσει!" έσβησε, μου άρεσε, δεν με ξέρεις τι να πω, υπάρχει κάποια απάντηση σε εσένα, αλλά δεν μπορώ να το βρω. Σκέφτομαι."

Για σχεδόν δέκα λεπτά στάθηκε εκεί, ακίνητος, με χωρισμένα χείλη και μάτια παράξενα λαμπερά. Ήταν ελάχιστα συνειδητή ότι στο έργο του λειτουργούσαν εντελώς νέες επιρροές. Αλλά φαινόταν να έρχεται πραγματικά από τον εαυτό του. Τα λίγα λόγια που του είπε ο φίλος του βασιλικού - τα λόγια που μίλησαν τυχαία, χωρίς αμφιβολία, και με παράλογο παράδοξο σε αυτά - είχαν αγγίξει κάποια μυστική χορδή που ποτέ δεν είχε αγγιχτεί πριν, αλλά που αισθάνθηκε ότι τώρα δονείται και σφύζει σε περίεργα παλμικά .

Η μουσική τον ανάγκασε έτσι. Μουσική τον είχε ταλαιπωρήσει πολλές φορές. Αλλά η μουσική δεν ήταν αρμονική. Δεν ήταν ένας νέος κόσμος, αλλά μάλλον ένα άλλο χάος που δημιούργησε μέσα μας. Λόγια! Απλά λόγια! Πόσο φοβερό ήταν! Πόσο καθαρό, ζωντανό και σκληρό! Δεν μπορούσε κανείς να ξεφύγει από αυτά. Και όμως τι μια λεπτή μαγεία υπήρχε σε αυτά! Φάνηκαν να είναι σε θέση να δώσουν μια πλαστική μορφή σε άτυπα πράγματα, και να έχουν μια δική τους μουσική τόσο γλυκιά όσο αυτή του ή του . Απλά λόγια! Υπήρχε κάτι τόσο πραγματικό όσο οι λέξεις;

Ναί; υπήρχαν πράγματα στην παιδική του ηλικία που δεν είχε καταλάβει. Τους κατάλαβε τώρα. Η ζωή ξαφνικά έγινε φλογερή σε αυτόν. Του φαινόταν ότι περπατούσε στη φωτιά. Γιατί δεν το γνώριζε;

Με το λεπτό του χαμόγελο, τον παρακολουθούσε ο άρχοντας . Ήξερε την ακριβή ψυχολογική στιγμή πότε να μην πει τίποτα. Ένιωθε έντονα ενδιαφέρον. Ήταν έκπληκτος με την ξαφνική εντύπωση που είχαν τα λόγια του και, θυμόταν ένα βιβλίο που είχε διαβάσει όταν ήταν δεκαέξι, ένα βιβλίο που του είχε αποκαλύψει πολλά που δεν γνώριζε πριν, αναρωτιόταν εάν το γκρίζο του περνούσε μια παρόμοια εμπειρία. Είχε μόλις πυροβόλησε ένα βέλος στον αέρα. Αν είχε χτυπήσει το σήμα; πόσο συναρπαστικό ήταν το κορίτσι!

Που έβαλε προς τα δεξιά το υπέροχο τολμηρό άγγιγμα του, που είχε την αληθινή τελειότητα και την τέλεια λεπτότητα που στην τέχνη, έρχεται σε κάθε περίπτωση μόνο από τη δύναμη. Δεν ήξερε τη σιωπή.

"βασιλικό, είμαι κουρασμένος να στέκεσαι", φώναξε ξαφνικά το γκρίζο. "πρέπει να πάω έξω και να καθίσετε στον κήπο, ο αέρας είναι πνιγμένος εδώ."

"αγαπητός μου συνάδελφος, λυπάμαι πολύ, όταν ζωγραφίζω, δεν μπορώ να σκεφτώ τίποτα άλλο, αλλά ποτέ δεν κάθισε καλύτερα, ήσαστε απολύτως ακίνητος και έχω πιάσει το αποτέλεσμα που ήθελα - τα μισά κομμένα χείλη και το λαμπερό βλέμμα στα μάτια δεν ξέρω τι σου λέει ο χάρι, αλλά σίγουρα σε έκανε να έχεις την πιο θαυμάσια έκφραση υποθέτω ότι σου έχει πληρώσει τα συγχαρητήρια δεν πρέπει να πιστέψεις σε μια λέξη που αυτός λέει. "

«σίγουρα δεν μου πλήρωσε τα συγχαρητήριά μου, ίσως αυτός είναι ο λόγος που δεν πιστεύω τίποτα που μου είπε».

«ξέρετε ότι το πιστεύετε όλα», είπε ο άρχοντας , κοιτάζοντάς τον με τα ονειρεμένα αφανισμένα μάτια του. "θα βγούμε έξω στον κήπο μαζί σας, είναι φρικτό ζεστό στο στούντιο, βασιλικό, ας πάμε κάτι παγωμένο, κάτι με φράουλες σε αυτό".

"σίγουρα, χάρι, απλά αγγίξτε το κουδούνι, και όταν έρχεται ο θα του πω τι θέλεις, έχω να φτιάξω αυτό το φόντο, γι 'αυτό θα έρθω αργότερα μαζί σου. Ήταν σε καλύτερη μορφή για τη ζωγραφική από αυτήν που είμαι σήμερα, αυτό θα είναι το αριστούργημά μου, είναι το αριστούργημά μου ως έχει ".

Ο άρχοντας βγήκε στον κήπο και βρήκε το γκρίζο του να θάβει το πρόσωπό του στα μεγάλα δροσερά λιλά άνθη, πίνοντας φρεσκάδα στο άρωμά τους σαν να ήταν κρασί. Ήρθε κοντά του και έβαλε το χέρι του πάνω στον ώμο του. "έχετε δίκιο να το κάνετε αυτό", μουρμούρισε. "τίποτα δεν μπορεί να θεραπεύσει την ψυχή αλλά τις αισθήσεις, όπως και τίποτα δεν μπορεί να θεραπεύσει τις αισθήσεις αλλά την ψυχή".

Το παιδί ξεκίνησε και επέστρεψε. Ήταν κοκκινωπό, και τα φύλλα είχαν πετάξει τις επαναστατικές μπούκλες του και μπερδέψαμε όλα τα επιχρυσωμένα νήματα τους. Υπήρχε μια ματιά του φόβου στα μάτια του, όπως οι άνθρωποι έχουν όταν ξυπνούν ξαφνικά. Τα λεπτότατα χαραγμένα ρουθούνια του έσβησαν και κάποιο κρυμμένο νεύρο τίναξε το κόκκινο των χειλιών του και τους άφησε να τρέμουν.

"ναι", συνέχισε ο άρχοντας , "αυτό είναι ένα από τα μεγάλα μυστικά της ζωής - για να θεραπεύσει την ψυχή με τις αισθήσεις και τις αισθήσεις μέσω της ψυχής ... Είσαι μια θαυμάσια δημιουργία. Ξέρετε, όπως ξέρετε λιγότερο από ό, τι θέλετε να ξέρετε. "

Ο γκρίζος γκρίζος κοίταξε και γύρισε το κεφάλι του. Δεν μπορούσε να βοηθήσει τον ψηλό, χαριτωμένο νεαρό που στέκεται δίπλα του. Το ρομαντικό του, ελαιόχρωμο πρόσωπο και φθαρμένη έκφραση τον ενδιέφερε. Υπήρχε κάτι στη χαλαρή φωνή του που ήταν απολύτως συναρπαστική. Τα δροσερά του, άσπρα, λουλουδιού χέρια, ακόμα, είχαν μια περίεργη γοητεία. Μετακόμισαν, όπως μιλούσε, σαν μουσική και φαινόταν να έχουν μια δική τους γλώσσα. Αλλά ένιωθε φοβισμένος γι 'αυτόν και ντρεπόταν να φοβάται. Γιατί είχε μείνει για έναν ξένο να τον αποκαλύψει στον εαυτό του; είχε γνωρίσει το βασιλικό για μήνες, αλλά η φιλία μεταξύ τους δεν τον είχε αλλάξει ποτέ. Ξαφνικά είχε έρθει κάποιος στη ζωή του που φαινόταν να του έχει αποκαλύψει το μυστήριο της ζωής. Και, όμως, τι ήταν εκεί για να φοβάσαι; δεν ήταν μαθητής ή κορίτσι. Ήταν παράλογο να φοβόμαστε.

"ας πάμε και κάθουμε στη σκιά", είπε ο άρχοντας . "ο πάρκερ έχει βγάλει τα ποτά και εάν παραμείνετε πια σε αυτή την λάμψη, θα είστε αρκετά χαλασμένοι και ο βασιλικός δεν θα σας χρωματίσει ξανά, δεν πρέπει να αφήσετε τον εαυτό σας να γίνει ηλιοκαύμα.

"τι μπορεί να πειράζει;" φώναξε γκρίζο, γελώντας, καθώς κάθισε στο κάθισμα στο τέλος του κήπου.

"πρέπει να έχει σημασία τα πάντα για εσάς, κύριε γκρι."

"γιατί?"

"γιατί έχετε την πιο θαυμάσια νεολαία και η νεολαία είναι το μόνο πράγμα που αξίζει να έχετε".

"δεν αισθάνομαι ότι, ο γέρος ."

"όχι, δεν το νιώθεις τώρα, κάποια μέρα, όταν είσαι παλαιός και τσαλακωμένος και άσχημος, όταν σκεφτείς έχει σπαράξει το μέτωπό σου με τις γραμμές της, και το πάθος μαρκαρίστηκε τα χείλη σου με τις φρικτές πυρκαγιές, θα το νιώθεις, θα νιώθω τρομερά τώρα, όπου κι αν πάτε, γοητεύετε τον κόσμο, θα είναι πάντα έτσι ... ... Έχετε ένα θαυμάσια όμορφο πρόσωπο, κύριε γκρίζο, δεν μιλάτε, έχετε και ομορφιά είναι μια μορφή μεγαλοφυίας - είναι ανώτερη από την ιδιοφυΐα, καθώς δεν χρειάζεται καμία εξήγηση, είναι από τα σπουδαία γεγονότα του κόσμου, όπως το φως του ήλιου ή την άνοιξη, ή η αντανάκλαση στα σκοτεινά νερά του αργυρού κελύφους που ονομάζουμε το φεγγάρι. Να το αμφισβητήσεις, να έχει το θεϊκό του δικαίωμα κυριαρχίας, να κάνει πρίγκιπες εκείνων που το έχουν, να χαμογελάσεις αχ! Όταν το χάσεις δεν θα χαμογελάσεις ... Οι άνθρωποι λένε ότι η ομορφιά είναι μόνο επιφανειακή. Να είναι έτσι, αλλά τουλάχιστον δεν είναι τόσο επιφανειακή όσο η σκέψη είναι για μένα, η ομορφιά είναι το θαύμα των θαυμάτων, είναι μόνο ρηχά άνθρωποι που δεν κρίνουν με εμφανίσεις. Του κόσμου είναι το ορατό, όχι το αόρατο .... Ναι, κύριε. Γκρι, οι θεοί ήταν ωραίοι σε σας. Αλλά αυτό που δίνουν οι θεοί παίρνουν γρήγορα μακριά. Έχετε μόνο λίγα χρόνια για να ζήσετε πραγματικά, τέλεια και πλήρως. Όταν η νεολαία σας πηγαίνει, η ομορφιά σας θα πάει μαζί της και τότε ξαφνικά θα ανακαλύψετε ότι δεν έχουν απομείνει οι θριάμβοι σας ή θα πρέπει να ικανοποιήσετε τον εαυτό σας με εκείνους τους θριαμβευτές που η μνήμη του παρελθόντος σας θα κάνει πιο πικρή από τις ήττες. Κάθε μήνα, καθώς πεθαίνει, σας φέρνει πιο κοντά σε κάτι τρομακτικό. Ο χρόνος σας ζηλεύει και οι πόλεμοι εναντίον των κρίνων σας και των τριαντάφυλλων σας. Θα γίνεις άσπρος, κοίλος-μάγουλος και θαμπός. Θα υποφέρετε τρομερά .... Αχ! Συνειδητοποιήστε τη νεολαία σας ενώ την έχετε. Μην σπαταλάτε το χρυσό των ημερών σας, ακούγοντας τα κουραστικά, προσπαθώντας να βελτιώσετε την απελπιστική αποτυχία ή να παραδώσετε τη ζωή σας στους άγνωστους, τους κοινούς και τους χυδαίους. Αυτοί είναι οι ασθενικοί στόχοι, τα ψεύτικα ιδανικά, της εποχής μας. Ζω! Ζείτε την θαυμάσια ζωή που υπάρχει μέσα σας! Ας μην χαθεί τίποτα για σας. Να ψάχνετε πάντα για νέες αισθήσεις. Να φοβάσαι τίποτα ... Έναν νέο ηδονισμό - αυτό θέλει ο αιώνας μας. Ίσως να είναι το ορατό σύμβολο του. Με την προσωπικότητά σας δεν υπάρχει τίποτα που δεν θα μπορούσατε να κάνετε. Ο κόσμος ανήκει σε σας για μια εποχή ... Τη στιγμή που σας γνώρισα είδα ότι ήσασταν ασυνείδητα για το τι πραγματικά είσαι, για αυτό που πραγματικά μπορείς να είσαι. Υπήρχε τόσο πολύ μέσα σου που με γοητεύει που ένιωσα ότι πρέπει να σου πω κάτι για τον εαυτό σου. Σκέφτηκα πόσο τραγικό θα ήταν αν χάσατε. Γιατί υπάρχει ένας τόσο μικρός χρόνος που θα διαρκέσει η νεολαία σου - τόσο μικρός χρόνος. Τα κοινά λουλούδια λουλουδιών μαραίνονται, αλλά ανθίζουν και πάλι. Το θα είναι κίτρινο τον επόμενο ιούνιο όπως είναι τώρα. Σε ένα μήνα θα υπάρχουν μοβ αστέρια στον κλεμμένο, και κάθε χρόνο το πράσινο βράδυ των φύλλων του θα κρατήσει τα πορφυρά αστέρια του. Αλλά δεν θα ξαναγυρίσουμε τη νεολαία μας. Ο παλμός της χαράς που κτυπά σε εμάς στα είκοσι γίνεται υποτονικός. Τα σκέλη μας αποτυγχάνουν, οι αισθήσεις μας εκσφενδονίζονται. Εκφυλίζουμε σε αποκρουστικές μαριονέτες, στοιχειωμένες από τη μνήμη των παθών που μας φοβόντουσαν πάρα πολύ, και τους εξαίρετους πειρασμούς που δεν είχαμε το θάρρος να αποδώσουμε. Νεολαία! Νεολαία! Δεν υπάρχει απολύτως τίποτα στον κόσμο, αλλά η νεολαία! "

Το γκρίζο γκρίζο ακούστηκε, ανοιχτόχρωμο και αναρωτιόταν. Το σπρέι λιλά πέφτει από το χέρι του πάνω στο χαλίκι. Μια γούνινη μέλισσα ήρθε και χτύπησε γύρω του για μια στιγμή. Τότε άρχισε να αγωνίζεται σε όλη την ωοειδή αστραφτερά σφαίρα των μικροσκοπικών ανθών. Το παρακολουθούσε με το περίεργο ενδιαφέρον για τα ασήμαντα πράγματα που προσπαθούμε να αναπτύξουμε όταν τα πράγματα μεγάλης σημασίας μας κάνουν να φοβόμαστε ή όταν ανακατεύουμε από κάποιο νέο συναίσθημα για το οποίο δεν μπορούμε να βρούμε έκφραση ή όταν κάποιοι πιστεύουν ότι μας τρομάζει θέτει ξαφνική πολιορκία στον εγκέφαλο και μας καλεί να αποδώσουμε. Μετά από μια στιγμή που η μέλισσα πέταξε μακριά. Το είδε να σέρνει στη λεκιασμένη τρομπέτα ενός τυριανού συρμού. Το λουλούδι φαινόταν να τρέχει, και στη συνέχεια ταλαντεύτηκε απαλά προς τα πίσω.

Ξαφνικά ο ζωγράφος εμφανίστηκε στην πόρτα του στούντιο και έκανε σημάδια για να μπουν μέσα. Γύρισαν ο ένας στον άλλο και χαμογέλασαν.

«περιμένω», φώναξε. "έρχονται μέσα. Το φως είναι τελείως τέλειο και μπορείτε να φέρετε τα ποτά σας".

Σηκώθηκαν και πήγαιναν με τα πόδια. Δύο πεταλούδες πράσινες-άσπρες πετάχτηκαν, και στο αχλάδι στη γωνία του κήπου άρχισε να τραγουδάει μια τσίχλα.

«χαίρομαι που με συναντήσατε, κύριε γκρίζα», είπε ο άρχοντας , κοιτάζοντάς τον.

"ναι, είμαι ευτυχής τώρα, αναρωτιέμαι ότι θα είμαι πάντα χαρούμενος;"

"πάντα, αυτή είναι μια φοβερή λέξη, με κάνει να σκοντάφω όταν το ακούω, οι γυναίκες είναι τόσο λάτρης της χρησιμοποίησής της, χαλάζουν κάθε ρομαντισμό, προσπαθώντας να το κάνουν το τελευταίο για πάντα, είναι επίσης μια νόημα λέξη. Ανάμεσα σε μια καπρίτσα και ένα δια βίου πάθος είναι ότι η καπρίτσια διαρκεί λίγο περισσότερο. "

Καθώς μπήκαν στο στούντιο, το γκρίζο έβαλε το χέρι του στο χέρι του . "σε εκείνη την περίπτωση, αφήστε τη φιλία μας να είναι καπρίτσια", μουρμούρισε, ξεπλύνεται με δική του τόλμη, έπειτα ενισχύθηκε στην πλατφόρμα και συνέχισε την πόζα του.

Ο άρχοντας χτύπησε τον εαυτό του σε μια μεγάλη καρέκλα με ψάθινα κι έβλεπε τον. Η σκούπα και η παύλα της βούρτσας στον καμβά έκανε τον μοναδικό ήχο που έσπασε την ακινησία, εκτός από το που, από καιρό, πήγαινε προς τα εμπρός για να δούμε το έργο του από απόσταση. Στα κεκλιμένα δοκάρια που ρέουν μέσα από την ανοιχτή πόρτα η σκόνη χόρευε και ήταν χρυσή. Το βαρύ άρωμα των τριαντάφυλλων φαινόταν να γεννιέται πάνω από τα πάντα.

Μετά από περίπου ένα τέταρτο μιας ώρας επιστράτευσε να ζωγραφίσει, κοίταξε για μεγάλο χρονικό διάστημα στο γκρίζο, και έπειτα για πολύ καιρό στην εικόνα, δαγκώνοντας το τέλος μιας από τις τεράστιες βούρτσες του και συνοφρύωμα. "είναι τελείως τελειωμένο", φώναξε επιτέλους, και με το να σκαρφαλώνει κάτω έγραψε το όνομά του σε μακρά γράμματα στο αριστερό άκρο του καμβά.

Ο άρχοντας ήρθε και εξέτασε την εικόνα. Ήταν σίγουρα ένα θαυμάσιο έργο τέχνης και μια θαυμάσια ομοιότητα.

"αγαπητός συνάδελφός μου, σας συγχαίρω πολύ θερμά", είπε. "είναι το ωραιότερο πορτρέτο της σύγχρονης εποχής, κύριε γκρι, έρχεστε και κοιτάξτε τον εαυτό σας".

Το κορίτσι ξεκίνησε, σαν να ξυπνούσε από κάποιο όνειρο.

"είναι πραγματικά τελειωμένο;" μουρμούρισε, βγαίνοντας από την πλατφόρμα.

"τελείωσε τελείως", είπε ο ζωγράφος. "και εσύ είσαι υπέροχη σήμερα, είμαι απαίσια υποχρεωμένος για σένα".

"αυτό οφείλεται εξ 'ολοκλήρου σε μένα", έσπασε ο άρχοντας . "δεν είναι, κύριε γκρίζα;"

Ο δωριάν δεν απάντησε, αλλά πέρασε άτακτα μπροστά από την εικόνα του και γύρισε προς το μέρος του. Όταν το είδε, επέσυρε πίσω και τα μάγουλά του ξεπλύνθηκαν για μια στιγμή από ευχαρίστηση. Ένα βλέμμα χαράς ήρθε στα μάτια του, σαν να είχε αναγνωριστεί για πρώτη φορά. Βρισκόταν εκεί ακίνητος και με θαυμασμό, ελάχιστα συνειδητό που του μιλούσε προς την κατεύθυνση του, αλλά δεν έβλεπε το νόημα των λόγων του. Η αίσθηση της ομορφιάς του ήρθε σε αυτόν σαν μια αποκάλυψη. Ποτέ δεν το είχε αισθανθεί πριν. Τα συγχαρητήρια του βασίλη του φαινόταν να είναι απλώς η γοητευτική υπερβολή της φιλία. Τους είχε ακούσει, τους γέλασε, τους ξεχάσει. Δεν είχαν επηρεάσει τη φύση του. Τότε είχε έρθει ο άρχοντας με το περίεργο πανηγυρικό του για τη νεολαία, την τρομερή προειδοποίησή του για τη συντομία του. Που τον ανάγκασε τότε, και τώρα, καθώς στάθηκε ατενίζοντας στη σκιά της ομορφιάς του, η πλήρης πραγματικότητα της περιγραφής έλαμψε πάνω του. Ναι, θα υπήρχε μια μέρα που το πρόσωπό του θα ήταν τσαλακωμένο και θαυμαστό, τα μάτια του θαμπά και άχρωμα, τη χάρη του φιγούρα του σπασμένα και παραμορφωμένα. Το κόκκινο θα περάσει μακριά από τα χείλη του και το χρυσό κλέψει από τα μαλλιά του. Η ζωή που επρόκειτο να κάνει την ψυχή του θα έβγαζε το σώμα του. Θα γινόταν φοβερό, θαυμαστό και άστοχο.

Όπως σκέφτηκε, ένα αιχμηρό πόνο πόνος χτύπησε μέσα του σαν μαχαίρι και έκανε κάθε λεπτή ίνα της φύσης του να τρέμει. Τα μάτια του βαθαίνουν στον αμέθυστο, και πάνω τους ήρθε μια ομίχλη από δάκρυα. Αισθάνθηκε σαν να είχε τοποθετηθεί πάνω στην καρδιά του ένα χέρι πάγου.

"δεν σας αρέσει;" φώναξε επιτέλους επιφανειακά, χτυπήθηκε λίγο από τη σιωπή του κοριτσιού, χωρίς να καταλάβει τι σήμαινε.

"φυσικά του αρέσει", είπε ο άρχοντας . "ποιος δεν θα ήθελε αυτό; αυτό είναι ένα από τα μεγαλύτερα πράγματα στη σύγχρονη τέχνη, θα σας δώσω οτιδήποτε θέλετε να το ζητήσετε.

"δεν είναι ιδιοκτησία μου, χάρι".

"των οποίων η περιουσία είναι αυτή;"

"ο , φυσικά", απάντησε ο ζωγράφος.

"είναι ένας πολύ τυχερός συνάδελφος."

"πόσο λυπηρό είναι αυτό!" μουρμούρισε το γκρίζο γκρίζο με τα μάτια του ακόμα σταθερά πάνω στο πορτρέτο του. «πόσο λυπηρό είναι ότι θα γεράσω και θα είμαι φρικτός και φοβερός ... Αλλά αυτή η εικόνα θα παραμείνει πάντα νεαρή και ποτέ δεν θα είναι παλαιότερη από τη συγκεκριμένη ημέρα του ιουνίου ... Αν ήταν μόνο ο άλλος τρόπος! Εγώ ήμουν που ήμουν πάντα νεαρός και η εικόνα που θα γινόταν παλιά ... Γι 'αυτό - θα έδινα όλα τα πράγματα, ναι, δεν υπάρχει τίποτα σε ολόκληρο τον κόσμο που δεν θα έδινα, θα έδινα την ψυχή μου γι' αυτό ! "

"δεν θα φροντίζεις για μια τέτοια ρύθμιση, βασιλικό", φώναξε ο γέρος , γελώντας. "θα ήταν μάλλον σκληρές γραμμές για το έργο σας."

"πρέπει να αντιταχθώ πολύ έντονα, ", δήλωσε προς τα δεξιά.

Ο γκρίζος γκρίζος γύρισε και τον κοίταξε. "πιστεύω ότι θα ήθελες, βασιλικό, σου αρέσει η τέχνη σου καλύτερα από τους φίλους σου, δεν είμαι τίποτα παραπάνω από μια πράσινη χάλκινη φιγούρα.

Ο ζωγράφος κοίταξε με έκπληξη. Ήταν τόσο διαφορετικό από το να μιλάει έτσι. Τι ειχε γινει? Φαινόταν αρκετά θυμωμένος. Το πρόσωπό του ξεπλύθηκε και τα μάγουλά του καίγονταν.

"ναι", συνέχισε, "είμαι λιγότερο σε σας από το ελεήμων ελεφαντόδοντου ή την ασημένια σας , θα τους αρέσει πάντα, πόσο καιρό θα με θελήσετε" μέχρι να έχω την πρώτη μου ρυτίδα, υποθέτω, ότι όταν κάποιος χάσει την καλή εμφάνισή του, ό, τι και να είναι, χάνεται οτιδήποτε, η εικόνα σου με έχει διδάξει ότι ο άρχοντας είναι απόλυτα σωστός, η νεολαία είναι το μόνο που αξίζει τον κόπο να το κάνω όταν καταλαβαίνω ότι γερνάω αυτοκτονώ."

Η αίθουσα στράφηκε και χτύπησε το χέρι του. "! !" φώναξε: "μη μιλάς έτσι, ποτέ δεν έχω έναν τέτοιο φίλο σαν εσένα και ποτέ δεν θα έχω κάτι άλλο, δεν ζηλεύεις τα υλικά πράγματα, έτσι;" "όσοι είναι πιο καλοί από αυτούς! "

"είμαι ζηλότυπος για τα πάντα των οποίων η ομορφιά δεν πεθαίνει, είμαι ζηλότυπος για το πορτρέτο που έχετε ζωγραφίσει για μένα γιατί θα πρέπει να κρατήσει αυτό που πρέπει να χάσω κάθε στιγμή που περνάει παίρνει κάτι από μένα και δίνει κάτι σε αυτό. Ήταν μόνο ο άλλος τρόπος, αν η εικόνα μπορούσε να αλλάξει, και θα μπορούσα να είμαι πάντα αυτό που είμαι τώρα γιατί το έκανες; τα ζεστά δάκρυα έλαμπαν στα μάτια του. Έσχισε το χέρι του και, ρίχνοντας τον εαυτό του στο διαζύγιο, έθαψε το πρόσωπό του στα μαξιλάρια, σαν να προσευχόταν.

"αυτό είναι το δικό σου πράσινο," είπε ο ζωγράφος πικρά.

Ο άρχοντας σήκωσε τους ώμους του. "είναι το πραγματικό γκρίζο του - αυτό είναι όλο".

"δεν είναι."

"αν δεν είναι, τι έχω να κάνω με αυτό;"

"θα έπρεπε να φύγετε όταν σας ρώτησα", μουρμούρισε.

«έμεινα όταν με ρωτήσατε», ήταν η απάντηση του άρχοντα .

"χάρι, δεν μπορώ να διαφωνήσω με τους δύο καλύτερους φίλους μου ταυτόχρονα, αλλά μεταξύ σας και οι δύο έχετε κάνει να μισώ το ωραιότερο έργο που έχω κάνει και θα το καταστρέψω. Δεν θα αφήσει να συναντήσει τις τρεις ζωές μας και να τους αποκομίσει ".

Το γκρι σήκωσε το χρυσό κεφάλι του από το μαξιλάρι και με κοκκινωπό πρόσωπο και δάκρυα με μάτια, κοίταξε τον καθώς περπατούσε στο τραπέζι ζωγραφικής που βρισκόταν κάτω από το ψηλό παράθυρο με κουρτίνες. Τι έκανε εκεί; τα δάχτυλά του περιπλέκονταν μεταξύ των απορριμμάτων από σωλήνες κασσίτερου και στεγνά βούρτσες, αναζητώντας κάτι. Ναι, ήταν για το μεγάλο μαχαίρι παλετών, με τη λεπτή λεπίδα του από χάλυβα. Το βρήκε επιτέλους. Θα έσπαγε τον καμβά.

Με ένα πνιγμένο λυσσάρι το κορίτσι πήδηξε από τον καναπέ και, σπεύδοντας προς τα δεξιά, έσχισε το μαχαίρι από το χέρι του και το έριξε στο τέλος του στούντιο. "μην, βασιλικός, μην το κάνετε!" αυτός έκλαψε. "θα ήταν δολοφονία!"

"χαίρομαι που εκτιμάτε επιτέλους το έργο μου, ", είπε ο ζωγράφος ψυχρά όταν είχε ανακάμψει από την έκπληξή του. "ποτέ δεν σκέφτηκα ότι θα".

"εκτιμώ αυτό; είμαι ερωτευμένος με αυτό, βασιλικός, είναι μέρος του εαυτού μου.

"καλά, μόλις στεγνώσετε, θα είστε βερνικωμένοι, πλαισιωμένοι και αποσταλμένοι στο σπίτι, τότε μπορείτε να κάνετε ό, τι θέλετε με τον εαυτό σας". Και περπάτησε στο δωμάτιο και χτύπησε το κουδούνι για τσάι. "θα έχετε τσάι, φυσικά, ; και θα το κάνετε, ή αντιταχθείτε σε τέτοιες απλές απολαύσεις;"

«λατρεύω απλές απολαύσεις», είπε ο άρχοντας . "είναι το τελευταίο καταφύγιο του συγκροτήματος, αλλά δεν μου αρέσουν σκηνές, εκτός από τη σκηνή, ποιοι παράλογοι είστε, και οι δυο σας, αναρωτιέμαι ποιος ονομάστηκε άνθρωπος ως λογικό ζώο, ήταν το πιο πρόωρο ο άνθρωπος είναι πολλά πράγματα, αλλά δεν είναι λογικός, είμαι ευτυχής που δεν είναι μετά από όλα - αν και θα ήθελα να σας δεν θα αστειεύομαι πάνω από την εικόνα.έχατε πολύ καλύτερα επιτρέψτε μου να το έχω, βασιλικό αυτό το ανόητο αγόρι δεν το θέλει πραγματικά, και πραγματικά το κάνω. "

"αν αφήσετε κάποιον να το έχει αλλά εγώ, βασιλικός, δεν θα σε συγχωρήσω ποτέ!" " "και δεν επιτρέπω στους ανθρώπους να μου αποκαλούν ανόητο αγόρι".

"ξέρετε ότι η εικόνα είναι δική σας, . Σας έδωσα πριν υπάρξει."

"και ξέρετε ότι ήσασταν λίγο ανόητος, κύριε γκρίζος, και ότι δεν αντιτίθεσθε πραγματικά στην υπενθύμιση ότι είστε εξαιρετικά νέοι".

"θα έπρεπε να είχα αντιταχθεί πολύ έντονα σήμερα το πρωί, ο άρχοντας ."

"αχ! Αυτό το πρωί, έχετε ζήσει από τότε".

Ήρθε ένα χτύπημα στην πόρτα και ο μπάτλερ μπήκε με ένα τσακισμένο δίσκο τσαγιού και το έβαλε πάνω σε ένα μικρό ιαπωνικό τραπέζι. Υπήρχε μια κουδουνίστρα φλυτζανιών και πιατακιών και το φωνάζοντας σε μια αυλακωτή γεωγειακή ριπή. Δύο πιάτα σχήματος σχήματος σφαίρας φέρθηκαν από μια σελίδα. Το γκρίζο γκρίζο πέρασε και έριξε το τσάι. Οι δύο άντρες έτρεχαν μαλακά στο τραπέζι και εξέτασαν τι ήταν κάτω από τα καλύμματα.

"ας πάμε στο θέατρο νύχτα", είπε ο άρχοντας . "υπάρχει σίγουρα κάτι, κάπου, υποσχεθήκαμε να δειπνήσουμε στα λευκά, αλλά μόνο με έναν παλιό φίλο, έτσι μπορώ να του στείλω ένα καλώδιο για να πω ότι είμαι άρρωστος ή ότι δεν μπορώ να έρχομαι συνέπεια μιας επακόλουθης δέσμευσης, νομίζω ότι θα ήταν μια αρκετά ωραία δικαιολογία: θα είχε όλη την έκπληξη της ειλικρίνειας. "

«είναι τόσο εύκολο να βάζεις τα ρούχα σου», μουρμούρισε προς τα δεξιά. "και, όταν κάποιος τους έχει, είναι τόσο τρομακτικοί."

"ναι," απάντησε ο ορνιθός ονειρευτικά, "η φορεσιά του δέκατου ένατου αιώνα είναι απεχθής, είναι τόσο σκοτεινή, τόσο καταθλιπτική, η αμαρτία είναι το μοναδικό αληθινό χρώμα που έχει απομείνει στη σύγχρονη ζωή".

"δεν πρέπει να πεις τέτοια πράγματα πριν από το , ."

"πριν από την οποία ; αυτός που ρίχνει τσάι για εμάς, ή εκείνος στην εικόνα;"

"πριν από κάθε."

«θα ήθελα να έρθω στο θέατρο μαζί σας, ο άρχοντας », είπε ο παίδων.

"τότε θα έρθει και θα έρθει και ο βασιλικός, έτσι δεν είναι;"

"δεν μπορώ, πραγματικά, θα ήθελα νωρίτερα δεν έχω πολλή δουλειά να κάνω".

"λοιπόν, εσείς και εγώ θα πάμε μόνοι, κύριε γκρι."

"θα ήθελα αυτό να είναι απαίσια."

Ο ζωγράφος τσίμπησε το χείλι του και περπάτησε, φλιτζάνι στο χέρι, στην εικόνα. "θα μείνω με τον πραγματικό ", είπε, δυστυχώς.

"είναι ο πραγματικός δωριανός;" φώναξε το πρωτότυπο του πορτρέτου, περπατώντας σε αυτόν. "μου αρέσει πραγματικά;"

"ναι, είσαι ακριβώς έτσι."

"πόσο υπέροχο, βασιλικό!"

"τουλάχιστον εσείς είστε όπως σε εμφάνιση, αλλά ποτέ δεν θα αλλάξει" αναστέναξε προς τα δεξιά. "αυτό είναι κάτι."

"τι κάνει η φασαρία για την πίστη!" αναφώνησε ο άρχοντας . «γιατί, ακόμα και στην αγάπη είναι καθαρά ζήτημα φυσιολογίας, δεν έχει τίποτα να κάνει με τη δική μας θέληση · οι νέοι άνθρωποι θέλουν να είναι πιστοί και δεν είναι · οι ηλικιωμένοι θέλουν να είναι άπιστοι και δεν μπορούν: λένε."

"μην πάτε στο θέατρο νύχτα, ", δήλωσε προς την κατεύθυνση. "σταματήστε και φαγωθείτε μαζί μου".

"δεν μπορώ, βασιλικό".

"γιατί?"

"επειδή έχω υποσχεθεί στον άρχοντα να πάει μαζί του".

"δεν θα σας αρέσει το καλύτερο για την τήρηση των υποσχέσεών σας, πάντα σπάει το δικό του, σας ζητώ να μην πάτε".

Ο γκρίζος γέρος γέλασε και κούνησε το κεφάλι του.

"σας ζητώ."

Ο παππούς έμεινε διστακτικός και κοίταξε τον άρχοντα που τον παρακολουθούσε από το τραπέζι τσαγιού με ένα χαρούμενο χαμόγελο.

"πρέπει να πάω, βασιλικός", απάντησε.

«πολύ καλά», είπε προς τα δεξιά, και πήγε και κατέβασε το ποτήρι του στο δίσκο. "είναι μάλλον αργά, και, όπως πρέπει να ντυθείς, θα έπρεπε να χάσεις λίγο χρόνο, αντίο, , αντίο, , ελάτε να με δείτε σύντομα.

"σίγουρα."

"δεν θα ξεχάσετε;"

"όχι, φυσικά όχι", φώναξε ο .

"και ... !"

"ναι, βασιλικός;"

"θυμηθείτε αυτό που σας ρώτησα, όταν ήμασταν στον κήπο αυτό το πρωί."

«το έχω ξεχάσει».

"σε εμπιστεύομαι."

"εύχομαι να έχω εμπιστοσύνη στον εαυτό μου", είπε ο γέρος , γελώντας. "ελάτε, κύριε γκρίζο, το χάντσο μου είναι έξω, και μπορώ να σας ρίξω στη δική σας θέση, αντίο, βασιλικό, ήταν ένα πολύ ενδιαφέρον απόγευμα."

Καθώς η πόρτα έκλεισε πίσω τους, ο ζωγράφος πέταξε κάτω σε έναν καναπέ, και ένα βλέμμα του πόνου ήρθε στο πρόσωπό του.

Κεφάλαιο 3

Στις μισές παρελθούσες δώδεκα επόμενες μέρες ο άρχοντας περπατούσε από το δρόμο του μέχρι την αλμπάνι για να καλέσει τον θείο του, τον φερμόρ του κυρίου, ένα γοητευτικό αν και κάπως τραχύ παλιό γκρουπ, τον οποίο ο εξωτερικός κόσμος χαρακτήριζε εγωιστικός επειδή δεν έλαβε ιδιαίτερο όφελος από αυτόν, αλλά που θεωρήθηκε γενναιόδωρος από την κοινωνία καθώς τράφηκε από τους ανθρώπους που τον διασκέδαζαν. Ο πατέρας του ήταν ο πρεσβευτής μας στο μαδρίτ, όταν η ισραηλινή ήταν νεαρή και δεν το σκέφτηκε, αλλά είχε αποσυρθεί από τη διπλωματική υπηρεσία σε μια συγκλονιστική στιγμή ενόχλησης για το γεγονός ότι δεν προσφέρθηκε στην πρεσβεία στο παρίσι, θέση στην οποία θεώρησε ότι είχε πλήρη δικαιολογία λόγω της γέννησής του, της λιποτάπησής του, του καλού αγγλικού των αποστολών του και του υπερβολικού πάθους του για ευχαρίστηση. Ο γιος, ο οποίος ήταν ο γραμματέας του πατέρα του, παραιτήθηκε μαζί με τον επικεφαλής του, κάπως ανόητα όπως πίστευε τότε, και με επιτυχία μερικούς μήνες αργότερα στον τίτλο, είχε βρεθεί στη σοβαρή μελέτη της μεγάλης αριστοκρατικής τέχνης να κάνει απολύτως τίποτα. Είχε δύο μεγάλα αρχοντικά, αλλά προτιμούσε να ζει σε επιμελητήρια, καθώς ήταν λιγότερο πρόβλημα και πήρε τα περισσότερα από τα γεύματά του στη λέσχη του. Δίδει ιδιαίτερη προσοχή στη διαχείριση των κολυμβητηρίων του στις μεσογειακές επαρχίες, δικαιολογώντας τον εαυτό του για αυτή τη φθορά της βιομηχανίας με το σκεπτικό ότι το ένα πλεονέκτημα του άνθρακα ήταν ότι επέτρεπε σε έναν κύριο να προσφέρει την ευπρέπεια της καύσης του ξύλου στη δική του εστία. Στην πολιτική ήταν συνωμοσιογράφος, εκτός κι αν οι τωρινοί ήταν στην εξουσία, κατά τη διάρκεια της οποίας τους κακοποίησαν σθεναρά για να είναι ένα πακέτο ριζοσπαστών. Ήταν ήρωας στον καπετάνιο του, τον οποίο τον εκφοβίζει, και τον τρόμο στις περισσότερες από τις σχέσεις του, τις οποίες εκφοβίζει με τη σειρά του. Μόνο η αγγλία θα μπορούσε να τον παρήγαγε και πάντα είπε ότι η χώρα πήγε στα σκυλιά. Οι αρχές του ήταν ξεπερασμένες, αλλά υπήρχε καλή συμφωνία για τις προκαταλήψεις του.

Όταν ο άρχοντας άρχοντας μπήκε στο δωμάτιο, βρήκε τον θείο του να κάθεται σε ένα τραχύ γυμνό παλτό, καπνίζοντας ένα και γκρινιάζοντας τις εποχές . "καλά, ," είπε ο παλιός κύριος, "τι σας φέρνει τόσο νωρίς; σκέφτηκα ότι δεν σηκώθηκε ποτέ μέχρι δύο, και δεν ήταν ορατά μέχρι πέντε".

"καθαρή αγάπη της οικογένειας, σας διαβεβαιώνω, θείος . Θέλω να βγάλω κάτι από εσάς".

"τα χρήματα, ας υποθέσουμε", είπε ο φέρμορ του λόρδου, κάνοντας ένα άγριο πρόσωπο. "καλά, καθίστε και πείτε μου όλα σχετικά με αυτό, οι νέοι, σήμερα, φανταστείτε ότι τα χρήματα είναι τα πάντα."

"ναι", μουρμούρισε ο άρχοντας , διευθετώντας την τρύπα του κουμπιού στο παλτό του. "και όταν μεγαλώνουν το ξέρουν, αλλά δεν θέλω χρήματα, είναι μόνο οι άνθρωποι που πληρώνουν τους λογαριασμούς τους που θέλουν αυτό, ο θείος , και ποτέ δεν πληρώνω δική μου." η πίστωση είναι η πρωτεύουσα ενός νεώτερου γιου και ένα ζει ωραίο σε αυτό, εκτός από το ότι ασχολούμαι πάντα με τους εμπόρους της και κατά συνέπεια δεν με ενοχλούν ποτέ τι θέλω είναι η πληροφορία: όχι χρήσιμες πληροφορίες φυσικά άχρηστες πληροφορίες ».

"καλά, μπορώ να σας πω οτιδήποτε είναι σε ένα αγγλικό μπλε βιβλίο, αν και οι συνάδελφοι σήμερα γράφουν πολλές ανοησίες, όταν ήμουν στο διπλωματικό, τα πράγματα ήταν πολύ καλύτερα, αλλά ακούω ότι τα αφήνουν τώρα μέσα από την εξέταση τι είναι αυτό που μπορείς να περιμένεις; "οι εξετάσεις, κύριε, είναι καθαροί από την αρχή μέχρι το τέλος." αν ένας άντρας είναι κύριος, ξέρει αρκετό και αν δεν είναι τζέντλεμαν, ό, τι ξέρει είναι κακό γι 'αυτόν ".

"ο κ. Γκρίζος δεν ανήκει στα μπλε βιβλία, θείος γεώργιος", είπε ο άρχοντας μαλακά.

"κύριε γκρι; ποιος είναι αυτός;" ρώτησε ο λόρδος φερμόρ, πλέκοντας τα βρώμικα λευκά φρύδια του.

"αυτό είναι που έχω έρθει να μάθω, θείος ή μάλλον, ξέρω ποιος είναι αυτός είναι ο εγγονός του τελευταίου κυρίου η μητέρα του ήταν κυρία θέλω να μου πείτε για τη μητέρα του. Τι περίμενε, ποιος παντρεύτηκε; έχεις γνωρίσει σχεδόν όλους τους φίλους σου στην εποχή σου, οπότε ίσως να την γνώριζες.

"ο εγγονός του !" απηύθυναν τον παλιό κύριο. "ο εγγονός του ! ... Φυσικά ... Ήξερα τη μητέρα του στενά, πιστεύω ότι ήμουν στο βάπτισμα της, ήταν ένα εξαιρετικά όμορφο κορίτσι, , και έκανε όλους τους άνδρες ξέφρενο φεύγοντας με ένα μικρό συνάδελφοι - απλά κανείς, κύριε, υποτελές σε ένα σύνταγμα ποδιών, ή κάτι τέτοιο ... Σίγουρα θυμάμαι το όλο πράγμα σαν να συνέβη χθες ο φτωχός άνθρωπος σκοτώθηκε σε μια μονομαχία στο λίγους μήνες μετά τον γάμο είχε μια άσχημη ιστορία γι 'αυτό, λέγοντας ότι ο πήρε έναν περιπλανώμενο τυχοδιώκτη, έναν βέλγο βρετανό, για να προσβάλει τον γαμπρό του στο κοινό - του πλήρωσε, κύριε, για να το πράξει, τον πλήρωσε - και ότι ο συνάδελφος έκριψε ο άνθρωπος σαν να ήταν περιστέρι, αλλά το πικρό, ο κέλσος έτρωγε μόνο του το μαχαίρι του στο κλαμπ για αρκετό καιρό μετά, έφερε μαζί του την κόρη του, μου είπαν, και ποτέ δεν του μίλησε ξανά, ναι, ήταν κακή δουλειά, η κοπέλα πέθανε και πέθανε μέσα σε ένα χρόνο, έτσι άφησε ένα γιο, μήπως είχε ξεχάσει τι είδους αγόρι είναι αυτός; αν είναι σαν τη μητέρα του, πρέπει να είναι ένα καλό πρόσωπο. "

"είναι πολύ καλός", εξουσιοδότησε ο άρχοντας .

"ελπίζω ότι θα πέσει στα σωστά χέρια", συνέχισε ο γέρος. "θα έπρεπε να έχει μια κατσαρόλα χρήματα να τον περιμένει αν ο έπραξε το σωστό από αυτόν, η μητέρα του είχε χρήματα, όλη η αγαθοεργία ήρθε σε αυτήν, μέσω του παππού της, ο παππούς της μισούσε το , τον νόμιζε σαν σκυλί. Ήταν και εγώ, ήρθε στο , όταν βρισκόμουν εκεί, , ντρεπόμουν γι 'αυτόν, η βασίλισσα με ρώτησε για τον αγγλικό ευγενή που πάντα έτρεχε με τους καμπάνους για τους ναύλους τους, έκαναν αρκετά μια ιστορία γι' αυτό δεν τολμούσα να δείξω το πρόσωπό μου στο δικαστήριο για ένα μήνα, ελπίζω να αντιμετωπίσει τον εγγονό του καλύτερα από ό, τι έκανε τα πορνεία ».

"δεν ξέρω", απάντησε ο άρχοντας . "φαντάζομαι ότι το αγόρι θα είναι καλά μακριά, δεν έχει ηλικία ακόμα, έχει , ξέρω, μου είπε έτσι και ... Η μητέρα του ήταν πολύ όμορφη;"

" ήταν ένα από τα ωραιότερα πλάσματα που έχω δει ποτέ, το ... Τι στη γη την ώθησε να συμπεριφέρεται όπως το έκανε, δεν μπορούσα ποτέ να καταλάβω ... Θα μπορούσε να παντρευτεί κάποιον που επέλεξε. Όλοι οι άντρες της οικογένειας ήταν οι άντρες ήταν κακή παρτίδα, αλλά, , οι γυναίκες ήταν θαυμάσιες, ο πήγε στα γόνατά της, μου είπε ο ίδιος, γέλασε τον, και δεν υπήρχε κορίτσι στο λονδίνο την εποχή εκείνη που δεν τον ακολουθούσε, και από το δρόμο, ο χάρι, μιλώντας για ανόητους γάμους, τι είναι αυτό το χάλιο που σου λέει ο πατέρας μου για το που θέλει να παντρευτεί έναν αμερικανό; "

"είναι μάλλον μοντέρνο να παντρευτούν αμερικανούς μόλις τώρα, θείος ."

«θα υποστηρίξω τις αγγλικές γυναίκες ενάντια στον κόσμο, χάρι», είπε ο φέρμορ λόρδος, χτυπώντας το τραπέζι με τη γροθιά του.

"το στοίχημα είναι για τους αμερικανούς".

«δεν διαρκούν, μου είπαν», μουρμούρισε ο θείος του.

"μια μακρά δέσμευση τους εξαντλεί, αλλά είναι πρωτεύουσα σε ένα ., που παίρνουν τα πράγματα που φέρουν." δεν νομίζω έχει μια πιθανότητα. "

"ποιοι είναι οι άνθρωποι της;" μουρμούρισε τον παλιό κύριο. "έχει κανείς;"

Ο άρχοντας κούνησε το κεφάλι του. "αμερικανικά κορίτσια είναι εξίσου έξυπνα στην απόκρυψη των γονέων τους, καθώς οι αγγλικές γυναίκες κρύβουν το παρελθόν τους", είπε, ανεβαίνοντας να πάει.

"είναι χοιρινό-συσκευαστές, υποθέτω;"

"ελπίζω έτσι, θείος , για χάρη του . Μου είπαν ότι η συσκευασία χοιρινού κρέατος είναι το πιο προσοδοφόρο επάγγελμα στην αμερική, μετά από πολιτική".

"είναι όμορφη?"

"αυτή συμπεριφέρεται σαν να ήταν όμορφη, οι περισσότερες αμερικανικές γυναίκες κάνουν αυτό είναι το μυστικό της γοητείας τους."

«γιατί δεν μπορούν αυτές οι αμερικανίδες να μείνουν στη χώρα τους; μας λένε πάντα ότι είναι ο παράδεισος για τις γυναίκες».

"είναι, αυτός είναι ο λόγος για τον οποίο, όπως και την παραμονή, είναι τόσο υπερβολικά ανήσυχοι να βγούμε από αυτό", δήλωσε ο άρχοντας . "αντίο, θείος , θα αργήσω για μεσημεριανό γεύμα, αν σταματήσω πια, ευχαριστώ που μου έδωσες τις πληροφορίες που ήθελα, πάντα θέλω να μάθω τα πάντα για τους νέους φίλους μου και τίποτα για τα παλιά μου".

"που γευματίζεις, χάρι;"

"στη θεία , έχω ρωτήσει τον εαυτό μου και κύριε γκρι, είναι ο τελευταίος προστατευτής της ."

"κακό, πείτε τη θεία σας , , για να μην με ενοχλεί πια με τις φιλανθρωπικές της εκκλήσεις, είμαι άρρωστος από αυτούς, γιατί η καλή γυναίκα σκέφτεται ότι δεν έχω τίποτα να κάνω παρά να γράψω επιταγές για τα ανόητα μανία της.

"καλά, ο θείος γιώργος, θα της πω, αλλά δεν θα έχει κανένα αποτέλεσμα, οι φιλανθρωπικοί άνθρωποι χάνουν κάθε αίσθηση της ανθρωπότητας, είναι το χαρακτηριστικό τους χαρακτηριστικό".

Ο παλιός κύριος μουρμούρισε εγκωδικώς και χτύπησε το κουδούνι για τον υπάλληλό του. Ο άρχοντας πέρασε τη χαμηλή στοά του και γύρισε τα σκαλιά του προς την πλατεία .

Έτσι ήταν η ιστορία της συγγένειας του . Όπως τον είχε πει ο ίδιος, τον είχε αναστήσει ακόμα με την πρότασή του για ένα παράξενο, σχεδόν σύγχρονο ρομαντισμό. Μια όμορφη γυναίκα που διακινδυνεύει τα πάντα για ένα τρελό πάθος. Λίγες άγριες εβδομάδες ευτυχίας που κόβονται από ένα απίστευτο, ύπουλο έγκλημα. Μήνες άγνοιας, και στη συνέχεια ένα παιδί που γεννήθηκε από πόνο. Η μητέρα άρπαξε μακριά από το θάνατο, το αγόρι έμεινε στη μοναξιά και την τυραννία ενός παλιού και αγάπηλου. Ναί; ήταν ένα ενδιαφέρον υπόβαθρο. Έθεσε το παιδί, τον έκανε πιο τέλειο, όπως ήταν. Πίσω από κάθε έξοχο πράγμα που υπήρχε, υπήρχε κάτι τραγικό. Οι κόσμοι έπρεπε να είναι σε δουλειά, το κακότερο λουλούδι να χτυπήσει ... Και πόσο γοητευτικό ήταν στο δείπνο το προηγούμενο βράδυ, όπως με τα κραυγαλέα μάτια και τα χείλη που χωρίστηκαν με φοβισμένη ευχαρίστηση είχε καθίσει απέναντί του στο , τα κόκκινα κεριά που κηλιδώθηκαν σε ένα πλουσιότερο τριαντάφυλλο το ξύπνημα θαυμασμού του προσώπου του. Μιλώντας σε αυτόν ήταν σαν να παίζεις σε ένα εξαιρετικό βιολί. Απάντησε σε κάθε επαφή και συγκίνηση του τόξου ... Υπήρχε κάτι τρομερά συναρπαστικό στην άσκηση επιρροής. Καμία άλλη δραστηριότητα δεν ήταν σαν αυτό. Να σχεδιάσετε την ψυχή κάποιου σε κάποια ευγενική μορφή και αφήστε το να παραμείνει εκεί για μια στιγμή. Να ακούει κανείς τις δικές του πνευματικές απόψεις να επαναλαμβάνονται σε ένα με όλη την προστιθέμενη μουσική του πάθους και της νεολαίας. Να μεταφέρουμε το ταμπεραμέντο σε μια άλλη σαν να ήταν ένα λεπτό υγρό ή ένα παράξενο άρωμα: υπήρξε μια πραγματική χαρά σ 'αυτό - ίσως η πιο ικανοποιητική χαρά που μας άφησε σε μια εποχή τόσο περιορισμένη και χυδαία όπως τη δική μας, τις απολαύσεις του και τις μεγάλες κοινότητες με τους στόχους του ... Ήταν επίσης ένας θαυμάσιος τύπος, αυτός που, με τόσο περίεργη ευκαιρία που είχε συναντήσει στο στούντιο του βασιλείου, ή θα μπορούσε να φτιαχτεί σε ένα θαυμάσιο τύπο, σε κάθε περίπτωση. Η χάρη του ήταν και η λευκή αγνότητα της παιδικής ηλικίας και η ομορφιά όπως τα παλιά ελληνικά μάρμαρα που κρατούσαν για μας. Δεν υπήρχε τίποτα που να μην μπορούσε να κάνει μαζί του. Θα μπορούσε να γίνει ή ένα παιχνίδι. Τι κρίμα ήταν ότι η ομορφιά αυτή προοριζόταν να εξασθενίσει! ... Και βασιλικό; από ψυχολογική άποψη, πόσο ενδιαφέρουσα ήταν! Ο νέος τρόπος στην τέχνη, ο νέος τρόπος να κοιτάζει κανείς τη ζωή, πρότεινε τόσο περίεργα η απλή ορατή παρουσία εκείνου που ήταν ασυνείδητος για όλα αυτά. Το σιωπηλό πνεύμα που κατοικούσε σε σκοτεινό δάσος και περπατούσε αόρατο σε ανοιχτό πεδίο, ξαφνικά εμφανιζόμενος, στεγνό και μη φοβισμένο, γιατί στην ψυχή του που την αναζητούσε εκεί είχε ξυπνήσει εκείνο το θαυμάσιο όραμα στο οποίο αποκαλύπτονται τα θαυμάσια πράγματα. Τα απλά σχήματα και τα πρότυπα των πραγμάτων να γίνονται, όπως ήταν, εκλεπτυσμένα και να κερδίζουν ένα είδος συμβολικής αξίας, σαν να ήταν μοντέλα μιας άλλης και πιο τέλεια μορφής της οποίας η σκιά έκαναν πραγματική: πόσο παράξενο ήταν όλοι! Θυμήθηκε κάτι τέτοιο στην ιστορία. Δεν ήταν το , ο καλλιτέχνης στη σκέψη, που το είχε αναλύσει για πρώτη φορά; δεν ήταν το που το είχε χαράξει στα χρωματιστά μάρμαρα μιας ακολουθίας ; αλλά στον δικό μας αιώνα ήταν παράξενο .... Ναι. Θα προσπαθούσε να φτάσει στο γκρίζο γκρίζο που, χωρίς να το ξέρει, το παιδί ήταν για τον ζωγράφο που είχε διαμορφώσει το υπέροχο πορτρέτο. Θα προσπαθούσε να τον κυριαρχήσει - είχε ήδη πράξει το ήμισυ. Θα έκανε το υπέροχο πνεύμα δικό του. Υπήρχε κάτι συναρπαστικό σε αυτόν τον γιο της αγάπης και του θανάτου.

Ξαφνικά σταμάτησε και κοίταξε τα σπίτια. Διαπίστωσε ότι είχε περάσει τη θεία του σε κάποια απόσταση και, χαμογελώντας στον εαυτό του, γύρισε πίσω. Όταν μπήκε στην κάπως σκοτεινή αίθουσα, ο μπάτλερ του είπε ότι είχαν πάει στο γεύμα. Έδωσε σε έναν από τους πεζοδρόμους το καπέλο και το ραβδί του και πέρασε στην τραπεζαρία.

"αργά ως συνήθως, χάρι", φώναξε η θεία του, κουνώντας το κεφάλι σε τον.

Εφευρέθηκε μια εύκολη δικαιολογία και αφού πήρε το κενό κάθισμα δίπλα της, κοίταξε γύρω για να δει ποιος ήταν εκεί. Ο δωριανός τον έκαναν ντροπιασμένα από το τέλος του τραπεζιού, μια κούραση απόλαυσης που κλέβει το μάγουλο του. Αντίθετα ήταν η δούκισσα του , μια κυρία αξιοθαύμαστης καλής φύσης και καλής ιδιοσυγκρασίας, που άρεσε πολύ από όλους εκείνους που την ήξεραν και από εκείνες τις άφθονες αρχιτεκτονικές αναλογίες που οι γυναίκες που δεν είναι δαιμονιστές περιγράφονται από τους σύγχρονους ιστορικούς ως στύση. Δίπλα της κάθισε, στα δεξιά της, ο κ. , ένας ριζοσπαστικός βουλευτής, ο οποίος ακολούθησε τον ηγέτη του στη δημόσια ζωή και στην ιδιωτική ζωή ακολούθησε τους καλύτερους μαγειρεμένους, τρώγοντας με τους τωρινούς και σκέπτοντας με τους φιλελεύθερους, σύμφωνα με έναν σοφό και πολύ γνωστό κανόνα. Η θέση στα αριστερά της καταλαμβάνεται από τον κ. Του , ένας παλιός κύριος με μεγάλη γοητεία και πολιτισμό, ο οποίος όμως είχε πέσει σε κακές συνήθειες σιωπής, έχοντας, όπως εξήγησε μια φορά στην κυρά , όλα όσα είχε να πει πριν ήταν τριάντα. Ο δικός του γείτονας ήταν κ. , ένας από τους παλαιότερους φίλους της θείας του, ένας τέλειος άγιος ανάμεσα στις γυναίκες, αλλά τόσο τρομακτικός, που θυμίζει ένα από ένα άσχημα βιβλίο ύμνου. Ευτυχώς γι 'αυτόν είχε από την άλλη πλευρά το βασίλειο , μια πολύ έξυπνη μέση ηλικία μετριότητα, όπως φαλακρό όπως μια υπουργική δήλωση στο σπίτι των κοινών, με τους οποίους συνομιλούσε με αυτόν τον έντονα σοβαρό τρόπο που είναι το ένα αδικαιολόγητο λάθος, όπως παρατήρησε κάποτε τον εαυτό του, ότι όλοι πραγματικά καλοί άνθρωποι πέφτουν μέσα, και από τις οποίες κανένας από αυτούς ποτέ δεν δραπετεύει.

"μιλάμε για φτωχό , ο λόρδος", φώναξε η δούκισσα, χαμογελώντας ευχάριστα σε αυτόν πέρα από το τραπέζι. "νομίζετε ότι θα παντρευτεί πραγματικά αυτό το συναρπαστικό νέο άτομο;"

"πιστεύω ότι έχει σκεφτεί να του προτείνει, δούκισσα".

"πόσο τρομακτικό!" αναφώνησε η κυρία . "πράγματι, κάποιος πρέπει να παρεμβαίνει."

"μου είπαν, με εξαιρετική εξουσία, ότι ο πατέρας της κρατά ένα αμερικανικό κατάστημα ξηρών αποθεμάτων", δήλωσε ο , αναζητώντας υπερήφανη.

"ο θείος μου έχει ήδη προτείνει τη συσκευασία χοιρινού κρέατος, κύριε ."

"προϊόντα ξηράς χρήσεως! Ποια είναι τα αμερικανικά προϊόντα ξηράς;" ρώτησε τη δούκισσα, ανεβάζοντας τα μεγάλα χέρια της με το θαύμα και τονίζοντας το ρήμα.

"αμερικανικά μυθιστορήματα", απάντησε ο , βοηθώντας τον εαυτό του σε κάποιο ορτύκια.

Η δούκισσα κοίταξε αμηχανία.

"δεν τον ενοχλείς, αγαπητέ μου," ψιθύρισε η κυρία . "ποτέ δεν σημαίνει τίποτα που λέει."

«όταν ανακαλύφθηκε η αμερική», είπε το ριζοσπαστικό μέλος - και άρχισε να δίνει κάποιες φοβερές ενδείξεις. Όπως όλοι οι άνθρωποι που προσπαθούν να εξαντλήσουν ένα θέμα, εξαντλούσε τους ακροατές του. Η δούκισσα αναστέναξε και άσκησε το προνόμιο της διακοπής της. "θέλω να καλοσύνη ποτέ δεν είχε ανακαλυφθεί σε όλα!" αναφώνησε. "πραγματικά, τα κορίτσια μας δεν έχουν την ευκαιρία σήμερα, είναι πολύ άδικο".

"ίσως, τελικά, η αμερική ποτέ δεν έχει ανακαλυφθεί", είπε ο κ. ; "εγώ ο ίδιος θα έλεγα ότι είχε απλώς εντοπιστεί."

«ω! Αλλά έχω δει δείγματα των κατοίκων», απάντησε αόριστα η δωδεκάδα. "πρέπει να ομολογήσω ότι οι περισσότεροι από αυτούς είναι εξαιρετικά όμορφοι και ντυμένοι καλά κι αυτοί παίρνουν όλα τα φορέματά τους στο παρίσι, θα ήθελα να είμαι σε θέση να κάνω το ίδιο".

"λένε ότι όταν οι καλοί αμερικανοί πεθάνουν πηγαίνουν στο παρίσι", γέλασε ο κύριος θωμάς, ο οποίος είχε μια μεγάλη ντουλάπα από ρούχα χιούμορ.

"πραγματικά! Και πού πηγαίνουν καλοί αμερικανοί όταν πεθαίνουν;" ρώτησε η δούκισσα.

«πηγαίνουν στην αμερική», μουρμούρισε ο άρχοντας .

Ο κύριος θωμάς κοίταξε. "φοβάμαι ότι ο ανιψιός σας είναι προκατειλημμένος απέναντι σε αυτή τη μεγάλη χώρα", είπε στην κυρία . "έχω ταξιδέψει παντού σε αυτοκίνητα που παρέχουν οι σκηνοθέτες, οι οποίοι, σε τέτοια θέματα, είναι εξαιρετικά πολιτικοί. Σας διαβεβαιώνω ότι είναι μια εκπαίδευση για να την επισκεφθείτε».

"αλλά πρέπει να δούμε πραγματικά το για να εκπαιδεύσουμε;" ρώτησε ο κ. Απατηλά. "δεν αισθάνομαι μέχρι το ταξίδι."

Ο κύριος θωμάς έτρεξε με το χέρι του. "ο κ. Του έχει τον κόσμο στα ράφια του, εμείς οι πρακτικοί άντρες αρέσει να βλέπουμε τα πράγματα, να μην διαβάζουμε γι 'αυτούς, οι αμερικανοί είναι ένας εξαιρετικά ενδιαφέροντα λαός, είναι απολύτως λογικοί, νομίζω ότι αυτό είναι το χαρακτηριστικό τους χαρακτηριστικό, ο κ. , ένας απολύτως λογικός λαός, σας διαβεβαιώνω ότι δεν υπάρχουν ανοησίες για τους αμερικανούς. "

"πόσο τρομακτικό!" είπε ο άρχοντας . "μπορώ να σταθεί η βίαιη δύναμη, αλλά ο βίαιος λόγος είναι αρκετά αφόρητος, υπάρχει κάτι άδικο για τη χρήση του, χτυπά κάτω από το μυαλό".

«δεν σε καταλαβαίνω», είπε ο κύριος θωμάς, αυξανόμενος κόκκινος.

"εγώ, κυρία ", μουρμούρισε ο κ. , με ένα χαμόγελο.

"τα παράδοξα είναι όλα πολύ καλά στο δρόμο τους ..." επανήλθε στο .

"ήταν ένα παράδοξο;" ρώτησε ο κ. . "δεν πίστευα έτσι, ίσως ήταν, καλά, ο τρόπος των παράδοξων είναι ο τρόπος της αλήθειας, για να δοκιμάσουμε την πραγματικότητα πρέπει να το δούμε στο σφιχτό σχοινί, όταν οι αλήθειες γίνονται ακροβάτες, μπορούμε να τους κρίνουμε".

"αγαπητέ μου!" είπε η κυρία , "πώς ισχυρίζονται οι άνδρες, είμαι σίγουρος ότι δεν μπορώ ποτέ να καταλάβω τι μιλάς." ω! Χάρι, είμαι πολύ ενοχλημένος μαζί σου γιατί προσπαθείς να πείσεις τον καλό μας κ. Το ανατολικό τέλος; σας διαβεβαιώνω ότι θα ήταν πολύ ανεκτίμητο, θα ήθελαν να παίζουν ".

«θέλω να παίξει σε μένα», φώναξε ο ηγέτης , χαμογελώντας, κοίταξε κάτω από το τραπέζι και έριξε μια λαμπρή απάντηση.

"αλλά είναι τόσο δυσαρεστημένοι με το λευκό άσπρο", συνέχισε η κυρία .

«μπορώ να συμπάσχω με όλα εκτός από τα βάσανα», είπε ο άρχοντας , σηκώνοντας τους ώμους του. "δεν μπορώ να συμπαθώ με αυτό, είναι πάρα πολύ άσχημο, πάρα πολύ φρικτό, πολύ τρομακτικό, υπάρχει κάτι τρομερά νοσηρό στη σύγχρονη συμπάθεια με τον πόνο, θα πρέπει να συμπαθεί με το χρώμα, την ομορφιά, τη χαρά της ζωής. Πληγές, τόσο το καλύτερο. "

"ακόμα, το ανατολικό άκρο είναι ένα πολύ σημαντικό πρόβλημα", παρατήρησε ο κύριος με ένα σοβαρό κούνημα του κεφαλιού.

"αρκετά," απάντησε ο νεαρός άρχοντας. "είναι το πρόβλημα της δουλείας και προσπαθούμε να το λύσουμε διασκεδάζοντας τους δούλους".

Ο πολιτικός τον κοίταξε έντονα. "ποια αλλαγή προτείνετε τότε;" ρώτησε.

Ο άρχοντας άρχοντας γέλασε. "δεν επιθυμώ να αλλάξω τίποτα στην αγγλία εκτός από τον καιρό", απάντησε. "είμαι αρκετά ικανοποιημένος με τη φιλοσοφική σκέψη, αλλά, όπως ο δέκατος ένατος αιώνας έχει χρεοκοπήσει μέσα από μια υπερβολική δαπάνη συμπάθειας, θα πρότεινα ότι πρέπει να απευθυνθούμε στην επιστήμη για να μας φέρει . Πλεονέκτημα των συναισθημάτων είναι ότι μας οδηγούν παραστρατιωτικό και το πλεονέκτημα της επιστήμης είναι ότι δεν είναι συναισθηματικό ".

"αλλά έχουμε τόσο σοβαρές ευθύνες", αποτολμήθηκε η κα. Βανδαλιστής.

"τρομερά σοβαρό," επανέλαβε η κυρία .

Ο άρχοντας κοίταξε τον κύριο. . "η ανθρωπότητα παίρνει τον εαυτό της πολύ σοβαρά, είναι η αρχική αμαρτία του κόσμου, αν ο σπηλαιολόγος είχε ξέρει πώς να γελάσει, η ιστορία θα ήταν διαφορετική".

"είσαι πραγματικά πολύ παρήγορο", είπε η δούκισσα. «πάντα ένοιωσα ένοχος όταν ήρθα να δω την αγαπημένη σου θεία, γιατί δεν με ενδιαφέρει καθόλου στο ανατολικό άκρο ... Για το μέλλον θα είμαι σε θέση να την κοιτάξω στο πρόσωπο χωρίς ένα κοκκινίλα».

"ένα κοκκίνισμα γίνεται πολύ, δούκισσα", παρατήρησε ο άρχοντας .

"μόνο όταν κάποιος είναι νέος", απάντησε. "όταν μια ηλικιωμένη γυναίκα σαν εμένα αρχίζει να λυγίζει, είναι ένα πολύ κακό σημάδι." "θα ήθελα να μου πείτε πώς να γίνεις και πάλι νέος".

Σκέφτηκε για μια στιγμή. "μπορείτε να θυμηθείτε οποιοδήποτε μεγάλο λάθος που διαπράξατε στις πρώτες σας μέρες, δούκισσα;" ρώτησε, κοιτάζοντας την απέναντι από το τραπέζι.

«πολύς, φοβούμαι», φώναξε.

"και στη συνέχεια να τους δεσμεύσετε ξανά», είπε σοβαρά. "για να πάρει πίσω τη νεολαία του, πρέπει κανείς να επαναλάβει τις φρεσκάδες του."

"μια ευχάριστη θεωρία!" αναφώνησε. «πρέπει να το εφαρμόσω στην πράξη».

"μια επικίνδυνη θεωρία!" προήλθε από τα σφιχτά χείλη του σ. Η κυρία κούνησε το κεφάλι της, αλλά δεν μπορούσε να βοηθήσει να είναι διασκεδασμένος. Κύριος. Άκουσε.

"ναι", συνέχισε, "αυτό είναι ένα από τα μεγάλα μυστικά της ζωής. Σήμερα οι περισσότεροι άνθρωποι πεθαίνουν από ένα είδος ανατριχιαστικής κοινής λογικής και ανακαλύπτουν όταν είναι πολύ αργά ότι τα μόνα πράγματα που κανείς ποτέ δεν λυπάται είναι λάθη κάποιου".

Ένα γέλιο έτρεξε γύρω από το τραπέζι.

Έπαιξε με την ιδέα και μεγάλωσε εσκεμμένα. Το πέταξε στον αέρα και το μεταμόρφωσε. Αφήστε τη να ξεφύγει και να την ξανακάνει. Το έκαναν ιριδίζοντα με φαντασία και το φτερούγαν με παράδοξο. Ο έπαινος της ακαταστασίας, όπως συνέχισε, ανέβηκε σε μια φιλοσοφία και η ίδια η φιλοσοφία έγινε νεαρή και έριξε την τρελή μουσική της ευχαρίστησης, φορώντας, όπως και να φανταστεί, το κρασί και το στεφάνι του κισσού, χόρευε σαν μπακχάν τους λόφους της ζωής, και χλευάζουν την αργή σιωπή για να είσαι νηφάλιος. Τα γεγονότα έφυγαν μπροστά της σαν φοβισμένα δάση πράγματα. Τα λευκά πόδια της έσκαψαν τον τεράστιο τύπο στον οποίο κάθεται σοφός ομάρ, μέχρις ότου ο φουσκωμένος χυμός σταφυλιών γύρισε τα γυμνά άκρα του μέσα σε κύματα από μωβ φυσαλίδες ή έσκασε με κόκκινο αφρό πάνω από τις μαύρες, στάχτες, κεκλιμένες πλευρές του κάδου. Ήταν ένας εξαιρετικός αυτοσχεδιασμός. Αισθάνθηκε ότι τα μάτια του γκρίζου του ήταν στερεωμένα πάνω του και τη συνείδηση ότι μεταξύ του ακροατηρίου του υπήρχε εκείνος που το ταμπεραμέντο που ήθελε να γοητεύσει φαινόταν να δίνει την ευστροφία του και να προσδίδει χρώμα στη φαντασία του. Ήταν λαμπρός, φανταστικός, ανεύθυνος. Γοητεύει τους ακροατές του από τον εαυτό τους, και ακολούθησαν το σωλήνα του, γελώντας. Ο γκρίζος γκρίζος δεν έβγαλε ποτέ το βλέμμα του από αυτόν, αλλά καθόταν σαν ένας κάτω από ένα ξόρκι, χαμογελάει κυνηγώντας ο ένας τον άλλον πάνω στα χείλη του και αναρωτιέται πως αυξανόταν ο τάφος στα σκοτεινά μάτια του.

Επιτέλους, ηλιόλουστη στο κοστούμι της εποχής, η πραγματικότητα εισήλθε στο δωμάτιο με τη μορφή ενός υπηρέτη για να πει στη δούκισσα ότι η μεταφορά της περίμενε. Έριξε τα χέρια της με ψεύτικη απελπισία. "πόσο ενοχλητικό!" έκλαψε. "πρέπει να πάω, πρέπει να καλέσω τον σύζυγό μου στο , να τον πάρω σε μια παράλογη συνάντηση στα δωμάτια του , όπου θα είναι στην καρέκλα." αν αργήσω, είναι βέβαιο ότι θα είναι μανιασμένη και εγώ δεν θα μπορούσε να έχει μια σκηνή σε αυτό το καπό, είναι πολύ εύθραυστη, μια σκληρή λέξη θα την κατέστρεφε, όχι, πρέπει να πάω, αγαπητός αθάθα, ανόητος, κυρία , είσαι αρκετά ευχάριστος και τρομερά απογοητευτικός. Δεν ξέρω τι να πω για τις απόψεις σας, πρέπει να έρθετε και να δειπνήσετε μαζί μας κάποια νύχτα.

"για σας θα ρίξω πάνω σε οποιονδήποτε, δούκισσα", είπε ο άρχοντας με ένα τόξο.

"αχ! Αυτό είναι πολύ ωραίο και πολύ λάθος από σας", φώναξε. "έτσι το μυαλό σας έρχεσαι"? Και ξεπέρασε το δωμάτιο, ακολουθούμενο από την κυρία και τις άλλες κυρίες.

Όταν ο άρχοντας άρχοντας κάθισε και πάλι, κύριε. Ο γύρισε γύρω, και κάνοντας μια καρέκλα κοντά του, έβαλε το χέρι του πάνω στο χέρι του.

"μιλάτε βιβλία μακριά", είπε? "γιατί δεν γράφετε ένα;"

"είμαι πάρα πολύ λάτρης της ανάγνωσης βιβλίων για να τα γράψω, κύριε , θα ήθελα να γράψω ένα μυθιστόρημα σίγουρα, ένα μυθιστόρημα που θα ήταν τόσο υπέροχο όσο ένα περσικό χαλί και ως εξωπραγματικό, αλλά δεν υπάρχει λογοτεχνικό κοινό στην αγγλία για οτιδήποτε άλλο εκτός από εφημερίδες, αστάρια και εγκυκλοπαίδειες.όλοι οι άνθρωποι στον κόσμο οι άγγλοι έχουν τη λιγότερη αίσθηση της ομορφιάς της λογοτεχνίας ».

"φοβάμαι ότι έχετε δίκιο", απάντησε ο κύριος. . "εγώ ο ίδιος είχα συνηθίσει να έχω λογοτεχνικές φιλοδοξίες, αλλά τους έδωσα πριν από πολύ καιρό και τώρα, αγαπητοί μου νέος φίλος, αν μου επιτρέπετε να σας τηλεφωνήσω έτσι, μπορεί να σας ρωτήσω αν πραγματικά εννοούσα όλα όσα μας είπατε κατά το γεύμα ; "

«εγώ ξεχάσω αρκετά αυτά που είπα», χαμογέλασε ο άρχοντας . "ήταν όλα πολύ κακά;"

"πολύ κακή πράγματι θεωρώ εξαιρετικά επικίνδυνη και αν συμβεί κάτι στην καλή δούκισσα, θα σας θεωρήσουμε όλους υπεύθυνους, αλλά θα ήθελα να σας μιλήσω για τη ζωή." η γενιά στην οποία ήμουν γενέθλια ήταν κουραστική ... Κάποια μέρα, όταν κουραστείτε από το λονδίνο, κατεβαίνετε στο και μου εξηγείτε τη φιλοσοφία σας απόλαυσης για κάποια αξιοθαύμαστη μπορντό που είμαι αρκετά τυχερός που κατέχω ».

"θα γοητευθώ, μια επίσκεψη στο θα είναι ένα μεγάλο προνόμιο, θα έχει έναν τέλειο οικοδεσπότη και μια τέλεια βιβλιοθήκη".

"θα το ολοκληρώσετε", απάντησε ο παλιός κύριος με ένα ευγενικό τόξο. "και τώρα πρέπει να προσφέρω αντίο στην εξαιρετική θεία σου, οφείλω στο αθήνα, είναι η ώρα που κοιμάμε εκεί".

"όλοι εσείς, κύριε ;"

«σαράντα από εμάς, σε σαράντα βραχίονες, ασκούμε για μια αγγλική ακαδημία επιστολών».

Ο άρχοντας άρχοντας γέλασε και ανέβηκε. «πάω στο πάρκο», φώναξε.

Καθώς έπεφτε από την πόρτα, το γκρίζο του τον άγγιζε στο χέρι. "επιτρέψτε μου να έρθω μαζί σας", μουρμούρισε.

"αλλά σκέφτηκα ότι είχατε υποσχεθεί το βασιλικό να επιστρέψει και να τον δει", απάντησε ο άρχοντας .

"θα έρθω νωρίτερα μαζί σου" "ναι, αισθάνομαι ότι πρέπει να έρθω μαζί σου, να με αφήσεις, και θα υποσχεθείς να μιλάς μαζί μου όλη την ώρα, κανένας δεν μιλά τόσο υπέροχα όσο κι εσύ".

"αχ, έχω μιλήσει αρκετά για σήμερα", δήλωσε ο γέρος , χαμογελώντας. "το μόνο που θέλω τώρα είναι να κοιτάξω τη ζωή. Μπορεί να έρθεις και να το κοιτάξεις μαζί μου, αν το νοιάζεις".

Κεφάλαιο 4

Ένα απόγευμα, ένα μήνα αργότερα, το γκρίζο ξαπλώνε σε μια πολυτελή καρέκλα, στη μικρή βιβλιοθήκη του σπιτιού του στο . Ήταν, με τον τρόπο του, ένα πολύ γοητευτικό δωμάτιο, με την υψηλή επένδυση από ξύλινη βελανιδιά, τη ζωγραφισμένη στη ζωγραφιά του ζωφόρο ζωφόρο και την οροφή των ανυψωμένων σοβάδων, καθώς και το χαλίκι του από τούβλο που έσκυψε με μεταξωτά χαλιά. Πάνω σε ένα μικροσκοπικό τραπέζι από σατέν ξύλο ήταν ένα αγαλματίδιο με κορδόνια και δίπλα του βρισκόταν ένα αντίγραφο των νουβέλων, που έφτανε για μαργάρετα της βαλής από την παραμονή του και κονιοποιήθηκε με τις μαργαριτάριες μαργαρίτες που η βασίλισσα είχε επιλέξει για τη συσκευή της. Μερικά μεγάλα μπλε πορσελάνινα βάζα και τουλίπες παπαγάλων κυμαίνονταν στο και μέσα από τα μικρά μολυβδωτά τζάμια του παραθύρου ρέει το βερίκοκο φως μιας καλοκαιρινής ημέρας στο λονδίνο.

Ο άρχοντας δεν είχε έρθει ακόμη. Ήταν πάντα καθυστερημένη αρχή, η αρχή του είναι ότι η ακρίβεια είναι ο κλέφτης του χρόνου. Οπότε το κορίτσι φαινόταν μάλλον θορυβώδες, όπως με τα απρόσιτα δάχτυλα γύρισε τις σελίδες μιας περίτεχνα εικονογραφημένης έκδοσης του που είχε βρει σε μία από τις βιβλιοθήκες. Το τυπικό μονοτονικό τσίμπημα του ρολογιού του τον ενοχλούσε. Μία ή δύο φορές σκέφτηκε να φύγει.

Τελικά άκουσε ένα βήμα έξω και η πόρτα άνοιξε. "πόσο αργά είσαι, χάρι!" μουρμούρισε.

"φοβάμαι ότι δεν είναι χάρι, κύριε γκρίζα", απάντησε μια φωνή.

Γύρισε γρήγορα γύρω και σηκώθηκε στα πόδια του. "ικετεύω τη χάρη σας, σκέφτηκα ..."

"σκεφτήκατε ότι ήταν ο σύζυγός μου, είναι μόνο η σύζυγός του, πρέπει να με αφήσετε να εισαγάγω τον εαυτό μου, γνωρίζω πολύ καλά τις φωτογραφίες σας, νομίζω ότι ο σύζυγός μου έχει δεκαεπτά από αυτά".

"όχι δεκαεπτά, κυρία ;"

"λοιπόν, δεκαοκτώ, και σε είδε μαζί του την άλλη νύχτα στην όπερα". Αυτή γέλασε νευρικά, καθώς μιλούσε, και τον κοίταζε με τα αόριστα μάτια του να μη ξεχνάς. Ήταν μια περίεργη γυναίκα, της οποίας τα φορέματα πάντα έμοιαζαν σαν να είχαν σχεδιαστεί σε μια οργή και να φέρονται σε μια καταιγίδα. Ήταν συνήθως ερωτευμένος με κάποιον και, καθώς το πάθος της δεν επέστρεψε ποτέ, είχε κρατήσει όλες τις αυταπάτες της. Προσπάθησε να φανεί γραφικό, αλλά μόνο κατάφερε να είναι άθλια. Το όνομά της ήταν νικτόρια, και είχε μια τέλεια μανία για να πάει στην εκκλησία.

"αυτό ήταν στο , κυρία , νομίζω;"

"ναι, ήταν στο αγαπητό μου αρέσει η μουσική καλύτερα από οποιονδήποτε είναι τόσο δυνατά που μπορεί κανείς να μιλήσει όλη την ώρα χωρίς άλλοι άνθρωποι να ακούν τι λέει αυτό είναι ένα μεγάλο πλεονέκτημα, δεν το νομίζετε έτσι, γκρίζα; "

Ο ίδιος νευρικός γεμάτος γέλιο έσπασε από τα λεπτά χείλη της και τα δάχτυλά της άρχισαν να παίζουν με ένα μακρύ χάρτινο μαχαίρι χελώνα.

Ο χαμογέλασε και κούνησε το κεφάλι του: «φοβάμαι ότι δεν το σκέφτομαι, κυρία », ποτέ δεν μιλάω κατά τη διάρκεια της μουσικής - τουλάχιστον, κατά τη διάρκεια της καλής μουσικής .. Αν κάποιος ακούσει κακή μουσική, είναι καθήκον του να το πνίξει σε συνομιλία. "

"αχ, αυτή είναι μια από τις απόψεις του χάρι, έτσι δεν είναι, κύριε γκρίζα; ακούω πάντα τις απόψεις του χάρι από τους φίλους του, είναι ο μόνος τρόπος για να γνωρίσω γι 'αυτούς, αλλά δεν πρέπει να σκεφτείς ότι δεν μου αρέσει καλή μουσική, το λατρεύω, αλλά φοβάμαι γι 'αυτό, με κάνει πάρα πολύ ρομαντικό, απλά λατρεύω πιανίστες - δύο κάθε φορά, μερικές φορές ο χάρι μου λέει δεν ξέρω τι είναι γι' αυτούς. Είναι ότι είναι αλλοδαποί, όλοι είναι, δεν είναι αυτοί, ακόμα και εκείνοι που γεννιούνται στην αγγλία γίνονται αλλοδαποί μετά από λίγο καιρό, έτσι δεν είναι τόσο έξυπνοι από αυτούς και μια τέτοια φιλοφρόνηση στην τέχνη το καθιστά αρκετά κοσμοπολίτικο, δεν έχεις ποτέ δεν ήσουν σε κανένα από τα κόμματά μου, εσύ, κύριε, πρέπει να έρχεσαι, δεν μπορώ να αντέξω ορχιδέες, αλλά δεν ξοδεύω τίποτα σε ξένους, κάνουν τα δωμάτια να φαίνονται τόσο γραφικά αλλά εδώ είναι ο χάρι, εγώ ήρθα να σε κοιτάξω, να σε ρωτήσω κάτι - ξεχάσω τι ήταν - και βρήκα κύριε γκρι εδώ, είχαμε μια τόσο ευχάριστη κουβέντα για τη μουσική, έχουμε το ίδιο πράγμα ιδέες μελάνι οι ιδέες μας είναι εντελώς διαφορετικές. Αλλά ήταν πολύ ευχάριστο. Χαίρομαι που τον έχω δει. "

«είμαι γοητευμένος, η αγάπη μου, πολύ γοητευμένος», είπε ο άρχοντας , ανυψώνοντας τα σκοτεινά, ημισελήνου φρύδια του και κοιτάζοντας τα δύο με ένα χαρούμενο χαμόγελο. "λυπάμαι τόσο αργά, , πήγα να φροντίσω ένα κομμάτι παλιού μπροκάρ σε δρόμο και έπρεπε να διαπραγματευτεί για ώρες για αυτό.σήμερα οι άνθρωποι γνωρίζουν την τιμή όλων και την αξία του τίποτα".

"φοβάμαι ότι πρέπει να πάω", αναφώνησε η κυρία , σπάζοντας μια αμήχανη σιωπή με το ανόητο ξαφνικό γέλιο της. "υποσχεθήκαμε να οδηγήσουμε με τη δούκισσα, αντίο, κύριε γκρίζα, αντίο, χάρι, εσείς, μαθαίνεις, έτσι θα είμαι, ίσως θα σε δω σε κυρία ".

«τολμούν να πω, αγαπητέ μου», είπε ο άρχοντας , κλείνοντας την πόρτα πίσω της, σαν να έμοιαζε σαν ένα παράξενο πουλί που είχε βγει όλη τη νύχτα στη βροχή, έριξε έξω από το δωμάτιο, αφήνοντας μια αμυδρή οσμή του . Τότε άναψε ένα τσιγάρο και πέταξε στον καναπέ.

«ποτέ δεν παντρεύεται μια γυναίκα με άχυρα μαλλιά, », είπε μετά από λίγες εισπνοές.

"γιατί, χάρι;"

"επειδή είναι τόσο συναισθηματικοί."

"αλλά μου αρέσουν οι συναισθηματικοί άνθρωποι."

"ποτέ δεν παντρεύονται, οι άνδρες παντρεύονται επειδή είναι κουρασμένοι γυναίκες, επειδή είναι περίεργοι: και οι δύο είναι απογοητευμένοι."

"δεν νομίζω ότι είμαι πιθανό να παντρευτώ, χασάω, είμαι πάρα πολύ ερωτευμένος, αυτός είναι ένας από τους αφορισμούς σας, το θέτω στην πράξη, καθώς κάνω ό, τι λέτε".

"ποιον ερωτευτείτε;" ρώτησε ο άρχοντας μετά από μια παύση.

"με μια ηθοποιό", είπε ο γκρίζος του , κοκκινίζοντας.

Ο άρχοντας σήκωσε τους ώμους του. "αυτό είναι ένα συνηθισμένο ντεμπούτο ."

"δεν θα το έλεγες αν την είδες, χάρι."

"ποιά είναι αυτή?"

"το όνομά της είναι σιφνέτα."

"δεν άκουσα ποτέ της."

"κανείς δεν έχει, αλλά οι άνθρωποι θα είναι κάποια μέρα, ωστόσο, είναι μια μεγαλοφυία".

"η αγαπημένη μου αγάπη, η γυναίκα δεν είναι μια ιδιοφυΐα, οι γυναίκες είναι ένα διακοσμητικό φύλο, δεν έχουν τίποτα να πουν, αλλά το λένε όμορφα, οι γυναίκες αντιπροσωπεύουν τον θρίαμβο της ύλης πάνω από το μυαλό, ακριβώς όπως οι άνδρες αντιπροσωπεύουν το θρίαμβο του νου πάνω από τα ηθικά. "

", πώς μπορείτε;"

"αγαπητέ μου , είναι αλήθεια, είμαι ανάλυσης των γυναικών επί του παρόντος, οπότε θα έπρεπε να γνωρίζω.το θέμα δεν είναι τόσο αποπροσανατολιστικό όσο σκέφτηκα ότι είναι.αυτεύω ότι, τελικά, υπάρχουν μόνο δύο είδη γυναικών, το απλές και οι χρωματιστές, οι απλές γυναίκες είναι πολύ χρήσιμες, αν θέλετε να αποκτήσετε μια φήμη για αξιοπρέπεια, έχετε απλώς να τους πάρει για να δειπνήσουν, οι άλλες γυναίκες είναι πολύ γοητευτικές, αλλά διαπράττουν ένα λάθος, να δοκιμάσουν να φαίνονται νεαρά, οι γιαγιάδες ζωγραφισμένες για να δοκιμάσουν και να μιλήσουν λαμπρά, ο ροζέ και ο εσπερίτης συνήθιζαν να πάνε μαζί, αυτό συμβαίνει τώρα, όσο μια γυναίκα μπορεί να φανεί δέκα χρόνια νεότερη από τη δική της κόρη, είναι απόλυτα ικανοποιημένη όσο για τη συνομιλία, υπάρχουν μόνο πέντε γυναίκες στο λονδίνο που αξίζει να μιλήσουν και δύο από αυτές δεν μπορούν να γίνουν αποδεκτές σε μια αξιοπρεπή κοινωνία, ωστόσο, πες μου για τη μεγαλοφυία σου, πόσο καιρό την γνωρίζεις;

"! , οι απόψεις σας με τρομάζουν".

"ποτέ δεν το πειράζει αυτό, πόσο καιρό την ξέρετε;"

"περίπου τρεις εβδομάδες."

"και πού την συναντήσατε;"

"θα σου πω, , αλλά δεν πρέπει να είσαι ασυμπτωματικός γι 'αυτό, τελικά, ποτέ δεν θα συνέβαινε αν δεν σε γνώρισα, με πλησίασες με μια άγρια επιθυμία να ξέρεις τα πάντα για τη ζωή. Σας συναντήσαμε, κάτι που φάνηκε να τρελαίνεται στις φλέβες μου, καθώς περνούσα στο πάρκο ή περπατούσα πικκαδιλικά, έβλεπα τον καθένα που με πέρασε και αναρωτιέμαι, με μια τρελή περιέργεια, ποιες ζωές οδήγησαν. Με συγκίνησε με τρομοκράτη, με ένα εξαίσιο δηλητήριο στον αέρα, είχα πάθος για αισθήσεις ... Καλά, ένα βράδυ περίπου στις επτά, αποφασίσαμε να βγούμε για να ψάξουμε κάποια περιπέτεια. Ένιωσα ότι αυτό το γκρίζο τερατώδες λονδίνο μας, με τις μυριάδες του ανθρώπου, τους σφοδείς αμαρτωλούς και τις υπέροχες αμαρτίες του, όπως το φέρετε κάποτε, πρέπει να έχει κάτι για μένα. Μια αίσθηση απόλαυσης, θυμήθηκα τι μου είπες σε εκείνο το θαυμάσιο βράδυ, όταν πρωτοίναμε μαζί, για το αναζήτηση της ομορφιάς είναι το πραγματικό μυστικό της ζωής. Δεν ξέρω τι περίμενα, αλλά βγήκα έξω και περιπλανήθηκα προς τα ανατολικά, χάνουμε σύντομα το δρόμο μου σε ένα λαβύρινθο από βρώμικους δρόμους και μαύρες πλατείες χωρίς γρασίδι. Περίπου πενήντα οκτώ περνούσα από ένα παράλογο μικρό θέατρο, με μεγάλα φουσκωμένα αεριωθούμενα αεριωθούμενα αεροπλάνα και λαμπερούς λογαριασμούς. Ένα φοβερό , στην πιο εκπληκτική γιλέκο που έβλεπα ποτέ στη ζωή μου, στέκονταν στην είσοδο, κάπνιζαν ένα κακό πούρο. Είχε λιπαρό καράβι, και ένα τεράστιο διαμάντι έλαμψε στο κέντρο ενός λερωμένου πουκάμισου. «έχετε ένα κιβώτιο, κύριε;» είπε, όταν με είδε, και έβγαλε το καπέλο του με έναν αέρα υπέροχης επιδεξιότητας. Υπήρχε κάτι γι 'αυτόν, χάρι, που με διασκεύασε. Ήταν ένα τέτοιο τέρας. Θα μου γελάσετε, ξέρω, αλλά πραγματικά πήγα και πλήρωσα μια ολόκληρη γουινέα για το -. Μέχρι σήμερα δεν μπορώ να καταλάβω γιατί το έκανα. Και αν δεν είχα - αγαπητέ μου, αν δεν είχα - θα έπρεπε να έχω χάσει το μεγαλύτερο ρομαντισμό της ζωής μου. Βλέπω να γελάς. Είναι τρομακτικό από εσάς! "

"δεν γελώ, , τουλάχιστον δεν γελάνε σε σας αλλά δεν πρέπει να πείτε το μεγαλύτερο ρομαντισμό της ζωής σας θα πρέπει να πείτε τον πρώτο ρομαντισμό της ζωής σας, θα αγαπάτε πάντα και πάντα θα είστε αγάπη με την αγάπη ... Ένα μεγάλο πάθος είναι το προνόμιο των ανθρώπων που δεν έχουν τίποτα να κάνουν, αυτή είναι η μόνη χρήση των αδρανών τάξεων μιας χώρας ... Μην φοβάστε ότι υπάρχουν εκλεκτά πράγματα για σας. Η αρχη."

"νομίζετε ότι η φύση μου τόσο ρηχή;" μου φώναξε οργιακά ο γκρίζος.

"όχι, νομίζω ότι η φύση σας τόσο βαθιά."

"πως το εννοεις?"

"το αγαπημένο μου αγόρι, οι άνθρωποι που αγαπούν μόνο μία φορά στη ζωή τους είναι πραγματικά ο ρηχός λαός, αυτό που αποκαλούν πίστη τους και την πίστη τους, αποκαλώ είτε τον λήθαργο του έθιμου είτε την έλλειψη φαντασίας. Η συνέπεια είναι στη ζωή της διάνοιας - απλώς μια ομολογία της αποτυχίας, η πίστη, πρέπει να την αναλύσω κάποια μέρα, το πάθος για την ιδιοκτησία είναι μέσα σε αυτήν, υπάρχουν πολλά πράγματα που θα πετούσαμε αν δεν φοβόμασταν ότι άλλοι θα μπορούσαν να επιλέξουν αλλά δεν θέλω να σας διακόψω, συνεχίστε με την ιστορία σας ".

"βρήκα τον εαυτό μου κάθισαν σε ένα τρομερό μικρό ιδιωτικό κιβώτιο, με μια χυδαία σκηνή που με κοίταζε στο πρόσωπο, κοίταξα έξω από την κουρτίνα και κοίταξα το σπίτι, ήταν μια περίεργη υπόθεση, όλα τα και , όπως μια γκαρνταρόμπα τρίτης κατηγορίας, η γκαλερί και το λάκκο ήταν αρκετά γεμάτες, αλλά οι δύο σειρές των άθικτων πάγκων ήταν αρκετά άδειες και δεν υπήρχε σχεδόν τίποτα σε αυτό που υποθέτω ότι ονόμαζαν τον φόρεμα-κύκλο. Τζίντζερ-μπίρα, και υπήρξε μια τρομερή κατανάλωση καρύων που συμβαίνει. "

"πρέπει να ήταν ακριβώς όπως τις παλάμες του βρετανικού δράματος".

"όπως και εγώ θα έπρεπε να φανταστώ και πολύ καταθλιπτικός, άρχισα να αναρωτιέμαι τι θα έπρεπε να κάνω στη γη όταν έβλεπα το -.

"εγώ θα έπρεπε να σκεφτώ" το ηλίθιο αγόρι "ή" χαζός αλλά αθώος ", οι πατέρες μας έμοιαζαν με αυτό το κομμάτι, πιστεύω ότι όσο περισσότερο ζουν, ο τόσο πιο έντονα αισθάνομαι ότι ό, τι ήταν αρκετά καλό για τους πατέρες μας δεν είναι αρκετά καλό για εμάς, στην τέχνη, όπως στην πολιτική, ο πατέρας και ο πατέρας του .

"αυτό το έργο ήταν αρκετά καλό για εμάς, το ήταν και .πρέπει να παραδεχτώ ότι ήμουν μάλλον ενοχλημένος στην ιδέα να δούμε γίνει σε μια τόσο άθλια τρύπα ενός τόπου ακόμα, ένιωσα ενδιαφέρον, σε ένα είδος σε κάθε περίπτωση, αποφάσισα να περιμένω την πρώτη πράξη, υπήρξε μια τρομερή ορχήστρα, υπό την προεδρία ενός νέου εβραϊκού που κάθισε σε ένα ραγισμένο πιάνο, που σχεδόν με οδήγησε μακριά, αλλά επιτέλους έπεσε η σκηνή και το παιχνίδι άρχισε.το ήταν ένας μεγάλος ηλικιωμένος κύριος, με φρύγανα φρύδια, μια φωνητική τραγωδία και μια φιγούρα σαν ένα βαρέλι μπύρας, το ήταν σχεδόν τόσο κακό, έπαιζε ο χαμηλός κωμικός, το δικό του και ήταν με τους πιο φιλικούς όρους με το λάκκο, ήταν τόσο όσο το τοπίο, και αυτό φαινόταν σαν να είχε βγει από ένα περίπτερο της χώρας αλλά ! Χάρι, φανταστείτε ένα κορίτσι, μόλις δεκαεπτά χρόνια ηλικία, με ένα μικρό, λουλουδιασμένο πρόσωπο, ένα μικρό ελληνικό κεφάλι με πλεγμένα πηνία από σκούρα καστανά μαλλιά, μάτια που ήταν βιολετί φρεάτια του πάθους, των χειλιών που ήταν σαν τα πέταλα ενός τριαντάφυλλου. Ήταν το πιο ωραίο πράγμα που είχα δει ποτέ στη ζωή μου. Μου είπες κάποτε ότι ο πάθος σου άφησε άπιαστο, αλλά αυτή η ομορφιά, απλή ομορφιά, θα μπορούσε να γεμίσει τα μάτια σου με δάκρυα. Σας λέω, χάρι, δεν θα μπορούσα να δω αυτό το κορίτσι για την ομίχλη των δακρύων που έπεσε πάνω μου. Και τη φωνή της - δεν είχα ακούσει ποτέ τέτοια φωνή. Ήταν αρχικά πολύ χαμηλό, με βαθιές μελωδίες που φαινόταν να πέφτουν μεμονωμένα στο αυτί του. Τότε έγινε λίγο πιο δυνατός και ακουγόταν σαν φλάουτο ή μακρινό. Στο σκηνικό του κήπου είχε όλη τη συγκλονιστική έκσταση που ακούει λίγο πριν την αυγή όταν τραγουδούν νυχτερίδες. Υπήρχαν στιγμές, αργότερα, όταν είχε το άγριο πάθος των βιολονιών. Ξέρετε πώς μια φωνή μπορεί να ανακατέψει ένα. Η φωνή σας και η φωνή του σιβέλα είναι δύο πράγματα που δεν θα ξεχάσω ποτέ. Όταν κλείνω τα μάτια μου, τους ακούω και κάθε ένας λέει κάτι διαφορετικό. Δεν ξέρω που να ακολουθήσω. Γιατί να μην την αγαπώ; χάρι, την αγαπώ. Είναι πάντα για μένα στη ζωή. Νύχτα μετά το βράδυ πάω να δω το έργο της. Ένα βράδυ είναι ροζαλίντ, και το επόμενο βράδυ είναι ιμόγγος. Την έχω δει να πεθάνει στη σκοτεινιά ενός ιταλικού τάφου, πιπιλίζοντας το δηλητήριο από τα χείλη του εραστή της. Την παρακολούθησα να περιπλανιέται μέσα στο δάσος του αρντέν, μεταμφιεσμένο σαν ένα όμορφο αγόρι με μανίκια και διπλό και φινετσάτο καπάκι. Έχει τρελαθεί και έχει έρθει στην παρουσία ενός ένοχου βασιλιά, και του έδωσε το να φορέσει και πικρό βότανα για να δοκιμάσετε. Ήταν αθώα, και τα μαύρα χέρια της ζήλια έχουν συντρίψει τον λαιμό της όπως το λαιμό. Την έχω δει σε κάθε εποχή και σε κάθε κοστούμι. Οι συνηθισμένες γυναίκες δεν κάνουν ποτέ έκκληση για φαντασία. Περιορίζονται στον αιώνα τους. Καμία γοητεία ποτέ δεν τους μετατρέπει. Κάποιος ξέρει το μυαλό τους τόσο εύκολα όσο κάποιος γνωρίζει τα καπόδες τους. Μπορεί κανείς να τα βρει πάντα. Δεν υπάρχει μυστήριο σε κανένα από αυτά. Περπατούν στο πάρκο το πρωί και μιλούν στα πάρτι τσαγιού το απόγευμα. Έχουν το στερεότυπο χαμόγελο και το μοντέρνο τρόπο τους. Είναι προφανείς. Αλλά μια ηθοποιός! Πόσο διαφορετική είναι μια ηθοποιός! Βασανίζω! Γιατί δεν μου είπες ότι το μόνο που αξίζει να αγαπάς είναι η ηθοποιός; "

"επειδή έχω αγαπήσει τόσους πολλούς από αυτούς, ."

"ω, ναι, φοβισμένοι άνθρωποι με βαμμένα μαλλιά και ζωγραφισμένα πρόσωπα."

"μην τρέχετε τα βαμμένα μαλλιά και τα ζωγραφισμένα πρόσωπα. Υπάρχει μια εξαιρετική γοητεία σε αυτά, μερικές φορές", είπε ο άρχοντας .

"ευχόμαστε τώρα ότι δεν είχα πει σε σας για το σιμπλ πτερύγιο."

"δεν θα μπορούσατε να με βοηθήσετε να μου λέτε, , όλη τη διάρκεια της ζωής σας θα μου πείτε όλα όσα κάνεις".

"ναι, χάρι, πιστεύω ότι είναι αλήθεια, δεν μπορώ να σας βοηθήσω να σας πω πράγματα, έχετε μια περίεργη επιρροή πάνω μου, αν έκανα ποτέ ένα έγκλημα, θα έρθω και θα σας εξομολογήσω, θα με καταλάβετε".

"άνθρωποι σαν εσένα - οι εκούσιοι ήλιοι της ζωής - δεν διαπράττουν εγκλήματα, , αλλά είμαι πολύ υποχρεωμένος για την φιλοφρόνηση, όλα αυτά και τώρα πες μου - φτάστε μου στους αγώνες, σαν ένα καλό αγόρι - ευχαριστώ - τι είναι οι πραγματικές σας σχέσεις με το σιμπλ πτερύγιο; "

Το γκρίζο γκρίζο χτύπησε στα πόδια του, με ξεφλουδισμένα μάγουλα και καυτά μάτια. "το ! Πτερύγιο είναι ιερό!"

"είναι μόνο τα ιερά πράγματα που αξίζουν να αγγίξουν, ", δήλωσε ο , με μια παράξενη πινελιά παθώ στη φωνή του. "αλλά γιατί θα έπρεπε να ενοχλείται; υποθέτω ότι θα σας ανήκει κάποια μέρα, όταν κάποιος είναι ερωτευμένος, κάποιος ξεκινά πάντα με την εξαπάτηση του εαυτού του, και πάντα τελειώνει με την παραπλάνηση άλλων, αυτό είναι που ο κόσμος ονομάζει ρομαντισμό. Την γνωρίζετε, σε κάθε περίπτωση, υποθέτω; "

"βέβαια την ξέρω την πρώτη νύχτα που βρισκόμουν στο θέατρο, ο τρομερός παλιός έφτασε στο κουτί μετά την παράσταση τελείωσε και προσφέρθηκε να με πάρει πίσω από τις σκηνές και να με παρουσιάσει σε αυτήν. , και του είπε ότι ο ήταν νεκρός εδώ και εκατοντάδες χρόνια και ότι το σώμα της βρισκόταν σε ένα μαρμάρινο τάφο στη βερόνα, νομίζω, από την κενή μου έκπληξη, ότι είχε την εντύπωση ότι είχα πάρει πάρα πολύ σαμπάνια, ή κάτι."

"δεν ειμαι εκπληκτος."

"τότε με ρώτησε αν έγραψα για οποιαδήποτε από τις εφημερίδες, του είπα ότι ποτέ δεν τις διάβασα, φάνηκε τρομερά απογοητευμένος από αυτό και μου έδινε την εντύπωση ότι όλοι οι δραματικοί κριτικοί ήταν σε συνωμοσία εναντίον του και ότι ήταν κάθε ένα από αυτά να αγοραστεί. "

"δεν πρέπει να αναρωτιέμαι αν ήταν αρκετά σωστός εκεί, αλλά, από την άλλη πλευρά, κρίνοντας από την εμφάνισή τους, οι περισσότεροι από αυτούς δεν μπορούν να είναι καθόλου ακριβοί".

"φαίνεται ότι σκέφτηκε ότι ήταν πέρα από τα μέσα του", γέλασε . "μέχρι αυτή τη φορά, τα φώτα βγαίνουν στο θέατρο και έπρεπε να πάω, ήθελε να δοκιμάσω μερικά πούρα που συνιστούσε έντονα, είχα αρνηθεί, την επόμενη νύχτα βέβαια έφτασα στον τόπο πάλι όταν με είδε, μου έκανε ένα χαμηλό τόξο και με διαβεβαίωσε ότι ήμουν ένας θαυμαστής προστάτης της τέχνης, ήταν ένας πολύ επιθετικός οδυνηρός, αν και είχε ένα εξαιρετικό πάθος για το σέξπηρ., μου είπε κάποτε, με αέρα υπερηφάνεια, ότι οι πέντε πτωχεύσεις του οφειλόταν εξ ολοκλήρου στον «», καθώς επέμενε να τον καλέσει · φαινόταν να το θεωρεί μια διάκριση ».

"ήταν μια διάκριση, αγαπητός μου - μια μεγάλη διάκριση. Οι περισσότεροι άνθρωποι χρεοκοπούν επειδή έχουν επενδύσει πάρα πολύ στην πεζογραφία της ζωής." "για να καταστρέψατε τον εαυτό σας πάνω από την ποίηση είναι τιμή." "αλλά όταν αρχίσατε να μιλάτε για να χάσετε το ; "

"την τρίτη νύχτα, έπαιζε ροζαλίντ, δεν μπορούσα να βοηθήσω να γυρίσω, είχα ρίξει τα λουλούδια της, και με κοίταξε - τουλάχιστον φανταζόμουν ότι είχε ... Το παλιό ήταν επίμονο. Με πάρτε πίσω, γι 'αυτό συνάδελφε, ήταν περίεργο που δεν ήθελα να την γνωρίσω, έτσι δεν ήταν; "

"όχι, δεν το νομίζω."

"αγαπητέ μου χάρι, γιατί;"

"θα σας πω κάποια άλλη στιγμή. Τώρα θέλω να μάθω για το κορίτσι".

"σίγουρα, ήταν τόσο ντροπαλός και τόσο ευγενής, υπάρχει ένα παιδί γύρω της, τα μάτια της άνοιξαν ευρύτατα σε εξαιρετικό θαύμα όταν της είπα τι σκέφτηκα για την παράσταση της, και φαινόταν αρκετά ασυνείδητη για τη δύναμή της. Νομίζω ότι ήμασταν και οι δύο αρκετά νευρικοί.το παλιό στάθηκε χαμόγελο στην πόρτα του σκονισμένου χώρου πρασίνου, κάνοντας περίτεχνα λόγια για εμάς και τους δύο, ενώ εμείς στάθηκε κοιτάζοντας ο ένας τον άλλο σαν παιδιά, θα επέμενε να μου τηλεφωνεί «κύριό μου», έτσι έπρεπε να διαβεβαιώσω ότι δεν ήμουν τίποτα από το είδος, μου είπε πολύ απλά, «μοιάζετε περισσότερο με έναν πρίγκιπα, πρέπει να σας αποκαλώ πρίγκιπα γοητευτικό».

"κατά τη γνώμη μου, , ξέρει πώς να πληρώσει τα συγχαρητήρια."

"δεν την καταλαβαίνεις, τη χάρι, με θεωρούσε απλώς ως ένα πρόσωπο σε ένα παιχνίδι, δεν ξέρει τίποτα για τη ζωή, ζει με τη μητέρα της, μια ξεθωριασμένη κουρασμένη γυναίκα που έπαιζε καμουλέλα κυρία σε ένα είδος ματζέντα - την πρώτη νύχτα και μοιάζει σαν να είχε δει καλύτερες μέρες ».

"ξέρω ότι το βλέμμα, με καταπνίγει", μουρμούρισε ο άρχοντας , εξετάζοντας τα δαχτυλίδια του.

"ο ιερέας ήθελε να μου πει την ιστορία της, αλλά είπα ότι δεν με ενδιαφέρει."

"είχατε δίκιο, υπάρχει πάντα κάτι άπειρο για τις τραγωδίες των άλλων ανθρώπων".

" είναι το μόνο πράγμα που μου ενδιαφέρει τι είναι για μένα από πού ήρθε από το μικρό κεφάλι μέχρι τα πόδια της, είναι απόλυτα και εντελώς θεϊκή κάθε βράδυ της ζωής μου πάω να δω την πράξη της, και κάθε νύχτα είναι πιο θαυμάσια. "

"αυτός είναι ο λόγος, υποθέτω, ότι ποτέ δεν μένεις μαζί μου τώρα. Σκέφτηκα ότι πρέπει να έχεις κάποιο περίεργο ρομαντισμό στο χέρι σου, αλλά δεν είναι αυτό που περίμενα."

"αγαπητέ μου, είμαστε είτε μεσημεριανό είτε σούπερ μαζί κάθε μέρα και έχω πάει πολλές φορές στην όπερα", δήλωσε ο , ανοίγοντας τα γαλάζια μάτια του με θαυμασμό.

"πάντα έρχεσαι τρομακτικά αργά."

"δεν μπορώ να βοηθήσω να πάω να βλέπω το παιχνίδι του ", φώναξε, "ακόμα κι αν πρόκειται μόνο για μία πράξη, πεινάω για την παρουσία της και όταν σκέφτομαι την υπέροχη ψυχή που είναι κρυμμένη σε αυτό λίγο σώμα ελεφαντόδοντου, γεμίζω με δέος. "

"μπορείτε να δειπνήσετε μαζί μου νύχτα, , έτσι δεν μπορείτε;"

Κούνησε το κεφάλι του. "αυτή τη νύχτα είναι άγρια", απάντησε, "και το βράδυ θα είναι ."

"πότε είναι το σιβυλάκι;"

"ποτέ."

"σε συγχαίρω."

"πόσο τρομερό είσαι, είναι όλες οι μεγάλες ηρωίδες του κόσμου σε ένα, είναι κάτι παραπάνω από ένα άτομο, γελάς, αλλά σου λέω ότι έχει μεγαλοφυΐα, την αγαπώ και πρέπει να την αγαπώ, που ξέρουν όλα τα μυστικά της ζωής, πες μου πώς να γοητεύσω το κιβώτιο με το πτερύγιο να με αγαπάς θέλω να κάνω το ρομέο ζηλεύει θέλω τους νεκρούς εραστές του κόσμου να ακούσουν το γέλιο μας και να γίνουν λυπημένοι θέλω μια ανάσα του πάθους μας να ανακατέψτε τη σκόνη τους στη συνείδηση, για να ξυπνήσουν την τέφρα τους σε πόνο ... Θεέ μου, , πώς τη λατρεύω! " περπατούσε πάνω και κάτω από το δωμάτιο καθώς μιλούσε. Έντονες κηλίδες του κόκκινου καίγονται στα μάγουλά του. Ήταν τρομερά ενθουσιασμένος.

Ο άρχοντας τον παρακολουθούσε με μια λεπτή αίσθηση ευχαρίστησης. Πόσο διαφορετικό ήταν τώρα από το ντροπαλό φοβισμένο αγόρι που γνώρισε στο στούντιο του βασιλικού ! Η φύση του είχε αναπτυχθεί σαν ένα λουλούδι, είχε φθορά άνθη από κόκκινη φλόγα. Από το μυστικό του κρησφύγετο είχε φουσκώσει την ψυχή του, και η επιθυμία είχε έρθει να το συναντήσει στο δρόμο.

"και τι σκοπεύετε να κάνετε;" είπε ο έρνος επιτέλους.

"θέλω εσύ και ο βασιλικός να έρθεις μαζί μου κάποια νύχτα και να δεις τη δουλειά της. Δεν έχω τον μικρότερο φόβο του αποτελέσματος, σίγουρα θα αναγνωρίσεις την ιδιοφυΐα της, τότε θα πρέπει να την βγάλουμε από τα χέρια του . Αυτόν για τρία χρόνια - τουλάχιστον για δύο χρόνια και οκτώ μήνες - από την εποχή εκείνη, θα πρέπει να του πληρώσω κάτι, φυσικά, όταν το μόνο που θα εγκατασταθεί, θα πάρω ένα δυτικό θέατρο και θα την βγάλω σωστά. Θα κάνει τον κόσμο τόσο τρελό όσο με έκανε ».

"αυτό θα ήταν αδύνατο, αγαπητό μου αγόρι."

"ναι, θα το κάνει, δεν έχει απλώς τέχνη, άψογη τέχνη-ένστικτο, μέσα της, αλλά έχει και προσωπικότητα και συχνά μου είπα ότι είναι προσωπικότητες και όχι αρχές που μετακινούν την εποχή".

"καλά, τι νύχτα θα πάμε;"

"ας δούμε, σήμερα είναι η τετάρτη, ας το διορθώσουμε αύριο, παίζει το το πρωί".

"εντάξει, το στις οκτώ ώρες και θα πάρω βασιλικό."

"όχι οκτώ, , παρακαλώ, έξι και έξι, πρέπει να είμαστε εκεί πριν μεγαλώσει η κουρτίνα, πρέπει να τη δεις στην πρώτη πράξη, όπου συναντάει το ".

"μισή ώρα έξι! Τι ώρα! Θα είναι σαν να έχεις ένα τσάι με κρέας ή να διαβάζεις ένα αγγλικό μυθιστόρημα, πρέπει να είναι επτά, να μην γευτεί κανείς πριν από επτά, να βλέπεις βασιλικό ανάμεσα σε αυτό και στη συνέχεια; σε αυτόν?"

"αγαπητέ βασιλικό, δεν τον έχω δει για μια εβδομάδα, είναι μάλλον τρομερό για μένα, καθώς μου έστειλε το πορτρέτο μου στο πιο υπέροχο πλαίσιο, ειδικά σχεδιασμένο από τον εαυτό του, και αν και είμαι λίγο ζηλιάρης για το εικόνα για να είμαι ένας ολόκληρος μήνας νεότερος από τον εαυτό μου, πρέπει να παραδεχτώ ότι ευχαριστώ για αυτό, ίσως να είχατε καλύτερα να γράψετε σε αυτόν, δεν θέλω να τον δω μόνο του, λέει πράγματα που με ενοχλούν, μου δίνει καλές συμβουλές . "

Ο άρχοντας χαμογέλασε. "οι άνθρωποι αγαπούν πολύ να δώσουν μακριά αυτά που χρειάζονται περισσότερο από μόνοι τους, είναι αυτό που αποκαλώ βάθος γενναιοδωρίας".

"οχι, ο βασιλικός είναι ο καλύτερος από τους συναδέλφους μου, αλλά μου φαίνεται ότι είμαι λίγο καλεσμένος, αφού σε γνωρίζω, , το ανακάλυψα".

"ο βασιλικός, αγαπητός μου αγόρι, βάζει όλα τα γοητευτικά σ 'αυτόν στην δουλειά του, η συνέπεια είναι ότι δεν έχει απομείνει τίποτα για ζωή αλλά τις προκαταλήψεις, τις αρχές του και την κοινή λογική του, οι μοναδικοί καλλιτέχνες που γνωρίζω ποτέ προσωπικά οι καλοί καλλιτέχνες υπάρχουν απλά σε αυτό που κάνουν και, κατά συνέπεια, είναι τελείως αδιάφοροι σε αυτό που είναι: ένας σπουδαίος ποιητής, ένας πολύ μεγάλος ποιητής, είναι ο πιο απροϊστορικός από όλα τα πλάσματα, αλλά οι κατώτεροι ποιητές είναι απολύτως συναρπαστικοί. Τα ποιήματά τους είναι, τόσο πιο γραφικά φαίνονται, το γεγονός ότι έχει εκδώσει ένα βιβλίο με δευτερεύοντα σόνατς κάνει έναν άνθρωπο ακαταμάχητο, ζει την ποίηση που δεν μπορεί να γράψει, οι άλλοι γράφουν την ποίηση που δεν τολμούν να συνειδητοποιήσουν.

"αναρωτιέμαι ότι είναι πραγματικά έτσι, χάρι;" είπε το γκρίζο γκρίζο, βάζοντας λίγο αρώματα στο μαντήλι του από ένα μεγάλο μπουκάλι χρυσού που τελούσε στο τραπέζι. "πρέπει να είναι, αν το λέτε και τώρα είμαι . Μου περιμένει, μην ξεχάσετε για το αύριο.

Καθώς έφυγε από το δωμάτιο, τα βαρύ βλέφαρα του άρχοντα έπεσε και άρχισε να σκέφτεται. Σίγουρα λίγοι άνθρωποι τον ενδιέφεραν τόσο πολύ όσο ο γκρίζος γκρίζος, και όμως η τρελή λατρεία της φίλαθλης κάποιας άλλης δεν τον προκαλούσε τον παραμικρό πόνο ενόχλησης ή ζηλιάρης. Ήταν ευχαριστημένος από αυτό. Το έκανε μια πιο ενδιαφέρουσα μελέτη. Ήταν πάντα ενθουσιασμένος με τις μεθόδους της φυσικής επιστήμης, αλλά το συνηθισμένο θέμα αυτής της επιστήμης είχε φαινόταν σε αυτόν ασήμαντο και δεν είχε καμία σημασία. Και έτσι είχε αρχίσει να ζωοποιεί τον εαυτό του, όπως είχε τελειώσει με τη ζωοποίηση των άλλων. Ανθρώπινη ζωή - που του φάνηκε το μόνο πράγμα που αξίζει να διερευνηθεί. Σε σύγκριση με αυτό δεν υπήρχε τίποτα άλλο αξίας. Ήταν αλήθεια ότι καθώς κάποιος παρακολουθούσε τη ζωή στο περίεργο θρόμβο του πόνου και της ευχαρίστησης δεν μπορούσε να φορέσει πάνω στο πρόσωπο μια μάσκα γυαλιού ούτε να κρατήσει τους θειούχους αναθυμιάσεις να ενοχλούν τον εγκέφαλο και να φτιάχνουν τη φαντασία θορυβώδη με τερατώδη φαντασιώσεις και ορμητικά όνειρα. Υπήρχαν δηλητήρια τόσο λεπτές ώστε να γνωρίζουν τις ιδιότητές τους, έπρεπε να τους αρρωσταίνουν. Υπήρχαν ασθένειες τόσο περίεργες που κάποιος έπρεπε να περάσει από αυτούς αν κάποιος προσπαθούσε να καταλάβει τη φύση τους. Και, όμως, τι μεγάλη ανταμοιβή έλαβε! Πόσο υπέροχο όλος ο κόσμος έγινε για έναν! Να σημειώσουμε την περίεργη σκληρή λογική του πάθους και τη συναισθηματική χρωματισμένη ζωή της διάνοιας - να παρατηρήσουμε πού συναντήθηκαν και από πού χωρίστηκαν, σε ποιο σημείο ήταν ενωμένοι και σε ποιο σημείο ήταν σε αντίφαση - υπήρχε μια απόλαυση σε αυτό! Τι σημασία έχει το κόστος; κανείς δεν θα μπορούσε ποτέ να πληρώσει πολύ υψηλή τιμή για οποιαδήποτε αίσθηση.

Ήταν συνειδητός-και η σκέψη έφερε μια αίσθηση ευχαρίστησης στα καστανά μάτια του αχάτη - ότι με τα λόγια των μουσικών λέξεων του είπε με μουσική φράση, ότι η ψυχή του γκρίζου προσώπου είχε γυρίσει σε αυτό το λευκό κορίτσι και υποκλίθηκε σε λατρεία πριν από την . Σε μεγάλο βαθμό, το παιδί ήταν η δική του δημιουργία. Τον είχε κάνει πρόωρο. Αυτό ήταν κάτι. Οι απλοί άνθρωποι περίμεναν μέχρι να αποκαλύψουν τη ζωή τους τα μυστικά τους, αλλά στους λίγους, στους εκλεκτούς, αποκαλύφθηκαν τα μυστήρια της ζωής προτού αποσπαστεί το πέπλο. Μερικές φορές αυτό ήταν το αποτέλεσμα της τέχνης και κυρίως της τέχνης της λογοτεχνίας που ασχολήθηκε άμεσα με τα πάθη και τη διάνοια. Αλλά από καιρό καιρό μια πολύπλοκη προσωπικότητα πήρε τη θέση και ανέλαβε το γραφείο τέχνης, ήταν πράγματι, με τον τρόπο της, ένα πραγματικό έργο τέχνης, η ζωή έχοντας τα περίτεχνα αριστουργήματα της, όπως και η ποίηση ή γλυπτική ή ζωγραφική.

Ναι, το παιδί ήταν πρόωρο. Συγκεντρώνει την συγκομιδή του ενώ ήταν ακόμα ανοιξιάτικη. Ο παλμός και το πάθος της νεολαίας ήταν μέσα του, αλλά γινόταν αυτοσυνείδητος. Ήταν ευχάριστο να τον προσέξω. Με το όμορφο πρόσωπο του και την όμορφη ψυχή του, ήταν κάτι που έπρεπε να αναρωτηθούμε. Δεν είχε σημασία πόσο τελείωσε ή τελείωσε. Ήταν σαν μία από αυτές τις ευγενικές φιγούρες σε ένα θέαμα ή ένα έργο, των οποίων οι χαρές φαίνεται να είναι απομακρυσμένες από το ένα, αλλά οι θλίψεις τους ανακατεύουν την αίσθηση της ομορφιάς και των οποίων οι πληγές είναι σαν τα κόκκινα τριαντάφυλλα.

Ψυχή και σώμα, σώμα και ψυχή - πόσο μυστηριώδη ήταν! Υπήρχε ζώο στην ψυχή και το σώμα είχε τις στιγμές της πνευματικότητας. Οι αισθήσεις θα μπορούσαν να βελτιώσουν και η διάνοια θα μπορούσε να υποβαθμιστεί. Ποιος θα μπορούσε να πει πού έπαψε η σαρκική ώθηση ή άρχισε η ψυχική ώθηση; πόσο ρητοί ήταν οι αυθαίρετοι ορισμοί των συνηθισμένων ψυχολόγων! Και πόσο δύσκολο να αποφασίσετε μεταξύ των απαιτήσεων των διαφόρων σχολείων! Ήταν η ψυχή μια σκιά καθισμένη στο σπίτι της αμαρτίας; ή ήταν το σώμα πραγματικά στην ψυχή, όπως σκέφτηκε ο ; ο χωρισμός του πνεύματος από την ύλη ήταν ένα μυστήριο και η ένωση του πνεύματος με την ύλη ήταν επίσης ένα μυστήριο.

Άρχισε να αναρωτιέται αν θα μπορούσαμε ποτέ να κάνουμε την ψυχολογία τόσο απόλυτη μια επιστήμη που κάθε μικρή πηγή ζωής θα αποκαλύφθηκε σε μας. Όπως ήταν, πάντα παρεξηγήσαμε τους εαυτούς μας και σπάνια κατανοήσαμε τους άλλους. Η εμπειρία δεν ήταν ηθικής αξίας. Ήταν απλώς το όνομα που έδωσαν οι άνθρωποι στα λάθη τους. Οι ηθικοί θεωρούσαν κατά κανόνα αυτό ως τρόπο προειδοποίησης, είχαν ισχυριστεί γι 'αυτό μια ορισμένη δεοντολογική αποτελεσματικότητα στο σχηματισμό του χαρακτήρα, το είχαν επικροτήσει ως κάτι που μας διδάσκει τι να ακολουθήσουμε και μας έδειξε τι να αποφύγουμε. Αλλά δεν υπήρχε κινητήρια δύναμη στην εμπειρία. Ήταν τόσο λίγη από μια ενεργή αιτία, όπως η ίδια η συνείδηση. Όλα όσα πραγματικά απέδειξε ήταν ότι το μέλλον μας θα ήταν το ίδιο με το παρελθόν μας και ότι η αμαρτία που κάναμε κάποτε και με απεχθανότητα θα κάναμε πολλές φορές και με χαρά.

Ήταν σαφές σε αυτόν ότι η πειραματική μέθοδος ήταν η μόνη μέθοδος με την οποία κάποιος θα μπορούσε να φτάσει σε οποιαδήποτε επιστημονική ανάλυση των παθών? Και σίγουρα το γκρίζο του ήταν ένα θέμα που έκανε το χέρι του και φάνηκε να υπόσχεται πλούσια και καρποφόρα αποτελέσματα. Η ξαφνική τρελή του αγάπη για το σιμπλ πτερύγιο ήταν ένα ψυχολογικό φαινόμενο χωρίς μικρό ενδιαφέρον. Δεν υπήρχε καμία αμφιβολία ότι η περιέργεια είχε πολλά να κάνει με αυτό, την περιέργεια και την επιθυμία για νέες εμπειρίες, όμως δεν ήταν απλό, αλλά μάλλον πολύ περίπλοκο πάθος. Αυτό που υπήρχε σε αυτό το καθαρά αισθησιακό ένστικτο της παιδικής ηλικίας είχε μεταμορφωθεί από τις λειτουργίες της φαντασίας, αλλάχτηκε σε κάτι που φαινόταν στο ίδιο το αγόρι να είναι απομακρυσμένο από την αίσθηση και γι 'αυτόν ακριβώς τον λόγο ήταν ακόμα πιο επικίνδυνο. Ήταν τα πάθη για την προέλευση του οποίου εξαπατήσαμε τον εαυτό μας που τυραννίσθηκε πολύ έντονα πάνω μας. Τα πιο αδύναμα κίνητρά μας ήταν εκείνα της φύσης της οποίας ήμασταν συνειδητοί. Συχνά συνέβη ότι όταν θεωρούσαμε ότι πειραματιζόμασταν σε άλλους, δοκιμάσαμε πραγματικά τον εαυτό μας.

Ενώ ο άρχοντας άρχοντας ονειρευόταν αυτά τα πράγματα, ένα χτύπημα ήρθε στην πόρτα και ο υπηρέτης του εισήλθε και του υπενθύμισε ότι ήρθε η ώρα να ντυθεί για δείπνο. Σηκώθηκε και κοίταξε έξω στο δρόμο. Το ηλιοβασίλεμα είχε χτυπήσει σε κόκκινο χρυσό τα επάνω παράθυρα των σπιτιών απέναντι. Τα τζάμια έλαμψαν σαν πλάκες θερμαινόμενου μετάλλου. Ο ουρανός επάνω ήταν σαν ένα ξεθωριασμένο τριαντάφυλλο. Σκέφτηκε τη νέα ζωή του φίλου του με πυρετό και αναρωτήθηκε πώς θα τελειώσει όλα.

Όταν έφτασε στο σπίτι, περίπου μισή ώρα πριν, είδε ένα τηλεγράφημα που βρισκόταν στο τραπέζι της αίθουσας. Το άνοιξε και διαπίστωσε ότι ήταν από το γκρίζο γκρίζο. Ήταν να του πει ότι ήταν αφοσιωμένος για να παντρευτεί το σιβέλι.

Κεφάλαιο 5

"μητέρα, μητέρα, είμαι τόσο χαρούμενη!" ψιθύρισε το κορίτσι και συνέτριψε το πρόσωπό της στην αγκαλιά της ξεθωριασμένης, κουρασμένης γυναίκας που με την πλάτη στράφηκε στο φρενόμενο φως που έβλεπε, καθόταν στη μία πολυθρόνα που περιείχε το σαθρό καθιστικό τους. "είμαι τόσο χαρούμενος!" «και θα πρέπει να είστε ευτυχισμένοι».

Κυρία. Το πτερύγιο χτύπησε και έβαλε τα λεία, χτενισμένα με βισμουθία χέρια πάνω στο κεφάλι της κόρης του. "χαρούμενος!" "είμαι μόνο χαρούμενος, σίγουρα, όταν βλέπω να ενεργείς, δεν πρέπει να σκεφτείτε τίποτα άλλο εκτός από την δουλειά σας." κύριε ισαάκ, ήταν πολύ καλό για εμάς και του οφείλουμε χρήματα ".

Το κορίτσι κοίταξε και κοκκινισμένο. "χρήματα, μητέρα;" φώναξε: «τι σημαίνουν τα χρήματα; η αγάπη είναι κάτι παραπάνω από χρήματα».

"κύριε μας έχει προωθήσει πενήντα λίρες για να εξοφλήσει τα χρέη μας και να πάρει μια κατάλληλη στολή για το , δεν πρέπει να ξεχνάτε ότι, κι αν είναι πενήντα λίρες είναι ένα πολύ μεγάλο ποσό, κύριε ήταν πολύ προσεκτικοί".

"δεν είναι τζέντλεμαν, μητέρα και μισώ τον τρόπο με τον οποίο μιλάει", είπε η κοπέλα, σηκώνοντας τα πόδια της και πηγαίνοντας στο παράθυρο.

"δεν ξέρω πώς θα μπορούσαμε να το καταφέρουμε χωρίς αυτόν", απάντησε με μεγάλη ευχαρίστηση η ηλικιωμένη γυναίκα.

Ο έριξε το κεφάλι της και γέλασε. "δεν τον θέλουμε πια, μητέρα, ο γοητευτικός πρίγκιπας ζει τη ζωή τώρα για μας". Έπαψε. Ένα τριαντάφυλλο τίναξε στο αίμα της και σκίασε τα μάγουλά της. Η γρήγορη αναπνοή διέσχισε τα πέταλα των χεριών της. Τρεμούσαν. Κάποιος νότιος άνεμος του πάθους σάρωσε πάνω της και ανέστειλε τις κομψές πτυχές του φορέματός της. «τον αγαπώ», είπε απλά.

"ανόητο παιδί, ανόητο παιδί!" ήταν η φράση του παπαγάλου που απάντησε. Το κυματισμό των στραμμένων, ψευδο-κόσμημα δάχτυλα έδωσε στις λέξεις.

Η κοπέλα γέλασε πάλι. Η χαρά ενός κλουβιού ήταν μέσα στη φωνή της. Τα μάτια της τράβηξαν τη μελωδία και την αντέδρασαν με λάμψη, έπειτα έκλεισαν για μια στιγμή, σαν να κρύβουν το μυστικό τους. Όταν άνοιξαν, η ομίχλη ενός ονείρου είχε περάσει πάνω τους.

Η λεγόμενη σοφία της μιλούσε από την ξακουστή καρέκλα, υπαινίσσεται τη σύνεση, η οποία αναφέρθηκε από το βιβλίο της δειλότητας του οποίου ο συγγραφέας πιέζει το όνομα της κοινής λογικής. Δεν άκουσε. Ήταν ελεύθερη στη φυλακή της πάθους. Ο πρίγκιπας της, γοητευτικός πρίγκιπας, ήταν μαζί της. Είχε καλέσει τη μνήμη για να τον επαναλάβει. Είχε στείλει την ψυχή της να τον ψάξει και τον είχε φέρει πίσω. Το φιλί του έκαψε πάλι στο στόμα του. Τα βλέφαρά της ήταν ζεστά με την αναπνοή του.

Τότε η σοφία άλλαξε τη μέθοδο της και μίλησε για φωνή και ανακάλυψη. Αυτός ο νεαρός μπορεί να είναι πλούσιος. Αν ναι, ο γάμος θα πρέπει να σκεφτεί. Ενάντια στο κέλυφος του αυτιού της έσπασε τα κύματα της κοσμικής πονηρίας. Τα βέλη των σκαφών που πυροβόλησαν από αυτήν. Είδε τα λεπτά χείλη να κινούνται και χαμογέλασε.

Ξαφνικά αισθάνθηκε την ανάγκη να μιλήσει. Η σιωπηλή σιωπή της την ενοχλούσε. "μητέρα, μητέρα", φώναξε, "γιατί με αγαπά τόσο πολύ; ξέρω γιατί τον αγαπώ, τον αγαπώ γιατί είναι σαν αυτό που πρέπει ο ίδιος να αγαπά, αλλά τι βλέπει σε με; δεν είμαι άξιος αλλά και γιατί - δεν μπορώ να πω - αν και αισθάνομαι τόσο πολύ κάτω από αυτόν, δεν αισθάνομαι ταπεινή, νιώθω περήφανος, τρομερά περήφανος ... Μητέρα, αγαπάς τον πατέρα μου, όπως αγαπώ τον πρίγκιπα γοητευτικό;

Η πιο ηλικιωμένη γυναίκα έφθασε κάτω από τη χοντρή σκόνη που άγγιξε τα μάγουλά της και τα ξηρά χείλη της χτύπησαν με σπασμό πόνο. Η έσπευσε προς αυτήν, έριξε τα χέρια γύρω από το λαιμό της και τη φίλησε. "συγχώρεσέ με, μητέρα, ξέρω ότι σας πονάει να μιλάτε για τον πατέρα μας, αλλά σας ενοχλεί μόνο επειδή τον αγαπούσατε τόσο πολύ, μην το βλέπετε τόσο λυπηρό, είμαι τόσο χαρούμενος σήμερα, όπως είχατε πριν από είκοσι χρόνια. Αχ! Επιτρέψτε μου να είμαι χαρούμενος για πάντα! "

"το παιδί μου, είσαι πολύ μικρός για να σκεφτείς να ερωτευτείς, εκτός από τι ξέρεις γι 'αυτό τον νεαρό άνδρα;" "δεν γνωρίζεις καν το όνομά του." το όλο θέμα είναι πιο ενοχλητικό και πραγματικά όταν ο πηγαίνει μακριά από την αυστραλία, και έχω τόσο πολλά να σκεφτώ, πρέπει να πω ότι θα έπρεπε να έχετε δείξει περισσότερη προσοχή, ωστόσο, όπως είπα πριν, αν είναι πλούσιος ... "

"αχ! Μητέρα, μητέρα, επιτρέψτε μου να είμαι ευτυχισμένος!"

Κυρία. Το πτερύγιο το κοίταξε και με μια από αυτές τις ψεύτικες θεατρικές χειρονομίες που τόσο συχνά γίνονται μια δεύτερη μορφή φύσης σε έναν σκηνοθέτη, την ενέπνευσαν στην αγκαλιά της. Αυτή τη στιγμή, άνοιξε η πόρτα και ένα νεαρό κορίτσι με σκληρά καστανά μαλλιά ήρθε μέσα στο δωμάτιο. Ήταν παχιά φιγούρα και τα χέρια και τα πόδια του ήταν μεγάλα και κάπως αδέξια σε κίνηση. Δεν ήταν τόσο εκλεπτυσμένος όσο η αδελφή του. Δεν θα μπορούσε κανείς να μαντέψει τη στενή σχέση που υπήρχε μεταξύ τους. Κυρία. Ο πύργος έβαλε τα μάτια πάνω του και εντατικοποίησε το χαμόγελό της. Αυτή διανοητικά ανέβασε το γιο της στην αξιοπρέπεια ενός ακροατηρίου. Ένιωθε βέβαιος ότι το τραπέζι ήταν ενδιαφέρον.

"μπορείτε να κρατήσετε μερικά από τα φιλιά σας για μένα, , νομίζω," είπε το παιδί με ένα καλοπληρωμένο γκρινιάζουν.

"αχ! Αλλά δεν σου αρέσει να είναι φιλί, ", φώναξε. "είστε μια φοβερή παλιά αρκούδα." και έτρεξε πέρα από το δωμάτιο και τον άγγιξε.

Ο έβλεπε το πρόσωπο της αδελφής του με τρυφερότητα. "θέλω να έρθεις μαζί μου για μια βόλτα, , δεν υποθέτω ότι θα δούμε ποτέ αυτό το τρομακτικό λονδίνο και πάλι, είμαι σίγουρος ότι δεν θέλω".

«ο γιος μου, μην πείτε τόσο φοβερά πράγματα», μουρμούρισε η κα. Βέργα, παίρνοντας ένα κοφτερό θεατρικό φόρεμα, με ένα στεναγμό, και αρχίζοντας να το τσακίσει. Αισθάνθηκε λίγο απογοητευμένος που δεν είχε προσχωρήσει στην ομάδα. Θα είχε αυξήσει τη θεατρική γραφικότητα της κατάστασης.

"γιατί όχι, μητέρα; το εννοώ."

"πονάς μου, ο γιος μου, πιστεύω ότι θα επιστρέψετε από την αυστραλία σε θέση ευημερίας πιστεύω ότι δεν υπάρχει κοινωνία οποιουδήποτε είδους στις αποικίες - τίποτα που θα ήθελα να αποκαλώ κοινωνία - έτσι όταν έχετε κάνει την περιουσία σας, εσείς πρέπει να επανέλθουμε και να ισχυριστούμε στο λονδίνο. "

"κοινωνία!" μουρμούρισε το κορίτσι. "δεν θέλω να μάθω τίποτα γι 'αυτό, θα ήθελα να φτιάξω χρήματα για να σας πάρω και να αποχωρήσετε από τη σκηνή.

"ω, !" είπε ο , γελώντας, "πόσο άσχημα από σένα, αλλά πραγματικά πηγαίνεις για μια βόλτα μαζί μου; αυτό θα είναι ωραίο! Φοβούσαμε ότι θα πήγαινε να πει με αντίο σε μερικούς από τους φίλους σου - να το σκληρύνει, που έδωσε εσύ εκείνος ο εκκεντρικός σωλήνας ή ο νταν λάντον, που κάνει τη διασκέδαση σου για το κάπνισμα, είναι πολύ γλυκό από μένα να με αφήσεις να έχεις το τελευταίο σας απόγευμα ... Πού θα πάμε;

«είμαι πολύ πονηρός», απάντησε, παρακινώντας. "μόνο φουσκώνουν οι άνθρωποι να πάνε στο πάρκο."

"ανοησίες, ", ψιθύρισε, χαϊδεύοντας το μανίκι του παλτού του.

Δίστασε για μια στιγμή. "πολύ καλά", είπε επιτέλους, "αλλά δεν είναι πολύ μακρύς ντύσιμο." χόρεψε έξω από την πόρτα. Θα μπορούσε κανείς να ακούσει το τραγούδι της καθώς έτρεξε στον επάνω όροφο. Τα μικρά πόδια της κηλιδωμένα πάνω από το κεφάλι.

Περπάτησε πάνω και κάτω από το δωμάτιο δύο ή τρεις φορές. Στη συνέχεια γύρισε προς την ακίνητη φιγούρα στην καρέκλα. "μητέρα, είναι έτοιμα τα πράγματα μου;" ρώτησε.

"αρκετά έτοιμη, ," απάντησε, κρατώντας τα μάτια της στο έργο της. Για μερικούς μήνες πέρασε αισθάνθηκε άρρωστος όταν ήταν μόνος με αυτόν τον σκληρό αυστηρό γιο της. Η ρηχή μυστική της φύση ήταν ταραγμένη όταν τα μάτια τους συναντήθηκαν. Αναρωτιόταν αν υποψιάστηκε τίποτα. Η σιωπή, επειδή δεν έκανε καμία άλλη παρατήρηση, έγινε απαράδεκτη γι 'αυτήν. Άρχισε να παραπονιέται. Οι γυναίκες υπερασπίζονται τον εαυτό τους επιτιθέμενοι, ακριβώς όπως επιτίθενται με ξαφνικές και περίεργες παραδόσεις. "ελπίζω ότι θα είστε ευχαριστημένοι, , με τη ζωή σας θαλασσινά", είπε. "πρέπει να θυμάστε ότι είναι η δική σας επιλογή, ίσως έχετε εισέλθει στο γραφείο του δικηγόρου, οι δικηγόροι είναι μια πολύ αξιοσέβαστη τάξη και στη χώρα συχνά γευματίζουν με τις καλύτερες οικογένειες".

"μισώ γραφεία και μισώ υπάλληλους", απάντησε. "αλλά έχετε δίκιο, έχω επιλέξει τη δική μου ζωή, το μόνο που λέω είναι να προσέχεις το , μην την αφήνεις να σε βλάψει, μητέρα, πρέπει να την προσέχεις".

", μιλάς πολύ περίεργα. Φυσικά παρακολουθώ το ."

"ακούω ότι ένας τζέντλεμαν έρχεται κάθε βράδυ στο θέατρο και πηγαίνει πίσω για να μιλήσει μαζί της. Είναι σωστό αυτό;"

"μιλάς για πράγματα που δεν καταλαβαίνεις, ο , στο επάγγελμα είμαστε συνηθισμένοι να λάβουμε μια πολύ ευχάριστη προσοχή, εγώ ο ίδιος έκανα πολλές ανθοδέσμες ταυτόχρονα. Για το , δεν γνωρίζω επί του παρόντος αν η προσκόλλησή της είναι σοβαρή ή όχι, αλλά δεν υπάρχει αμφιβολία ότι ο εν λόγω νεαρός άνδρας είναι ένας τέλειος κύριος, είναι πάντα ευγενικός σε μένα, αλλά έχει την εμφάνιση να είναι πλούσιος , και τα λουλούδια που στέλνει είναι υπέροχα. "

"δεν ξέρετε όμως το όνομά του", είπε ο παλικάρι σκληρά.

"όχι", απάντησε η μητέρα του με μια χαλαρή έκφραση στο πρόσωπό της. "δεν έχει αποκαλύψει ακόμα το πραγματικό του όνομα, νομίζω ότι είναι αρκετά ρομαντικό γι 'αυτόν, είναι ίσως μέλος της αριστοκρατίας".

Ο τζέιμς βαν έριξε το χείλι του. "παρακολουθήστε το , μητέρα", φώναξε, "παρακολουθήστε την."

«ο γιος μου, με ενοχλεί πάρα πολύ, το είναι πάντοτε υπό την ιδιαίτερη φροντίδα μου, φυσικά, αν αυτός ο κύριος είναι πλούσιος, δεν υπάρχει κανένας λόγος να μην συνάψει συμμαχία μαζί του. Έχει όλη την εμφάνιση του, πρέπει να πω ότι θα μπορούσε να είναι ένας πολύ λαμπρός γάμος για το , θα έκανε ένα γοητευτικό ζευγάρι, η καλή εμφάνισή του είναι πραγματικά αξιοσημείωτη · όλοι τα παρατηρούν ».

Ο παππούς μου μουρμούρισε κάτι για τον εαυτό του και τυλίχτηκε στον παράθυρο με τα χοντρά δάκτυλά του. Μόλις γύρισε για να πει κάτι όταν άνοιξε η πόρτα και έτρεξε.

"πόσο σοβαροί είστε και οι δύο!" έκλαψε. "ποιο είναι το πρόβλημα?"

"τίποτα", απάντησε. "υποθέτω ότι κάποιος πρέπει να είναι σοβαρός μερικές φορές, αντίο, μητέρα, θα πάρω το δείπνο μου στις πέντε, όλα είναι γεμάτα, εκτός από τα πουκάμισα μου, οπότε δεν χρειάζεται κόπο".

"αντίο, ο γιος μου", απάντησε με ένα τόξο εντάσεως.

Ήταν εξαιρετικά ενοχλημένος με τον τόνο που είχε υιοθετήσει μαζί της και υπήρχε κάτι στο βλέμμα του που την έκανε να αισθάνεται φοβισμένη.

«με φίλε, μητέρα», είπε η κοπέλα. Τα λουλούδια της τα χείλη άγγιξε το μαραμένο μάγουλο και θερμαίνοντας τον παγετό του.

"το παιδί μου, το παιδί μου!" είπε κα. Βέργα, κοιτώντας ψηλά στο ανώτατο όριο αναζητώντας μια φανταστική γκαλερί.

"ελάτε, ", είπε ανυπόμονα ο αδελφός της. Μισούσε τις επιρροές της μητέρας του.

Βγήκαν στο τρεμοπαίμαχο, ανεμοδαρμένο φως του ήλιου και κατέβηκαν κάτω από τον θλιβερό δρόμο του ευστάθου. Οι περαστικοί κοίταξαν με θαυμασμό τη θορυβώδη βαριά νεολαία που, στα χονδροειδή, κακοσχηματισμένα ρούχα, ήταν στην εταιρεία ενός τόσο χαριτωμένου, εκλεπτυσμένου κοριτσιού. Ήταν σαν ένας κοινός κηπουρός περπατώντας με ένα τριαντάφυλλο.

Ο κοίταζε από καιρό σε καιρό όταν πιάστηκε η περίεργη ματιά κάποιου ξένου. Είχε αυτή την ανυπαρξία να κοιτάζει, η οποία έρχεται σε ιδιοφυίες αργά στη ζωή και δεν αφήνει ποτέ το συνηθισμένο. Ο , ωστόσο, ήταν εντελώς ασυνείδητος με το αποτέλεσμα που παράγει. Η αγάπη της τρεμούσε στο γέλιο στα χείλη της. Σκέφτηκε τον γοητευτικό πρίγκιπα και, για να το σκεφτεί πολύ περισσότερο, δεν μίλησε γι 'αυτόν, αλλά μιλούσε για το πλοίο στο οποίο θα έπαιζαν οι άνθρωποι, για το χρυσό που βρισκόταν σίγουρα, για την υπέροχη κληρονόμο, της οποίας η ζωή έπρεπε να σώσει από τους ασεβείς, κοκκινιστές . Γιατί δεν έπρεπε να παραμείνει ναύτης ή υπερκάρκο ή οτιδήποτε θα γίνει. Ωχ όχι! Η ύπαρξη ενός ναυτικού ήταν φοβερή. Φανταχτερά που ήταν συνωστισμένα σε ένα τρομερό πλοίο, με τα χάλια, κεκαλυμμένα με κύματα κύματα προσπαθώντας να μπουν μέσα, και ένα μαύρο άνεμο φυσώντας τους ιστούς κάτω και σκίνοντας τα πανιά σε μακριές κραγιόν! Έπρεπε να εγκαταλείψει το σκάφος στη μελβούρνη, να προσκαλέσει ένα ευγενικό αντίο στον καπετάνιο και να πάει αμέσως στα χρυσά πεδία. Πριν από μια εβδομάδα τελείωσε, θα συναντούσε ένα μεγάλο ψιλοκομμένο χρυσό, το μεγαλύτερο ψαχτό που ανακαλύφθηκε ποτέ, και θα το έφερε στην ακτή σε ένα βαγόνι φυλασσόμενο από έξι συναρμολογημένους αστυνομικούς. Οι έπρεπε να τους επιτεθούν τρεις φορές και να νικήσουν με τεράστια σφαγή. Ή όχι. Δεν έπρεπε να πάει καθόλου στα χρυσά πεδία. Ήταν τρομακτικοί τόποι, όπου οι άντρες έμειναν σε κατάσταση μέθης, πυροδότησαν ο ένας τον άλλο σε μπαρ-δωμάτια και χρησιμοποίησαν κακή γλώσσα. Θα ήταν ένας ωραίος αγρότης και ένα βράδυ, καθώς έτρεχε στο σπίτι, θα έβλεπε τον όμορφο κληρονόμο που μεταφέρθηκε από έναν ληστή σε ένα μαύρο άλογο και θα έδιωξε και θα τη διάσωσε. Φυσικά, θα ερωτευόταν μαζί του, και μαζί της, θα παντρευτούν, θα έρθουν σπίτι και θα ζουν σε ένα τεράστιο σπίτι στο λονδίνο. Ναι, υπήρχαν ευχάριστα πράγματα για αυτόν. Αλλά πρέπει να είναι πολύ καλό και να μην χάσει την ψυχραιμία του, ούτε να δαπανήσει τα χρήματά του ανόητα. Ήταν μόνο ένα έτος μεγαλύτερος από ότι ήταν, αλλά ήξερε πολύ περισσότερο από τη ζωή. Πρέπει να είναι σίγουρος, επίσης, να του γράψει με κάθε ταχυδρομείο και να πει τις προσευχές του κάθε βράδυ πριν κοιμηθεί. Ο θεός ήταν πολύ καλός και θα τον προσέχει. Θα προσεύχετο και για αυτόν, και σε λίγα χρόνια θα επέστρεφε αρκετά πλούσιος και ευτυχισμένος.

Το κορίτσι το ακούει με θορυβώδες τρόπο και δεν απαντά. Ήταν άρρωστος από την καρδιά όταν έφυγε από το σπίτι.

Αλλά δεν ήταν μόνο αυτό που τον έκανε θλιβερό και άθλια. Αν και ήταν άπειρος, είχε ακόμα μια έντονη αίσθηση του κινδύνου της θέσης του . Αυτό το νεαρό που έκαναν αγάπη με την μπορεί να σημαίνει ότι δεν είναι καλό. Ήταν ένας κύριος και τον μισούσε γι 'αυτό, τον μισούσε μέσα από μια περίεργη φυλή-ένστικτο για την οποία δεν μπορούσε να καταλάβει και που για το λόγο αυτό κυριαρχούσε ακόμα περισσότερο μέσα του. Είχε επίσης συνειδητοποιήσει τη ρηχή και ματαιοδοξία της φύσης της μητέρας του και μέσα από αυτό έβλεπε απεριόριστο κίνδυνο για την ευτυχία του και του . Τα παιδιά ξεκινούν αγαπώντας τους γονείς τους. Καθώς μεγαλώνουν, τους κρίνουν. Μερικές φορές τους συγχωρούν.

Η μητέρα του! Είχε κάτι στο μυαλό του να της ζητήσει, κάτι που είχε μελετήσει για πολλούς μήνες σιωπής. Μια τυχαία φράση που είχε ακούσει στο θέατρο, μια ψιθυριστή φωνή που είχε φτάσει στα αυτιά του μια νύχτα καθώς περίμενε στην πόρτα της σκηνής, είχε χάσει ένα τρένο από τρομερές σκέψεις. Το θυμόταν σαν να ήταν το μαστίγιο ενός κυνηγιού στο πρόσωπο του. Τα φρύδια του πλέκονταν μαζί σε ένα σφηνοειδές αυλάκι, και με ένα τσίμπημα του πόνου έτρωγε το καρφί του.

"δεν ακούτε μια λέξη που λέω, ", φώναξε το , "και κάνω τα πιο ευχάριστα σχέδια για το μέλλον σου.

"τι θέλεις να πω?"

"ω, ότι θα είναι καλό αγόρι και δεν θα μας ξεχάσει", απάντησε, χαμογελώντας σ 'αυτόν.

Άναψε τους ώμους του. "είναι πιο πιθανό να με ξεχάσετε από μένα να σε ξεχάσω."

Ξέσπασε. "τι εννοείς, ;" ρώτησε.

"έχετε έναν νέο φίλο, ακούω, ποιος είναι; γιατί δεν μου είπατε γι 'αυτόν;

"σταματήστε, !" αναφώνησε. "δεν πρέπει να πείτε τίποτα εναντίον του, τον αγαπώ".

"γιατί, δεν γνωρίζεις ούτε το όνομά του", απάντησε ο παππούς. "ποιος είναι αυτός; έχω δικαίωμα να το γνωρίζω."

"αυτός ονομάζεται πριγκίπισσα γοητευτικό, δεν σας αρέσει το όνομα ... Ω! Ανόητο αγόρι! Δεν πρέπει ποτέ να το ξεχάσετε ... Αν τον είδατε μόνο, θα τον θεωρούσατε το πιο θαυμάσιο άτομο στον κόσμο. Όταν ξαναγυρίσω από την αυστραλία, θα τον συμπαθείτε τόσο πολύ, όλοι τον συμπαθούν και εγώ ... Τον αγαπώ ... Εύχομαι να μπορέσεις να έρθεις στο θέατρο το βράδυ, θα είναι εκεί και είμαι να παίζω το , , πώς θα το παίξω, να αγαπάς και να παίζεις , να τον κάνεις να κάθεσαι εκεί για να παίζεις για τη χαρά του, φοβάμαι ότι μπορεί να τρομάξω την εταιρία, να φοβήσω ή να τους ενθουσιάσω. Να αγαπάς είναι να ξεπεράσεις τον εαυτό σου ο φτωχός τρομακτικός κύριος θα φωνάζει «ιδιοφυΐα» στα μωρά του στο μπαρ που με κήρυξε σαν δόγμα θα το ανακοινώσει ως αποκάλυψη αυτή τη νύχτα θα το νιώσω και είναι το μόνο του, ο μοναδικός του, ο πρίγκιπας γοητευτικός, ο θαυμάσιος εραστής μου, ο θεός μου των χάριτων, αλλά είμαι φτωχός δίπλα του, φτωχός, τι σημαίνει αυτό; όταν η φτώχεια τσαλακώνει στην πόρτα, η αγάπη πετάει μέσα από το παράθυρο. Οι παροιίες μας θέλουν να ξαναγράψουν. Έγιναν το χειμώνα και είναι καλοκαίρι τώρα. Ανοιξιάτικη μέρα για μένα, νομίζω, ένα πολύ χορό άνθη σε γαλάζιο ουρανό. "

«είναι ένας κύριος», είπε ο παππούς με θλίψη.

"ένας πρίγκιπας!" φώναξε μουσικά. "τι άλλο θέλεις?"

"θέλει να σας υποδουλώσει".

"εγώ τρέμει στη σκέψη ότι είναι ελεύθερη."

"θέλω να τον προσέχετε."

"για να τον δεις είναι να τον λατρεύεις, να τον γνωρίσεις είναι να τον εμπιστεύεσαι".

", είσαι τρελός γι 'αυτόν."

Γέλασε και πήρε το χέρι του. "αγαπητή παλιά , μιλάς σαν να ήσουν εκατό, κάποια μέρα θα αγαπήσεις τον εαυτό σου, τότε θα ξέρεις τι είναι ... Μην φαίνεσαι τόσο θλιβερό ... Σίγουρα θα πρέπει να χαίρεσαι να το σκεφτείς αν και εσύ πηγαίνετε μακριά, μου αφήνετε πιο ευτυχισμένοι από ποτέ άλλοτε, η ζωή ήταν δύσκολη για μας και τόσο τρομερά σκληρή όσο και δύσκολη, αλλά θα είναι διαφορετική τώρα, πηγαίνετε σε έναν νέο κόσμο και βρήκα ένα. Είναι δύο καρέκλες, ας καθίσουμε και βλέπουμε τους έξυπνους ανθρώπους να περνούν ".

Πήραν τη θέση τους μέσα σε πλήθος παρατηρητών. Οι τουλίπες-κρεβάτια πέρα από το δρόμο φλεγμονώδη σαν δακτύλιοι πυρκαγιάς πυρκαγιάς. Μια άσπρη σκόνη-θορυβώδες σύννεφο ορσέ-ρίζας φαινόταν-κρεμασμένο στον αέρα. Οι έντονα χρωματιστές ομπρέλες χορούσαν και βυθίστηκαν σαν τερατώδεις πεταλούδες.

Έκανε τον αδελφό της να μιλάει για τον εαυτό του, τις ελπίδες του, τις προοπτικές του. Μίλησε αργά και με προσπάθεια. Πέρασαν τα λόγια μεταξύ τους, καθώς οι παίκτες σε ένα παιχνίδι περνούν μετρητές. Ο σιβύσλος αισθάνθηκε καταπιεσμένος. Δεν μπορούσε να επικοινωνήσει τη χαρά της. Ένα αχνό χαμόγελο που καμπυλώνει εκείνο το θολό στόμα ήταν όλη η ηχώ που θα μπορούσε να κερδίσει. Μετά από κάποιο χρονικό διάστημα έμεινε σιωπηλός. Ξαφνικά έριξε μια ματιά στα χρυσαφένια μαλλιά και τα χείλη γέλιου, και σε ένα ανοικτό φορείο με δύο κυρίες γκρίζος οδήγησε παρελθόν.

Ξεκίνησε στα πόδια της. "νατος!" έκλαψε.

"ο οποίος?" είπε ο θρύλος.

"ο γοητευτικός πρίγκιπας", απάντησε, φροντίζοντας για τη νικτορία.

Σηκώθηκε και κατέλαβε την κατά προσέγγιση από το χέρι. "να τον δείξω σε εμένα ... Ποιος είναι αυτός;" τον δείχνει έξω, πρέπει να τον δω! " αναφώνησε. Αλλά εκείνη τη στιγμή ήρθε ο δούκας των τεσσάρων με τα χέρια του , και όταν είχε αφήσει τον χώρο καθαρό, το φορείο είχε σώσει από το πάρκο.

«έχει φύγει», μουρμούρισε σιγή θλιβερά. "μακάρι να τον είχα δει."

"θα ήθελα να είχα, επειδή είναι σίγουρος ότι υπάρχει ένας θεός στον ουρανό, αν σε κάνει κακό, θα τον σκοτώσω".

Τον κοίταξε με τρόμο. Επανέλαβε τα λόγια του. Έκοψαν τον αέρα σαν ένα μαχαίρι. Το λαό γύρο άρχισε να γκρεμίζει. Μια κυρία που στέκεται κοντά της.

"έλα, , έφυγες", ψιθύρισε. Την ακολουθούσε επιμελώς καθώς περνούσε το πλήθος. Ένιωθε χαρούμενος σε αυτό που είπε.

Όταν έφθασαν στο άγαλμα του αχιλλέα, γύρισε. Υπήρχε κρίμα στα μάτια της που έγινε γέλιο στα χείλη της. Κούνησε το κεφάλι του. "είσαι ανόητος, , εντελώς ανόητος", ένα κακόγουστο αγόρι, αυτό είναι όλο ... Πώς μπορείς να πεις τέτοιες φρικτά πράγματα; δεν ξέρεις για τι μιλάς, είσαι απλά ζηλιάρης και αγενής. Θα αγαπήσετε, η αγάπη κάνει τους ανθρώπους καλούς και αυτό που είπατε ήταν κακός ».

"είμαι δεκαέξι", απάντησε, "και ξέρω τι είμαι για μένα η μητέρα δεν είναι βοήθεια σε σας δεν καταλαβαίνει πώς να φροντίσει εσείς επιθυμώ τώρα ότι δεν θα πάω στην αυστραλία καθόλου. Έχω πολύ μυαλό να τσιμπώ όλο το πράγμα επάνω, θα ήθελα, εάν τα άρθρα μου δεν είχαν υπογραφεί. "

", μην είσαι τόσο σοβαρός, , είσαι σαν ένας από τους ήρωες εκείνων των ανόητων μελωδρών που η μητέρα ήταν τόσο ευτυχισμένη να παίζει κι εγώ δεν θα πάω να νικήσω μαζί σου, τον έχω δει κι εγώ! Για να τον δω είναι τέλεια ευτυχία, δεν θα κάνουμε διαμάχη, ξέρω ότι ποτέ δεν θα έβλαπτε κάποιον που αγαπώ, έτσι;

"όχι όσο τον αγαπάς, υποθέτω", ήταν η απάνθρωπη απάντηση.

"θα τον αγαπώ για πάντα!" έκλαψε.

"και αυτος?"

"για πάντα, πάρα πολύ!"

"είχε καλύτερα."

Έκοψε από αυτόν. Τότε γέλασε και έβαλε το χέρι στο χέρι του. Ήταν απλά αγόρι.

Στο μαρμάρινο τόξο χαιρέτησαν ένα πανό, το οποίο τους άφησε κοντά στο βρώμικο σπίτι τους στον δρόμο του ευστάθου. Ήταν μετά από πέντε, και έπρεπε να ξαπλώσει για μερικές ώρες πριν ενεργήσει. Ο επέμεινε ότι πρέπει να το πράξει. Είπε ότι θα έρθει νωρίτερα μαζί της όταν η μητέρα τους δεν ήταν παρούσα. Θα ήταν σίγουρο ότι θα έκανε μια σκηνή και θα αγανακτούσε σκηνές κάθε είδους.

Στο δωμάτιο του που χωρίστηκαν. Υπήρχε ζήλια στην καρδιά του παιδιού και ένα άγριο δολοφονικό μίσος του ξένου που, όπως του φαινόταν, είχε έρθει ανάμεσα τους. Όμως, όταν τα χέρια της πέταξαν στο λαιμό της, και τα δάχτυλά της στριμωγμένα μέσα από τα μαλλιά της, την μαλάκωσε και την φίλησε με πραγματική αγάπη. Υπήρχαν δάκρυα στα μάτια του καθώς κατέβηκε κάτω.

Η μητέρα του τον περιμένει κάτω. Αυτή γκρίνιαζε στην απροθυμία του, καθώς μπήκε. Δεν έδωσε απάντηση, αλλά κάθισε στο πεντανόστιμο γεύμα του. Οι μύγες βούτηξαν γύρω από το τραπέζι και έσκαψαν πάνω στο λερωμένο πανί. Μέσα από το θόρυβο των πανοραμίδων και τον κλονισμό των καμπίνων του δρόμου, άκουσε τη φωνητική φωνή να καταβροχθίζει κάθε λεπτό που του άφηνε.

Μετά από λίγο καιρό, έσπρωξε το πιάτο του και έβαλε το κεφάλι στα χέρια του. Ένιωσε ότι είχε το δικαίωμα να το γνωρίζει. Θα έπρεπε να του είχε πει πριν, αν ήταν όπως υποψιαζόταν. Με το φόβο, η μητέρα του τον παρακολουθούσε. Τα λόγια έπεσαν μηχανικά από τα χείλη της. Ένα μαντήλι δαντελωτής δαντέλας χτύπησε στα δάχτυλά της. Όταν το ρολόι χτύπησε έξι, σηκώθηκε και πήγε στην πόρτα. Τότε γύρισε πίσω και την κοίταξε. Τα μάτια τους συναντήθηκαν. Στην δική της είδε μια άγρια έκκληση για έλεος. Τον εξοργισμένος.

"μητέρα, έχω κάτι να σας ρωτήσω", είπε. Τα μάτια της περιπλανήθηκαν αόριστα για το δωμάτιο. Δεν απάντησε. "πες μου την αλήθεια, έχω το δικαίωμα να γνωρίζω ότι ήσαστε παντρεμένος με τον πατέρα μου;"

Έβαλε βαθιά αναστεναγμό. Ήταν ένας αναστεναγμός ανακούφισης. Την τρομερή στιγμή, τη στιγμή που εκείνη τη νύχτα και την ημέρα, για εβδομάδες και μήνες, φοβόταν, είχε έρθει επιτέλους και παρόλα αυτά δεν αισθάνθηκε τρόμο. Πράγματι, σε κάποιο βαθμό ήταν μια απογοήτευση γι 'αυτήν. Η χυδαία αμεσότητα της ερώτησης ζήτησε άμεση απάντηση. Η κατάσταση δεν είχε σταδιακά οδηγήσει. Ήταν αργό. Της υπενθύμισε μια κακή πρόβα.

"όχι", απάντησε, αναρωτιέται για τη σκληρή απλότητα της ζωής.

"ο πατέρας μου ήταν τότε κακοποιός!" ρώτησε το παιδί, σφίγγοντας τις γροθιές του.

Κούνησε το κεφάλι της. "ήξερα ότι δεν ήταν ελεύθερος, αγαπούσαμε ο ένας τον άλλον πάρα πολύ, αν είχε ζήσει, θα είχε φροντίσει για εμάς, να μην μιλήσει εναντίον του, ο γιος μου, ήταν ο πατέρας σου και ένας κύριος. Ήταν πολύ συνδεδεμένο. "

Ένας όρκος έσπασε από τα χείλη του. "δεν με νοιάζει", αναφώνησε, "αλλά μην αφήνεις το ... Είναι ένας κύριος, δεν είναι αυτός που είναι ερωτευμένος μαζί της ή λέει ότι είναι πολύ συνδεδεμένος , υποθέτω."

Για μια στιγμή ήρθε μια φοβερή αίσθηση ταπείνωσης πάνω στη γυναίκα. Το κεφάλι της κατέρρευσε. Που σκούπισε τα μάτια της με χειραψία. "το έχει μητέρα", μουρμούρισε. "δεν είχα κανένα".

Το κορίτσι άγγιξε. Πήγε προς την κατεύθυνση της και κατέβασε κάτω, τη φίλησε. "λυπάμαι αν σας έχω πονάει ζητώντας για τον πατέρα μου", είπε, "αλλά δεν θα μπορούσα να το βοηθήσω, πρέπει να πάω τώρα, αντίο, μην ξεχνάτε ότι θα έχετε μόνο ένα παιδί τώρα μετά, και πιστέψτε μου ότι αν αυτός ο άνθρωπος κακομεταχειρίζεται την αδελφή μου, θα μάθω ποιος είναι, θα τον εντοπίσω και θα τον σκοτώσω σαν σκύλο.

Η υπερβολική αθανασία της απειλής, η παθιασμένη χειρονομία που την συνοδεύει, οι τρελές μελωδραματικές λέξεις, έκαναν τη ζωή πιο ζωντανή σε αυτήν. Ήταν εξοικειωμένος με την ατμόσφαιρα. Έπνιξε πιο ελεύθερα και για πρώτη φορά για πολλούς μήνες πραγματικά θαύμαζε τον γιο της. Θα ήθελε να συνέχισε τη σκηνή με την ίδια συναισθηματική κλίμακα, αλλά το έκοψε. Οι κορώνες έπρεπε να μεταφερθούν και οι σιγαστήρες έψαχναν. Το σκυλάκι του σπιτιού έτρεξε μέσα και έξω. Υπήρξε η διαπραγμάτευση με τον καμπάνι. Η στιγμή χάθηκε στις χυδαίες λεπτομέρειες. Ήταν με μια ανανεωμένη αίσθηση απογοήτευσης ότι μάλλιξε το μαντήλι δαντελωτής δαντέλας από το παράθυρο, καθώς ο γιος της έφυγε. Είχε επίγνωση ότι μια μεγάλη ευκαιρία είχε χαθεί. Έμεινε παρηγορημένη, λέγοντας πως η έρημη αισθάνθηκε ότι θα ήταν η ζωή της, τώρα που είχε μόνο ένα παιδί να φροντίσει. Θυμήθηκε τη φράση. Την είχε ευχαριστήσει. Της απειλής που δεν είπε τίποτα. Εκφράστηκε έντονα και δραματικά. Αισθάνθηκε ότι θα το γελούσαν όλα κάποια μέρα.

Κεφάλαιο 6

"υποθέτω ότι έχετε ακούσει τα νέα, βασιλικό;" δήλωσε ο άρχοντας εκείνο το βράδυ ως εμφανίστηκε σε ένα μικρό ιδιωτικό δωμάτιο στο μπρίστολ όπου δείπνο είχε τεθεί για τρεις.

"όχι, ", απάντησε ο καλλιτέχνης, δίνοντας το καπέλο και το παλτό του στον σερβιτόρο. "τι δεν είναι; τίποτα για την πολιτική, ελπίζω ότι δεν με ενδιαφέρουν, δεν υπάρχει σχεδόν ούτε ένα άτομο στο σπίτι των κοινών που αξίζει να ζωγραφίσει, αν και πολλοί από αυτούς θα ήταν καλύτεροι για λίγο ασβέστιο".

"το γκρίζο είναι έτοιμο να παντρευτεί", είπε ο ο γέροντας, τον παρακολουθώντας καθώς μιλούσε.

Άρχισε προς τα δεξιά και στη συνέχεια κοίταξε. " που ασχολείται να παντρευτεί!" αυτός έκλαψε. "αδύνατο!"

"είναι απολύτως αληθές".

"σε ποιον?"

"σε κάποια μικρή ηθοποιό ή άλλο."

"δεν μπορώ να το πιστέψω. Ο είναι πάρα πολύ λογικός".

"ο είναι πάρα πολύ σοφό να μην κάνεις τα ανόητα πράγματα τώρα και τότε, αγαπητός μου βασιλικός".

"ο γάμος δεν είναι κάτι που μπορεί κανείς να κάνει τώρα και στο εξής,".

"εκτός από την αμερική," επανέλαβε ο λόρδος . "αλλά δεν είπα ότι ήταν παντρεμένος είπα ότι ήταν έτοιμος να παντρευτεί υπάρχει μεγάλη διαφορά έχω μια ξεχωριστή μνήμη ότι είναι παντρεμένη, αλλά δεν έχω καμία ανάμνηση σε όλους που ασχολούνται. Νομίζω ότι ποτέ δεν είχα εμπλακεί ».

"αλλά σκεφτείτε τη γέννηση, τη θέση και τον πλούτο του , θα ήταν παράλογο να παντρευτείς κάτω από αυτόν".

"αν θέλεις να τον κάνεις να παντρευτεί αυτό το κορίτσι, πες του αυτό, βασιλικό, είναι σίγουρο ότι θα το κάνει, τότε, όταν ένας άνθρωπος κάνει ένα απολύτως ηλίθιο πράγμα, είναι πάντα από τα πιο ευγενή κίνητρα".

"ελπίζω ότι η κοπέλα είναι καλή, χάρι, δεν θέλω να δω τον δροσιανό δεσμευμένο σε κάποιο κακό πλάσμα που θα μπορούσε να υποβαθμίσει τη φύση του και να καταστρέψει τη διάνοιά του".

«ω, είναι καλύτερο από καλό - είναι όμορφο», μουρμούρισε ο άρχοντας , πίνοντας ένα ποτήρι βερμούτ και πικρό πορτοκάλι. "ο λέει ότι είναι όμορφη και συχνά δεν κάνει λάθος για τέτοια πράγματα, το πορτρέτο του έχει επιταχύνει την εκτίμησή του για την προσωπική εμφάνιση άλλων ανθρώπων, είχε αυτό το εξαιρετικό αποτέλεσμα, μεταξύ άλλων. Ναι, αν το αγόρι δεν ξεχάσει το ραντεβού του. "

"είσαι σοβαρός?"

"πολύ σοβαρό, βασιλικό, θα είμαι άθλια εάν σκέφτηκα ότι θα έπρεπε να είμαι ποτέ πιο σοβαρός από όσο βρίσκομαι αυτή τη στιγμή".

"αλλά το εγκρίνεις, χάρι;" ρώτησε τον ζωγράφο, περπατώντας πάνω και κάτω στο δωμάτιο και δαγκώνοντας το χείλι του. "δεν μπορείτε να το εγκρίνετε, πιθανόν.

"ποτέ δεν εγκρίνω ή δεν αποδοκιμάζω τίποτα τώρα, είναι μια παράλογη στάση για να βγάλω τη ζωή, δεν στέλνουμε στον κόσμο για να εκτοξεύσουμε τις ηθικές μας προκαταλήψεις, ποτέ δεν λαμβάνω καμία ειδοποίηση για το τι λένε οι συνηθισμένοι άνθρωποι και ποτέ δεν παρεμβαίνω με ό, τι γοητευτικό άνθρωποι κάνουν, αν μια προσωπικότητα με συναρπάζει, ανεξάρτητα από τον τρόπο έκφρασης που η προσωπικότητα επιλέγει είναι απόλυτα ευχάριστο για μένα. Μερικοί άνθρωποι δεν έχουν την αίσθηση ότι οι γάμοι τους δεν είναι αληθινός, καθιστά πιο πολύπλοκο, διατηρούν τον εγωισμό τους και προσθέτουν σε αυτό και πολλά άλλα εγωίσματα, αναγκάζονται να έχουν περισσότερες από μία ζωές, γίνονται πιο οργανωμένα και είναι εξαιρετικά οργανωμένο το αντικείμενο της ανθρώπινης ύπαρξης. Δίπλα κάθε εμπειρία είναι πολύτιμη και ό, τι μπορεί να πει κανείς ενάντια στον γάμο είναι σίγουρα μια εμπειρία. Ελπίζω ότι το γκρίζο θα κάνει αυτό το κορίτσι τη σύζυγό του, θα την λατρεύουν με πάθος για έξι μήνες και στη συνέχεια ξαφνικά θα γοητευτεί από κάποιον άλλο. Θα ήταν μια θαυμάσια μελέτη. "

"δεν εννοείτε ούτε μια λέξη από όλα αυτά, , ξέρετε ότι δεν το κάνετε, αν η ζωή του γκρίζου γκρίζου ήταν χαλασμένη, κανείς δεν θα ήταν πιο παράξενος από τον εαυτό σας, είστε πολύ καλύτεροι από ό, τι υποδηλώνετε ότι είστε".

Ο άρχοντας άρχοντας γέλασε. "ο λόγος για τον οποίο όλοι θέλουμε να σκεφτούμε τόσο καλά για τους άλλους είναι ότι φοβόμαστε όλοι για τον εαυτό μας, η βάση της αισιοδοξίας είναι ο απέραντος τρόμος., πιστεύουμε ότι είμαστε γενναιόδωροι επειδή πιστώνουμε τον γείτονά μας με την κατοχή εκείνων των αρετών που είναι πιθανόν να επωφεληθούμε από τον τραπεζίτη που μπορούμε να ξεπεράσουμε το λογαριασμό μας και να βρούμε καλές ιδιότητες στον αυτοκινητόδρομο με την ελπίδα ότι θα χάσει τις τσέπες μας, εννοώ ό, τι έχω πει, έχω τη μεγαλύτερη περιφρόνηση για αισιοδοξία. Όπως για μια χαλασμένη ζωή, καμία ζωή δεν είναι χαλασμένη, αλλά μία που η ανάπτυξή της έχει συλληφθεί, αν θέλετε να αποκτήσετε μια φύση, απλώς να την μεταρρυθμίσετε, όπως για το γάμο, αυτό θα ήταν ανόητο, αλλά υπάρχουν και άλλα και πιο ενδιαφέροντα δεσμούς μεταξύ ανδρών και γυναικών, σίγουρα θα τους ενθαρρύνω, θα έχουν τη γοητεία της μόδας, αλλά εδώ είναι ο ίδιος ο , ο οποίος θα σας πει περισσότερα από ό, τι μπορώ ».

"αγαπητέ μου χάρι, αγαπητέ μου βασιλικό, πρέπει να συγχαίρω και τα δύο!" είπε το παιδί, ρίχνοντας το βράδι του με τα σατέν φτερά και τίναγμα κάθε έναν από τους φίλους του με το χέρι με τη σειρά του. «ποτέ δεν ήμουν τόσο χαρούμενος, φυσικά, είναι ξαφνικά-όλα όσα πραγματικά ευχάριστα πράγματα είναι και παρ 'όλα αυτά μου φαίνεται ότι είμαι το μόνο πράγμα που έχω ψάξει για όλη μου τη ζωή». Εκκενώθηκε με ενθουσιασμό και ευχαρίστηση και κοίταξε εξαιρετικά όμορφος.

"ελπίζω ότι θα είστε πάντα πολύ χαρούμενοι, ", είπε , "αλλά δεν σας συγχωρώ για το ότι δεν με πληροφόρησε για τη δέσμευσή σας.

"και δεν σας συγχωρώ για την καθυστέρηση για το δείπνο", έσπασε ο άρχοντας , βάζοντας το χέρι του στον ώμο του παιδιού και χαμογελώντας καθώς μιλούσε. "ελάτε να καθίσετε και να δοκιμάσετε τι είναι ο νέος σεφ εδώ και τότε θα μας πείτε πώς όλα αυτά ήρθαν".

"δεν υπάρχει τίποτα να πει κανείς", φώναξαν ο καθώς καθόρισαν τη θέση τους στο μικρό στρογγυλό τραπέζι. "αυτό που συνέβη ήταν απλά αυτό: αφού σας άφησα χθες το βράδυ, ο χάρι, ντυμένος, είχε ένα δείπνο στο μικρό αυτό το ιταλικό εστιατόριο στην οδό που με παρουσιάσατε και κατέβηκε στις 8 το πρωί στο θέατρο. Φυσικά, το σκηνικό ήταν φοβερό και ο ορλάντο ήταν παράλογο, αλλά έπρεπε να την είχε δει, όταν ήρθε με τα ρούχα της αγόρις της, ήταν υπέροχη, φορούσε ένα βελούδινο τζέρκιν με μούχλα, με μανίκια κανέλας, λεπτό , καστανά καστανά μανίκια, ένα ελαφρύ πράσινο καπάκι με ένα φτερό γεράκι και ένα κουκούλα με κουκούλα επενδεδυμένο με μαύρο κόκκινο που δεν μου φαινόταν ποτέ πιο εκλεκτό, είχε όλη τη λεπτή χάρη του ειδώλου της τανάγρας που έχετε στο στούντιό σας, βασιλικό, τα μαλλιά της συσσωματωμένα γύρω από το πρόσωπό της σαν σκούρα φύλλα γύρω από ένα χλωμό τριαντάφυλλο, όσο για την ενεργητική της, θα τη δείτε τη νύχτα, είναι απλά ένας γεννημένος καλλιτέχνης. Κουτί απολύτως ενθουσιασμένος. Ξέχασα ότι ήμουν στο λονδίνο και στο αιώνα. Ήμουν μακριά με την αγάπη μου σε ένα δάσος που κανένας άνθρωπος δεν είχε δει ποτέ. Μετά τη λήξη της παράστασης, πήγα πίσω και μίλησα μαζί της. Καθώς κάθονταν μαζί, ξαφνικά ήρθε στα μάτια της ένα βλέμμα που δεν είχα δει ποτέ εκεί πριν. Τα χείλη μου κινήθηκαν προς την δική της. Φιλήσαμε ο ένας τον άλλον. Δεν μπορώ να σας περιγράψω αυτό που αισθάνθηκα εκείνη τη στιγμή. Μου φάνηκε ότι όλη μου η ζωή είχε περιοριστεί σε ένα τέλειο σημείο με ροδοκόκκινη χαρά. Τριγύριζε παντού και τίναξε σαν λευκό νάρκισσο. Τότε πέταξε στα γόνατά της και φίλησε τα χέρια μου. Νομίζω ότι δεν πρέπει να σας πω όλα αυτά, αλλά δεν μπορώ να το βοηθήσω. Φυσικά, η δέσμευσή μας είναι ένα νεκρό μυστικό. Δεν έχει πει καν τη μητέρα της. Δεν ξέρω τι λένε οι κηδεμόνες μου. Ο είναι σίγουρος ότι θα είναι μανιασμένος. Δεν με νοιάζει. Θα είμαι ηλικίας σε λιγότερο από ένα χρόνο, και έπειτα μπορώ να κάνω αυτό που μου αρέσει. Έχω δίκιο, βασιλικό, δεν έχω, να βγάλω την αγάπη μου από την ποίηση και να βρω τη γυναίκα μου στα έργα του σαίξπηρ; τα χείλη που δίδαξε να μιλήσει ο σαίξπηρ έχουν ψιθυρίσει το μυστικό τους στο αυτί μου. Είχα τα χέρια του γύρω μου, και φίλησα στο στόμα. "

«ναι, , υποθέτω ότι ήσαστε δίκαιος», είπε σιγά-σιγά.

"την έχετε δει σήμερα;" ρώτησε ο άρχοντας .

Το γκρίζωσε το κεφάλι του. «τη άφησα στο δάσος του άρντεν · θα την βρω σε ένα οπωρώνα στη βερόνα».

Ο άρχοντας έπινε τη σαμπάνια του με διαλογισμό. "σε ποιο συγκεκριμένο σημείο αναφέρατε τη λέξη γάμος, ; και τι απάντησε, ίσως ξεχάσατε όλα αυτά".

"αγαπητέ μου χάρι, δεν το αντιμετώπισα ως επιχειρηματική συναλλαγή και δεν έκανα καμία επίσημη πρόταση, της είπα ότι την αγάπησα και είπε ότι δεν ήταν άξιος να είναι η γυναίκα μου. Ολόκληρος ο κόσμος δεν είναι τίποτα για μένα σε σχέση με αυτήν ».

«οι γυναίκες είναι θαυμάσια πρακτικές», μουρμούρισε ο άρχοντας , «πολύ πιο πρακτικό από ότι είμαστε» σε καταστάσεις αυτού του είδους συχνά ξεχνάμε να λέμε τίποτα για το γάμο και πάντα μας θυμίζουν ».

Προς τα δεξιά έβαλε το χέρι του πάνω στο χέρι του. "δεν είναι, όπως ο άλλος άντρας, δεν θα έφερνε ποτέ δυστυχία σε κανέναν, η φύση του είναι πολύ ωραία γι 'αυτό".

Ο άρχοντας κοίταξε το τραπέζι. "ο δεν είναι ποτέ ενοχλημένος μαζί μου", απάντησε. "έθεσα την ερώτηση για τον καλύτερο δυνατό λόγο , για τον μοναδικό λόγο, πράγματι, ότι δικαιολογεί κάποιος για να θέσει οποιαδήποτε ερώτηση - απλή περιέργεια. Έχω μια θεωρία ότι είναι πάντα οι γυναίκες που μας προτείνουν και όχι εμείς που προτείνουμε οι γυναίκες, εκτός από τη μέση τάξη, αλλά στη συνέχεια οι μεσαίες τάξεις δεν είναι μοντέρνες. "

Ο γκρίζος γέρος γέλασε και έριξε το κεφάλι του. "είσαι αρκετά αδιόρθωτος, χάρι, αλλά δεν με πειράζει, είναι αδύνατον να σου θυμώνεις, όταν βλέπεις το σιβέλι, αισθάνεσαι ότι ο άνθρωπος που θα μπορούσε να την κάνει λάθος θα ήταν ένα θηρίο, ένα θηρίο χωρίς καρδιά δεν μπορώ να καταλάβω πώς κάποιος μπορεί να θέλει να ντροπήσει το πράγμα που αγαπά .. Αγαπώ το κιβώτιο του θόλου, θέλω να το τοποθετήσω σε ένα βάθρο χρυσού και να δω τον κόσμο να προσκυνήσουν τη γυναίκα που είναι δική μου ... Τι είναι ο γάμος ένας αμετάκλητος όρκος να το παραδεχτείς γι 'αυτό αχ! Μην το παραδεχτείς είναι ένας αμετάκλητος όρκος που θέλω να πάρω, η εμπιστοσύνη της με κάνει πιστή, η πίστη της με κάνει καλό ... Όταν είμαι μαζί της, λυπάμαι για όλα αυτά που έχεις με άλλαξε και με το απλό άγγιγμα του χεριού του με κάνει να ξεχάσω εσένα και όλες τις λάθος, συναρπαστικές, δηλητηριώδεις, ευχάριστες θεωρίες σου ».

"και αυτά είναι ...;" ρώτησε ο άρχοντας , βοηθώντας τον εαυτό του σε κάποια σαλάτα.

"ω, οι θεωρίες σου για τη ζωή, οι θεωρίες σου για την αγάπη, οι θεωρίες σου για την ευχαρίστηση, όλες οι θεωρίες σου, στην πραγματικότητα, οι ."

"η ευχαρίστηση είναι το μόνο πράγμα που αξίζει να έχουμε μια θεωρία", απάντησε με αργή, μελωδική φωνή του. "αλλά φοβάμαι ότι δεν μπορώ να διεκδικήσω τη θεωρία μου ως δική μου, ανήκει στη φύση, όχι σε μένα, η ευχαρίστηση είναι η δοκιμή της φύσης, το σημάδι της έγκρισής της, όταν είμαστε χαρούμενοι, είμαστε πάντα καλοί, αλλά όταν είμαστε καλοί, εμείς δεν είναι πάντα ευχαριστημένοι. "

"αχ! Αλλά τι εννοείς με το καλό;" φώναξε βασιλικό προς τα δεξιά.

"ναι", απάντησε ο , ξαπλωμένος πίσω στην καρέκλα του και κοιτάζοντας τον άρχοντα πάνω από τα βαρύ σμήνος των ιριδίζοντων μωβ που στέκονταν στο κέντρο του τραπεζιού "τι εννοείτε με το καλό, ;"

«να είσαι καλός είναι να είσαι αρμονικός με τον εαυτό σου», απάντησε, αγγίζοντας το λεπτό στέλεχος του ποτηριού του με τα ωχρά δάχτυλά του. «η σύρραξη πρέπει να αναγκαστεί να είναι σε αρμονία με τους άλλους, τη δική της ζωή - αυτό είναι το σημαντικό πράγμα, όσο για τη ζωή των γειτόνων του, εάν κάποιος επιθυμεί να είναι ένας πριγκημένος ή ένας πουριτάνιος, μπορεί κανείς να απολαύσει τις ηθικές του απόψεις , αλλά δεν είναι η ανησυχία κάποιου άλλου, ο ατομικισμός έχει πραγματικά τον υψηλότερο στόχο.η σύγχρονη ηθική συνίσταται στην αποδοχή του προτύπου της ηλικίας του.το θεωρώ ότι για κάθε άνθρωπο του πολιτισμού να δεχτεί το πρότυπο της εποχής του είναι μια μορφή της πιο ακαθάριστης ανηθικότητας . "

"αλλά, σίγουρα, αν κάποιος ζει μόνο για τον εαυτό του, χάρι, κάποιος πληρώνει ένα φοβερό τίμημα για να το κάνει αυτό;" πρότεινε ο ζωγράφος.

"ναι, είμαστε υπερφορτωμένοι για τα πάντα σήμερα, θα ήθελα να φανταστώ ότι η πραγματική τραγωδία των φτωχών είναι ότι δεν μπορούν να αντέξουν οικονομικά τίποτα άλλο παρά αυτοαπασχόληση, όμορφα αμαρτήματα, όπως τα όμορφα πράγματα, είναι το προνόμιο των πλουσίων".

"κάποιος πρέπει να πληρώσει με άλλους τρόπους, αλλά χρήματα."

"ποιοι τρόποι, βασιλικός;"

"ω! Θα έπρεπε να φανταστώ σε τύψεις, σε πόνο, σε ... Καλά, στη συνείδηση της υποβάθμισης".

Ο άρχοντας σήκωσε τους ώμους του. "αγαπητός μου συνάδελφος, η μεσαιωνική τέχνη είναι γοητευτική, αλλά τα μεσαιωνικά συναισθήματα είναι ξεπερασμένα, μπορεί κανείς να τα χρησιμοποιήσει στη μυθοπλασία, φυσικά, αλλά τότε τα μόνα πράγματα που μπορεί κανείς να χρησιμοποιήσει στη μυθοπλασία είναι τα πράγματα που έχει σταματήσει να χρησιμοποιεί στην πραγματικότητα πιστέψτε με, κανένας πολιτισμένος άνθρωπος ποτέ δεν λυπάται για μια ευχαρίστηση, και κανένας ασυνείδητος άνθρωπος ποτέ δεν ξέρει τι είναι ευχαρίστηση.

"ξέρω τι ευχαρίστηση είναι", φώναξε το γκρι . "είναι να λατρεύεις κάποιον."

"αυτό είναι σίγουρα καλύτερο από το να το λατρεύεις", απάντησε, κουβαλώντας με μερικούς καρπούς. "η αγάπη μας είναι μια ενόχληση, οι γυναίκες μας αντιμετωπίζουν ακριβώς όπως η ανθρωπότητα αντιμετωπίζει τους θεούς της, μας λατρεύουν και πάντα μας ενοχλούν να κάνουμε κάτι γι 'αυτούς".

«θα έπρεπε να είπα ότι ό, τι ζήτησαν είχαν μας δώσει πρώτα», μουρμούρισε το κορίτσι σοβαρά. "δημιουργούν αγάπη στις φύσεις μας, έχουν το δικαίωμα να το απαιτήσουν".

"αυτό είναι απολύτως αληθινό, ", φώναξε προς τα δεξιά.

"τίποτα δεν είναι πάντα αλήθεια", είπε ο άρχοντας .

"αυτό είναι," . "πρέπει να παραδεχτείτε ότι οι γυναίκες δίνουν στους άντρες τον ίδιο τον χρυσό της ζωής τους".

"ίσως," αναστέναξε, "αλλά πάντα θέλουν να επιστρέψουν σε μια τόσο μικρή αλλαγή, αυτή είναι η ανησυχία ... Οι γυναίκες, όπως το έβαλαν κάποιες πνευματώδεις γάλλοι, μας εμπνέουν με την επιθυμία να κάνουν αριστουργήματα και πάντα να μας εμποδίζουν να τα μεταφέρουμε έξω."

"χάρι, είσαι τρομακτικός! Δεν ξέρω γιατί μου αρέσει πολύ."

"πάντα θα με συμπαθείτε, ", απάντησε. "θα έχετε λίγο καφέ, εσείς οι υποψήφιοι, ο σερβιτόρος, θα πάρετε τον καφέ και την σαμπάνια , και μερικά τσιγάρα, όχι, δεν πειράζει τα τσιγάρα-έχω μερικά βασιλικά, δεν μπορώ να σας επιτρέψω να καπνίζετε πούρα. Πρέπει να έχει τσιγάρο, ένα τσιγάρο είναι ο τέλειος τύπος μιας τέλειου χαράς, είναι εξαιρετικό, και αφήνει ένα ανικανοποίητο, τι περισσότερο μπορεί κάποιος να θέλει ναι, , πάντα θα με αγαπάτε. Αμαρτίες δεν είχατε ποτέ το θάρρος να διαπράξετε. "

"ποια ανοησία μιλάς, χάρι!" φώναξε το παιδί, παίρνοντας ένα φως από έναν ασημένιο δράκο με πυρκαγιά που ο σερβιτόρος είχε βάλει στο τραπέζι. "ας πάμε κάτω στο θέατρο, όταν το σίγουρο έρχεται στη σκηνή, θα έχεις ένα νέο ιδανικό της ζωής, θα σου αντιπροσωπεύσει κάτι που δεν ξέρεις ποτέ".

«έχω γνωρίσει τα πάντα», είπε ο άρχοντας , με μια κουρασμένη ματιά στα μάτια του », αλλά είμαι πάντα έτοιμος για μια νέα συγκίνηση. Φοβάμαι, ωστόσο, ότι, για μένα, δεν υπάρχει τίποτα τέτοιο. Ακόμα και το θαυμάσιο κορίτσι σου μπορεί να με ενθουσιάσει, μου αρέσει να ενεργώ, είναι πολύ πιο πραγματικό από τη ζωή, ας πάμε, , θα έρθεις μαζί μου, λυπάμαι πολύ, βασιλικός, αλλά υπάρχει μόνο χώρος για δύο , πρέπει να μας ακολουθήσετε σε ένα . "

Σηκώθηκαν και έβαλαν τα παλτά τους, πίνοντας τον καφέ τους. Ο ζωγράφος ήταν σιωπηλός και αφοσιωμένος. Υπήρχε μια θλίψη πάνω του. Δεν μπορούσε να αντέξει αυτόν τον γάμο και παρόλα αυτά του φαινόταν να είναι καλύτερος από πολλά άλλα πράγματα που θα μπορούσαν να συμβούν. Μετά από λίγα λεπτά, όλοι πέρασαν κάτω. Τον οδήγησε ο ίδιος, όπως είχε κανονιστεί, και παρακολούθησε τα φώτα που αναβοσβήνουν από το μικρό βούρμωμα μπροστά του. Μια παράξενη αίσθηση της απώλειας τον πέρασε. Αισθάνθηκε ότι το γκρίζο του δεν θα ήταν ποτέ πια σε αυτόν ό, τι ήταν στο παρελθόν. Η ζωή είχε έρθει ανάμεσα τους ... Τα μάτια του σκοτεινιάστηκαν, και οι πολυσύχναστοι δρόμοι φλέγονταν στα μάτια του. Όταν έφτασε η καμπίνα στο θέατρο, του φάνηκε ότι είχε μεγαλώσει χρόνια.

Κεφάλαιο 7

Για κάποιο λόγο ή άλλο, το σπίτι ήταν γεμάτο εκείνο το βράδυ και ο λιπαρός διαχειριστής που τους γνώρισε στην πόρτα ακτινοβολούσε από το αυτί στο αυτί με ένα λιπαρό χαμόγελο. Τους συνόδευσε στο κουτί τους με ένα είδος πομπώδης ταπεινοφροσύνη, κουνώντας τα χοντρά χέρια με το χέρι και μιλώντας στην κορυφή της φωνής του. Το γκρίζο του τον απείλησε περισσότερο από ποτέ. Αισθάνθηκε σαν να είχε έρθει να ψάξει για και είχε συναντηθεί με . Ο άρχοντας , από την άλλη πλευρά, τον άρεσε μάλλον. Τουλάχιστον δήλωσε ότι έκανε, και επέμεινε να τον κουνήσει από το χέρι και να τον διαβεβαιώσει ότι ήταν περήφανος να συναντήσει έναν άνθρωπο που είχε ανακαλύψει μια πραγματική μεγαλοφυία και χρεοκόπησε πάνω σε έναν ποιητή. Ο διασκεδάζει με το βλέμμα στα πρόσωπα στο λάκκο. Η θερμότητα ήταν τρομερά καταπιεστική και το τεράστιο ηλιακό φως φαινόταν σαν μια τερατώδη ντάλια με πέταλα κίτρινης φωτιάς. Οι νεαροί της γκαλερί είχαν βγάλει τα παλτά και τις γιλέκα τους και τους κρεμάσανε από την πλευρά τους.

Μιλούσαν ο ένας στον άλλο πέρα από το θέατρο και μοιράζονταν τα πορτοκάλια τους με τα κοριτσάκια που κάθισαν δίπλα τους. Μερικές γυναίκες γελούσαν στο λάκκο. Οι φωνές τους ήταν φρικιαστικές και διαφωνίες. Ο ήχος του ξεσπάσματος των φελλών ήρθε από το μπαρ.

"τι ένα μέρος για να βρει κανείς τη θεότητα του!" είπε ο άρχοντας .

"ναί!" απάντησε στο γκρι. "αυτό ήταν εδώ που την βρήκα, και είναι θεϊκή πέρα από όλα τα ζωντανά πράγματα.όταν ενεργεί, θα ξεχάσετε τα πάντα.οι εν λόγω τραχείοι άνθρωποι, με τα χονδροειδή πρόσωπά τους και τις βάναυσες χειρονομίες, γίνονται τελείως διαφορετικοί όταν είναι στη σκηνή. Κάθεται σιωπηλά και τη βλέπει, γελάει και γελάει, όπως τα θέλει να κάνουν, τους κάνει να ανταποκρίνονται σαν βιολί, πνευματοποιεί τους και αισθάνεται ότι είναι της ίδιας σάρκας και αίματος με τον εαυτό τους ».

"η ίδια σάρκα και αίμα με τον εαυτό μου! Ω, ελπίζω όχι!" αναφώνησε ο άρχοντας , ο οποίος σάρωσε τους κατοίκους της γκαλερί μέσω του γυαλιού της όπερας.

"μην του δώσετε καμία προσοχή, ", είπε ο ζωγράφος. «καταλαβαίνω τι εννοείς και πιστεύω σε αυτό το κορίτσι · ο καθένας που αγαπάς πρέπει να είναι θαυμάσιος και κάθε κορίτσι που έχει το αποτέλεσμα που περιγράφεις πρέπει να είναι ωραία και ευγενής, να πνευματώσει την ηλικία σου - αυτό είναι κάτι που αξίζει να κάνεις. Το κορίτσι μπορεί να δώσει μια ψυχή σε εκείνους που έχουν ζήσει χωρίς κάποιον, αν μπορεί να δημιουργήσει την αίσθηση της ομορφιάς σε ανθρώπους των οποίων η ζωή ήταν σφοδρή και άσχημη, αν μπορεί να τους απογυμνώνει από τον εγωισμό τους και να τους δανείζει δάκρυα για θλίψεις που δεν είναι δικές τους , είναι άξια της λατρείας σας, άξια της λατρείας του κόσμου, αυτός ο γάμος είναι απολύτως σωστός, δεν το σκέφτηκα κατά την πρώτη στιγμή, αλλά το παραδέχομαι τώρα, οι θεοί έκαναν το κιβώτιο για σένα. Ήταν ατελής. "

"ευχαριστώ, βασιλικός", απάντησε ο γκρίζος γκρίζος, πιέζοντας το χέρι του. "εγώ ήξερα ότι θα με καταλάβαις, ο χάρι είναι τόσο κυνικός, με τρομάζει, αλλά εδώ είναι η ορχήστρα, είναι αρκετά τρομακτικό, αλλά διαρκεί μόνο για πέντε λεπτά, τότε η κουρτίνα ανεβαίνει και θα δεις το κορίτσι να που θέλω να δώσω όλη μου τη ζωή, στους οποίους έδωσα όλα όσα είναι καλά σε μένα ".

Ένα τέταρτο μιας ώρας αργότερα, μέσα σε μια έκτακτη αναταραχή χειροκρότημα, το σιβέλι βήμα πήγε στη σκηνή. Ναι, ήταν σίγουρα υπέροχο να κοιτάξει - ένα από τα ωραιότερα πλάσματα, σκέφτηκε ο άρχοντας , που είχε δει ποτέ. Υπήρχε κάτι από το αχνό με τη ντροπαλή χάριτά της και τα έκπληκτα μάτια. Ένα αχνό ρουζ, όπως η σκιά ενός τριαντάφυλλου σε έναν καθρέφτη από ασήμι, ήρθε στα μάγουλά της καθώς κοίταξε το γεμάτο ενθουσιώδες σπίτι. Επέστρεψε μερικούς βηματισμούς και τα χείλη της φαινόταν να τρέμουν. Το βασιλικό αίθριο πήδηξε στα πόδια του και άρχισε να χειροκροτεί. Ακίνητος, και ως ένα σε ένα όνειρο, καθόρισε γκρίζο γκρι, κοιτάζοντάς την. Ο άρχοντας κοίταξε μέσα από τα γυαλιά του, μουρμουρίζοντας, "γοητευτικό! Γοητευτικό!"

Η σκηνή ήταν η αίθουσα του σπιτιού της καπουλέτας και το στο φόρεμα του προσκυνητή είχε εισέλθει με το και τους άλλους φίλους του. Η μπάντα, όπως ήταν, χτύπησε μερικά κομμάτια μουσικής και ο χορός άρχισε. Μέσα από το πλήθος των αχρείων, ντυμένων ντυμένων ηθοποιών, το σιβύλι πτερύγιο κινήθηκε σαν ένα πλάσμα από έναν λεπτότερο κόσμο. Το σώμα της ταλαντεύτηκε, ενώ χόρευε, καθώς ένα φυτό κολυμπάει στο νερό. Οι καμπύλες του λαιμού της ήταν οι καμπύλες ενός λευκού κρίνος. Τα χέρια της φάνηκαν να είναι κατασκευασμένα από δροσερό ελεφαντόδοντο.

Αλλά ήταν περιέργως αφηρημένη. Δεν έδειξε κανένα σημάδι χαράς όταν τα μάτια της ξαναγύρισαν στο ρωμαίος. Τα λίγα λόγια που έπρεπε να μιλήσει -

Καλός προσκυνητής, εσείς κάνετε λάθος το χέρι σας πάρα πολύ, ποια γοητευτική αφοσίωση δείχνει σε αυτό? Γιατί οι άγιοι έχουν χέρια που αγγίζουν τα χέρια των προσκυνητών, και η παλάμη προς την παλάμη είναι το άγριο παλάμη,

Με τον σύντομο διάλογο που ακολουθεί, μίλησαν με έναν τεχνητό τρόπο. Η φωνή ήταν εξαιρετική, αλλά από την άποψη του τόνου ήταν απολύτως ψευδής. Ήταν λάθος στο χρώμα. Χρειάστηκε όλη η ζωή από το στίχο. Έκανε το πάθος εξωπραγματικό.

Το γκρίζωσε το πράσινο, καθώς την κοίταζε. Ήταν αμηχανία και αγωνία. Κανένας από τους φίλους του δεν τόλμησε να του πει τίποτα. Φάνηκε να είναι απολύτως ανίκανοι. Ήταν αποτρόπαια απογοητευμένοι.

Ωστόσο θεώρησαν ότι η αληθινή δοκιμή οποιουδήποτε είναι η σκηνή του μπαλκονιού της δεύτερης πράξης. Περίμεναν γι 'αυτό. Αν αποτύχει εκεί, δεν υπήρχε τίποτα μέσα της.

Κοίταξε γοητευτικό καθώς βγήκε στο φως του φεγγαριού. Αυτό δεν μπορούσε να αρνηθεί. Αλλά η ανικανότητα της δράσης της ήταν αφόρητη και επιδεινώθηκε καθώς συνέχιζε. Οι χειρονομίες της έγιναν παράλογα τεχνητές.

Έχει υπερνικήσει όλα όσα έπρεπε να πει. Το όμορφο πέρασμα-

Ξέρεις ότι η μάσκα της νύχτας είναι στο πρόσωπό μου,
Αλλιώς θα μου έκανα μια κοκκινωπή κοκκινίλα μάγουλα
Για αυτό που με άκουσα μιλάς νύχτα-

Δηλώθηκε με την οδυνηρή ακρίβεια ενός μαθήτρια που έχει διδαχθεί να απαγγέλλει κάποιος καθηγητής διδασκαλίας δευτεροβάθμιας εκπαίδευσης. Όταν έσκυψε πάνω από το μπαλκόνι και ήρθε σε αυτές τις θαυμάσιες γραμμές -

αν και χαίρομαι σε σένα,
Δεν έχω καμία χαρά από αυτή τη σύμβαση αυτή τη νύχτα:
Είναι πολύ εξάνθημα, πάρα πολύ απροσδόκητη, πολύ ξαφνική.
Όπως η αστραπή, η οποία παύει να είναι
Εδώ, μπορεί να πει κανείς, "φωτίζει". Γλυκιά, καλή βραδιά!
Αυτό το μπουμπούκι της αγάπης από την αναπνοή του καλοκαιριού
Μπορεί να αποδειχθεί ένα λουλούδι όταν θα συναντηθούμε στη συνέχεια -

Μίλησε τις λέξεις σαν να μην της έδωσαν κανένα νόημα. Δεν ήταν νευρικότητα. Πράγματι, μέχρι στιγμής δεν ήταν νευρικό, ήταν απόλυτα αυτοδύναμο. Ήταν απλά κακή τέχνη. Ήταν μια αποτυχία.

Ακόμη και το κοινό αδηφάγο ακροατήριο του λάκκου και της γκαλερί έχασε το ενδιαφέρον του για το παιχνίδι. Έμειναν ανήσυχοι και άρχισαν να μιλούν δυνατά και να σφυρίζουν. Ο διαχειριστής του κοσμηματοπωλείου, που στέκεται στο πίσω μέρος του κύκλου φόρεμας, σφράγισε και ορκίστηκε με οργή. Ο μόνος άνθρωπος που δεν ήταν συγκινημένος ήταν η ίδια η κοπέλα.

Όταν τελείωσε η δεύτερη πράξη, ήρθε μια θυελλώδεις θυσίες και ο άρχοντας σηκώθηκε από την καρέκλα του και έβαλε το παλτό του. "είναι πολύ όμορφη, ," αλλά είπε, "αλλά δεν μπορεί να δράσει.

«θα δω το παιχνίδι», απάντησε ο παππούς, με μια σκληρή πικρή φωνή. "είμαι τρομερά λυπημένος που σας έκανα να χάσετε ένα βράδυ, συνηθίζετε να σας ζητήσω συγγνώμη."

"αγαπητός μου φίλος, θα πρέπει να σκεφτώ ότι η κακή πύλη ήταν άρρωστη", έσπασε προς τα δεξιά. "θα έρθουμε κάποια άλλη νύχτα."

«μακάρι να ήταν άρρωστος», επανήλθε. "αλλά νομίζω ότι είναι απλώς σκληρός και κρύος, έχει αλλάξει τελείως, χθες το βράδυ ήταν σπουδαίος καλλιτέχνης, σήμερα το βράδυ είναι απλώς ένας συνηθισμένος μέτριος ηθοποιός".

"μη μιλάτε έτσι για κανέναν που αγαπάτε, . Η αγάπη είναι κάτι πιο θαυμάσιο από την τέχνη".

"είναι και οι δύο απλές μορφές απομίμησης", παρατήρησε ο άρχοντας . "αλλά δεν πρέπει να με αφήσουμε να φύγουμε, , δεν πρέπει να μείνεις εδώ πια, δεν είναι καλό για τα ηθικά κάποιου να βλέπεις κακές πράξεις, εκτός από το να μην υποθέσεις ότι θα θελήσεις τη γυναίκα σου να δράσει. Παίζει σαν μια ξύλινη κούκλα, είναι πολύ όμορφη και αν ξέρει τόσο λίγα για τη ζωή που κάνει για να ενεργήσει, θα είναι μια απολαυστική εμπειρία, υπάρχουν μόνο δύο είδη ανθρώπων που είναι πραγματικά συναρπαστικοί - άνθρωποι που ξέρουν απολύτως τα πάντα, και οι άνθρωποι που ξέρουν απολύτως τίποτα, καλοί ουρανοί, αγαπητοί μου αγόρι, δεν φαίνονται τόσο τραγικοί, το μυστικό των υπολοίπων νέων δεν είναι ποτέ να έχει ένα συναίσθημα που δεν είναι κατανοητό, έρχονται στο κλαμπ με βασιλικό και τον εαυτό μου. Τσιγάρα και ποτό για την ομορφιά του σιμπλού πτερυγίου είναι όμορφη, τι περισσότερο μπορείς να θέλεις; "

"πάει μακριά, χάρι", φώναξε ο παππούς. "θέλω να είμαι μόνος, βασιλικός, πρέπει να φύγεις αχ! Δεν μπορείς να δεις ότι η καρδιά μου σπάζει;" τα ζεστά δάκρυα ήρθαν στα μάτια του. Τα χείλη του τρεμούν και σπεύδοντας προς το πίσω μέρος του κουτιού, έσκυψε στον τοίχο, κρύβοντας το πρόσωπό του στα χέρια του.

"ας πάμε, βασιλικό", είπε ο άρχοντας με μια παράξενη ευαισθησία στη φωνή του, και οι δύο νέοι άνδρες πέρασαν μαζί.

Λίγα λεπτά αργότερα οι προβολείς εξερράγησαν και η κουρτίνα ανέβηκε στην τρίτη πράξη. Το γκρίζο επέστρεψε στο κάθισμά του. Κοίταξε χλωμό, υπερήφανο και αδιάφορο. Το παιχνίδι συνέπεσε και φαινόταν ατελείωτο. Το μισό ακροατήριο έβγαινε έξω, παγιδεύοντας σε βαριές μπότες και γελώντας. Το όλο θέμα ήταν ένα φιάσκο . Η τελευταία πράξη έπαιξε σχεδόν κενές πάγκους. Η κουρτίνα έπεσε κάτω σε ένα χαστούκι και μερικές στεναγμοί.

Μόλις τελείωσε, το γκρίζο έσπευσε πίσω από τις σκηνές στο πράσινο δωμάτιο. Το κορίτσι στέκονταν εκεί μόνο του, με μια ματιά θριάμβου στο πρόσωπό της. Τα μάτια της ήταν αναμμένα με μια εξαίσια φωτιά. Υπήρχε μια ακτινοβολία γι 'αυτήν. Τα χωρισμένα χείλη της χαμογελούσαν πάνω από ένα μυστικό της δικής τους.

Όταν εισήλθε, τον κοίταξε και μια έκφραση απεριόριστης χαράς ήρθε πάνω της. "πόσο άσχημα ενεργούσα νύχτα, ο !" έκλαψε.

"φρικτά!" απάντησε, κοιτάζοντάς την με έκπληξη. "τρομερά, ήταν τρομακτικό, είσαι άρρωστος; δεν έχετε ιδέα τι ήταν, δεν έχετε ιδέα τι υποφέρω".

Το κορίτσι χαμογέλασε. "", απάντησε, παραμένοντας πάνω από το όνομά του με μακρόχρονη μουσική στη φωνή της, σαν να ήταν πιο γλυκιά από το μέλι στα κόκκινα πέταλα του στόματός της. ", θα έπρεπε να καταλάβετε, αλλά τώρα καταλαβαίνετε, έτσι δεν είναι;"

"να καταλάβω τι?" ρώτησε, θυμωμένα.

"γιατί ήμουν τόσο άσχημα για νύχτα γιατί θα είμαι πάντα κακός γιατί δεν θα δράσω ποτέ ξανά καλά".

Άναψε τους ώμους του. "είσαι άρρωστος, υποθέτω ότι όταν είσαι άρρωστος, δεν πρέπει να ενεργείς, κάνεις τον εαυτό σου γελοίο, οι φίλοι μου βαριούνται.

Φαινόταν να μην τον ακούει. Μεταμορφώθηκε με χαρά. Μια έκσταση ευτυχίας την κυριάρχησε.

", ," πριν σας ήξερε, ενεργώντας ήταν η πραγματικότητα της ζωής μου, ήταν μόνο στο θέατρο που έζησα. Σκέφτηκα ότι όλα ήταν αλήθεια. Ήμουν μια νύχτα και το η χαρά του ήταν η χαρά μου και οι θλίψεις του ήταν δικές μου και εγώ πίστευα σε όλα τα κοινά πρόσωπα που έλεγαν μαζί μου φαινόταν να είμαι θεός τα ζωγραφισμένα σκηνές ήταν ο κόσμος μου δεν γνώριζα τίποτε παρά σκιές , και το σκέφτηκα πραγματικά, ήρθες - ω, όμορφη αγάπη μου! -και απελευθερώσατε την ψυχή μου από τη φυλακή, με διδάξατε ποια είναι πραγματικά η πραγματικότητα, τη νύχτα, για πρώτη φορά στη ζωή μου, , τη φρίκη, την ανοησία του άδειου κόσμου στο οποίο πάντα έπαιζα, για πρώτη φορά συνειδητοποίησα ότι για πρώτη φορά το ρομί ήταν θλιβερό, παλιό και ζωγραφισμένο, ότι το φως του φεγγαριού στο οπωρώνα ήταν ψεύτικο, ότι το τοπίο ήταν χυδαίο, και ότι τα λόγια που έπρεπε να μιλήσω ήταν εξωπραγματικά, δεν ήταν τα λόγια μου, δεν ήθελα να πω τι είχατε μου κάτι υψηλότερο, κάτι από το οποίο όλη η τέχνη δεν είναι παρά μια αντανάκλαση. Με είχα καταλάβει τι είναι πραγματικά η αγάπη. Αγάπη μου! Αγάπη μου! Πρίγκιπα γοητευτικό! Πρίγκιπας της ζωής! Έχω χυθεί από σκιές. Είσαι περισσότερο σε μένα από ό, τι μπορεί να είναι ποτέ όλη η τέχνη. Τι έχω να κάνω με τις μαριονέτες ενός παιχνιδιού; όταν ήρθα στη νύχτα, δεν κατάλαβα πώς ήταν ότι όλα είχαν πάει από μένα. Νόμιζα ότι θα ήταν υπέροχο. Βρήκα ότι δεν μπορούσα να κάνω τίποτα. Ξαφνικά έφτασε στην ψυχή μου τι σήμαινε όλα. Η γνώση ήταν εξαιρετική για μένα. Τους άκουσα να σφυρίζω, και χαμογέλασα. Τι θα μπορούσαν να γνωρίζουν από αγάπη όπως η δική μας; πάρτε με μακριά, -με πάρτε μαζί σου, όπου μπορούμε να είμαστε μόνοι. Μισώ τη σκηνή. Θα μπορούσα να μιμηθώ ένα πάθος που δεν αισθάνομαι, αλλά δεν μπορώ να μιμηθώ ένα που μου καίει σαν φωτιά. Ω, , , καταλαβαίνετε τώρα τι σημαίνει; έστω κι αν θα μπορούσα να το κάνω, θα ήταν για μένα η φθορά να παίζω στην αγάπη. Μου έκανε να το δω αυτό. "

Έπεσε στον καναπέ και γύρισε το πρόσωπό του. "έχετε σκοτώσει την αγάπη μου", μουρμούρισε.

Τον κοίταξε με θαυμασμό και γέλασε. Δεν απάντησε. Συναντήθηκε με αυτόν, και με τα μικρά δάχτυλά της χάιδεψε τα μαλλιά του. Που γονάτισε και πίεσε τα χέρια του στα χείλη της. Τους έριξε μακριά, και ένα τρέμουλο έτρεξε μέσα από αυτόν.

Τότε πήδησε και πήγε στην πόρτα. "ναι", φώναξε, "έχετε σκοτώσει την αγάπη μου, συνήθιζα να ανακατεύετε τη φαντασία μου, τώρα δεν ανακατεύετε ούτε την περιέργειά μου, απλά δεν έχετε αποτέλεσμα ... Σ 'αγαπούσα γιατί ήταν θαυμάσιος, γιατί είχε δαιμόνια και διανόηση, επειδή συνειδητοποιήσατε τα όνειρα των μεγάλων ποιητών και έδωσε τη μορφή και την ουσία στις σκιές της τέχνης, το ρίξατε όλα μακριά, είστε ρηχό και ηλίθιο, θεέ μου, πόσο τρελός ήταν να σε αγαπώ! Δεν είσαι τίποτα για μένα τώρα δεν θα σε ξαναδεί ποτέ δεν θα σκεφτώ ποτέ σου ποτέ δεν θα μιλήσω ποτέ για το όνομά σου δεν ξέρεις τι ήσασταν σε με, , δεν μπορώ να το σκεφτώ, ευχόμαστε να μην είχα δει ποτέ τα μάτια σου, έχω χάσει το ρομαντισμό της ζωής μου, πόσο λίγα μπορείς να γνωρίσεις την αγάπη, αν πεις ότι μαζεύεις την τέχνη σου, χωρίς την τέχνη σου, εσύ είσαι τίποτα, θα σε έκανα φημισμένο, θαυμάσιο, θαυμάσιο, ο κόσμος θα σε λάτρευε και θα είχες φέρει το όνομά μου ... Τι είσαι τώρα; μια τρίτη ηθοποιός με ένα όμορφο πρόσωπο . "

Το κορίτσι έγινε λευκό και τρεμώθηκε. Σφίγγει τα χέρια της και η φωνή της φαινόταν να πιάζει στο λαιμό της. "δεν είσαι σοβαρός, ;" μουρμούρισε. "ενεργείτε".

"το πράττει, το αφήνετε τόσο καλά", απάντησε με πικρία.

Σηκώθηκε από τα γόνατά της και, με μια πενιχρή έκφραση πόνου στο πρόσωπό της, μπήκε στο δωμάτιο προς αυτόν. Έβαλε το χέρι της στο χέρι του και κοίταξε τα μάτια του. Την ώθησε πίσω. "μην με αγγίζεις!" αυτός έκλαψε.

Ένας χαμηλός στενοκέφαλος έσπασε από αυτήν, και πέταξε στα πόδια του και εκεί βρισκόταν σαν ένα λουσμένο λουλούδι. ", , μην με αφήνεις!" ψιθύρισε. "λυπάμαι τόσο πολύ που δεν έκανα καλά πράγματα, σκεφτόμουν για σας όλη την ώρα, αλλά θα προσπαθήσω - πράγματι, θα προσπαθήσω, ήρθε ξαφνικά πέρα από μένα, την αγάπη μου για σένα. Αν δεν είχες φίλησε ο ένας τον άλλον, φιλί μου ξανά, αγάπη μου, μην πάει μακριά από μένα, δεν θα μπορούσα να το αντέξω, δεν θα φύγω από μένα. Αδελφός ... Όχι, δεν το πειράζει, δεν το εννοούσε, ήταν αλαζονικό ... Αλλά εσύ, , δεν μπορείς να με συγχωρείς για νύχτα, θα εργαστώ τόσο σκληρά και θα προσπαθήσω να βελτιώσω. Μην είσαι σκληρός για μένα, γιατί σε αγαπώ καλύτερα από οτιδήποτε στον κόσμο, μετά από όλα, είναι μόνο μία φορά που δεν σε ευχαριστώ, αλλά είσαι αρκετά σωστός, . Ήταν ανόητος από μένα, και όμως δεν μπορούσα να το βοηθήσω. " , μην με αφήνετε, μην με αφήνετε". Μια τακτοποίηση του παθιασμένου φασαριού την έπνιξε. Γκρεμίστηκε στο πάτωμα σαν τραυματισμένο πράγμα και ο γκρίζος γκρίζος, με τα όμορφα μάτια του, κοίταξε κάτω της και τα χαραγμένα χείλη του έσκυψαν σε εξαιρετική περιφρόνηση. Υπάρχει πάντα κάτι γελοίο για τα συναισθήματα των ανθρώπων που κάποιος έχει σταματήσει να αγαπάει. Ο σιβεντ πτερυγγος φαινόταν να είναι παράλογο μελοδραματικό. Τα δάκρυα και τα κραυγή του τον ενοχλούν.

«πηγαίνω», είπε επιτέλους με την ήρεμη και ξεκάθαρη φωνή του. "δεν θέλω να είμαι άσχημα, αλλά δεν μπορώ να σε δω ξανά, με απογοήτευσε".

Φώναξε σιωπηλά, και δεν απάντησε, αλλά πλησίασε πιο κοντά. Τα μικρά χέρια της τεντώθηκαν τυφλά έξω και φαινόταν να τον αναζητούν. Γύρισε τη φτέρνα του και έφυγε από το δωμάτιο. Σε λίγα λεπτά βγήκε έξω από το θέατρο.

Όπου πήγε να γνώριζε. Θυμόταν ότι περιπλανιόταν μέσα από αστραφτερά δρομάκια, πεζοπόρους, μαύρες σκιάσεις και κακοτράχαλα σπίτια. Οι γυναίκες με χυδαία φωνή και το σκληρό γέλιο τον είχαν καλέσει. Οι οινοποιοί είχαν φουσκώσει, φώναζαν και μιλούσαν σαν τερατοί πιθήκους. Είχε δει γοητευτικά παιδιά συγκεντρωμένα στα σκαλοπάτια της πόρτας και άκουγαν κραυγές και όρκους από τα σκοτεινά δικαστήρια.

Καθώς η αυγή μόλις σπάζοντας, βρέθηκε κοντά στον κήπο. Το σκοτάδι σήκωσε, και, ξεπλυμένο με λιτές πυρκαγιές, ο ουρανός κοίταξε μέσα σε ένα τέλειο μαργαριτάρι. Τεράστια καροτσάκια γεμάτα με κρίνα κούνησαν αργά κάτω από τον γυαλισμένο άδειο δρόμο. Ο αέρας ήταν βαρύς με το άρωμα των λουλουδιών, και η ομορφιά τους φάνηκε να του φέρνει μια ανοδική για τον πόνο του. Ακολούθησε στην αγορά και παρακολούθησε τους άντρες να φορτώσουν τα βαγόνι τους. Ένας λευκός καπνιστός κάδος του πρόσφερε μερικά κεράσια. Τον ευχαρίστησε, αναρωτιόταν γιατί αρνήθηκε να δεχτεί χρήματα γι 'αυτούς και άρχισε να τα τρώει άτακτα. Είχαν κουράσει τα μεσάνυχτα και το ψυχρό της σελήνης είχε μπει μέσα τους. Μια μακρά σειρά από αγόρια που κρατούσαν κιβώτια από ριγέ τουλίπες και από κίτρινα και κόκκινα τριαντάφυλλα, μολύνευαν μπροστά του, έριχναν το δρόμο τους μέσα από τους τεράστιους, νεοφώτιστους σωρούς των λαχανικών. Κάτω από την πόρτα, με τους γκρίζους, λευκαρισμένους από τον ήλιο πυλώνες, έχυσε ένα στρατό με κοκτέιλ κοριτσάκια, περιμένοντας να τελειώσει η δημοπρασία. Άλλοι συσσωρεύτηκαν γύρω από τις αιωρούμενες πόρτες του καφέ στην πλατεία. Τα βαριά άλογα καλαμάκια γλίστρησαν και σφράγισαν τις ακατέργαστες πέτρες, κουνώντας τις καμπάνες και τις παγίδες τους. Ορισμένοι από τους οδηγούς κοιμόταν σε ένα σωρό σάκων. Τα περιστέρια έτρεχαν για να πάρουν τους σπόρους.

Μετά από λίγο, χτύπησε ένα και οδήγησε στο σπίτι. Για λίγα λεπτά μιλούσε στο κατώφλι, κοιτάζοντας γύρω από τη σιωπηρή πλατεία, με τα κενά παράθυρα και τα τυφλά παράθυρα. Ο ουρανός ήταν καθαρός οπάλιος τώρα, και οι στέγες των σπιτιών γκρεμίζονταν σαν το ασήμι εναντίον του. Από κάποια καμινάδα απέναντι από ένα λεπτό στεφάνι καπνού αυξανόταν. Έσκυψε, μιά ιώδη ράβδωση, μέσα από τον αχυρόχρωμο αέρα.

Μέσα στο τεράστιο βενετσιάνικο φανάρι, χαλάζι από κάποια φορτηγίδα της δοξάσης, που κρεμόταν από την οροφή της μεγάλης, βελανιδιάς αίθουσας εισόδου, τα φώτα καίγονταν ακόμα από τρία τζετ τρεμοπαίζει: τα λεπτά μπλε πέταλα φλόγας φαίνονταν με λευκή φωτιά . Τα έσβησε και, αφού έριξε το καπέλο και το καπέλο του πάνω στο τραπέζι, πέρασε από τη βιβλιοθήκη προς την πόρτα της κρεβατοκάμαράς του, ένα μεγάλο οκταγωνικό θάλαμο στο ισόγειο, που με το νεογέννητο αίσθημα πολυτέλειας είχε μόλις διακοσμημένο για τον εαυτό του και κρεμασμένο με κάποιες περίεργες αναγεννησιακές ταπετσαρίες που ανακαλύφθηκαν αποθηκευμένες σε μια παλιά σοφίτα στο βασιλικό χωριό. Καθώς γύρισε τη λαβή της πόρτας, το μάτι του έπεσε πάνω στο πορτρέτο που είχε ζωγραφίσει ο βασιλικός. Ξεκίνησε σαν να ήταν έκπληκτος. Τότε πήγε στο δωμάτιό του, κάπως αμήχανος. Αφού είχε πάρει την τρύπα από το παλτό του, φάνηκε να διστάζει. Τέλος, επέστρεψε, πήγε στην εικόνα και το εξέτασε. Στο σκοτεινό συλληφθέν φως που αγωνίστηκε μέσα από τα κλεμμένα μεταξωτά ράφια μεταξιού, το πρόσωπο του φάνηκε να αλλάζει λίγο. Η έκφραση φαινόταν διαφορετική. Κάποιος θα έλεγε ότι υπήρχε ένα άγγιγμα σκληρότητας στο στόμα. Ήταν σίγουρα περίεργο.

Γύρισε και, περπατώντας στο παράθυρο, συνέταξε τους τυφλούς. Η φωτεινή αυγή πλημμύρισε το δωμάτιο και σάρωσε τις φανταστικές σκιές σε στρογγυλές γωνιές, όπου βρισκόταν ανατριχιαστική. Αλλά η παράξενη έκφραση που είχε παρατηρήσει μπροστά στο πορτρέτο φάνηκε να παραμένει εκεί, να ενταθεί ακόμη περισσότερο. Το φλογερό φλογερό ηλιακό φως του έδειξε τις γραμμές της σκληρότητας γύρω από το στόμα σαφώς σαν να κοιτούσε έναν καθρέφτη αφού είχε κάνει κάτι τρομακτικό.

Χτύπησε και, παίρνοντας από το τραπέζι ένα οβάλ γυαλί πλαισιωμένο σε φιγούρες ελεφαντόδοντου, ένα από τα πολλά δώρα του άρχοντα του , κοίταξε βιαστικά στα γυαλισμένα βάθη του. Καμία γραμμή όπως αυτή δεν έκοψε τα κόκκινα χείλη του. Τι σήμαινε;

Έτριψε τα μάτια του και ήρθε κοντά στην εικόνα και το εξέτασε ξανά. Δεν υπήρξαν σημάδια αλλαγής όταν έβλεπε την πραγματική ζωγραφική, και όμως δεν υπήρχε καμία αμφιβολία ότι ολόκληρη η έκφραση είχε αλλάξει. Δεν ήταν απλά μια φαντασία της δικής του. Το πράγμα ήταν φρικτό.

Έριξε τον εαυτό του σε μια καρέκλα και άρχισε να σκέφτεται. Ξαφνικά εκεί έβγαινε στο μυαλό του τι είχε πει στο στούντιο του βασιλικού την ημέρα που τελείωσε η εικόνα. Ναι, το θυμόταν τέλεια. Είχε εκφράσει μια τρελή επιθυμία να παραμείνει ο ίδιος ο ίδιος και το πορτρέτο να γεράσει. Ότι η δική του ομορφιά μπορεί να είναι ανούσια και το πρόσωπο στον καμβά φέρει το βάρος των παθών και των αμαρτιών του. Ότι η ζωγραφισμένη εικόνα θα μπορούσε να χαλαρωθεί με τις γραμμές του πόνου και της σκέψης και ότι θα μπορούσε να κρατήσει όλη την ευαίσθητη άνθηση και την αγάπη του τότε ακριβώς συνειδητού παιδικής ηλικίας. Σίγουρα η επιθυμία του δεν είχε εκπληρωθεί; τέτοια πράγματα ήταν αδύνατα. Φάνηκε τερατώδες ακόμη και να το σκεφτεί. Και, εντούτοις, υπήρχε η εικόνα πριν από αυτόν, με το άγγιγμα της σκληρότητας στο στόμα.

Σκληρότητα! Αν ήταν σκληρός; ήταν το λάθος του κοριτσιού, όχι του. Είχε ονειρευτεί την ως σπουδαίος καλλιτέχνης, είχε δώσει την αγάπη του σε αυτήν επειδή το είχε σκεφτεί μεγάλη. Τότε τον είχε απογοητεύσει. Ήταν ρηχή και άξια. Και, έπειτα, έβλεπε πάνω του ένα αίσθημα άπειρης λύπης, καθώς σκέφτηκε ότι ξαπλώνεται στα πόδια του, φωνάζοντας σαν ένα μικρό παιδί. Θυμήθηκε με το πόσο καλοσύνη την είχε παρακολουθήσει. Γιατί είχε γίνει έτσι; γιατί του είχε δοθεί μια τέτοια ψυχή ; αλλά είχε υποφέρει επίσης. Κατά τις τρεις τρομερές ώρες που είχε διαρκέσει το παιχνίδι, είχε ζήσει αιώνες πόνο, αιώνιο μετά από βασανιστήρια. Η ζωή του αξίζει τον κόπο της. Τον είχε παραπλανήσει για μια στιγμή, αν είχε τραυματιστεί για μια ηλικία. Εκτός αυτού, οι γυναίκες ήταν πιο κατάλληλες για να φέρουν θλίψη από τους άντρες. Ζούσαν στα συναισθήματά τους. Σκέφτηκαν μόνο τα συναισθήματά τους. Όταν πήραν τους εραστές, ήταν απλώς να έχουν κάποιον με τον οποίο θα μπορούσαν να έχουν σκηνές. Ο άρχοντας του είχε πει αυτό, και ο άρχοντας ήξερε ποιες είναι οι γυναίκες. Γιατί θα έπρεπε να προβληματίσει για το σιμπλ πτερύγιο; δεν ήταν τίποτα γι 'αυτόν τώρα.

Αλλά η εικόνα; τι έπρεπε να πει γι 'αυτό; κρατούσε το μυστικό της ζωής του και είπε την ιστορία του. Τον είχε διδάξει να αγαπά την ομορφιά του. Θα τον διδάξει να μισεί την ψυχή του; θα το δει ποτέ ξανά;

Όχι; ήταν απλώς μια ψευδαίσθηση για τις ταραγμένες αισθήσεις. Η φρικτή νύχτα που πέρασε είχε αφήσει πίσω του φαντάσματα. Ξαφνικά είχε πέσει πάνω στον εγκέφαλό του ότι μικροσκοπική κόκκινη κηλίδα που κάνει τους ανθρώπους τρελλούς. Η εικόνα δεν είχε αλλάξει. Ήταν ανόητο να το σκεφτώ.

Αλλά τον παρακολουθούσε, με το όμορφο αμαρτωλό του πρόσωπο και το σκληρό του χαμόγελο. Τα λαμπερά μαλλιά του έλαμψαν στο φως του ήλιου. Τα μπλε μάτια του συναντήθηκαν. Μια αίσθηση του απεριόριστου οίκου, όχι για τον εαυτό του, αλλά για την ζωγραφισμένη εικόνα του ίδιου, ήρθε πάνω του. Είχε ήδη αλλάξει και θα άλλαζε περισσότερο. Ο χρυσός του θα εξασθενίσει σε γκρι. Τα κόκκινα και λευκά τριαντάφυλλα θα πεθάνουν. Για κάθε αμαρτία που διέπραξε, ένας λεκέ θα έσκυπτε και θα καταστρέψει την ακεραιότητά του. Αλλά δεν θα αμαρτάνει. Η εικόνα, αλλάξει ή αμετάβλητη, θα ήταν για αυτόν το ορατό έμβλημα της συνείδησης. Θα αντισταθεί στον πειρασμό. Δεν θα έβλεπε πλέον τον άρχοντα - δεν θα σε άκουγε, εν πάση περιπτώσει, εκείνες τις λεπτές δηλητηριώδεις θεωρίες που στον κήπο της βασιλικής αίθριας είχε ανακατεύει πρώτα μέσα του το πάθος για αδύνατα πράγματα. Θα επέστρεφε στο σιβέλι, θα το κάνει να το κάνει, θα την παντρευτεί, θα προσπαθήσει να την αγαπήσει και πάλι. Ναι, ήταν καθήκον του να το πράξει. Πρέπει να έχει υποφέρει περισσότερο από ό, τι είχε. Καημένο παιδί! Ήταν εγωιστής και σκληρός σε αυτήν. Η γοητεία που είχε ασκήσει πάνω του θα επέστρεφε. Θα ήταν ευχαριστημένοι μαζί. Η ζωή του μαζί της θα ήταν όμορφη και καθαρή.

Σηκώθηκε από την καρέκλα του και έριξε μια μεγάλη οθόνη ακριβώς μπροστά από το πορτρέτο, ανατριχιάζοντας καθώς το κοίταξε. "τι τρομερό!" μουρμούρισε για τον εαυτό του, και περπάτησε στο παράθυρο και το άνοιξε. Όταν βγήκε στο χορτάρι, ανάλαβε βαθιά. Ο φρέσκος πρωινός αέρας φαινόταν να απομακρύνει όλα τα σκοτεινά του πάθη. Σκέφτηκε μόνο το . Μια ελαφρά ηχώ της αγάπης του επέστρεψε. Επανέλαβε το όνομά της ξανά και ξανά. Τα πουλιά που τραγουδούσαν στο δροσερό κήπο φαινόταν να λένε τα λουλούδια γύρω της.

Κεφάλαιο 8

Ήταν πολύ πριν το μεσημέρι όταν ξύπνησε. Ο βαρελοποιός του είχε φουσκώσει αρκετές φορές με τα πόδια στο δωμάτιο για να δει αν ανακατεύεται και αναρωτιόταν τι έκανε τον νεαρό δάσκαλό του τόσο αργά. Τελικά η καμπάνα του ακουγόταν και ο νικητής ήρθε μαλακά με ένα φλιτζάνι τσάι και ένα σωρό γράμματα σε ένα μικρό δίσκο παλαιών πορσελάνινων πορσελάνων και επέστρεψε τις κουρτίνες ελιάς με τη λαμπερή μπλε επένδυση που κρεμόταν μπροστά από τα τρία ψηλά παράθυρα.

"ο κύριος έχει κοιμηθεί καλά σήμερα το πρωί", είπε χαμογελώντας.

"τι είναι, νικητής;" ρώτησε το γκρίζα υπνηλία.

"μία ώρα και ένα τέταρτο, κύριε."

Πόσο αργά ήταν! Κάθισε και αφού έπινε λίγο τσάι, γύρισε τις επιστολές του. Ένας από αυτούς ήταν από τον άρχοντα του έθνους και είχε φτάσει στο χέρι εκείνο το πρωί. Δίστασε για μια στιγμή, και στη συνέχεια το έβαλε στην άκρη. Οι άλλοι άνοιξε αφηρημένα. Περιείχαν τη συνηθισμένη συλλογή καρτών, προσκλήσεις σε δείπνο, εισιτήρια για ιδιωτικές απόψεις, προγράμματα φιλανθρωπικών συναυλιών και τα συναφή που σμίγουν στους μοντέρνους νέους άνδρες κάθε πρωί κατά τη διάρκεια της σεζόν. Υπήρχε ένα μάλλον βαρύ νομοσχέδιο για μια κυνηγημένη ασημένια τουαλέτα - που δεν είχε ακόμα το θάρρος να στείλει στους κηδεμόνες της, οι οποίοι ήταν εξαιρετικά παλιομοδίτικοι και δεν συνειδητοποίησαν ότι ζούμε σε μια εποχή που δεν είναι απαραίτητο τα πράγματα είναι τα μόνα αναγκών μας. Και υπήρχαν αρκετές πολύ ευκρινώς διατυπωμένες ανακοινώσεις από τους δανειστές χρημάτων του δρόμου της τζέρμιν, οι οποίοι προσφέρθηκαν να προχωρήσουν σε οποιοδήποτε χρηματικό ποσό με ειδοποίηση μιας στιγμής και με τα πιο λογικά επιτόκια.

Μετά από περίπου δέκα λεπτά σηκώθηκε, και ρίχνοντας σε ένα περίτεχνο ντύσιμο-φόρεμα από μετάξι-κεντημένο κασμίρι μαλλί, περάσει στο μπάνιο οσφυϊκή. Το δροσερό νερό τον ανανέωσε μετά από μεγάλο ύπνο του. Φάνηκε να έχει ξεχάσει όλα αυτά που είχε περάσει. Μια αχνή αίσθηση ότι είχε πάρει μέρος σε κάποια περίεργη τραγωδία ήρθε σε αυτόν μία ή δύο φορές, αλλά υπήρξε το αλήθεια ενός ονείρου γι 'αυτό.

Μόλις το ντύθηκε, πήγε στη βιβλιοθήκη και κάθισε σε ένα ελαφρύ γαλλικό πρωινό που είχε σχεδιαστεί γι 'αυτόν σε μια μικρή στρογγυλή τράπεζα κοντά στο ανοιχτό παράθυρο. Ήταν μια εξαιρετική ημέρα. Ο ζεστός αέρας φαινόταν φορτισμένος με μπαχαρικά. Μια μέλισσα πέταξε μέσα και χτύπησε γύρω από το μπλε δράκο κύπελλο που, γεμάτη με θειούχα κίτρινα τριαντάφυλλα, στάθηκε μπροστά του. Αισθάνθηκε απόλυτα ευτυχισμένη.

Ξαφνικά το μάτι του έπεσε στην οθόνη που είχε τοποθετήσει μπροστά στο πορτρέτο και άρχισε.

"πολύ κρύο για τον κύριο;" ρώτησε τον του, βάζοντας μια ομελέτα στο τραπέζι. "κλείνω το παράθυρο;"

Ο δωριανός κούνησε το κεφάλι του. "δεν είμαι κρύος", μουρμούρισε.

Ήταν όλο αλήθεια; είχε αλλάξει πραγματικά το πορτρέτο; ή αν ήταν απλώς η δική του φαντασία που τον έκανε να δει ένα βλέμμα του κακού όπου υπήρχε μια ματιά χαράς; σίγουρα ένας ζωγραφισμένος καμβάς δεν θα μπορούσε να αλλάξει; το πράγμα ήταν παράλογο. Θα χρησίμευε ως παραμύθι για να πει βασιλικό κάποια μέρα. Θα τον έκανε να χαμογελάσει.

Και πόσο ζωντανή ήταν η ανάμνηση του όλου του! Πρώτα στο χαλαρό λυκόφως, και έπειτα στην έντονη αυγή, είχε δει την πινελιά της σκληρότητας γύρω από τα στραβά χείλη. Σχεδόν φοβόταν το λεωφορείο του να φύγει από το δωμάτιο. Ήξερε ότι όταν ήταν μόνος θα έπρεπε να εξετάσει το πορτρέτο. Φοβόταν την βεβαιότητα. Όταν ήρθε ο καφές και τα τσιγάρα και ο άνδρας γύρισε για να πάει, αισθάνθηκε μια άγρια επιθυμία να του πει να μένει. Καθώς η πόρτα κλείνει πίσω του, τον κάλεσε πίσω. Ο άνδρας περίμενε να περιμένει τις εντολές του. Ο δωριάν τον κοίταξε για μια στιγμή. "δεν είμαι στο σπίτι σε κανέναν, νικητή", είπε με αναστεναγμό. Ο άντρας υποκλίθηκε και αποσύρθηκε.

Στη συνέχεια σηκώθηκε από το τραπέζι, ανάβει ένα τσιγάρο και πέταξε κάτω σε έναν πολυτελή καναπέ, ο οποίος στάθηκε απέναντι στην οθόνη. Η οθόνη ήταν παλιά, από επιχρυσωμένο ισπανικό δέρμα, σφραγισμένη και σφυρηλατημένη με ένα αρκετά λουλουδάτο μοτίβο -. Το σάρωσε με περίεργο τρόπο, αναρωτιόντας αν ποτέ είχε αποκρύψει το μυστικό της ζωής ενός ανθρώπου.

Θα έπρεπε τελικά να το μετακινήσει στην άκρη; γιατί να μην την αφήσει να μείνει εκεί; ποια ήταν η χρήση της γνώσης; αν το πράγμα ήταν αληθινό, ήταν τρομερό. Αν δεν ήταν αλήθεια, γιατί το πρόβλημα; αλλά τι θα συμβεί αν, με κάποια μοίρα ή σκοτεινή πιθανότητα, άλλα μάτια εκτός από τον κατασκοπεία του πίσω και είδε την τρομερή αλλαγή; τι πρέπει να κάνει αν έρθει η βασιλική αίθουσα και ζήτησε να κοιτάξει τη δική του εικόνα; ο βασιλικός θα ήταν βέβαιος να το κάνει αυτό. Όχι; το πράγμα έπρεπε να εξεταστεί και αμέσως. Οτιδήποτε θα ήταν καλύτερο από αυτή την τρομερή κατάσταση αμφιβολίας.

Σηκώθηκε και κλειδούσε και τις δύο πόρτες. Τουλάχιστον αυτός θα ήταν μόνος όταν κοίταξε τη μάσκα της ντροπής του. Τότε έβγαλε την οθόνη στην άκρη και είδε τον εαυτό του πρόσωπο με πρόσωπο. Ήταν απολύτως αληθές. Το πορτρέτο είχε αλλάξει.

Όπως συχνά θυμήθηκε αργότερα, και πάντα με ελάχιστο θαύμα, βρήκε τον εαυτό του αρχικά να κοιτάζει το πορτρέτο με μια αίσθηση σχεδόν επιστημονικού ενδιαφέροντος. Ότι μια τέτοια αλλαγή θα έπρεπε να είχε γίνει ήταν απίστευτη γι 'αυτόν. Και όμως ήταν γεγονός. Υπήρχε κάποια λεπτή συνάφεια μεταξύ των χημικών ατόμων που διαμορφώθηκαν σε μορφή και χρώμα στον καμβά και στην ψυχή που ήταν μέσα σε αυτόν; θα μπορούσε να είναι ότι αυτό που σκέφτηκε αυτή η ψυχή, συνειδητοποίησαν - ότι αυτό που ονειρευόταν, έκαναν αλήθεια; ή υπήρξε κάποιος άλλος, πιο τρομερός λόγος; έτρεξε και αισθάνθηκε φοβισμένος και, πηγαίνοντας πίσω στον καναπέ, άπλωσε εκεί, κοιτάζοντας την εικόνα με άρρωστο τρόμο.

Ένα πράγμα, ωστόσο, ένιωθε ότι είχε κάνει γι 'αυτόν. Τον έκαναν να συνειδητοποιήσει πόσο άδικο, πόσο σκληρό ήταν, είχε περάσει στο σιβέλι. Δεν ήταν αργά για να αποκατασταθεί αυτό. Θα μπορούσε ακόμα να είναι η σύζυγός του. Η εξωφρενική και εγωιστική του αγάπη θα έδινε κάποια υψηλότερη επιρροή, θα μεταμορφωνόταν σε κάποιο πιο ευγενικό πάθος και το πορτρέτο που ζωγράφισε ο βασιλικός προς τα αριστερά του θα ήταν ένας οδηγός γι 'αυτόν μέσα από τη ζωή, θα ήταν γι' αυτόν η αγιότητα για μερικούς, και τη συνείδηση σε άλλους και τον φόβο του θεού για όλους μας. Υπήρχαν οπιούχα για τύψεις, φάρμακα που θα μπορούσαν να θρέψουν την ηθική αίσθηση να κοιμηθούν. Αλλά εδώ ήταν ένα ορατό σύμβολο της υποβάθμισης της αμαρτίας. Εδώ υπήρχε ένα σημερινό σημάδι των ερειπίων που έφεραν οι ψυχές τους.

Τρεις ώρες χτύπησαν, και τέσσερα, και η μισή ώρα χτύπησε το διπλό ηχηρό του, αλλά το γκρίζο δεν ανακατεύτηκε. Προσπαθούσε να συγκεντρώσει τα κόκκινα νήματα της ζωής και να τα υφάνει σε ένα μοτίβο. Να βρει το δρόμο του μέσα από τον αυταρχικό λαβύρινθο του πάθους μέσω του οποίου περιπλανιέται. Δεν ήξερε τι να κάνει ή τι να σκεφτεί. Τελικά, πήγε στο τραπέζι και έγραψε μια παθιασμένη επιστολή στο κορίτσι που αγαπούσε, παραπονώντας την συγχώρεση της και κατηγορώντας τον εαυτό του για τρέλα. Κάλυψε σελίδα μετά τη σελίδα με άγρια λόγια θλίψης και πιο άγρια λόγια πόνου. Υπάρχει μια πολυτέλεια στην αυτοπίστωση. Όταν κατηγορούμε τους εαυτούς μας, πιστεύουμε ότι κανείς άλλος δεν έχει το δικαίωμα να μας κατηγορήσει. Είναι η ομολογία, όχι ο ιερέας, που μας δίνει την αθωότητα. Όταν ο είχε ολοκληρώσει την επιστολή, ένιωσε ότι είχε συγχωρεθεί.

Ξαφνικά ήρθε ένα χτύπημα στην πόρτα, και άκουσε τη φωνή του έξω. "αγαπητέ μου αγόρι, πρέπει να σε δω, επιτρέψτε μου να έρθω αμέσως, δεν μπορώ να αντέξω το κλείσιμο σου έτσι."

Δεν απάντησε στην αρχή, αλλά παρέμεινε εντελώς ακίνητος. Το χτύπημα συνέχισε και αυξήθηκε πιο δυνατά. Ναι, ήταν καλύτερο να αφήσουμε τον άρχοντα να παρευρεθεί και να του εξηγήσει τη νέα ζωή που θα οδηγούσε, να διαμαρτυρηθεί μαζί του αν χρειαζόταν να αγωνιστεί, να χωρίσει εάν το χωρισμό ήταν αναπόφευκτο. Σηκώθηκε, έριξε την οθόνη βιαστικά στην εικόνα και ξεκλείδωσε την πόρτα.

"λυπάμαι πολύ για όλα αυτά, ", δήλωσε ο άρχοντας καθώς μπήκε. "αλλά δεν πρέπει να σκεφτείτε πάρα πολύ γι 'αυτό."

"εννοείτε για το σιμπλ πτερύγιο;" ρώτησε το παιδί.

"ναι, φυσικά", απάντησε ο άρχοντας , βυθίζοντας σε μια καρέκλα και σιγά-σιγά τραβώντας τα κίτρινα γάντια του. "είναι τρομακτικό, από μια άποψη, αλλά δεν ήταν δικό σου λάθος. Πες μου, πήγα πίσω και τη δεις, μετά το τέλος του παιχνιδιού;"

"ναί."

"ένιωσα σίγουρος ότι είχατε κάνει μια σκηνή μαζί της;"

"ήμουν βάναυση, χάρι - τέλεια βάναυση, αλλά τώρα είναι εντάξει, δεν λυπάμαι για τίποτα που έχει συμβεί, με έχει διδάξει να γνωρίζω τον εαυτό μου καλύτερα."

"αχ, , είμαι τόσο ευτυχής που το παίρνετε με αυτόν τον τρόπο! Φοβόμουν θα σας βρω βυθισμένος σε τύψεις και σχίσιμο εκείνο το όμορφο σγουρό μαλλιά σας".

"έχω περάσει όλα αυτά", είπε ο , κουνώντας το κεφάλι του και χαμογελώντας. "είμαι απόλυτα ευχαριστημένος τώρα, ξέρω τι συνείδηση είναι, για να αρχίσω με αυτό δεν είναι αυτό που μου είπε ότι ήταν, είναι το πιο θείο πράγμα σε εμάς, μην σπεύδεις σε αυτό, , άλλο - τουλάχιστον όχι πριν από μένα, θέλω να είμαι καλός, δεν μπορώ να αντέξω την ιδέα ότι η ψυχή μου είναι αποτρόπαια ».

"μια πολύ γοητευτική καλλιτεχνική βάση για την ηθική, ! Σας συγχαίρω για αυτό, αλλά πώς θα αρχίσετε;"

"από το να παντρευτεί το σιβέλι."

"παντρεύεται το σιμπλ πτερύγιο!" λέει ο άρχοντας , στέκεται ψηλά και τον κοιτάζει με αμηχανία. "αλλά, αγαπητό μου -"

"ναι, , ξέρω τι πρόκειται να πείτε κάτι κάτι φοβερό για το γάμο, μην το λέτε, μην πείτε ποτέ κάτι τέτοιο σε μένα πάλι." πριν από δύο ημέρες, ζήτησα να μου παντρευτείς. Δεν πρόκειται να σπάσει το λόγο μου σε αυτήν, αυτή θα είναι η γυναίκα μου. "

"η γυναίκα σου, ο ! ... Δεν έλαβα την επιστολή μου; σου έγραψα σήμερα το πρωί και έστειλα το χαρτί από τον άντρα μου".

"η επιστολή σου, , ναι, θυμάμαι, δεν το έχω διαβάσει ακόμη, , φοβόμουν ότι μπορεί να υπάρχει κάτι στο οποίο δεν θα ήθελα να κοπεί η ζωή σε κομμάτια με τα επιγράμματα σου".

"δεν ξέρετε τίποτα τότε;"

"τι εννοείς?"

Ο άρχοντας περπάτησε στο δωμάτιο και καθόταν από το γκρίζο του , πήρε και τα δύο χέρια του και κράτησε τα σφιχτά. "", είπε, "η επιστολή μου - μην φοβηθείτε - ήταν να σας πω ότι το είναι νεκρό".

Μια κραυγή του πόνου έσπασε από τα χείλη του παππού και άλμασε στα πόδια του, χτυπώντας τα χέρια του μακριά από το χέρι του κρανίου. "νεκρός!" σίγουρα νεκρός !, δεν είναι αλήθεια, είναι ένα φρικτό ψέμα, πώς τολμάς να το πεις; "

"είναι αρκετά αληθινό, ," είπε ο , σοβαρά. "σε όλες τις πρωινές εργασίες, έγραψα σε σας για να σας ζητήσω να μην δείτε κάποιον έως ότου ήρθα, θα πρέπει φυσικά να διεξαχθεί έρευνα και δεν πρέπει να μπερδευτείτε σε αυτό. Να κάνεις έναν άνθρωπο στη μόδα στο παρίσι, αλλά στο λονδίνο οι άνθρωποι είναι τόσο προκατειλημμένοι, εδώ δεν πρέπει κανείς να κάνει το ντεμπούτο του με ένα σκάνδαλο, πρέπει να το κρατήσεις για να δώσεις ενδιαφέρον για το γήρας. Το θέατρο; "αν δεν το κάνουν, είναι εντάξει, αν κάποιος σας βλέπει να πηγαίνετε στο δωμάτιό της, αυτό είναι ένα σημαντικό θέμα".

Ο δεν απάντησε για λίγα λεπτά. Ήταν ζαλισμένος από τη φρίκη. Τελικά κατέρρευσε, με μια πνιγμένη φωνή, "χάρι, είπατε μια έρευνα ... Τι εννοούσατε με αυτό;" έκανα κι εγώ - "ω, χάρι, δεν μπορώ να το αντέξω, αλλά γρήγορα ... Πες μου όλα μαζί. "

«δεν έχω καμία αμφιβολία ότι δεν ήταν ατύχημα, ο , αν και πρέπει να τεθεί με αυτό τον τρόπο στο κοινό. Φαίνεται ότι καθώς έφυγε από το θέατρο με τη μητέρα της, περίπου τις μισές περίπου δώδεκα περίπου, είπε ότι είχε ξεχάσανε κάτι επάνω, περίμεναν κάποια στιγμή γι 'αυτήν, αλλά δεν κατέβηκε ξανά, βρήκαν τελικά τη νεκρή της στο πάτωμα του σαλονιού της, είχε καταπιεί κάτι από λάθος, κάποιο τρομακτικό πράγμα που χρησιμοποιούσαν στα θέατρα. Δεν ξέρω τι ήταν, αλλά είχε είτε πρωσικό οξύ είτε άσπρο μόλυβδο σε αυτό, θα ήθελα να φανταστώ ότι ήταν πρωσικό οξύ, καθώς φαίνεται να έχει πεθάνει ακαριαία ».

", , είναι τρομερό!" είπε το παιδί.

"ναι, είναι πολύ τραγικό, βέβαια, αλλά δεν πρέπει να μπερδευτείτε σε αυτό, βλέπω με βάση το πρότυπο ότι ήταν δεκαεπτά, θα έπρεπε να είχα σκεφτεί ότι ήταν σχεδόν νεότερος από αυτό, κοίταξε ένα τέτοιο παιδί και φαινόταν να ξέρει τόσο λίγα για την ., δεν πρέπει να αφήσετε αυτό το πράγμα να πάρει στα νεύρα σας πρέπει να έρθετε και να δειπνήσετε μαζί μου, και στη συνέχεια θα εξετάσουμε την όπερα είναι μια νύχτα και όλοι θα είναι εκεί μπορείτε να έρθετε στο κουτί της αδελφής μου, έχει μερικές έξυπνες γυναίκες μαζί της ".

"έτσι έχω δολοφονήσει το σιμπλ πτερύγιο", είπε ο γκρίζος γκρίζος, μισός στον εαυτό του, "τη δολοφόνησε σίγουρα σαν να είχα κόψει το λαιμό της με ένα μαχαίρι., όμως τα τριαντάφυλλα δεν είναι λιγότερο όμορφα για όλα αυτά. Ευτυχώς στον κήπο μου και νύχτα είμαι για να δειπνήσω μαζί σου και στη συνέχεια να πάω στην όπερα και να σου υποθέσω κάπου υποθέτω μετά πόσο εξαιρετικά δραματική είναι η ζωή αν είχα διαβάσει όλα αυτά σε ένα βιβλίο, , νομίζω ότι θα είχα ξεπεράσει, κάπως, τώρα που έχει συμβεί στην πραγματικότητα και για μένα, φαίνεται πάρα πολύ υπέροχο για δάκρυα, εδώ είναι το πρώτο παθιασμένο έρωτα που έχω γράψει ποτέ στη ζωή μου. Το πρώτο μου παθιασμένο γράμμα αγάπης θα έπρεπε να απευθυνθεί σε ένα νεκρό κορίτσι, μπορεί να αισθάνεται, αναρωτιέμαι, εκείνους τους λευκούς σιωπηλούς ανθρώπους που ονομάζουμε νεκρούς; πάντα ήρθε η τρομερή αυτή νύχτα - ήταν πραγματικά μόνο χθες το βράδυ; -όταν έπαιζε τόσο άσχημα και η καρδιά μου έσπασε σχεδόν. Μου εξήγησε όλα. Ήταν τρομερά αξιολύπητη. Αλλά δεν ήμουν συγκινημένος λίγο. Σκέφτηκα την ρηχή. Ξαφνικά συνέβη κάτι που με έκανε να φοβάμαι. Δεν μπορώ να σας πω τι ήταν, αλλά ήταν τρομερό. Είπα ότι θα πήγαινα πίσω της. Ένιωσα ότι είχα κάνει λάθος. Και τώρα είναι νεκρός. Θεέ μου! Θεέ μου! Χάρι, τι πρέπει να κάνω; δεν ξέρετε τον κίνδυνο που έχω και δεν υπάρχει τίποτα που να με κρατάει ευθεία. Θα το έκανε αυτό για μένα. Δεν είχε το δικαίωμα να αυτοκτονήσει. Ήταν εγωιστής της. "

"ο αγαπητός μου φίλος," απάντησε ο άρχοντας , παίρνοντας ένα τσιγάρο από την θήκη του και δημιουργώντας ένα χρυσό- κουτί, "ο μόνος τρόπος που μια γυναίκα μπορεί να μεταμορφώσει έναν άντρα είναι να τον βαρεθεί τόσο εντελώς ώστε να χάσει κάθε πιθανό ενδιαφέρον για τη ζωή. Αν παντρευτήκατε αυτό το κορίτσι, θα ήσασταν άθλια, φυσικά, θα την αντιμετωπίζατε με ευγένεια, θα μπορούσατε πάντα να είστε ευγενικοί με τους ανθρώπους για τους οποίους δεν νοιάζεται τίποτα, αλλά σύντομα θα βρεθεί ότι είστε απόλυτα αδιάφοροι γι 'αυτήν και όταν μια γυναίκα το βρει αυτό για τον σύζυγό της, είτε γίνεται τρομακτικώς άσχημο, είτε φοράει πολύ έξυπνα καπόδες που ο σύζυγος μιας άλλης γυναίκας πρέπει να πληρώσει. Δεν λέω τίποτα για το κοινωνικό λάθος, το οποίο θα ήταν αποτρόπαιο - φυσικά, δεν θα το επέτρεψα - αλλά σας διαβεβαιώνω ότι σε κάθε περίπτωση το όλο θέμα θα αποτελούσε απόλυτη αποτυχία ».

"υποθέτω ότι θα ήταν," μουρμούρισε το παιδί, περπατούσε πάνω και κάτω από το δωμάτιο και κοίταξε φρικιαστικά. "αλλά σκέφτηκα ότι ήταν το καθήκον μου, δεν είναι δικό μου λάθος ότι αυτή η φοβερή τραγωδία εμπόδισε τη δουλειά μου ό, τι ήταν σωστό, θυμάμαι ότι λέγοντάς σας μια φορά ότι υπάρχει ένας θάνατος για καλές αποφάσεις - ότι πάντα καθυστερούν. Ήταν. "

"τα καλά ψηφίσματα είναι άχρηστες προσπάθειες να παρεμβαίνουν στους επιστημονικούς νόμους, η προέλευσή τους είναι καθαρή ματαιοδοξία, το αποτέλεσμα τους είναι απολύτως μηδενικό , μας δίνουν, μερικές φορές, μερικά από αυτά τα πολυτελή στείρα συναισθήματα που έχουν κάποια γοητεία για τους αδύναμους. Αυτό μπορεί να ειπωθεί γι 'αυτούς, είναι απλώς έλεγχοι ότι οι άνδρες αντλούν από μια τράπεζα όπου δεν έχουν λογαριασμό ».

"χάρι", φώναξε γκρίζο του , έρχεται και καθόταν δίπλα του, "γιατί δεν μπορώ να αισθανθώ αυτή την τραγωδία όσο θέλω να κάνω; δεν νομίζω ότι είμαι άκαρδος.

"έχετε κάνει πάρα πολλά ανόητα πράγματα κατά τη διάρκεια του τελευταίου δεκαπενθήματος για να δικαιούστε να δώσετε στον εαυτό σας αυτό το όνομα, ", απάντησε ο με το γλυκό μελαγχολικό χαμόγελο του.

Ο κοριτσιός κοίταξε. "δεν μου αρέσει αυτή η εξήγηση, ," επανέλαβε, "αλλά χαίρομαι που δεν νομίζετε ότι είμαι χωρίς καρδιά.δεν είμαι τίποτα από το είδος.ξέρω ότι δεν είμαι.και όμως πρέπει να παραδεχτώ ότι αυτό το πράγμα που συνέβη δεν με επηρεάζει όπως θα έπρεπε, μου φαίνεται απλά σαν ένα θαυμάσιο τέλος σε ένα θαυμάσιο παιχνίδι, έχει όλη τη φοβερή ομορφιά μιας ελληνικής τραγωδίας, μια τραγωδία στην οποία πήρα ένα μεγάλο μέρος, αλλά με που δεν τραυματίστηκα ".

«είναι μια ενδιαφέρουσα ερώτηση», είπε ο άρχοντας , ο οποίος βρήκε μια εξαιρετική ευχαρίστηση να παίζει στον ασυνείδητο εγωισμό του παππού », μια εξαιρετικά ενδιαφέρουσα ερώτηση. Φαντάζομαι ότι η αληθινή εξήγηση είναι αυτό: συμβαίνει συχνά ότι συμβαίνουν οι πραγματικές τραγωδίες της ζωής με τέτοιο ανιαρό τρόπο που μας βλάπτουν από την ακατέργαστη βία τους, την απόλυτη ασυνέπεια τους, την παράλογη έλλειψη νοήματος, την πλήρη έλλειψη στυλ τους, μας επηρεάζουν ακριβώς όπως μας επηρεάζει η χυδαιότητα, μας δίνουν μια εντύπωση μιας τεράστιας βίαιης δύναμης και αν και αυτά τα στοιχεία της ομορφιάς είναι αληθινά, το όλο θέμα απλά απευθύνεται στην αίσθηση του δραματικού αποτελέσματος, ξαφνικά διαπιστώνουμε ότι δεν είμαστε πλέον οι θεατές, οι ηθοποιοί, αλλά οι θεατές του παιχνιδιού, ή μάλλον και οι δύο, παρακολουθούμε τον εαυτό μας και το απλό θαύμα του θεάματος μας ενθουσιάζει, στην προκειμένη περίπτωση, τι πραγματικά συνέβη; αγάπη σας. Θα ήθελα να είχα ποτέ μια τέτοια εμπειρία. Θα με έκανα ερωτευμένο με την αγάπη για το υπόλοιπο της ζωής μου. Οι άνθρωποι που με λατρεύουν - δεν υπήρξαν πάρα πολλοί, αλλά υπήρξαν μερικοί - πάντοτε επέμειναν να ζουν, πολύ καιρό έπαψα να τους φροντίζω, ή να φροντίσουν για μένα. Έχουν γίνει σκληρή και κουραστική, και όταν τους συναντά, πηγαίνουν αμέσως για αναμνήσεις. Αυτή τη φοβερή μνήμη της γυναίκας! Τι φοβερό είναι αυτό! Και τι μια απόλυτη πνευματική στασιμότητα αποκαλύπτει! Κάποιος πρέπει να απορροφήσει το χρώμα της ζωής, αλλά κανείς δεν πρέπει ποτέ να θυμάται τα στοιχεία του. Οι λεπτομέρειες είναι πάντα χυδαίες. "

«πρέπει να σπέρνω παπαρούνες στον κήπο μου», αναστέναξε ο .

"δεν υπάρχει ανάγκη," επανέλαβε ο σύντροφός του. "η ζωή πάντα έχει παπαρούνα στα χέρια της, βέβαια, από καιρό καιρό τα πράγματα παραμένουν, δεν φορούσα ποτέ τίποτα, παρά τις βιολέτες καθ 'όλη τη διάρκεια μιας εποχής, ως μορφή καλλιτεχνικού πένθους για έναν ρομαντισμό που δεν θα πεθάνει. ... Ξεχάσω τι σκότωσε ... Νομίζω ότι ήταν η πρόθεσή της να θυσιάσει ολόκληρο τον κόσμο για μένα που είναι πάντα μια τρομακτική στιγμή γεμίζει το ένα με την τρομοκρατία της αιωνιότητας, καλά θα το πιστεύατε; η κυρία , βρήκα τον εαυτό μου καθισμένο στο δείπνο δίπλα στην εν λόγω κυρία και επέμεινε να ξαναγυρίσει το όλο θέμα και να σκάψει το παρελθόν και να γεμίσει το μέλλον, είχα θάψει τον ρομαντισμό μου σε ένα κρεβάτι ασφόδελ. Το έσυρε ξανά και με διαβεβαίωσε ότι είχα χαλάσει τη ζωή της, είμαι υποχρεωμένος να δηλώσω ότι έφαγε ένα τεράστιο δείπνο, γι 'αυτό δεν αισθάνθηκα κανένα άγχος αλλά ποια ήταν η έλλειψη γεύσης που έδειξε η μοναδική γοητεία του παρελθόντος είναι ότι είναι το παρελθόν, αλλά οι γυναίκες δεν ξέρουν ποτέ πότε έχει πέσει η κουρτίνα, θέλουν πάντα μια έκτη πράξη και πως μόλις το ενδιαφέρον του παιχνιδιού ολοκληρωθεί, προτείνουν να συνεχιστεί. Αν τους επέτρεπε τον τρόπο τους, κάθε κωμωδία θα είχε ένα τραγικό τέλος και κάθε τραγωδία θα κατέληγε σε φάρσα. Είναι γοητευτικά τεχνητά, αλλά δεν έχουν καμία αίσθηση τέχνης. Είστε πιο τυχεροί από ότι είμαι. Σας διαβεβαιώνω, , ότι καμία από τις γυναίκες που γνωρίζω δεν θα είχε κάνει για μένα τι έκαναν για σας. Οι συνηθισμένες γυναίκες πάντα πασπαλιστούν. Κάποιοι από αυτούς το κάνουν με την είσοδο για συναισθηματικά χρώματα. Ποτέ δεν εμπιστεύεστε μια γυναίκα που φοράει μωβ, ανεξάρτητα από την ηλικία της, ή μια γυναίκα άνω των τριάντα πέντε που αγαπά ροζ κορδέλες. Αυτό σημαίνει πάντα ότι έχουν ιστορία. Άλλοι βρίσκουν μια μεγάλη παρηγοριά ξαφνικά ανακαλύπτοντας τις καλές ιδιότητες των συζύγων τους. Εκλαμπαδεύουν το συζυγικό τους ευτυχία στο πρόσωπό του, σαν να ήταν το πιο συναρπαστικό των αμαρτιών. Η θρησκεία κοντεύει μερικούς. Τα μυστήρια του έχουν όλη τη γοητεία ενός φλερτ, μια γυναίκα μου είπε κάποτε, και μπορώ να το καταλάβω αρκετά. Εξάλλου, τίποτα δεν κάνει ένα τόσο μάταιο, όπως λέγεται ότι κάποιος είναι αμαρτωλός. Η συνείδηση κάνει εγωιστές όλων μας. Ναί; δεν υπάρχει πραγματικά τέλος στις παρηγοριές που βρίσκουν οι γυναίκες στη σύγχρονη ζωή. Πράγματι, δεν ανέφερα το πιο σημαντικό. "

"τι είναι αυτό, χάρι;" είπε το παιδί αφηρημένα.

"ω, η προφανής παρηγοριά, παίρνοντας τον θαυμασμό ενός άλλου άλλου, όταν χάσει κανείς τον εαυτό του ... Σε μια καλή κοινωνία που πάντα ασπρίζει μια γυναίκα, αλλά πραγματικά, , πόσο διαφορετικό πτερύγιο πρέπει να έχει από όλες τις γυναίκες που συναντά κανείς! Μου είναι πολύ όμορφο για το θάνατό της, είμαι ευτυχής που ζουν σε έναν αιώνα, όταν τέτοιες θαύματα συμβαίνουν, κάνουν κάποιον να πιστέψει στην πραγματικότητα τα πράγματα με τα οποία όλοι παίζουμε, όπως το ρομαντισμό, το πάθος και η αγάπη ».

"ήμουν τρομερά σκληρή γι 'αυτήν, ξεχάσατε αυτό".

"φοβάμαι ότι οι γυναίκες εκτιμούν την σκληρότητα, την απόλυτη σκληρότητα, περισσότερο από οτιδήποτε άλλο, έχουν θαυμάσια πρωτόγονα ένστικτα, τους εποίησαν, αλλά παραμένουν σκλάβοι ψάχνουν για τους κυρίους τους, παρ 'όλα αυτά αγαπούν να κυριαρχούν. Ήταν υπέροχο, δεν έχω ξαναδεί ποτέ πραγματικά και απολύτως θυμωμένος, αλλά μπορώ να φανταστώ πόσο ευχάριστη φαινόταν και, τελικά, μου είπατε κάτι που είχα μια μέρα πριν χθες που μου φαινόταν εκείνη τη στιγμή απλώς φανταστικό, αλλά αυτό βλέπω ότι τώρα ήταν απολύτως αληθές και κατέχει το κλειδί για τα πάντα. "

"τι ήταν αυτό, χάρι;"

"μου είπατε ότι το σιβέλι σας παρείχε όλες τις ηρωίδες του ρομαντισμού - ότι ήταν μια ντεσδεμόνα μια νύχτα και ότι τα ωθήματα του άλλου, ότι αν πέθανε σαν , ήρθε στη ζωή ως ιώγος».

«δεν θα ξαναγίνει ποτέ ξανά», μουρμούρισε το παιδί, κάθοντας το πρόσωπό του στα χέρια του.

"όχι, ποτέ δεν θα ζωντανέψει, έχει παίξει το τελευταίο της κομμάτι, αλλά πρέπει να σκεφτείς αυτόν τον μοναχικό θάνατο στο καμαρωτό δωμάτιο σαν ένα περίεργο θορυβώδες κομμάτι από κάποια τραγωδία του , σαν μια θαυμάσια σκηνή από το ή το κορίτσι ποτέ δεν έζησε πραγματικά και γι 'αυτό δεν πέθανε πραγματικά ... Τουλάχιστον για μένα ήταν πάντα ένα όνειρο, ένα φάντασμα που έτρεχε μέσα από τα έργα του σαίξπηρ και τα άφησε ωραίο για την παρουσία του, ένα καλάμι μέσα από το οποίο ο σαίξπηρ η μουσική ακουγόταν πλουσιότερη και πιο γεμάτη από χαρά τη στιγμή που άγγιξε την πραγματική ζωή, την έβλαψε και την έβλαψε και έτσι πέθανε, θρηνούσε για την όφελη, αν σου άρεσε, έβαλε στάχτη στο κεφάλι σου επειδή η κορδέλια ήταν στραγγαλισμένη. Έξω από τον ουρανό επειδή η κόρη του πέθανε, αλλά μην σπαταλάτε τα δάκρυα σας πάνω από το , ήταν λιγότερο πραγματική από ό, τι είναι ".

Υπήρχε μια σιωπή. Το βράδυ σκοτεινιάστηκε στο δωμάτιο. Χωρίς θόρυβο, και με ασημένια πόδια, οι σκιές έπεσαν από τον κήπο. Τα χρώματα εξασθενούσαν κουρασμένα από τα πράγματα.

Μετά από κάποιο χρονικό διάστημα ο γκρίζος γκρίζος κοίταξε. "μου εξήγησες στον εαυτό μου, χάρι", μουρμούρισε με ένα αναστεναγμό ανακούφισης. "ένιωσα όλα αυτά που είπατε, αλλά κάπως φοβόμουν από αυτό και δεν θα μπορούσα να το εκφράσω στον εαυτό μου, πόσο καλά με γνωρίζετε, αλλά δεν θα ξαναμιλήσουμε για το τι συνέβη, ήταν μια θαυμάσια εμπειρία. Αυτό είναι όλο ... Αναρωτιέμαι αν η ζωή μου έχει ακόμα αποθηκεύσει κάτι τόσο υπέροχο ».

"η ζωή έχει τα πάντα για σας, . Δεν υπάρχει τίποτα που εσείς, με την εξαιρετική καλή εμφάνισή σας, δεν θα μπορέσετε να κάνετε".

"αλλά ας υποθέσουμε ότι, ο χάρι, έγινα περίεργος, παλαιός και τσαλακωμένος; τι τότε;"

"αχ, λοιπόν," είπε ο άρχοντας , ανεβαίνοντας για να πάει ", τότε, αγαπητό σας, θα πρέπει να αγωνιστούμε για τις νίκες σας, όπως είναι, σας φέρνουν. Ζουν σε μια εποχή που διαβάζει πάρα πολύ για να είναι σοφός, και αυτό σκέφτεται πάρα πολύ για να είναι όμορφη, δεν μπορούμε να σας απολύσουμε και τώρα εσείς έπρεπε να ντυθείτε καλύτερα και να οδηγήσετε κάτω στο κλαμπ, είμαστε μάλλον αργά, όπως είναι.

"νομίζω ότι θα έρθω μαζί σας στην όπερα, χάρι, αισθάνομαι πολύ κουρασμένος για να φάω τίποτα, ποιος είναι ο αριθμός του κουτιού της αδελφής σου;"

"είκοσι επτά, πιστεύω ότι είναι στο μεγάλο στρώμα, θα δείτε το όνομά της στην πόρτα, αλλά λυπάμαι που δεν θα έρθετε και να δειπνήσετε".

"δεν νιώθω την αίσθηση", δήλωσε ο αφηρημένα. "αλλά εγώ είμαι απαίσια υποχρεωμένος σε σας για όλα αυτά που μου είπατε, είστε σίγουρα ο καλύτερος φίλος μου, κανείς δεν με έχει καταλάβει ποτέ όπως έχετε".

«είμαστε μόνο στην αρχή της φιλίας μας, », απάντησε ο , κουνώντας τον από το χέρι. "αντίο, θα σε δω πριν από εννέα και τριάντα, ελπίζω, θυμάμαι, ο πατέ τραγουδάει".

Καθώς έκλεισε την πόρτα πίσω του, το γκρίζο γκρίζο άγγιξε το κουδούνι και σε λίγα λεπτά εμφανίστηκε ο νικητής με τους λαμπτήρες και τραβούσε τα . Περίμενε ανυπόμονα να φύγει. Ο άνθρωπος φαινόταν να έχει ατέλειωτο χρόνο πάνω από τα πάντα.

Μόλις έφευγε, έσπευσε στην οθόνη και επέστρεψε. Όχι; δεν υπήρξε άλλη αλλαγή στην εικόνα. Είχε λάβει την είδηση για το θάνατο του πριν γνωρίσει τον εαυτό του. Είχε συνειδητοποιήσει τα γεγονότα της ζωής όπως συνέβησαν. Η φαινομενική σκληρότητα που μαστίζει τις λεπτές γραμμές του στόματος είχε, χωρίς αμφιβολία, εμφανιστεί ακριβώς την στιγμή που το κορίτσι έπινε το δηλητήριο, ό, τι κι αν ήταν. Ή ήταν αδιάφορο στα αποτελέσματα; απλώς έλαβε γνώση αυτού που πέρασε μέσα στην ψυχή; αναρωτιόταν, και ελπίζαμε ότι κάποια μέρα θα δει την αλλαγή να πραγματοποιείται μπροστά στα μάτια του, ανατριχιάζοντας όπως τον ελπίζει.

Φτωχό σις! Τι ρομαντισμό ήταν όλα! Συχνά μιμούσε το θάνατο στη σκηνή. Τότε ο θάνατος ο ίδιος την είχε αγγίξει και την πήρε μαζί του. Πώς είχε παίξει αυτή την τρομακτική τελευταία σκηνή; αν τον είχε καταραστεί, καθώς πέθανε; όχι; είχε πεθάνει για την αγάπη του και η αγάπη θα ήταν πάντα ένα μυστήριο γι 'αυτόν τώρα. Είχε εξιλεώσει τα πάντα από τη θυσία που είχε κάνει από τη ζωή της. Δεν θα σκέφτεται τίποτα περισσότερο από ό, τι τον έκανε να περάσει μέσα από αυτή τη φρικτή νύχτα στο θέατρο. Όταν το σκέφτηκε, θα ήταν μια θαυμάσια τραγική φιγούρα που στάλθηκε στη σκηνή του κόσμου για να δείξει την υπέρτατη πραγματικότητα της αγάπης. Μια θαυμάσια τραγική φιγούρα; τα δάκρυα ήρθαν στα μάτια του, καθώς θυμόταν την παιδική εμφάνιση της και τους φανταστικούς τρόπους της, και τη ντροπαλή χασμουρητό χάρη. Τους έβγαλε βιαστικά και κοίταξε ξανά την εικόνα.

Θεώρησε ότι έφτασε η ώρα να κάνει την επιλογή του. Ή είχε ήδη κάνει την επιλογή του; ναι, η ζωή το είχε αποφασίσει γι 'αυτόν - τη ζωή και τη δική του απεριόριστη περιέργεια για τη ζωή. Αιώνια νεολαία, απεριόριστο πάθος, απόλαυση λεπτό και μυστικό, άγριες χαρές και άγριες αμαρτίες-επρόκειτο να έχει όλα αυτά τα πράγματα. Το πορτρέτο έπρεπε να φέρει το βάρος της ντροπής του: αυτό ήταν όλο.

Μια αίσθηση του πόνου του έπεσε πάνω του καθώς σκεφτόταν την αποζημίωση που υπήρχε για το δίκαιο πρόσωπο στον καμβά. Μια φορά, με αγόρι ψευδαισθήσεις του ναρκισσού, είχε φιλήσει, ή πρόφερε να φιλήσει, εκείνα τα ζωγραφισμένα χείλη που τώρα χαμογέλασαν τόσο σκληρά γι 'αυτόν. Το πρωί μετά το πρωί είχε καθίσει μπροστά στο πορτρέτο, αναρωτιόντας την ομορφιά του, σχεδόν ερωτευμένη από αυτό, όπως του φαινόταν κάποτε. Ήταν να αλλάξει τώρα με κάθε διάθεση στην οποία έδωσε; θα ήταν να γίνει ένα τερατώδες και θλιβερό πράγμα να κρυφτεί σε ένα κλειδωμένο δωμάτιο, να αποκολληθεί από το ηλιακό φως που τόσο συχνά άγγιξε στο λαμπρότερο χρυσό το κυματιστό θαύμα των μαλλιών του; το κρίμα του! Το κρίμα του!

Για μια στιγμή, σκέφτηκε να προσεύχεται ότι η φρικτή συμπάθεια που υπήρχε ανάμεσα σε αυτόν και την εικόνα θα μπορούσε να σταματήσει. Είχε αλλάξει σε απάντηση σε μια προσευχή. Ίσως απαντώντας σε μια προσευχή μπορεί να παραμείνει αμετάβλητη. Και όμως ποιος, που γνώριζε τίποτα για τη ζωή, θα παραιτούσε από την πιθανότητα να παραμείνει πάντα νεαρός, όσο φανταστική είναι αυτή η πιθανότητα ή με ποιες μοιραίες συνέπειες θα μπορούσε να είναι γεμάτη; εκτός αυτού, ήταν πραγματικά υπό τον έλεγχό του; εάν ήταν πράγματι προσευχή που είχε προκαλέσει την αντικατάσταση; μπορεί να μην υπάρχει κάποια περίεργη επιστημονική αιτία για όλα αυτά; εάν η σκέψη μπορούσε να ασκήσει την επιρροή της σε έναν ζωντανό οργανισμό, ίσως δεν σκέφτηκε να ασκήσει επιρροή σε νεκρά και ανόργανα πράγματα; χωρίς σκέψη ή συνειδητή επιθυμία, δεν μπορεί τα πράγματα εξωτερικά του εαυτού μας να δουν παράλληλα με τις διαθέσεις και τα πάθη μας, το άτομο που καλεί σε άτομο σε μυστική αγάπη ή παράξενη συγγένεια; αλλά ο λόγος δεν ήταν σημαντικός. Ποτέ δεν θα δελεαστεί ξανά από μια προσευχή οποιαδήποτε τρομερή δύναμη. Αν η εικόνα ήταν να αλλάξει, ήταν να αλλάξει. Αυτό ήταν όλο. Γιατί να το ρωτήσετε πολύ προσεκτικά;

Γιατί θα υπήρχε μια πραγματική ευχαρίστηση να το παρακολουθήσετε. Θα μπορούσε να ακολουθήσει το μυαλό του στα κρυφά του μέρη. Αυτό το πορτρέτο θα ήταν για αυτόν το μαγικότερο από καθρέφτες. Καθώς του είχε αποκαλύψει το δικό του σώμα, έτσι θα του αποκάλυπτε την ψυχή του. Και όταν το χειμώνα ήρθε επάνω του, θα εξακολουθούσε να στέκεται όπου η άνοιξη τρέμει στα όρια του καλοκαιριού. Όταν το αίμα έπεσε από το πρόσωπό του, και άφησε πίσω του μια πεντακάθαρη μάσκα κιμωλίας με μολυβένια μάτια, θα κρατούσε την αίγλη της παιδικής ηλικίας. Δεν θα εξασθενίσει ποτέ ένα άνθος της ομορφιάς του. Ούτε ένας παλμός της ζωής του θα αποδυναμώσει ποτέ. Όπως οι θεοί των ελλήνων, θα ήταν ισχυρός, στόλος και χαρούμενος. Τι νόησε τι συνέβη με την έγχρωμη εικόνα στον καμβά; θα ήταν ασφαλής. Αυτό ήταν όλα.

Επέστησε την οθόνη πίσω στην προηγούμενη θέση της μπροστά από την εικόνα, χαμογελώντας όπως έπραξε, και πέρασε στην κρεβατοκάμαρά του, όπου ο καλεσμένος του τον περίμενε ήδη. Μια ώρα αργότερα βρισκόταν στην όπερα και ο ηγούμενος άρχισε να κλίνει πάνω από την καρέκλα του.

Κεφάλαιο 9

Καθώς κάθεται το πρωινό το επόμενο πρωί, ο βασιλικός χώρος φαίνεται στο δωμάτιο.

"είμαι τόσο χαρούμενος που σας βρήκα, ", είπε σοβαρά. "κάλεσα χθες το βράδυ και μου είπαν ότι ήσασταν στην όπερα, φυσικά, ήξερα ότι ήταν αδύνατο, αλλά θα ήθελα να είχα αφήσει λέξη εκεί που είχε πάει πραγματικά να περάσω ένα φοβερό βράδυ, μισό φόβο ότι μια τραγωδία μπορεί να ακολουθηθεί από ένα άλλο, νομίζω ότι μπορεί να έχετε τηλεγράφησε για μένα όταν το άκουγα για πρώτη φορά, διάβασα για αυτό αρκετά τυχαία σε μια πρόσφατη έκδοση του πλανήτη που πήρα στη λέσχη. Δεν μπορώ να σου πω πόσο θλιβερό είμαι για το όλο πράγμα ξέρω τι πρέπει να υποφέρεις αλλά πού ήσασταν εσύ κατέβηκες και είδα τη μητέρα του κοριτσιού για μια στιγμή σκέφτηκα να σας ακολουθήσουν εκεί, έδωσαν τη διεύθυνση μέσα στο χαρτί, κάπου στον δρόμο του ευστάθου, έτσι δεν ήταν ;, αλλά φοβόμουν να προσβάλω μια θλίψη που δεν θα μπορούσα να φωτίσω, φτωχή γυναίκα, σε ποια κατάσταση πρέπει να είναι! Και το μόνο παιδί της, και τι έλεγε για όλα αυτά; "

"αγαπητέ μου βασιλικό, πώς μπορώ να το ξέρω;" μουρμούρισε το γκρίζο γκρίζο, απολαμβάνοντας ένα ωχρό-κίτρινο κρασί από μια λεπτή, χρυσό- φούσκα του ενετικού γυαλιού και κοίταξε τρομακτικά βαρεθεί. "ήμουν στην όπερα, θα έπρεπε να έρχεσαι εκεί, συναντήθηκα για πρώτη φορά, η κυρία , η αδελφή του χάρι, βρισκόμασταν στο κουτί της, είναι απόλυτα γοητευτική και η παττί τραγουδούσε μυστηριωδώς. Αν δεν μιλάμε για κάτι, δεν έχει συμβεί ποτέ, είναι απλώς έκφραση, όπως λέει ο χάρι, που δίνει πραγματικότητα στα πράγματα, μπορεί να αναφέρω ότι δεν ήταν το μοναδικό παιδί της γυναίκας, υπάρχει ένας γιος, ένας γοητευτικός αλλά δεν είναι στη σκηνή, είναι ναύτης ή κάτι τέτοιο και τώρα πες μου για τον εαυτό σου και για αυτό που ζωγραφείς ».

"πήγατε στην όπερα;" είπε προς τα δεξιά, μιλώντας πολύ αργά και με μια τεταμένη πινελιά πόνου στη φωνή του. "πήγατε στην όπερα, ενώ το έπεφτε νεκρό σε κάποια στέγαση; μπορείτε να μου μιλήσετε για τις άλλες γυναίκες είναι γοητευτική, και τραγουδώντας θεϊκά, πριν το κορίτσι που αγαπάτε έχει ακόμη και την ησυχία ενός τάφου να κοιμηθεί μέσα; γιατί, ο άνθρωπος, υπάρχουν φρικαρίες στο κατάστημα γι 'αυτό το μικρό λευκό σώμα της! "

"σταματήστε, βασιλικός! Δεν θα το ακούσω!" φώναξε ο , πηδώντας στα πόδια του. "δεν πρέπει να μου πείτε για πράγματα, τι γίνεται γίνεται ... Τι είναι παρελθόν".

"καλείς χθες το παρελθόν;"

"ό, τι έχει να κάνει με την πραγματική έκλειψη του χρόνου, είναι μόνο οι ρηχικοί άνθρωποι που χρειάζονται χρόνια για να απαλλαγούν από ένα συναίσθημα ... Ένας άνθρωπος που είναι κύριος του εαυτού του μπορεί να τερματίσει μια θλίψη τόσο εύκολα όσο μπορεί να εφεύρει μια ευχαρίστηση. Δεν θέλω να είμαι στο έλεος των συναισθημάτων μου, θέλω να τα χρησιμοποιήσω, να τα απολαύσω και να κυριαρχήσω ».

", αυτό είναι φρικτό ... Κάτι σας έχει αλλάξει τελείως ... Μοιάζετε ακριβώς με το ίδιο υπέροχο αγόρι που, μέρα με τη μέρα, πήγαινε στο στούντιό μου για να καθίσει για την εικόνα του, αλλά ήσαστε απλός, φυσικός και στοργικός τότε. Ήταν το πιο παρθένο πλάσμα σε ολόκληρο τον κόσμο, τώρα δεν ξέρω τι έχει έρθει πάνω σου, μιλάς σαν να μην έχεις καρδιά, δεν είναι κρίμα σε σένα, είναι όλη η επιρροή του χάρι.

Ο παππούς ξεπλύνεψε και, πηγαίνοντας στο παράθυρο, κοίταξε για μερικές στιγμές τον πράσινο, τρεμοπαυμένο, ηλιόλουστο κήπο. «είμαι πολύ χαρούμενος για το , βασιλικό», είπε επιτέλους, «περισσότερο απ 'ό, τι σας χρωστάω», μου διδάξατε μόνο ότι είμαι μάταιος ».

"καλά, τιμωρώ γι 'αυτό, ο δωριανός - ή θα είναι κάποια μέρα."

"δεν ξέρω τι εννοείτε, βασιλικός", αναφώνησε, γυρνώντας γύρω. "δεν ξέρω τι θέλετε, τι θέλετε;"

"θέλω το γκρίζο του να ζωγραφίζω", είπε ο καλλιτέχνης δυστυχώς.

«βασιλικός», είπε ο παππούς, πηγαίνοντας προς αυτόν και βάζοντας το χέρι του στον ώμο του, «χτυπήσατε αργά χθες, όταν άκουσα ότι το κιβώτιο είχε σκοτωθεί».

"σκοτώσαμε τον εαυτό μας! Καλοί ουρανοί! Δεν υπάρχει καμία αμφιβολία γι 'αυτό;" φώναξε προς τα δεξιά, κοιτώντας προς τα πάνω με μια έκφραση τρόμου.

"αγαπητέ μου βασιλικό! Σίγουρα δεν νομίζετε ότι ήταν ένα χυδαίο ατύχημα;

Ο μεγαλύτερος άντρας έθαψε το πρόσωπό του στα χέρια του. «πόσο φοβισμένος», μουρμούρισε, και ένα τρέμουλο έτρεξε μέσα του.

"όχι", δήλωσε ο γκρίζος , "δεν υπάρχει τίποτα φοβισμένο γι 'αυτό, είναι μια από τις μεγάλες ρομαντικές τραγωδίες της εποχής, κατά κανόνα, οι άνθρωποι που ενεργούν οδηγούν τις πιο συνηθισμένες ζωές, είναι καλοί σύζυγοι ή πιστές σύζυγοι, ή κάτι βαρετό, ξέρετε τι εννοώ - αρετή της μεσαίας τάξης και όλα αυτά τα πράγματα, πόσο διαφορετικό ήταν το , έζησε την ωραιότερη τραγωδία της, ήταν πάντα μια ηρωίδα, την τελευταία νύχτα που έπαιξε - τη νύχτα που την είδατε - ενήργησε άσχημα επειδή γνώριζε την πραγματικότητα της αγάπης, όταν γνώριζε την αλήθεια της, πέθανε, καθώς ο ιουλίτης ίσως πέθανε, πέρασε και πάλι στη σφαίρα της τέχνης, υπάρχει κάτι μάρτυρας γι 'αυτήν. Την αξιολύπητη αναποτελεσματικότητα του μαρτυρίου, όλη την σπατάλη της ομορφιάς, αλλά, όπως έλεγα, δεν πρέπει να σκεφτείς ότι δεν έχω υποφέρει αν είχες έρθει χθες σε μια συγκεκριμένη στιγμή - περίπου το μισό πέμπτο, ίσως ή ένα τέταρτο έως έξι - θα με βρήκες σε δάκρυα, ακόμα και ο χάρι, που ήταν εδώ, που μου έφερε τα νέα, στην πραγματικότητα, είχε ιδέα τι περνούσα. Υπέφερα πάρα πολύ. Τότε πέθανε. Δεν μπορώ να επαναλάβω ένα συναίσθημα. Κανείς δεν μπορεί, εκτός από τους συναισθηματικούς. Και είσαι τρομερά άδικο, βασιλικός. Έρχεσαι εδώ για να με παρηγορήσεις. Αυτό είναι γοητευτικό σας. Με βρίσκετε παρηγορημένοι, και είστε εξαγριωμένοι. Πώς σαν συμπαθητικός άνθρωπος! Μου θυμίζεις μια ιστορία που μου είπε ο χάρι για έναν φιλανθρωπό που πέρασε είκοσι χρόνια της ζωής του προσπαθώντας να αποκαταστήσει κάποιο παράπονο ή άλλαξε κάποιο άδικο νόμο - ξεχάσω ακριβώς τι ήταν. Τελικά πέτυχε, και τίποτα δεν μπορούσε να ξεπεράσει την απογοήτευσή του. Δεν είχε απολύτως τίποτα να κάνει, σχεδόν πέθανε από το και έγινε επιβεβαιωμένος μισάνθρωπος. Και εκτός από το αγαπητό μου παλιό βασιλικό, αν θέλετε πραγματικά να με παρηγορήσετε, με διδάσκετε μάλλον να ξεχάσω τι συνέβη ή να το δω από μια καλή καλλιτεχνική άποψη. Δεν ήταν κανείς που έγραψε για την παρηγοριά των τεχνών ; θυμάμαι να μαζεύω ένα μικρό βιβλίο στο στούντιό σας ένα μέρα και να ακούσω την όμορφη φράση. Καλά, δεν είμαι σαν εκείνος ο νεαρός που μου είπατε όταν βρισκόμασταν στο μαζί, ο νεαρός που είπε ότι ο κίτρινος σατέν θα μπορούσε να παρηγορήσει ένα για όλες τις δυστυχίες της ζωής. Λατρεύω τα όμορφα πράγματα που μπορεί κανείς να αγγίξει και να χειριστεί. Παλιές μπροκάρες, πράσινα χάλκινα, βερνίκια, σκαλισμένες εικονογραφήσεις, εξαιρετικό περιβάλλον, πολυτέλεια, πομπή - υπάρχουν πολλά που πρέπει να πάρουμε από όλα αυτά. Αλλά η καλλιτεχνική ιδιοσυγκρασία που δημιουργούν, ή σε κάθε περίπτωση αποκαλύπτουν, είναι ακόμα περισσότερο για μένα. Να γίνει ο θεατής της ίδιας της ζωής, όπως λέει ο χάρι, είναι να ξεφύγει από τα δεινά της ζωής. Ξέρω ότι εκπλαγείτε από το να μιλάω σε σας έτσι. Δεν έχετε καταλάβει πώς έχω αναπτύξει. Ήμουν μαθητής όταν με ήξερε. Είμαι άνδρας τώρα. Έχω νέα πάθη, νέες σκέψεις, νέες ιδέες. Είμαι διαφορετικός, αλλά δεν πρέπει να με αρέσει λιγότερο. Έχω αλλάξει, αλλά πρέπει πάντα να είσαι φίλος μου. Φυσικά, είμαι πολύ λάτρης του χάρι. Αλλά ξέρω ότι είσαι καλύτερος από αυτόν που είναι. Δεν είστε ισχυρότεροι - φοβάστε πολύ τη ζωή - αλλά είστε καλύτεροι. Και πόσο ευτυχισμένοι είμαστε μαζί! Μη με αφήνεις, βασιλικό, και μην με καυγάς. Είμαι αυτό που είμαι. Δεν υπάρχει τίποτα περισσότερο να ειπωθεί. "

Ο ζωγράφος αισθάνθηκε περίεργα. Το παιδί ήταν απείρως αγαπητό σε αυτόν, και η προσωπικότητά του ήταν η μεγάλη καμπή στην τέχνη του. Δεν μπορούσε να αντέξει την ιδέα να τον υπερισχύσει πια. Μετά από όλα, η αδιαφορία του ήταν μάλλον απλώς μια διάθεση που θα περάσει μακριά. Υπήρχε τόσο πολύ σε αυτόν που ήταν καλό, τόσο σε αυτόν που ήταν ευγενής.

"καλά, ", είπε εκτενώς, με ένα θλιβερό χαμόγελο, "δεν θα σας μιλήσω πάλι για αυτό το φρικτό πράγμα, μετά από σήμερα. Ελπίζω μόνο ότι το όνομά σας δεν θα αναφέρεται σε σχέση με αυτό. Η έρευνα θα γίνει σήμερα το απόγευμα.

Ο δωριανός κούνησε το κεφάλι του, και το πρόσωπο του μοιάζει με ενόχληση που μοιάζει με τη λέξη "έρευνα". Υπήρχε κάτι τόσο αργό και χυδαίο για όλα αυτά τα είδη. «δεν ξέρουν το όνομά μου», απάντησε.

"αλλά σίγουρα το έκανε;"

"μόνο το χριστιανικό μου όνομα, και ότι είμαι βέβαιος ότι δεν ανέφερε ποτέ σε κανέναν, μου είπε κάποτε ότι ήταν όλοι περίεργοι να μάθουν ποιος ήμουν και ότι τους είπε πάντα ότι το όνομά μου ήταν γοητευτικό πρίγκιπα. Πρέπει να μου κάνεις ένα σχέδιο σιμσλ, βασιλικού, θα ήθελα να έχω κάτι περισσότερο από τη μνήμη κάποιων φιλιών και μερικών θραυσμένων παθητικών λέξεων ».

"θα προσπαθήσω να κάνω κάτι, , αν θα σε ευχαριστούσε, αλλά πρέπει να έρθεις και να με καθίσεις και πάλι στον εαυτό σου, δεν μπορώ να προχωρήσω χωρίς εσένα".

"δεν μπορώ ποτέ να σε καθίσω ξανά, βασιλικό, είναι αδύνατο!" αναφώνησε, ξεκινώντας πίσω.

Ο ζωγράφος τον κοίταξε. "αγαπητέ μου αγόρι, ποια ανοησία!" αυτός έκλαψε. "θέλετε να πείτε ότι δεν σας αρέσει αυτό που έκανα από εσάς; πού είναι; γιατί τραβήξατε την οθόνη μπροστά της; επιτρέψτε μου να το κοιτάξω, είναι το καλύτερο που έχω κάνει ποτέ. Η οθόνη μακριά, , είναι απλά ντροπή του υπηρέτη σας να κρύβει το έργο μου έτσι.

"ο υπηρέτης μου δεν έχει τίποτα να κάνει με αυτό, ο βασιλικός δεν φαντάζεσαι ότι τον άφησα να κανονίσει το δωμάτιό μου για μένα, για μένα λυπάται τα λουλούδια μου για μένα - αυτό είναι όλο" όχι "το έκανα μόνος μου το φως ήταν πολύ ισχυρό στο πορτρέτο. "

"πάρα πολύ δυνατός, σίγουρα όχι, αγαπητός μου συνάδελφος, είναι ένα αξιοθαύμαστο μέρος γι 'αυτό, επιτρέψτε μου να το δω". Και προς τα δεξιά περπάτησε προς τη γωνία του δωματίου.

Μια κραυγή τρόμου έσπασε από τα χείλη του γκρίζου δωρικού και έσπευσε ανάμεσα στον ζωγράφο και την οθόνη. "βασιλικό", είπε, βλέποντας πολύ χλωμό, "δεν πρέπει να το κοιτάξετε, δεν θέλω να το κάνετε".

"μη δούμε τη δική μου δουλειά! Δεν είστε σοβαροί, γιατί να μην το κοιτάω;" αναφώνησε χαϊδεμένος, γελώντας.

"αν προσπαθήσετε να το κοιτάξετε, το βασιλικό, στη δική μου τιμή δεν θα σας μιλήσω ξανά για όσο καιρό ζω, είμαι πολύ σοβαρός, δεν προσφέρω καμία εξήγηση και δεν πρέπει να ζητήσετε καμία . , αλλά, να θυμάστε, αν αγγίξετε αυτή την οθόνη, όλα είναι πάνω από μεταξύ μας.»

Η αίθρια ήταν βροντή. Κοίταξε στο γκρίζο του γκρίζου σε απόλυτη έκπληξη. Δεν τον είχε ξαναδεί ποτέ πριν. Το κορίτσι ήταν πραγματικά κακοποιημένο με οργή. Τα χέρια του ήταν σφιγμένα και οι μαθητές των ματιών του ήταν σαν δίσκοι με μπλε φωτιά. Τρέφτηκε από παντού.

"!"

"μην μιλάτε!"

"αλλά ποιο είναι το θέμα; φυσικά δεν θα το κοιτάξω αν δεν θέλεις να το κάνω", είπε, μάλλον ψυχρά, γυρίζοντας τη φτέρνα του και πηγαίνοντας προς το παράθυρο. "αλλά, πραγματικά, φαίνεται αρκετά παράλογο να μην δούμε το δικό μου έργο, ειδικά όπως θα το εκθέσω στο παρίσι το φθινόπωρο, ίσως θα έπρεπε να του δώσω άλλο ένα παλτό βερνικιού πριν από αυτό, γι 'αυτό πρέπει να το δείτε κάποια μέρα και γιατί να μην το κάνει σήμερα; "

"να το εκθέσετε! Θέλετε να το εκθέσετε;" αναφώνησε γκρίζο , μια παράξενη αίσθηση τρόμου που σέρνει πάνω του. Ήταν ο κόσμος που θα έδειχνε το μυστικό του; ήταν άνθρωποι να χτυπήσουν το μυστήριο της ζωής του; αυτό ήταν αδύνατο. Κάτι - δεν ήξερε τι - έπρεπε να γίνει αμέσως.

"ναι, δεν υποθέτω ότι θα το αντιταχθώ ... Ο θα συλλέξει όλες μου τις καλύτερες φωτογραφίες για μια ειδική έκθεση στο , η οποία θα ανοίξει την πρώτη εβδομάδα τον οκτώβριο. Θα ήθελα να σκεφτώ ότι θα μπορούσατε εύκολα να το αποταμιεύσετε για εκείνη την εποχή, στην πραγματικότητα, είστε σίγουροι ότι είστε έξω από την πόλη και αν το κρατάτε πάντα πίσω από μια οθόνη, δεν μπορείτε να σας ενδιαφέρουν πολύ.

Ο γκρίζος γένος πέρασε το χέρι του πάνω από το μέτωπό του. Εκεί υπήρχαν χάντρες εφίδρωσης. Αισθάνθηκε ότι ήταν στο χείλος ενός τρομερού κινδύνου. "μου είπατε πριν από ένα μήνα ότι ποτέ δεν θα το εκθέσετε", φώναξε. "γιατί αλλάξατε το μυαλό σας; εσείς οι άνθρωποι που πηγαίνουν για να είναι συνεπείς έχουν εξίσου πολλές διαθέσεις όπως οι άλλοι έχουν τη μόνη διαφορά είναι ότι οι διαθέσεις σας είναι μάλλον χωρίς νόημα δεν μπορείτε να ξεχάσετε ότι με διαβεβαίωσε με πιο επίσημα ότι τίποτα στον κόσμο θα σας ωθούσε να το στείλετε σε οποιαδήποτε έκθεση και είπατε στο χάρι ακριβώς το ίδιο πράγμα ». Σταματούσε ξαφνικά και μια λάμψη φωτός μπήκε στα μάτια του. Θυμήθηκε ότι ο άρχοντας του είπε μιά φορά, μισή σοβαρά και μισή στο , "αν θέλετε να έχετε ένα περίεργο τέταρτο της ώρας, πάρτε το βασιλικό για να σας πω γιατί δεν θα παρουσιάσει την εικόνα σας. Δεν θα ήταν, και ήταν μια αποκάλυψη για μένα. " ναι, ίσως και ο βασιλικός είχε το μυστικό του. Θα τον ρωτούσε και θα προσπαθούσε.

"βασιλικό", είπε, ερχόμενη πολύ κοντά και κοιτάζοντάς τον κατευθείαν στο πρόσωπο, "έχουμε καθένα από μας ένα μυστικό, επιτρέψτε μου να γνωρίζω τη δική σας, και θα σας πω την δική μου." ποιος ήταν ο λόγος για τον οποίο αρνήθηκε να παρουσιάσει την εικόνα μου ; "

Ο ζωγράφος ξύπνησε παρά τον εαυτό του. ", αν σου είπα, ίσως να με αρέσει λιγότερο από εσένα και σίγουρα θα με γέλασε, δεν θα μπορούσα να σε αντέξω ούτε σε αυτά τα δύο πράγματα." αν δεν θέλεις ποτέ να κοιτάξω την εικόνα σου πάλι, εγώ είμαι πάντα ικανοποιημένος, έχω πάντα να κοιτάξετε, αν θέλετε το καλύτερο έργο που έχω κάνει ποτέ να κρύβεται από τον κόσμο, είμαι ικανοποιημένος, η φιλία σας είναι πιο ακριβή από ό, τι οποιαδήποτε φήμη ή φήμη.

"όχι, βασιλικός, πρέπει να μου πείτε", επέμεινε ο γκρίζος του . "νομίζω ότι έχω το δικαίωμα να γνωρίζω". Το αίσθημα της τρομοκρατίας είχε πεθάνει και η περιέργεια είχε πάρει τη θέση του. Ήταν αποφασισμένος να ανακαλύψει το μυστήριο του βασιλικού.

"ας καθίσουμε, ," είπε ο ζωγράφος, κοιτάζοντας ταραγμένη. "ας καθίσουμε και απλώς μου απαντήστε μία ερώτηση: έχετε παρατηρήσει στην εικόνα κάτι περίεργο;" κάτι που ίσως στην αρχή δεν σας χτύπησε, αλλά αυτό αποκαλύφθηκε ξαφνικά σε σας; "

"βασιλικός!" είπε το παιδί, κρατώντας τα χέρια της καρέκλας του με τα χέρια με τα χέρια και κοιτάζοντάς τον με άγρια ξαφνικά μάτια.

"βλέπω εσύ, δεν μιλάς, περιμένεις μέχρι να ακούσεις τι πρέπει να πω, από τη στιγμή που σε γνώρισα, η προσωπικότητά σου είχε την πιο ασυνήθιστη επιρροή πάνω μου, κυριάρχησα, ψυχή, εγκέφαλος και δύναμη , από εσάς, μου έγινε η ορατή ενσάρκωση εκείνου του αόρατου ιδεώδους, του οποίου η μνήμη μας στοιχειώνει τους καλλιτέχνες σαν ένα εξαίσιο όνειρο, σε λάτρεψα, εγώ ήθελα να ζηλεύω όλους όσους μιλήσατε, ήθελα να σας έχω όλους στον εαυτό μου. Ήταν ευτυχής μόνο όταν ήμουν μαζί σου .. Όταν ήσουν μακριά από μένα, ήσασταν ακόμα παρόντες στην τέχνη μου .... Φυσικά, ποτέ δεν σε γνώρισα τίποτα γι 'αυτό, θα ήταν αδύνατο. Αυτό δεν το καταλαβαίνω μόνο εγώ ήξερα μόνο ότι είχα δει την τελειότητα πρόσωπο με πρόσωπο και ότι ο κόσμος είχε γίνει υπέροχο στα μάτια μου - πάρα πολύ θαυμάσιος, ίσως, γιατί σε τέτοιες τρελές λατρείες υπάρχει κίνδυνος, ο κίνδυνος να τους χάσει , όχι λιγότερο από το κίνδυνο να τους κρατήσει .... Εβδομάδες και εβδομάδες συνέχισε, και εγώ αυξανόταν όλο και περισσότερο απορροφάται σε σας.

Μου μια νέα εξέλιξη. Σας έκανα ως παρίσι σε κομψή πανοπλία, και ως με μανδύα του κυνηγού και γυαλισμένο κουτάλι. Στέφθηκε με βαρύ άνθος λωτού που καθήσατε στην πλώρη της φορτηγίδας του αδριανού, κοιτάζοντας απέναντι τον καταπράσινο καταρράκτη. Είχατε κλίνει πάνω από την ακίνητη λίμνη ενός ελληνικού δάσους και βλέπετε στο ασήμι του νερού το θαύμα του δικού σας προσώπου. Και ήταν ό, τι πρέπει να είναι η τέχνη - ασυνείδητη, ιδανική και απομακρυσμένη. Μια μέρα, μια θανατηφόρα μέρα που σκέφτομαι μερικές φορές, είμαι αποφασισμένη να ζωγραφίσω ένα θαυμάσιο πορτραίτο σας, όπως στην πραγματικότητα, όχι στο κοστούμι των νεκρών αιώνων, αλλά στο δικό σας φόρεμα και στον δικό σας χρόνο. Είτε ήταν ο ρεαλισμός της μεθόδου, είτε το απλό θαύμα της δικής σου προσωπικότητας, έτσι μου παρουσιάστηκε άμεσα χωρίς ομίχλη ή πέπλο, δεν μπορώ να πω. Αλλά ξέρω ότι καθώς εργάστηκα σε αυτό, κάθε νιφάδα και ταινία χρώματος μου φάνηκε να αποκαλύπτω το μυστικό μου. Φοβήθηκα ότι άλλοι θα ξέρουν για την ειδωλολατρία μου. Ένιωσα, , ότι είχα πει πάρα πολύ, ότι είχα βάλει πάρα πολύ από εμένα σε αυτό. Τότε ήταν ότι αποφάσισα ποτέ να μην επιτρέψω την έκθεση στην εικόνα. Ήσασταν λίγο ενοχλημένος. Αλλά τότε δεν συνειδητοποιήσατε όλα αυτά που σήμαινε για μένα. Ο χάρι, για τον οποίο μίλησα γι 'αυτό, μου γέλασε. Αλλά δεν μου πειράζει αυτό. Όταν τελείωσε η εικόνα και κάθισα μόνος μου, αισθάνθηκα ότι είχα δίκιο .... Καλά, μετά από λίγες μέρες το πράγμα έφυγε από το στούντιό μου, και μόλις είχα ξεφορτωθεί την απαράδεκτη γοητεία της παρουσίας της , μου φάνηκε ότι ήμουν ανόητος στο να φανταστώ ότι είχα δει τίποτα σε αυτό, περισσότερο από ότι ήταν εξαιρετικά καλός και ότι θα μπορούσα να ζωγραφίσω. Ακόμα και τώρα δεν μπορώ να βοηθήσω να αισθανόμαστε ότι είναι λάθος να πιστεύουμε ότι το πάθος που αισθάνεται κανείς στη δημιουργία είναι πάντα εμφανές στη δουλειά που δημιουργεί. Η τέχνη είναι πάντα πιο αφηρημένη από όσο φαντάζουμε. Η μορφή και το χρώμα μας δείχνουν τη μορφή και το χρώμα - αυτό είναι όλο. Μου φαίνεται συχνά ότι η τέχνη κρύβει τον καλλιτέχνη πολύ πιο εντελώς από ό, τι τον αποκαλύπτει ποτέ. Και έτσι όταν πήρα αυτή την προσφορά από το παρίσι, αποφάσισα να κάνω το πορτρέτο σας το κύριο πράγμα στην έκθεση μου. Ποτέ δεν μου φάνηκε ότι θα αρνηθείτε. Βλέπω τώρα ότι είχες δίκιο. Η εικόνα δεν μπορεί να εμφανιστεί. Δεν πρέπει να θυμώσεις για μένα, , για αυτό που σου είπα. Όπως είπα να καμαρώνει, μία φορά, γίνεστε λατρεμένοι. "

Το γκρι επέστησε μια μακρά αναπνοή. Το χρώμα επέστρεψε στα μάγουλά του και ένα χαμόγελο έπαιζε για τα χείλη του. Ο κίνδυνος τελείωσε. Ήταν ασφαλής για το χρόνο. Αλλά δεν μπορούσε να βοηθήσει να αισθάνεται άπειρο κρίμα για τον ζωγράφο που μόλις είχε κάνει αυτή την περίεργη εξομολόγηση σε τον και αναρωτήθηκε αν ο ίδιος θα ήταν ποτέ τόσο κυριαρχείται από την προσωπικότητα ενός φίλου. Ο άρχοντας είχε τη γοητεία να είναι πολύ επικίνδυνη. Αλλά αυτό ήταν όλο. Ήταν πολύ έξυπνος και πολύ κυνικός για να αγαπάει πραγματικά. Θα υπήρχε ποτέ κάποιος που θα τον γεμίσει με μια παράξενη ειδωλολατρεία; ήταν ένα από τα πράγματα που είχε η ζωή στο κατάστημα;

"είναι εξαιρετικό για μένα, ", είπε προς τα δεξιά, "ότι θα έπρεπε να το έχετε δει στο πορτρέτο.

"είδα κάτι σε αυτό", απάντησε, "κάτι που μου φάνηκε πολύ περίεργο".

"καλά, δεν σας πειράζει να κοιτάζω το πράγμα τώρα;"

Ο δωριανός κούνησε το κεφάλι του. "δεν πρέπει να με ρωτήσετε αυτό, βασιλικό, δεν θα μπορούσα να σας αφήσω να σταθείτε μπροστά σε αυτή την εικόνα".

"κάποια μέρα, σίγουρα;"

"ποτέ."

"καλά, ίσως έχετε δίκιο και τώρα αντίο, , είστε το μόνο πρόσωπο στη ζωή μου που έχει επηρεάσει πραγματικά την τέχνη μου, ό, τι έχω κάνει αυτό είναι καλό, οφείλω σε σας. Δεν ξέρω τι μου κόστισε να σας πω όλα αυτά που σας έχω πει. "

"αγαπητέ βασιλικό μου", είπε ο , "τι μου είπες; απλά ότι ένιωσες ότι με θαυμαστούσες πάρα πολύ, αυτό δεν είναι ούτε φιλοφρόνηση".

"αυτό δεν ήταν μια φιλοφρόνηση, ήταν μια εξομολόγηση, τώρα που το έκανα, κάτι φαίνεται να έχει βγει από εμένα, ίσως κάποιος να μην βάζει ποτέ τη λατρεία του σε λέξεις".

"ήταν μια πολύ απογοητευτική ομολογία".

"γιατί, τι περιμένατε, ο ; δεν βλέπατε τίποτε άλλο στην εικόνα, έτσι δεν υπήρχε τίποτα άλλο να δούμε;"

"όχι, δεν υπήρχε τίποτα άλλο να δεις, γιατί το ρωτάς, αλλά δεν πρέπει να μιλάς για λατρεία, είναι ανόητο, εσύ και εγώ είμαστε φίλοι, ο βασιλικός και πρέπει πάντα να παραμείνουμε έτσι".

"έχεις χάρρυ," είπε ο ζωγράφος δυστυχώς.

"ω, χάρι!" ρώτησε το παιδί, με κυματισμό γέλιου. "ο χάρι ξοδεύει τις μέρες του λέγοντας τι είναι απίστευτο και τα βράδια του που κάνει αυτό που είναι απίθανο, ακριβώς το είδος της ζωής που θα ήθελα να οδηγήσω, αλλά εξακολουθώ να μην νομίζω ότι θα πήγαινα στο εάν ήμουν στο πρόβλημα. Πηγαίνετε αργότερα σε εσάς, βασιλικό ".

"θα με καθίσετε και πάλι;"

"αδύνατο!"

"χάσατε τη ζωή μου ως καλλιτέχνης αρνούμενος, . Κανένας άνθρωπος δεν συναντά δύο ιδανικά πράγματα, λίγοι συναντούν ένα."

"δεν μπορώ να σας το εξηγήσω, βασιλικό, αλλά δεν πρέπει ποτέ να σε κάθομαι πάλι, υπάρχει κάτι μοιραίο για ένα πορτρέτο, έχει μια δική του ζωή, θα έρθω και θα έχω τσάι μαζί σου. Ως ευχάριστο ".

"φοβόμουν για σας," είπε με θλίψη. "και τώρα αντίο, λυπάμαι που δεν θα με αφήσει να δούμε την εικόνα για άλλη μια φορά, αλλά αυτό δεν μπορεί να βοηθηθεί, καταλαβαίνω πολύ τι αισθάνεστε γι 'αυτό."

Καθώς έφυγε από το δωμάτιο, ο γκρίζος του χαμογέλασε τον εαυτό του. Φτωχό βασιλικό! Πόσο λίγα γνώριζε τον αληθινό λόγο! Και πόσο περίεργο ήταν ότι, αντί να αναγκάστηκε να αποκαλύψει το δικό του μυστικό, είχε πετύχει, σχεδόν τυχαία, να καταστρέψει ένα μυστικό από τον φίλο του! Πόσο εξήγησε αυτή η περίεργη εξομολόγηση! Οι παράλογες επιφυλάξεις του ζωγράφου της ζήλια, η άγρια αφοσίωσή του, τα υπερβολικά πανηγυρικά του, οι περίεργες παραμυθίες του - τα κατάλαβε όλα αυτά τώρα και ένιωσε λυπημένος. Φαινόταν να είναι κάτι τραγικό σε μια φιλία που χρωματίζεται από το ρομαντισμό.

Αναστέναξε και άγγιξε το κουδούνι. Το πορτρέτο πρέπει να κρυφτεί με κάθε κόστος. Δεν μπορούσε να εκτελέσει ξανά έναν τέτοιο κίνδυνο ανακάλυψης. Ήταν τρελός του ότι επέτρεψε να παραμείνει το πράγμα, ακόμη και για μια ώρα, σε ένα δωμάτιο στο οποίο είχε πρόσβαση οποιοσδήποτε από τους φίλους του.

Κεφάλαιο 10

Όταν ο υπηρέτης του μπήκε, τον κοίταξε σταθερά και αναρωτιόταν αν είχε σκεφτεί να κοιτάζει πίσω από την οθόνη. Ο άνθρωπος ήταν αρκετά αδιάφορος και περίμενε τις εντολές του. Ο άναψε ένα τσιγάρο και πήγε στο γυαλί και το κοίταξε. Θα μπορούσε να δει τέλεια την αντανάκλαση του προσώπου του νικητή. Ήταν σαν μια λιτή μάσκα εχεμύθειας. Δεν υπήρχε τίποτα να φοβάται, εκεί. Αλλά σκέφτηκε ότι είναι καλύτερο να είναι στη φρουρά του.

Μιλώντας πολύ αργά, του είπε να πει στον ιδιοκτήτη ότι ήθελε να την δει, και στη συνέχεια να πάει στον κατασκευαστή σκελετών και να του ζητήσει να στείλει δύο άντρες του γύρο αμέσως. Του φαινόταν ότι καθώς ο άνθρωπος έφυγε από το δωμάτιο, τα μάτια του περιπλανούσαν προς την κατεύθυνση της οθόνης. Ή ήταν απλώς η φαντασία του;

Μετά από λίγα λεπτά, στο μαύρο μεταξωτό φόρεμά της, με παλιομοδίτικα νήματα γαντιών στα ζαρωμένα χέρια της, κυρίες. Τα φύλλα που γυρίζουν στη βιβλιοθήκη. Την ρώτησε για το κλειδί της σχολικής αίθουσας.

"η παλιά σχολική αίθουσα, κύριε ;" αναφώνησε. "γιατί, είναι γεμάτη σκόνη, πρέπει να το κανονίσω και να βάλω ευθεία προτού να μπεις σε αυτό, δεν είναι κατάλληλη για να δεις, κύριε, δεν είναι, πράγματι".

"δεν θέλω να βάλει ευθεία, φύλλα, θέλω μόνο το κλειδί."

"καλά, κύριε, θα σας καλύψουμε με αράχνες αράχνης, αν πάτε σε αυτό. Γιατί, δεν έχει ανοίξει για σχεδόν πέντε χρόνια-όχι από τη στιγμή που η κυριαρχία του πέθανε."

Χτύπησε με την αναφορά του παππού του. Είχε μισηκές μνήμες γι 'αυτόν. "αυτό δεν πειράζει", απάντησε. "απλά θέλω να δω τον τόπο - αυτό είναι όλο ... Δώσε μου το κλειδί."

"και εδώ είναι το κλειδί, κύριε," είπε η παλιά κυρία, περνώντας πάνω από τα περιεχόμενα της τσαμπιάς της με αμήχανα αβέβαια χέρια. "εδώ είναι το κλειδί, θα το βγάλω από τη δέσμη σε λίγο ... Αλλά δεν σκέφτεσαι να ζεις εκεί, κύριε, και είσαι τόσο άνετος εδώ;"

"όχι, όχι", φώναξε πεντανόστιμα. "ευχαριστώ, φύλλα, που θα το κάνουν".

Έμεινε για μερικές στιγμές, και ήταν γοητευτικός πάνω από κάποια λεπτομέρεια του νοικοκυριού. Αναστέναξε και της είπε να διαχειριστεί τα πράγματα όπως σκέφτηκε καλύτερα. Έφυγε από το δωμάτιο, ξαπλωμένος με χαμόγελα.

Καθώς η πόρτα έκλεισε, ο έβαλε το κλειδί στην τσέπη του και κοίταξε γύρω από το δωμάτιο. Το μάτι του έπεσε σε ένα μεγάλο, μοβ σατέν κάλυμμα βαμμένο με χρυσό, ένα υπέροχο κομμάτι του ενετικού έργου του τέλους του δέκατου έβδομου αιώνα που ο παππούς του βρήκε σε ένα μοναστήρι κοντά στη μπολόνια. Ναι, αυτό θα χρησίμευε για να τυλίξει το τρομακτικό πράγμα μέσα. Ίσως είχε χρησιμεύσει συχνά ως ένα για τους νεκρούς. Τώρα ήταν να κρύβουμε κάτι που είχε μια δική του διαφθορά, χειρότερη από τη διαφθορά του ίδιου του θανάτου - κάτι που θα έφερνε φρίκη και δεν θα πέθαινε ποτέ. Τι ήταν το σκουλήκι στο πτώμα, οι αμαρτίες του θα ήταν στην ζωγραφισμένη εικόνα στον καμβά. Θα έβρισκαν την ομορφιά τους και θα έτρωγαν τη χάρη τους. Θα τον κακοποιούν και θα το κάνουν ντροπή. Και όμως το πράγμα θα εξακολουθούσε να ζει. Θα ήταν πάντα ζωντανό.

Έτρεμει και για μια στιγμή εξέφρασε τη λύπη του για το γεγονός ότι δεν είπε στον βασιλικό τον πραγματικό λόγο για τον οποίο σκόπευε να κρύψει την εικόνα μακριά. Ο βασιλικός θα τον βοήθησε να αντισταθεί στην επιρροή του άρχοντα και τις ακόμα πιο δηλητηριώδεις επιρροές που προήλθαν από την ιδιοσυγκρασία του. Η αγάπη που τον έφερε - γιατί ήταν πραγματικά αγάπη - δεν είχε τίποτα σε αυτό που δεν ήταν ευγενής και πνευματική. Δεν ήταν αυτός ο απλός φυσικός θαυμασμός της ομορφιάς που γεννήθηκε από τις αισθήσεις και που πεθαίνει όταν τα αισθήματα ελαστικά. Ήταν μια τέτοια αγάπη που είχε γνωρίσει ο μικρόχαγγελος, και ο , και ο , και ο ίδιος ο . Ναι, ο βασιλικός θα μπορούσε να τον έσωσε. Αλλά ήταν πολύ αργά τώρα. Το παρελθόν θα μπορούσε πάντα να εξαφανιστεί. Η λύπη, η άρνηση ή η ξεχασία μπορεί να το κάνει αυτό. Αλλά το μέλλον ήταν αναπόφευκτο. Υπήρχαν πάθη σε αυτόν που θα βρίσκουν την τρομερή διέξοδο τους, τα όνειρα που θα καθιστούσαν τη σκιά του κακού τους πραγματικό.

Έβγαλε από τον καναπέ τη μεγάλη μοβ-χρυσή υφή που την κάλυψε και, κρατώντας τα στα χέρια του, πέρασε πίσω από την οθόνη. Ήταν το πρόσωπο πάνω στον καμβά του καμβά από πριν; του φάνηκε ότι ήταν αμετάβλητο και παρ 'όλα αυτά η απερισκεψία του εντάθηκε. Χρυσά μαλλιά, μπλε μάτια και ροδοκόκκινα χείλη - όλοι ήταν εκεί. Ήταν απλά η έκφραση που είχε αλλάξει. Αυτό ήταν φρικτό στην σκληρότητα του. Σε σύγκριση με αυτό που είδε σε αυτό μομφής ή επιπλήξεως, πόσο ρηχόταν ο ομαλός λόγος του βασιλικού για το σιβύλι πτερύγιο - τόσο ρηχό και πόσο μικρός! Η δική του ψυχή κοιτούσε τον από τον καμβά και τον έκλεψε στην κρίση. Μια αίσθηση του πόνου ήρθε σε αυτόν, και πέταξε την πλούσια πάνω από την εικόνα. Καθώς το έκανε, ένα χτύπημα ήρθε στην πόρτα. Πέθανε όταν εισήλθε ο υπηρέτης του.

"τα πρόσωπα είναι εδώ, κύριε."

Ένιωθε ότι ο άνθρωπος πρέπει να ξεφορτωθεί αμέσως. Δεν πρέπει να του επιτρέπεται να γνωρίζει πού κατευθύνεται η φωτογραφία. Υπήρχε κάτι πονηρό γι 'αυτόν, και είχε προσεγμένα, ύπουλα μάτια. Κάθισε κάτω από το τραπέζι, έγραψε ένα σημείωμα στον άρχοντα, ζητώντας του να του στείλει κάτι να διαβάσει και να του υπενθυμίσει ότι θα συναντηθούν στις οκτώ-δεκαπέντε εκείνο το βράδυ.

"περιμένετε μια απάντηση", είπε, παραδίδοντάς τον σε αυτόν, "και δείχνοντας τους άνδρες εδώ."

Σε δύο ή τρία λεπτά υπήρξε ένα άλλο χτύπημα, και ο κ. Ο ίδιος ο , ο διάσημος κατασκευαστής πλαισίων της νότιας οδού , ήρθε με έναν κάπως τραχύ νεαρό βοηθό. Κύριος. Ο χούμπαρντ ήταν ένας μικρός άνδρας με κόκκινα μαλλιά, ο θαυμασμός του οποίου για την τέχνη μετριόταν σε μεγάλο βαθμό από την ασυνείδητη αδιαφορία των περισσότερων καλλιτεχνών που τον ασχολούνταν. Κατά κανόνα, δεν άφησε ποτέ το κατάστημά του. Περίμενε τους ανθρώπους να έρχονται σε αυτόν. Αλλά έκανε πάντα μια εξαίρεση υπέρ του γκρίζου . Υπήρχε κάτι για το που γοητεύει όλους. Ήταν μια χαρά να τον δω.

"τι μπορώ να κάνω για σας, κύριε γκρίζα;" είπε, τρίβοντας τα λιπαρά του χαραγμένα χέρια. "νόμιζα ότι θα έκανα τον εαυτό μου την τιμή να έρθουν αυτοπροσώπως. Μόλις πήρα μια ομορφιά ενός σκελετού, κύριε, το πήρε σε μια πώληση, παλιά φλωρεντία, ήρθε από το φωνηλίκι, πιστεύω ότι είναι εξαιρετικά κατάλληλο για ένα θρησκευτικό θέμα , κύριε, γκρι. "

"λυπάμαι πολύ που δώσατε στον εαυτό σας το πρόβλημα να έρθετε, κύριε . Σίγουρα θα βρεθώ και θα κοιτάξω το πλαίσιο - αν και δεν πηγαίνω πολύ για τη θρησκευτική τέχνη - αλλά σήμερα μόνο θέλω μια εικόνα που έφτασε στην κορυφή του σπιτιού για μένα, είναι μάλλον βαρύ, έτσι σκέφτηκα ότι θα σας ζητήσω να μου δανείσετε μερικούς από τους άντρες σας ".

"δεν υπάρχει κανένα πρόβλημα, κύριε, είναι ευτυχής να σας εξυπηρετώ, ποιο είναι το έργο τέχνης, κύριε;"

"αυτό," απάντησε ο , μετακινώντας την οθόνη πίσω. "μπορείτε να το μετακινήσετε, καλύπτοντας και όλα, όπως ακριβώς είναι; δεν θέλω να γδαρθεί ανεβαίνοντας".

«δεν θα υπάρξει καμία δυσκολία, κύριε», είπε ο ευγενικός κατασκευαστής πλαισίων, αρχίζοντας, με τη βοήθεια του βοηθού του, να ξεκολλήσει την εικόνα από τις μακριές ορειχάλκινες αλυσίδες με τις οποίες ανακόπηκε. "και τώρα, πού θα το μεταφέρουμε, κύριε γκρίζα;"

"θα σου δείξω το δρόμο, κύριε χουμπάρντ, αν θα με ακολουθήσεις ευγενικά ή ίσως θα έπρεπε καλύτερα να πάτε μπροστά φοβάμαι ότι είναι σωστό στην κορυφή του σπιτιού θα ανεβαίνουμε στην πρόσοψη, καθώς είναι ευρύτερη. "

Κράτησε την πόρτα ανοιχτή για αυτούς, και πέρασαν έξω στην αίθουσα και άρχισαν την ανάβαση. Ο περίτεχνος χαρακτήρας του σκελετού είχε κάνει την εικόνα εξαιρετικά ογκώδη και τώρα και τότε, παρά τις επίμονες διαμαρτυρίες του κ. Ο , ο οποίος είχε την έντονη αντιπαράθεση του αληθινού εμπόρου να δει έναν κύριο να κάνει κάτι χρήσιμο, ο έβαλε το χέρι του σε αυτό για να τους βοηθήσει.

"κάτι από ένα φορτίο για να το μεταφέρετε, κύριε," άπλωσε τον μικρό άνθρωπο όταν έφτασε στην κορυφή προσγείωση. Και σκούπισε το λαμπερό μέτωπό του.

«φοβάμαι ότι είναι μάλλον βαρύ», μουρμούρισε καθώς ξεκλειδούσε την πόρτα που άνοιξε στην αίθουσα για να κρατήσει γι 'αυτόν το περίεργο μυστικό της ζωής του και να κρύψει την ψυχή του από τα μάτια των ανδρών.

Δεν είχε εισέλθει στη θέση του για περισσότερα από τέσσερα χρόνια -όχι, δεδομένου ότι τον είχε χρησιμοποιήσει πρώτα ως παιδότοπο όταν ήταν παιδί και στη συνέχεια ως μελέτη όταν μεγάλωσε κάπως παλαιότερα. Ήταν ένα μεγάλο, καλά ανακατασκευασμένο δωμάτιο, το οποίο είχε κατασκευαστεί ειδικά από τον τελευταίο άρχοντα για τη χρήση του μικρού εγγονου ο οποίος, για την περίεργη ομοιότητά του με τη μητέρα του και επίσης για άλλους λόγους, ανέκαθεν μισούσε και επιθυμούσε κρατήστε από απόσταση. Φαίνεται ότι ο έχει αλλάξει ελάχιστα. Υπήρχε η τεράστια ιταλική κασόνη , με τα φανταστικά ζωγραφισμένα πάνελ και τα αμαυρωμένα χρυσαφένια καλούπια, στα οποία τόσο συχνά είχε κρυφτεί ως αγόρι. Εκεί το βιβλίο με σατινέ ξύλο γεμάτο με τα σχολικά βιβλία του. Στον τοίχο πίσω του κρεμόταν η ίδια φλαμανδική ταπετσαρία, όπου ένας ξεθωριασμένος βασιλιάς και η βασίλισσα έπαιζαν σκάκι σε έναν κήπο, ενώ μια εταιρία γερογέλων περνούσε δίπλα, κρατώντας κουκούλα στα πουλιά τους. Πόσο καλά θυμήθηκε όλα αυτά! Κάθε στιγμή της μοναξιάς του παιδικής ηλικίας επέστρεψε σε τον καθώς κοίταξε γύρω. Υπενθύμισε την ανοξείδωτη αγνότητα της αγόρινης ζωής του και φάνηκε φρικτό γι 'αυτόν ότι εδώ ήταν το θανατηφόρο πορτρέτο που έπρεπε να κρυφτεί. Πόσο λίγα είχε σκεφτεί, σε αυτές τις νεκρές μέρες, για όλα όσα ήταν στο κατάστημα γι 'αυτόν!

Αλλά δεν υπήρχε άλλο μέρος στο σπίτι τόσο ασφαλές από τα αδιάκριτα μάτια όπως αυτό. Είχε το κλειδί και κανείς άλλος δεν μπορούσε να εισέλθει. Κάτω από το πορφυρό του λουλούδι, το πρόσωπο που ζωγραφίστηκε στον καμβά θα μπορούσε να μεγαλώσει κτηνώδης, ζεστό και ακάθαρτο. Τι νόησε; κανείς δεν μπορούσε να το δει. Ο ίδιος δεν θα το δει. Γιατί πρέπει να προσέχει την τρομακτική διαφθορά της ψυχής του; κράτησε τη νεολαία του - αυτό ήταν αρκετό. Και, επιπλέον, ίσως η φύση του να μην είναι λεπτότερη; δεν υπήρχε κανένας λόγος ότι το μέλλον πρέπει να είναι τόσο γεμάτο ντροπή. Κάποια αγάπη μπορεί να έρθει σε επαφή με τη ζωή του και να τον καθαρίσει και να τον προστατεύσει από τις αμαρτίες που φαινόταν να ανακατεύονται ήδη με το πνεύμα και τη σάρκα - εκείνες τις περίεργες αχαλίνωτες αμαρτίες των οποίων το πολύ μυστήριο τους έδωσε τη λεπτότητα και τη γοητεία τους. Ίσως, κάποια μέρα, η σκληρή ματιά θα είχε περάσει από το ευαίσθητο στο στόμα στόμα και θα μπορούσε να δείξει στο αριστούργημα του κοσμήματος του βασιλικού του .

Όχι; αυτό ήταν αδύνατο. Ώρα ανά ώρα, και εβδομάδα από την εβδομάδα, το πράγμα πάνω στον καμβά γινόταν παλιό. Θα μπορούσε να ξεφύγει από την εκφοβιστικότητα της αμαρτίας, αλλά η υστέρηση της εποχής ήταν στο κατάστημά της. Τα μάγουλα θα γίνονταν κοίλο ή χαλαρό. Τα κίτρινα πόδια του κοράκι θα ερχόταν γύρω από τα ματωμένα μάτια και θα ήταν φρικτά. Τα μαλλιά θα έχανε τη φωτεινότητα, το στόμα θα γκρεμίστηκε ή θα έπεφτε, θα ήταν ανόητο ή ακαθάριστο, όπως είναι τα στόματα των ηλικιωμένων. Θα υπήρχε ο τσαλακωμένος λαιμός, τα κρύα, τα χέρια με μπλε φλέβα, το στριμμένο σώμα, που θυμήθηκε στον παππού που ήταν τόσο αυστηρός γι 'αυτόν στο παιδί του. Η εικόνα έπρεπε να αποκρύπτεται. Δεν υπήρξε βοήθεια γι 'αυτό.

"φέρτε το, κύριε , παρακαλώ", είπε, κουρασμένος, γυρίζοντας. "λυπάμαι που σας κρατούσα τόσο πολύ. Σκεφτόμουν κάτι άλλο".

"πάντα χαρούμενος για να ξεκουραστείτε, κύριε γκρι", απάντησε ο δημιουργός-σκηνοθέτης, ο οποίος εξακολουθούσε να αναπνέει. "πού θα το βάλουμε, κύριε;"

"ω, οπουδήποτε, εδώ: αυτό θα κάνει, δεν θέλω να το κρεμάσω, απλά να το κλίνει απέναντι στον τοίχο.

"μπορεί κάποιος να δει το έργο τέχνης, κύριε;"

Ο ξεκίνησε. "δεν θα σε ενδιέφερε, κύριε χούμπαρντ", είπε, κοιτάζοντας τον άνδρα. Αισθάνθηκε έτοιμος να πηδήξει επάνω του και να τον πετάξει στο έδαφος αν τόλμησε να σηκώσει το πανέμορφο κρέμασμα που έκρυψε το μυστικό της ζωής του. "δεν θα σας ενοχλήσω πλέον, είμαι πολύ υποχρεωμένος για την καλοσύνη σας στο να έρχομαι".

"καθόλου, καθόλου, κύριε γκρίζα, πάντα έτοιμη να κάνει τίποτα για σας, κύριε." και ο κ. Ο χούμπαρντ κατέρρευσε κάτω, ακολουθούμενος από τον βοηθό, ο οποίος κοίταξε πίσω στο με μια ματιά ντροπαλός στο θαρραλέο άσχημα πρόσωπό του. Δεν είχε δει κανέναν τόσο υπέροχο.

Όταν ο ήχος των βημάτων τους είχε πεθάνει, ο κλειδούσε την πόρτα και έβαλε το κλειδί στην τσέπη του. Ένιωθε ασφαλής τώρα. Κανείς δεν θα κοίταζε ποτέ το φρικτό πράγμα. Κανένα μάτι, αλλά ο ίδιος θα δει ποτέ τη ντροπή του.

Όταν έφτασε στη βιβλιοθήκη, διαπίστωσε ότι ήταν λίγο μετά από πέντε και ότι το τσάι είχε ήδη ανατραφεί. Σε ένα μικρό τραπέζι από σκούρο αρωματικό ξύλο, γεμάτο με μαργαριτάρια, ένα δώρο από την κυρία , τη γυναίκα του κηδεμόνα του, ένα πολύ επαγγελματικό άτυπο που είχε περάσει τον προηγούμενο χειμώνα στο , βρισκόταν ένα σημείωμα από τον άρχοντα και δίπλα ήταν ένα βιβλίο δεσμευμένο σε κίτρινο χαρτί, το κάλυμμα ελαφρώς σχισμένο και οι άκρες λερωμένες. Ένα αντίγραφο της τρίτης έκδοσης του . Η εφημερίδα του τζέιμς είχε τοποθετηθεί στο δίσκο τσαγιού. Ήταν προφανές ότι ο νικητής είχε επιστρέψει. Αναρωτιόταν αν είχε συναντήσει τους άντρες στην αίθουσα καθώς έφευγαν από το σπίτι και είχαν ξεσπάσει από αυτούς ό, τι είχαν κάνει. Θα ήταν σίγουρο ότι θα χάσει την εικόνα - δεν είχε αμφιβολία να το χάσει ήδη, ενώ είχε βάλει τα πράγματα για το τσάι. Η οθόνη δεν είχε επιστρέψει και ένας κενός χώρος ήταν ορατός στον τοίχο. Ίσως κάποια βράδυ να τον βρεί να σκαρφαλώνει επάνω και να προσπαθεί να εξαναγκάσει την πόρτα του δωματίου. Ήταν φρικτό πράγμα να έχει κάποιος κατασκοπεία στο σπίτι του. Είχε ακούσει για τους πλούσιους άντρες που είχαν εκβιασθεί όλη τους τη ζωή από κάποιον υπάλληλο που είχε διαβάσει μια επιστολή ή είχε ακούσει μια συζήτηση ή πήρε μια κάρτα με μια διεύθυνση ή βρήκε κάτω από ένα μαξιλάρι ένα μαραμένο λουλούδι ή ένα κομμάτι τσαλακωμένης δαντέλας .

Αναστέναξε και αφού έριξε λίγο τσάι, άνοιξε το σημείωμα του ηγέτη του . Ήταν απλώς να πει ότι τον έστειλε γύρω από το βράδυ και ένα βιβλίο που τον ενδιέφερε και ότι θα βρισκόταν στο στις οκτώ-δεκαπέντε. Άνοιξε το . Ο τζέιμς μελαγχολικά και το κοίταξε. Ένα κόκκινο μολύβι στην πέμπτη σελίδα έπεσε στο μάτι του. Εφιστά την προσοχή στην ακόλουθη παράγραφο:

Έρευνα σε μια ηθοποιό. - μια έρευνα έλαβε χώρα σήμερα το πρωί στο καμπαναριό, ο δρόμος του χόκτον, από τον κ. , το διαχειριστή της περιφέρειας, στο σώμα του σιβέλα, μια νεαρή ηθοποιός που προσλήφθηκε πρόσφατα στο βασιλικό θέατρο, . Μια ετυμηγορία του θανάτου από την περιπέτεια επιστράφηκε. Εκφράστηκε έντονη συμπάθεια για τη μητέρα του αποθανόντος, ο οποίος επηρεάστηκε πολύ κατά τη διάρκεια της δικής του απόδειξης, και εκείνης του δρ. , ο οποίος είχε κάνει τη μεταθανάτια εξέταση του θανόντος.

Ο ίδιος κοίταξε και έριξε το χαρτί σε δύο, πέρασε το δωμάτιο κι έριξε τα κομμάτια μακριά. Πόσο άσχημα ήταν όλα! Και πόσο τρομερά η πραγματική ασχήμια έκανε τα πράγματα! Αισθάνθηκε λίγο ενοχλημένος με τον του κυρίου επειδή του έστειλε την αναφορά. Και ήταν σίγουρα ανόητο από αυτόν να τον σήμανε με κόκκινο μολύβι. Ο νικητής μπορεί να το διάβαζε. Ο άνθρωπος γνώριζε περισσότερο από αρκετά αγγλικά γι 'αυτό.

Ίσως το είχε διαβάσει και είχε αρχίσει να υποψιάζεται κάτι. Και, όμως, τι συνέβη; τι είχε να κάνει με το θάνατο του ; δεν υπήρχε τίποτα να φοβάται. Το γκρίζο του δεν την είχε σκοτώσει.

Το μάτι του έπεσε στο κίτρινο βιβλίο που τον έστειλε ο άρχοντας . Τι ήταν αυτό, αναρωτιόταν. Πήγε προς το μικρό οκταγωνικό περίπτερο με μαργαριτάρι που πάντα τον κοίταζε σαν το έργο κάποιων περίεργων αιγυπτιακών μελισσών που έβγαζαν σε ασήμι και έβγαζαν τον τόμο, έριξε τον εαυτό του σε μια πολυθρόνα και άρχισε να γυρίζει τα φύλλα . Μετά από λίγα λεπτά απορροφήθηκε. Ήταν το πιο περίεργο βιβλίο που είχε διαβάσει ποτέ. Του φαινόταν ότι σε εξαίσια ενδύματα και στον λεπτό ήχο των φλογών, οι αμαρτίες του κόσμου περνούσαν σε χαζή εμφάνιση μπροστά του. Πράγματα που ονειρευόταν ορατά ξαφνικά έγιναν πραγματικά. Πράγματα για τα οποία δεν είχε ποτέ ονειρευτεί αποκαλύφθηκαν σταδιακά.

Ήταν ένα μυθιστόρημα χωρίς οικόπεδο και μόνο με έναν χαρακτήρα, πράγμα που ήταν απλώς μια ψυχολογική μελέτη ενός συγκεκριμένου νεαρού παρισιού που πέρασε τη ζωή του προσπαθώντας να συνειδητοποιήσει τον δέκατο ένατο αιώνα όλα τα πάθη και τους τρόπους σκέψης που ανήκαν σε κάθε αιώνα, το δικό του, και να συνοψίσω στον εαυτό του τις διάφορες διαθέσεις μέσα από τις οποίες πέρασε ποτέ ο κόσμος-πνεύμα, αγαπώντας για την απλή τεχνητότητά τους εκείνες τις αποποιήσεις που οι άνδρες αποκαλούσαν αόριστα την αρετή, όσο και εκείνες οι φυσικές εξεγέρσεις που οι σοφοί εξακολουθεί να καλέσει αμαρτία το στυλ με το οποίο γράφτηκε ήταν το περίεργο κόσμημα που είναι ζωντανό και σκοτεινό, γεμάτο αργό και αρχαϊσμούς, τεχνικών εκφράσεων και περίπλοκων παραφαγιών που χαρακτηρίζουν το έργο μερικών από τους καλύτερους καλλιτέχνες της γαλλικής σχολής συμβολιστών . Υπήρχαν σε αυτό μεταφορές τόσο τεράστιες όσο οι ορχιδέες και οι λεπτές στο χρώμα. Η ζωή των αισθήσεων περιγράφηκε στους όρους της μυστικιστικής φιλοσοφίας. Κάποιος κατά καιρούς δεν ήξερε κατά πόσον διαβάζονταν οι πνευματικές εκστασεις κάποιου μεσαιωνικού αγίου ή οι νοσηρές ομολογίες ενός σύγχρονου αμαρτωλού. Ήταν ένα δηλητηριώδες βιβλίο. Η βαριά οσμή του θυμιάματος φάνηκε να προσκολλάται στις σελίδες του και να ενοχλεί τον εγκέφαλο. Το απλό ρυθμό των ποινών, η λεπτή μονοτονία της μουσικής τους, τόσο γεμάτη όσο ήταν από σύνθετες επαναλήψεις και κινήσεις περίπλοκα επαναλαμβανόμενες, που παράγονται στο μυαλό του παιδιού, καθώς περνούσε από κεφάλαιο σε κεφάλαιο, μια μορφή ρεβρέι, μια ασθένεια όνειρα, αυτό τον έκανε να αισθάνεται ασυνείδητο για την ημέρα που πέφτει και τις σκιάσεις.

Αστραπιαία και διάτρητη από ένα μοναχικό αστέρι, μέσα από τα παράθυρα λάμπει ένας χαλκός-πράσινος ουρανός. Διάβασε το φως του φως μέχρι να μην το διαβάσει πια. Τότε, αφού ο υπάλληλος του είχε υπενθυμίσει αρκετές φορές την καθυστέρηση της ώρας, σηκώθηκε και μπήκε στο επόμενο δωμάτιο, τοποθέτησε το βιβλίο στο μικρό τραπέζι της φλωρεντίας που ήταν πάντα στο κρεβάτι του και άρχισε να ντύνεται για δείπνο.

Ήταν σχεδόν εννέα μ.μ. Πριν φτάσει στο κλαμπ, όπου βρήκε τον άρχοντα να κάθεται μόνος του, στο πρωινό, που έμοιαζε πολύ βαρεμένος.

"λυπάμαι τόσο πολύ, ," φώναξε, "αλλά πραγματικά είναι εξ ολοκλήρου λάθος σας. Αυτό το βιβλίο που μου έστειλε τόσο ενθουσιασμένος μου που ξέχασα πώς έφτασε ο καιρός."

"ναι, σκέφτηκα ότι θα θέλατε", απάντησε ο οικοδεσπότης του, που ανέβαινε από την καρέκλα του.

"δεν είπα ότι μου άρεσε, χάρι, είπα ότι με γοητεύει, υπάρχει μεγάλη διαφορά".

"αχ, έχετε ανακαλύψει αυτό;" μουρμούρισε ο άρχοντας . Και πέρασαν στην τραπεζαρία.

Κεφάλαιο 11

Για χρόνια, το γκρίζο δεν μπορούσε να απελευθερωθεί από την επιρροή αυτού του βιβλίου. Ή ίσως θα ήταν πιο ακριβές να πούμε ότι ποτέ δεν προσπάθησε να απελευθερωθεί από αυτό. Προμήθευσε από το παρίσι όχι λιγότερα από εννέα μεγάλα έντυπα αντίτυπα της πρώτης έκδοσης και τα είχε φέρει σε διαφορετικά χρώματα, ώστε να ταιριάζουν στις διάφορες διαθέσεις του και στις μεταβαλλόμενες φαντασιώσεις μιας φύσης πάνω στην οποία φαινόταν, κατά καιρούς, να έχει σχεδόν έχασε τον έλεγχο. Ο ήρωας, ο θαυμάσιος νεαρός παρισιώτης στον οποίο οι ρομαντικές και οι επιστημονικές ιδιοσυγκρασίες ήταν τόσο περίεργα αναμειγμένες, έγιναν σ 'αυτόν ένα είδος προδιάκριτου τύπου του εαυτού του. Και, όντως, ολόκληρο το βιβλίο του φάνηκε να περιέχει την ιστορία της δικής του ζωής, γραμμένη προτού το είχε ζήσει.

Σε ένα σημείο ήταν πιο τυχερός από τον φανταστικό ήρωα του μυθιστορήματος. Ποτέ δεν ήξερε ποτέ, ποτέ δεν είχε καμιά αιτία να το ξέρει - ότι κάπως φόβο των καθρεφτών, και γυαλισμένα μεταλλικά επιφάνειες, και ακόμα νερό που ήρθε πάνω στο νεαρό παρισιάνες τόσο νωρίς στη ζωή του, και προκλήθηκε από την ξαφνική αποσύνθεση ενός που ήταν κάποτε, προφανώς, τόσο αξιοσημείωτη. Ήταν με μια σχεδόν σκληρή χαρά - και ίσως σχεδόν σε κάθε χαρά, όπως σίγουρα σε κάθε ευχαρίστηση, η σκληρότητα έχει τη θέση της - που διαβάζονταν στο τελευταίο μέρος του βιβλίου, με την πραγματικά τραγική, αν και κάπως υπερβολική, τη θλίψη και την απελπισία εκείνου που είχε χάσει τον εαυτό του ό, τι σε άλλους, και στον κόσμο, είχε πολύτιμη αξία.

Για την θαυμάσια ομορφιά που είχε συναρπάσει τόσο το βασιλικό προς τα δεξιά, και πολλοί άλλοι εκτός από αυτόν, δεν φάνηκαν ποτέ να τον αφήσουν. Ακόμα και εκείνοι που είχαν ακούσει τα πιο κακά πράγματα εναντίον του - και από καιρό σε καιρό περίεργες φήμες για τον τρόπο ζωής του που διασχίστηκαν από το λονδίνο και έγιναν οι φλυαρία των συλλόγων - δεν μπορούσαν να πιστέψουν τίποτα στην ατιμία του όταν τον είδαν. Είχε πάντα την εμφάνιση εκείνου που είχε κρατήσει τον εαυτό του αδιάθετο από τον κόσμο. Οι άνδρες που μιλούσαν σιωπηλά σιωπούσαν όταν μπήκε στο δωμάτινο γκρι. Υπήρχε κάτι στην καθαρότητα του προσώπου του που τους απαίτησε. Η απλή παρουσία του φάνηκε να τους θυμίζει τη μνήμη της αθωότητας που είχαν αμαυρώσει. Αναρωτιούνται πώς ένα τόσο γοητευτικό και χαριτωμένο όσο ήταν, θα μπορούσε να είχε ξεφύγει από τη λεκάνη μιας εποχής που ήταν ταυτόχρονα οδυνηρή και αισθησιακή.

Συχνά, όταν επιστρέφουν σπίτι από μια από αυτές τις μυστηριώδεις και παρατεταμένες απουσίες που δημιούργησαν μια τέτοια περίεργη εικασία μεταξύ εκείνων που ήταν φίλοι του ή νόμιζαν ότι ήταν έτσι, ο ίδιος θα ερχόταν επάνω στην κλειστή αίθουσα, θα ανοίξει την πόρτα με το κλειδί που δεν τον άφησε ποτέ τώρα, και στέκονταν με έναν καθρέφτη μπροστά στο πορτρέτο που είχε ζωγραφίσει το βασιλικό προς τα δεξιά, κοιτάζοντας τώρα το κακό και γηρασμένο πρόσωπο στον καμβά και τώρα στο όμορφο νεαρό πρόσωπο που το γέλασε πίσω του από το γυαλισμένο γυαλί. Η μεγάλη οξύτητα της αντίφασης που χρησιμοποιείται για να επιταχύνει την αίσθηση της ευχαρίστησης. Μεγάλωσε όλο και περισσότερο ερωτευμένος από την ομορφιά του, όλο και περισσότερο ενδιαφερόταν για τη διαφθορά της ψυχής του. Θα εξεταζόταν με ελάχιστη φροντίδα και μερικές φορές με τερατώδη και τρομερή απόλαυση, τις τρομακτικές γραμμές που έσκαψαν το τσαλακωμένο μέτωπο ή σέρνονταν γύρω από το βαρύ αισθησιακό στόμα, αναρωτιόντας μερικές φορές ποιες ήταν οι πιο φρικτές, τα σημάδια της αμαρτίας ή τα σημάδια της ηλικίας. Θα έβαζε τα λευκά του χέρια δίπλα στα χοντρά φουσκωμένα χέρια της εικόνας και χαμογελά. Κοροϊδεύει το αδύναμο σώμα και τα αποτυχημένα άκρα.

Υπήρχαν στιγμές, βέβαια, τη νύχτα, όταν βρισκόταν αδρανές στο δικό του ευαίσθητο αρωματικό θάλαμο ή στο οδυνηρό δωμάτιο της μικρής κακοδιαδιαμόρφωτης ταβέρνας κοντά στις αποβάθρες που, με υποτιθέμενο όνομα και μεταμφίεση, ήταν η συνήθεια του να συχνά, θα σκεφτόταν την καταστροφή που είχε φέρει στην ψυχή του με κρίμα που ήταν ακόμη πιό τραχύ, επειδή ήταν καθαρά εγωιστικό. Αλλά στιγμές όπως αυτές ήταν σπάνιες. Αυτή η περιέργεια για τη ζωή που ο αρχηγός του άρχοντα είχε ανακατεύει αρχικά σ 'αυτόν, καθώς κάθονταν μαζί στον κήπο του φίλου τους, φαινόταν να αυξάνεται με ικανοποίηση. Όσο περισσότερο ήξερε, τόσο περισσότερο ήθελε να μάθει. Είχε τρελές πείες που έγιναν πιο επιδέξια καθώς τους έτρωγε.

Αλλά δεν ήταν πραγματικά απερίσκεπτος, εν πάση περιπτώσει στις σχέσεις του με την κοινωνία. Μία ή δύο φορές κάθε μήνα κατά τη διάρκεια του χειμώνα και σε κάθε βράδυ της τετάρτης, ενώ η σεζόν διαρκεί, θα ανοίξει στον κόσμο το όμορφο σπίτι του και θα έχει τους πιο διάσημους μουσικούς της ημέρας για να γοητεύσει τους επισκέπτες του με τα θαύματα της τέχνης τους. Τα μικρά δείπνα του, στην εγκατάσταση του οποίου ο άρχοντας πάντα τον βοήθησε, σημειώθηκαν τόσο για την προσεκτική επιλογή και τοποθέτηση των προσκεκλημένων, όσο και για την εξαίσια γεύση που παρουσιάστηκε στη διακόσμηση του τραπεζιού, με τις λεπτές συμφωνικές ρυθμίσεις των εξωτικών λουλουδιών , και κεντημένα υφάσματα, και αντίκες πλάκα από χρυσό και ασήμι. Πράγματι, υπήρχαν πολλοί, ιδιαίτερα μεταξύ των πολύ νεαρών, που είδαν ή φανταζόταν ότι είδαν στο γκρίζο γκρίζο την πραγματική συνειδητοποίηση ενός τύπου που ονειρευόταν συχνά σε ημέρες ή , έναν τύπο που θα συνδυάζει κάτι της πραγματικής κουλτούρας του μελετητή με όλη τη χάρη και τη διάκριση και τον τέλειο τρόπο ενός πολίτη του κόσμου. Για αυτούς φαινόταν να είναι από την εταιρεία εκείνων που ο περιγράφει ότι είχε επιδιώξει να «γίνει τέλειος με τη λατρεία της ομορφιάς». Όπως ο γκουαϊέρης, ήταν ένας για τον οποίο "υπήρχε ο ορατός κόσμος".

Και σίγουρα γι 'αυτόν ο ίδιος η ζωή ήταν η πρώτη, η μεγαλύτερη, των τεχνών, και για αυτό όλες οι άλλες τέχνες φαινόταν να είναι μόνο προετοιμασία. Η μόδα, με την οποία το πραγματικά φανταστικό γίνεται για μια στιγμή καθολικό, και ο , ο οποίος με τον τρόπο του είναι μια προσπάθεια να διεκδικήσει την απόλυτη νεωτερικότητα της ομορφιάς, είχε, φυσικά, τη γοητεία τους γι 'αυτόν. Ο τρόπος του ντύσιμο και τα ιδιαίτερα στυλ που επηρέαζαν από καιρό σε καιρό, είχαν την αξιοσημείωτη επιρροή τους στα νεαρά εκθέματα των μπάλες του και των παραθύρων των κέντρων εμπορικών κέντρων, που τον αντιγράφουν σε όλα όσα έκανε και προσπάθησαν να αναπαράγουν την τυχαία τη γοητεία του χαριτωμένου του, αν και σε αυτόν μόνο μισό-σοβαρό, .

Διότι ήταν πολύ πρόθυμος να αποδεχθεί τη θέση που του προσφέρθηκε σχεδόν αμέσως όταν έφτασε η ηλικία του και βρήκε, μάλιστα, μια λεπτή ευχαρίστηση στη σκέψη ότι θα μπορούσε πράγματι να γίνει στο λονδίνο της ημέρας του τι να αυτοκρατορική ρώμα που ήταν κάποτε ο συγγραφέας του , αλλά στην εγγενή του καρδιά επιθυμούσε να είναι κάτι περισσότερο από έναν απλό διαιτητή , να συμβουλευτεί για τη φορεσιά ενός κοσμήματος ή για τη σύζευξη μιας γραβάτας ή για τη συμπεριφορά ένα μπαστούνι. Προσπάθησε να επεξεργαστεί ένα νέο σχέδιο ζωής που θα είχε την αιτιολογημένη φιλοσοφία και τις διαταγμένες αρχές του και θα βρει στην πνευματοποίηση των αισθήσεων την υψηλότερη πραγματοποίησή του.

Η λατρεία των αισθήσεων συχνά, με μεγάλη δικαιοσύνη, αποπειράθηκε, οι άντρες αισθάνονται ένα φυσικό ένστικτο του τρόμου για τα πάθη και τις αισθήσεις που φαίνονται ισχυρότερες από τον εαυτό τους και συνειδητοποιούν ότι μοιράζονται με τις λιγότερο οργανωμένες μορφές ύπαρξης. Αλλά φαινόταν στο γκρίζο γκρίζο ότι η αληθινή φύση των αισθήσεων δεν είχε γίνει ποτέ κατανοητή και ότι παρέμειναν άγριες και ζωικές απλώς και μόνο επειδή ο κόσμος είχε επιδιώξει να τους λιμοκτονούν για υποταγή ή να τους σκοτώσουν από τον πόνο αντί να επιδιώκουν να τις κάνουν στοιχεία μιας νέας πνευματικότητας, από τα οποία ένα λεπτό ένστικτο για την ομορφιά θα ήταν το κυρίαρχο χαρακτηριστικό. Καθώς κοίταξε ξανά τον άνθρωπο που περνούσε την ιστορία, στοιχειωνόταν από ένα αίσθημα απώλειας. Τόσο πολλά είχαν παραδοθεί! Και σε τόσο μικρό σκοπό! Υπήρξαν τρελές εκούσιες απορρίψεις, τερατώδεις μορφές αυτοτραυματισμών και αυτοαπασχόλησης, των οποίων η προέλευση ήταν φόβος και του οποίου το αποτέλεσμα ήταν μια αποδυνάμωση απείρως πιο τρομερή από αυτή την φαντασμένη υποβάθμιση από την οποία, λόγω της άγνοιας τους, είχαν προσπαθήσει να ξεφύγουν. Τη φύση, με την υπέροχη ειρωνεία της, που οδηγεί το αγκυρίτη να τρώει με τα άγρια ζώα της ερήμου και να δίνει στον ερημίτη τα κτήνη του αγρού ως συντρόφους του.

Ναι: επρόκειτο να υπάρξει, όπως είχε προφητεύσει ο άρχοντας , ένας νέος ηδονισμός που ήταν να αναδημιουργήσει τη ζωή και να τη σώσει από εκείνη την σκληρή ασήμαντη πουριτανία που έχει, την ημέρα μας, την περίεργη αναβίωσή της. Έπρεπε να έχει την υπηρεσία της διάνοιας, σίγουρα όμως δεν ήταν ποτέ να δεχτεί οποιαδήποτε θεωρία ή σύστημα που θα περιλάμβανε τη θυσία οποιουδήποτε τρόπου παθιασμένης εμπειρίας. Ο στόχος της, μάλιστα, ήταν να είναι η ίδια η εμπειρία, και όχι οι καρποί της εμπειρίας, γλυκοί ή πικροί όπως ενδεχομένως είναι. Της ασκητικότητας που καταστρέφει τις αισθήσεις, καθώς από τη χυδαία κατασπατάληση που τους μαστίζει, ήταν να μην γνωρίζεις τίποτα. Αλλά ήταν να διδάξει στον άνθρωπο να επικεντρωθεί στις στιγμές μιας ζωής που είναι η ίδια, αλλά μια στιγμή.

Υπάρχουν λίγοι από εμάς που δεν ξυπνούμε μερικές φορές πριν από την αυγή, είτε μετά από μια από αυτές τις ονειρικές νύχτες που μας κάνουν σχεδόν ερωτευμένους με το θάνατο, είτε μια από εκείνες τις νύχτες της φρίκης και της χαλαρής χαράς, όταν μέσα από τους θαλάμους του εγκεφάλου σαρώνουν τα φαντάσματα πιο φοβερά από την ίδια την πραγματικότητα και το ένστικτο με τη ζωντανή ζωή που κρύβεται σε όλα τα γκρετσέκς και που προσδίδει στην γοτθική τέχνη τη διαρκή ζωντάνια της, αυτή την τέχνη που μπορεί κανείς να φανταστεί, ειδικά την τέχνη εκείνων των οποίων τα μυαλά έχουν ενοχληθεί από την ασθένεια της ύπαρξης. Σταδιακά λευκά δάκτυλα ερπυσμού μέσα από τις κουρτίνες, και φαίνεται να τρέμουν. Σε μαύρα φανταστικά σχήματα, βουβές σκιές σέρνουν στις γωνίες του δωματίου και κουνάμε εκεί. Έξω, υπάρχει η ανάδευση των πτηνών μεταξύ των φύλλων ή ο ήχος των ανθρώπων που πηγαίνουν προς την εργασία τους ή ο στεναγμός και ο τύμβος του ανέμου που κατεβαίνουν από τους λόφους και περιπλανιούνται γύρω από το σιωπηλό σπίτι, σαν να φοβόταν να ξυπνήσει κρεβατοκάμαρες και παρόλα αυτά πρέπει να χτυπήσει ύπνο από τη μοβ σπηλιά της. Το πέπλο μετά από πέπλο από λεπτή γυμνή γούνα ανυψώνεται και βαθμιαία οι μορφές και τα χρώματα των πραγμάτων τους αποκαθίστανται και βλέπουμε την αυγή να αναδιαμορφώνει τον κόσμο με το αντίκα πρότυπο του. Οι καθρέφτες επαναφέρουν τη μιμητική τους ζωή. Οι αψίδες χωρίς φλόγες στέκονται εκεί που τους αφήσαμε και δίπλα τους βρίσκεται το μισό κομμάτι που μελετούσαμε ή το ενσύρματο λουλούδι που φορούσαμε στην μπάλα ή το γράμμα που φοβόμασταν να διαβάζουμε ή ότι είχαμε διαβάσει πολύ συχνά. Τίποτα δεν μας αλλάζει. Από τις εξωπραγματικές σκιές της νύχτας επανέρχεται η πραγματική ζωή που είχαμε γνωρίσει. Θα πρέπει να το επαναλάβουμε εκεί που είχαμε σταματήσει και εκεί κλέβουμε πάνω μας μια τρομερή αίσθηση της ανάγκης για συνέχιση της ενέργειας στον ίδιο φοβερό γύρο στερεότυπων συνηθειών ή μια άγρια λαχτάρα μπορεί να είναι ότι τα βλέφαρά μας θα μπορούσαν να ανοίξουν ένα πρωί μετά από έναν κόσμο που είχε αναμορφωθεί ξανά στο σκοτάδι για την ευχαρίστησή μας, έναν κόσμο στον οποίο τα πράγματα θα είχαν φρέσκα σχήματα και χρώματα και θα άλλαζαν, ή θα είχαν άλλα μυστικά, έναν κόσμο στον οποίο το παρελθόν θα είχε ελάχιστη ή καθόλου θέση , ή να επιβιώσουν, εν πάση περιπτώσει, χωρίς συνειδητή μορφή υποχρέωσης ή λύπης, τη μνήμη ακόμη και της χαράς με την πικρία και τις αναμνήσεις της ευχαρίστησης του πόνου τους.

Ήταν η δημιουργία τέτοιων κόσμων όπως αυτοί που έμοιαζαν με το γκρίζο του να είναι το πραγματικό αντικείμενο, ή μεταξύ των πραγματικών αντικειμένων, της ζωής. Και στην αναζήτηση των αισθήσεων που θα ήταν ταυτόχρονα καινούργιες και ευχάριστες και θα κατέχει εκείνο το στοιχείο παράξενης που είναι τόσο σημαντικό για το ρομαντισμό, θα υιοθετούσε συχνά ορισμένους τρόπους σκέψης που γνώριζε ότι ήταν πραγματικά αλλοδαποί στη φύση του, εγκατέλειψε τον εαυτό του τις λεπτές επιρροές τους και, έπειτα, έχοντας πιάσει το χρώμα τους και ικανοποίησαν την πνευματική τους περιέργεια, τους αφήνουν με αυτή την περίεργη αδιαφορία που δεν είναι ασυμβίβαστη με μια πραγματική αίσθηση ιδιοσυγκρασίας και ότι, σύμφωνα με ορισμένους σύγχρονους ψυχολόγους, αποτελεί συχνά προϋπόθεση γι 'αυτό.

Φημολογήθηκε από αυτόν μόλις φάνηκε να ενταχθεί στη ρωμαϊκή καθολική κοινωνία και σίγουρα η ρωμαϊκή τελετουργία ήταν πάντα μια μεγάλη έλξη γι 'αυτόν. Η καθημερινή θυσία, πιο απαίσια από όλες τις θυσίες του παλαιού κόσμου, τον ανάγκασε τόσο από την έξοχη απόρριψη των ενδείξεων των αισθήσεων όσο και από την πρωτόγονη απλότητα των στοιχείων της και από τον αιώνιο πάθος της ανθρώπινης τραγωδίας που επιζητούσε συμβολίζω. Αγάπησε να γονατίσει πάνω στο ψυχρό μαρμάρινο πεζοδρόμιο και να παρακολουθήσει τον ιερέα, στο άκαμπτο δολματικό του με λουλούδια, σιγά-σιγά και με λευκά χέρια κινούμενα στην άκρη του πέπλου της σκηνής ή ανασηκώνοντας το ιριδίζον, φορές, κάποιος θα ήθελε να πιστεύει, είναι πράγματι ο « », το ψωμί των αγγέλων, ή, ξεφορτωμένος στα ρούχα του πάθους του χριστού, σπάζοντας τον οικοδεσπότη στο ποτήρι και χτυπώντας το στήθος του για τις αμαρτίες του. Οι καπνιστές θυρίδες που οι τάφοι αγόρια, με τη δαντέλα και το κόκκινο τους, ρίχνονταν στον αέρα όπως τα μεγάλα λουλούδια με χρυσό χρυσό, είχαν τη λεπτή γοητεία τους γι 'αυτόν. Καθώς πετούσε, κοίταζε με θαυμασμό τους μαύρους ομολόγους και καθόταν να καθίσει στη σκοτεινή σκιά ενός από αυτούς και να ακούει τους άντρες και τις γυναίκες να ψιθυρίζουν μέσα από το φθαρμένο τρίβοντας την αληθινή ιστορία της ζωής τους.

Αλλά ποτέ δεν έπεσε στο σφάλμα της σύλληψης της πνευματικής του ανάπτυξης με οποιαδήποτε επίσημη αποδοχή του θρησκεύματος ή του συστήματος, ή της λάθος, για ένα σπίτι για να ζήσει, ένα πανδοχείο που είναι κατάλληλο για την παραμονή μιας νύχτας ή για λίγες ώρες μιας νύχτας στην οποία δεν υπάρχουν αστέρια και το φεγγάρι είναι σε δουλειά. Μυστικισμός, με την θαυμάσια δύναμή του να κάνει κοινά πράγματα παράξενα για εμάς, και ο λεπτός αντινομιάνισμός που πάντα φαίνεται να τον συνοδεύει, τον κινητορούσε για μια εποχή. Και για μια εποχή τάσσεται στα υλιστικά δόγματα του κινήματος δαρβινισμού στη γερμανία και βρήκε μια περίεργη ευχαρίστηση να εντοπίζει τις σκέψεις και τα πάθη των ανθρώπων σε κάποιο μαργαριταρένιο κύτταρο στον εγκέφαλο ή κάποιο λευκό νεύρο στο σώμα που χαίρεται για τη σύλληψη της απόλυτης εξάρτησης του πνεύματος από ορισμένες φυσικές καταστάσεις, νοσηρές ή υγιείς, φυσιολογικές ή ασθενείς. Όμως, όπως έχει ειπωθεί για τον προηγούμενο, καμία θεωρία της ζωής δεν του φαινόταν να έχει καμία σημασία σε σχέση με την ίδια τη ζωή. Αισθάνθηκε έντονα συνειδητή για το πόσο άγονοι είναι όλες οι διανοητικές εικασίες όταν διαχωρίζονται από τη δράση και το πείραμα. Γνώριζε ότι οι αισθήσεις, όχι λιγότερο από την ψυχή, έχουν τα πνευματικά μυστήρια τους να αποκαλύψουν.

Και έτσι θα μελετήσει τώρα τα αρώματα και τα μυστικά της κατασκευής τους, αποστάζοντας βαριά αρωματικά έλαια και καίγοντας οσμές από την ανατολή. Είδε ότι δεν υπήρχε καμία διάθεση του νου που να μην είχε τον ομόλογό του στη αισθησιακή ζωή και έβαλε τον εαυτό του να ανακαλύψει τις πραγματικές σχέσεις τους, αναρωτιόντας τι υπήρχε στο λιβάνι που έκανε ένα μυστικιστικό και αμμόξυλο που ανάγκασε τα πάθη του και βιολέτες που ξύπνησαν τη μνήμη των νεκρών ειδωλολατρών και στο μύκητα που συγκλόνισαν τον εγκέφαλο, και στο που λεκιάζει τη φαντασία. Και επιδιώκοντας συχνά να επεξεργαστεί μια πραγματική ψυχολογία των αρωμάτων, και να εκτιμήσει τις διάφορες επιρροές των γλυκών μυρωδιών ρίζες και αρωματισμένα, με γύρη λουλούδια? Των αρωματικών βερνικιών και των σκούρων και αρωματικών ξύλων. Του καλαμποκιού, ότι οι αρρώστιοι? Του χοίλια, που κάνει τους ανθρώπους τρελά?

Και των , που λέγεται ότι μπορούν να εκδιώξουν μελαγχολία από την ψυχή.

Σε μια άλλη στιγμή αφιερώθηκε αποκλειστικά στη μουσική, και σε ένα μακρύ δωμάτιο, με χρυσαφένια οροφή και τοίχους ελιάς-πράσινης βερνίκι, έδινε περίεργες συναυλίες στις οποίες οι τρελοί τσιγγάνοι έσκισαν την άγρια μουσική από τα μικρά τσιρίκια, ή τραυματίσιοι, τυλιγμένοι με κίτρινο σκισίματα τυνηνοί που απομακρυνόταν από τις τεντωμένες χορδές τερατώδους λούτσας, ενώ χαμογελώντας νύμφες χτύπησαν μονότονα σε τύμπανα χαλκού και, σκοντάφτοντας στα κόκκινα χαλάκια, οι λεπτοί στροβιλιζόμενοι ινδοί πνέουν μέσα από μακριούς σωλήνες από καλάμι ή ορείχαλκο και γοητευμένοι - μεγάλα φίδια με κουκούλα και φρικτά κέρατα. Τα σκληρά χρονικά διαστήματα και οι βίαιες αντιπαραθέσεις της βάρβαρης μουσικής τον ανάγκαζαν κατά καιρούς όταν η χάρη του και οι όμορφες θλίψεις του σοπέν και οι δυνατές αρμονίες του ίδιου του έπεφταν ασταμάτητες στο αυτί του. Συγκέντρωσε από όλα τα μέρη του κόσμου τα περίεργα όργανα που βρίσκονταν είτε στους τάφους των νεκρών εθνών είτε ανάμεσα στις λίγες άγριες φυλές που επέζησαν της επαφής με τους δυτικούς πολιτισμούς και τους άρεσε να τις αγγίζουν και να τις δοκιμάζουν. Είχε τις μυστηριώδεις θρησκευτικές τάξεις των ινδιάνων , ότι οι γυναίκες δεν επιτρέπεται να κοιτάξουν και ότι ακόμη και οι νέοι δεν μπορούν να δουν μέχρι να υποβληθούν σε νηστεία και φασαρία, και τα πήλινα βάζα των περουβιανών που έχουν τις κραυγές των πτηνών , και φλογέρες των ανθρώπινων οστών, όπως ο άλφωσο που ακούγεται στη χιλή, και οι ηχητικοί πράσινοι ιάσπιρς που βρίσκονται κοντά στο και δίνουν μια νότα μοναδικής γλυκύτητας. Είχε ζωγραφίσει κολοκύθες γεμάτες με βότσαλα που σβήνουν όταν ξύπνησαν. Το μεγάλο κλαρινάκι των μεξικάνων , στο οποίο ο καλλιτέχνης δεν φυσάει, αλλά μέσω του οποίου εισπνέει τον αέρα. Την σκληρή δουλειά των φυλών του αμαζονίου, η οποία ακούγεται από τους φρουρούς που κάθεται όλη μέρα στα ψηλά δέντρα και μπορεί να ακουστεί, λέγεται, σε απόσταση τριών πρωταθλημάτων. Το , που έχει δύο δονητικές γλωσσίδες από ξύλο και χτυπιέται με ραβδιά που είναι λερωμένα με ένα ελαστικό κόμμι που λαμβάνεται από τον γαλακτώδη χυμό φυτών. Τα γιότλ-κουδούνια των αζτέκων, που κρέμονται σε συστάδες όπως τα σταφύλια. Και ένα τεράστιο κυλινδρικό τύμπανο, καλυμμένο με τα δέρματα των μεγάλων φιδιών, όπως εκείνο που είδε ο όταν πήγε με στο ναό του μεξικού και του οποίου ο ακλόνητος ήχος μας έχει αφήσει τόσο ζωντανή περιγραφή. Ο φανταστικός χαρακτήρας αυτών των οργάνων τον γοητεύει και αισθάνθηκε μια περίεργη απόλαυση στη σκέψη ότι η τέχνη, όπως η φύση, έχει τα τέρατά της, τα πράγματα της κτηνώδους μορφής και με τρομακτικές φωνές. Όμως, μετά από κάποιο χρονικό διάστημα, έκοψε από αυτούς και θα καθόταν στο κουτί του στην όπερα, είτε μόνος του είτε με τον άρχοντα, ακούγοντας με ιδιαίτερη ευχαρίστηση να «» και βλέποντας στο προοίμιο του μεγάλου έργου τέχνης μια παρουσίαση την τραγωδία της δικής του ψυχής.

Σε μια περίπτωση ανέλαβε τη μελέτη των κοσμημάτων και εμφανίστηκε σε μια μπάλα κοστουμιών ως , ναύαρχος της γαλλίας, σε ένα φόρεμα καλυμμένο με πεντακόσιες εξήντα μαργαριτάρια. Αυτή η γεύση τον ενθουσιάσει για χρόνια, και μάλιστα μπορεί να ειπωθεί ότι ποτέ δεν τον άφησε. Συχνά περνούσε μια ολόκληρη μέρα εγκαθιστώντας και επανεγκαθιστώντας στις υποθέσεις τους τις διάφορες πέτρες που είχε συλλέξει, όπως το ερυθρόχρωμο ερυθρό από το φως της λάμπας, το κυματοφάνι με τη συρμάτινη γραμμή του αργύρου, το φιστίκι-χρωματιστό περιδότ, αυξήθηκε - κίτρινες κηλίδες με ροζ και κρασί, καρβουνιές φλογερού κόκκινου με τρεμοί αστέρες με τέσσερα ακτίνες, πέτρες με κόκκους φλόγας, πορτοκαλί και βιολετί σπινθήρες και αμέθυστο με τα εναλλακτικά στρώματα ρουμπίνι και ζαφείρι. Αγάπησε τον κόκκινο χρυσό της ηλιοτρόπωσης, τη μαργαριταρένια λευκή ουσία και το σπασμένο ουράνιο τόξο του γαλακτώδους οπάλλου. Έφτιαξε από το αμστερνταμ τρία σμαράγδια εξαιρετικού μεγέθους και πλούτου χρώματος και είχε ένα τιρκουάζ που ήταν ο φθόνος όλων των ειδήμονων.

Ανακάλυψε υπέροχες ιστορίες, επίσης, για τα κοσμήματα. Στην αλλιώτικη αναφέρθηκε ένα φίδι με τα μάτια του πραγματικού υακίνθου και στην ρομαντική ιστορία του αλεξάνδρου, ο κατακτητής της λέγεται ότι βρήκε στο φράγμα των φιδιών της ιορδανίας "με κολάρα σμαραγδένια πραγματικά που μεγαλώνουν στις πλάτες τους". Υπήρχε ένα πολύτιμο λίθο στον εγκέφαλο του δράκου, μας είπε ο φιλόστρατος και «με την έκθεση των χρυσών γραμμάτων και του κόκκινου ρόμπα» το τέρας θα μπορούσε να πεταχτεί σε μαγικό ύπνο και να σκοτωθεί. Σύμφωνα με τον μεγάλο αλχημιστή, τον , το διαμάντι έκανε έναν άνθρωπο αόρατο και ο αχάτης της ινδίας τον έκανε εύγλωττο. Το κορινέλο χαλάρωσε το θυμό και ο υάκινθος προκάλεσε τον ύπνο και ο αμέθυστος διέσχισε τους καπνούς του κρασιού. Ο γρανάτης έβγαλε τους δαίμονες και το υδροπικικό στερήθηκε το φεγγάρι του χρώματος. Ο σεληνίτης κηρώθηκε και εξαφανίστηκε με το φεγγάρι και ο μελοκέας, που ανακαλύπτει τους κλέφτες, θα μπορούσε να επηρεαστεί μόνο από το αίμα των παιδιών. Ο λεμονάρδος κάμιλλος είχε δει μια λευκή πέτρα που είχε ληφθεί από τον εγκέφαλο ενός νεκρού νεκρού νεκρού, αυτό ήταν ένα συγκεκριμένο αντίδοτο ενάντια στο δηλητήριο. Το , που βρέθηκε στην καρδιά του αραβικού ελαφιού, ήταν μια γοητεία που θα μπορούσε να θεραπεύσει την πανώλη. Στις φωλιές των αραβικών πτηνών ήταν οι ασπιλάτες, που, σύμφωνα με τον δημοκρατικό, κράτησαν τον φορέα από κάθε κίνδυνο από τη φωτιά.

Ο βασιλιάς των ορεινών κατοίκων οδήγησε την πόλη του με ένα μεγάλο ρουμπίνι στο χέρι του, όπως η τελετή της στέψης του. Οι πύλες του παλατιού του ιωάννη του ιερέα ήταν "φτιαγμένες από σάρδιο, με το κέρατο του κέρατος που είχε βυθιστεί, έτσι ώστε κανείς να μην φέρει δηλητήριο μέσα". Πάνω από το στύλο ήταν "δύο χρυσά μήλα, στα οποία ήταν δύο θραύσματα", έτσι ώστε ο χρυσός να μπορεί να λάμπει την ημέρα και τα καράβια νύχτα. Στο περίεργο ειδύλλιο του «ξυλουργού της αμερικής» του καταθέτη, αναφέρθηκε ότι στο θάλαμο της βασίλισσας θα μπορούσε κανείς να δει «όλες τις αγνές κυρίες του κόσμου, που έπεσαν από το ασήμι, κοιτάζοντας μέσα από δίκαιες κάτοπτρες χρυσολίτες, καρβουνίτες, ζαφείρια και . " είχε δει τους κατοίκους του να βάζουν μαργαριτάρια στα στόματα των νεκρών. Ένα τέρας της θάλασσας είχε ερωτευτεί από το μαργαριτάρι που έφερε ο δύτης στον βασιλιά περίζο και είχε σκοτώσει τον κλέφτη και θρηνούσε για επτά φεγγάρια για την απώλειά του. Όταν οι ηγέτες παρασύρουν τον βασιλιά στον μεγάλο λάκκο, το έριξε μακριά - ο προκόπιος λέει την ιστορία - ούτε ξαναβρήκε ποτέ, αν και ο αυτοκράτορας αναστάσιος πρόσφερε πεντακόσια βάρους χρυσά κομμάτια γι 'αυτό. Ο βασιλιάς του μαλαμπάρ είχε δείξει σε ένα συγκεκριμένο βενετσιάνικο κομποσκοίνι τριακοσίων τεσσάρων μαργαριταριών, ένα για κάθε θεό που λατρεύει.

Όταν ο δούκας , γιος του , επισκέφθηκε το της γαλλίας, το άλογό του ήταν φορτωμένο με χρυσά φύλλα, σύμφωνα με το , και το πώμα του είχε διπλές σειρές ρουμπίνι που έριξαν ένα μεγάλο φως. Οι τσάρλς της αγγλίας είχαν οδηγήσει σε τσέρκια κρεμασμένα με τετρακόσια είκοσι ένα διαμάντια. Ο είχε ένα παλτό, αξίας τριάντα χιλιάδων σημάτων, το οποίο ήταν καλυμμένο με ρουμπίνια. Η αίθουσα περιγράφει τον , στο δρόμο του προς τον πύργο που προηγήθηκε της στέψης του, καθώς φορούσε "ένα σακάκι από ανυψωμένο χρυσό, την πλάκα με διαμάντια και άλλες πλούσιες πέτρες και ένα μεγάλο γύρω από το λαιμό του με μεγάλα μπαλίσματα". Τα αγαπημένα του φορούσα δαχτυλίδια από σμαράγδια σε χρυσό νερό. Ο έδωσε στους φράχτες ένα κοστούμι από κόκκινο χρυσό πανοπλία γεμάτο με ζακυνθίνες, ένα κολάρο από χρυσά τριαντάφυλλα που έμοιαζαν με τιρκουάζ πέτρες και ένα με μαργαριτάρι με μαργαριτάρια. Ο φορούσε γάντια από κόσμημα που έφθασαν στον αγκώνα και είχε ένα γάντι γερασμένο με δώδεκα ρουμπίνια και πενήντα δύο μεγάλες προσανατολισμούς. Το δούκα καπέλο του τσάρλς το εξάνθημα, ο τελευταίος δούκας της βαρδούνιας της φυλής του, κρεμάστηκε με μαργαριτάρια σε σχήμα αχλαδιού και καρφώθηκε με ζαφείρια.

Πόσο εξαίσια ήταν η ζωή κάποτε! Πόσο πανέμορφη στη λαμπρότητα και τη διακόσμησή της! Ακόμη και για να διαβάσετε την πολυτέλεια των νεκρών ήταν υπέροχη.

Στη συνέχεια γύρισε την προσοχή του στα κεντήματα και στις ταπετσαρίες που εκτελούσαν το γραφείο των τοιχογραφιών στα δροσερά δωμάτια των βόρειων εθνών της ευρώπης. Καθώς διερεύνησε το θέμα - και είχε πάντα μια εξαιρετική ικανότητα να απορροφάται απόλυτα για το παρόν σε ό, τι ανέλαβε - ήταν σχεδόν λυπημένος από την αντανάκλαση της καταστροφής που έφερε ο χρόνος σε όμορφα και υπέροχα πράγματα. Αυτός, σε κάθε περίπτωση, είχε ξεφύγει από αυτό. Το καλοκαίρι ακολούθησε καλοκαίρι και οι κίτρινες άνθισαν και πέθαναν πολλές φορές και οι νύχτες της φρίκης επανέλαβαν την ιστορία της ντροπής τους, αλλά ήταν αμετάβλητη. Κανένας χειμώνας δεν έβλαψε το πρόσωπό του ή δεν έβλεπε την ανθοφορία του. Πόσο διαφορετικό ήταν στα υλικά πράγματα! Πού πέρασαν; όπου ήταν ο μεγάλος ρόμβος με χρώμα κρόκου, στον οποίο οι θεοί πολέμησαν εναντίον των γιγάντων, που είχαν δουλέψει καφέ κορίτσια για την ευχαρίστηση της αθηνάς; όπου το τεράστιο βαρύριο που το είχε απλώσει πέρα από το κολοσσαίο στη ρώμη, εκείνο το τιτανικό ιστιοφόρο μοβ, στο οποίο παριστάνεται ο αστραφτερός ουρανός, και ο απόγονος που οδηγούσε ένα άρμα με άσπρο, χρυσοκέντητο άλογο; ήθελε να δει τις περίεργες σερβιέτες που έκαναν για τον ιερέα του ήλιου, πάνω στις οποίες απεικονίζονταν όλες οι γαρνιτούρες και τα ψωμάκια που θα μπορούσαν να αναζητηθούν για μια γιορτή. Το νεκροταφείο του βασιλιά της χιλής, με τις τριακόσιες χρυσές μέλισσες του. Οι φανταστικές ρόμπες που ενθουσιάστηκαν την αγανάκτηση του επισκόπου του πόντου και υπολογίστηκαν με "λιοντάρια, πάνθηρες, αρκούδες, σκύλους, δάση, βράχια, κυνηγοί - όλοι, στην πραγματικότητα, ότι ένας ζωγράφος μπορεί να αντιγράψει από τη φύση". Και το παλτό που φορούσαν κάλοι οι ορλεάνες , τα μανίκια των οποίων έφεραν τους στίχους ενός τραγουδιού που άρχιζε " , ", η μουσική συνοδεία των λέξεων που έγιναν σε χρυσό νήμα και κάθε νότα τετράγωνο σχήμα εκείνη την εποχή, σχηματίζεται με τέσσερα μαργαριτάρια. Διάβασε την αίθουσα που ετοίμαζε στο παλάτι του για τη χρήση της βασίλισσας της μπορντό και ήταν διακοσμημένη με "τριάντα εκατοντάδες είκοσι ένα παπαγάλοι, φτιαγμένες σε χαρτοπετσέτες, και φτιαγμένες με τα χέρια του βασιλιά και πεντακόσιες εξήντα -μια πεταλούδα, των οποίων τα φτερά ήταν ομοιόμορφα διακοσμημένα με τα χέρια της βασίλισσας, το σύνολο δούλευε σε χρυσό. " η αδελφή της ιατρικής είχε μια πένθιμη κλίνη για τη δική της από μαύρο βελούδο σε σκόνη με ημισέληνο και ήλιο. Οι κουρτίνες της ήταν φτιαγμένες από δάφκα, με φυλλώδη στεφάνια και γιρλάντες, σε χρυσαφένια και ασημένια γη, και περιτυλιγμένες κατά μήκος των άκρων με μαργαρίτες από μαργαριτάρια, και στέκονταν σε μια αίθουσα κρεμασμένη με σειρές συσκευών της βασίλισσας σε κομμένο μαύρο βελούδο πάνω σε ύφασμα ασήμι. Το είχε χρυσοκέντητα καρυατίδια δεκαπέντε μέτρα ψηλά στο διαμέρισμά του. Το κρατικό κρεβάτι του , βασιλιά της πολωνίας, ήταν φτιαγμένο από μπροκάρ χρυσό σμίρνα κεντημένο σε τυρκουάζ με στίχους από το κοράνι. Τα στηρίγματά του ήταν από ασήμι χρυσή, όμορφα κυνηγημένα και πλούσια σε σμάλτο και κοσμήματα μενταγιόν. Είχε ληφθεί από το τουρκικό στρατόπεδο πριν τη βιέννη και το πρότυπο του μωάμεθ είχε παραμείνει κάτω από το θολωτό χρυσό του θόλο του.

Και έτσι, για ένα ολόκληρο χρόνο, προσπάθησε να συσσωρεύσει τα πιο εκλεκτά δείγματα που μπορούσε να βρει από κλωστοϋφαντουργικά και κεντημένα έργα, να πάρει τα μουλάκια ντελτιχού δελχί, επεξεργασμένα με φοίνικες από χρυσό νήμα και ραμμένα με φτερά από ιριδίζοντα σκαθάρια. Οι γάζες της ντάκκας, που από τη διαφάνειά τους είναι γνωστές στα ανατολικά ως «υφαντός αέρας» και «τρεχούμενο νερό» και «δροσερό δροσιά». Περίεργα συνθλασμένα πανιά από τη . Επεξεργασμένο κίτρινο κινέζικα κρέμονται? Βιβλία που είναι δεσμευμένα σε καφέ σατέν ή σε μπλε μεταξωτά μεταξωτά και επεξεργασμένα με λουλούδια , πουλιά και εικόνες. Τα πέπλα του εργάστηκαν στο σημείο της ουγγαρίας. Σκωτσέζικα μπροκάρ και άκαμπτα ισπανικά βελμάριια. Με τα χρυσά νομίσματα και τις φουκουσών της ιαπωνίας , με τα χρυσά του πράσινου χρώματος και τα θαυμάσια φτερωτά πουλιά τους.

Είχε επίσης ένα ιδιαίτερο πάθος για εκκλησιαστικά άμφια, όπως όντως είχε για όλα όσα συνδέονταν με την υπηρεσία της εκκλησίας. Στα μακρά κιβώτια κέδρου που έβαζαν τη δυτική γκαλερί του σπιτιού του, είχε αποθηκεύσει πολλά σπάνια και όμορφα δείγματα από αυτό που είναι πραγματικά το ένδυμα της νύφης του χριστού, που πρέπει να φορέσει πορφυρά και κοσμήματα και λεπτό λινό, ώστε να μπορεί να κρύψει την πεντακάθαρη το διαβρωμένο σώμα που φοριέται από τα βάσανα που επιδιώκει και τραυματίζεται από αυτοτραυματισμό. Διέθετε ένα πανέμορφο κοτσάνι από πορφυρό μετάξι και χρυσά νήματα από δαιμόσκηνο, με το επαναλαμβανόμενο μοτίβο χρυσών ρόδιων που ήταν τοποθετημένα σε επίσημα άνθη έξι πετάλων, πέρα από τα οποία από κάθε πλευρά υπήρχε η συσκευή από πεύκο-μήλο που δούλευε σε μαργαριτάρια. Τα χωρίστηκαν σε πίνακες που απεικονίζουν σκηνές από τη ζωή του παρθένου και η στέψη της παρθένου ήταν σε χρωματιστά μεταξωτά πάνω στην κουκούλα. Αυτό ήταν ιταλικό έργο του δέκατου πέμπτου αιώνα. Μια άλλη λωρίδα ήταν από πράσινο βελούδο, κεντημένη με καρδιάς σχηματισμένες ομάδες φύλλων ακάνθου, από τις οποίες διαδόθηκαν άσπρα άνθη με μακρύς στέλεχος, οι λεπτομέρειες των οποίων διαλέχθηκαν με ασημένιο νήμα και χρωματιστά κρύσταλλα. Το έφερε ένα κεφάλι του σεραφίου σε χρυσοκέντητη εργασία. Οι υφαίνονται σε μια πάνα από κόκκινο και χρυσό μετάξι και αστέρι με μενταγιόν πολλών αγίων και μαρτύρων, ανάμεσα στους οποίους ήταν ο άγιος. . Είχε επίσης κοσμήματα από κεχριμπάρι και μπλε μεταξωτό και χρυσό μπροκάρ και κίτρινο μεταξωτό δαμασκάκι και χρυσό ύφασμα, με παραστάσεις του πάθους και της σταύρωσης του χριστού και κεντημένα με λιοντάρια, παγώνια και άλλα εμβλήματα. Δαλματικά λευκά σατέν και ροζ μεταξωτό δαμασκάκι, διακοσμημένα με τουλίπες και δελφίνια και λουλούδια . Μπροστά από βωμό από βελούδινο και μπλε λινό? Και πολλά σωματάκια, δισκοπότηρα και σουδαρία. Στα μυστικά γραφεία στα οποία τέθηκαν τέτοια πράγματα, υπήρχε κάτι που γέμισε τη φαντασία του.

Γι 'αυτούς τους θησαυρούς και όλα όσα συγκέντρωσε στο υπέροχο σπίτι του, θα έπρεπε να είναι μέσα του για ξεχασμό, τρόπους με τους οποίους θα μπορούσε να ξεφύγει, για μια εποχή, από τον φόβο που του φάνηκε κατά καιρούς να είναι πολύ μεγάλος για να είναι βαρύνουν. Πάνω στους τοίχους του μοναχικά κλειδωμένου δωματίου όπου είχε περάσει τόσο πολύ από την παιδική του ηλικία, είχε κρεμάσει με τα χέρια του το φοβερό πορτραίτο του οποίου τα μεταβαλλόμενα χαρακτηριστικά του έδειχναν την πραγματική υποβάθμιση της ζωής του και μπροστά του είχε καλύψει το μοβ- και-χρυσό ως κουρτίνα. Για εβδομάδες δεν θα πήγαινε εκεί, θα ξεχάσει το περίεργο ζωγραφισμένο πράγμα και θα πάρει πίσω την ελαφριά καρδιά του, την θαυμάσια χαρά του, την παθιασμένη του απορρόφηση σε απλή ύπαρξη. Τότε, ξαφνικά, κάποια βράδυ θα έπεφτε από το σπίτι, θα κατέβει σε τρομακτικά μέρη κοντά στα γαλάζια περάσματα πύλης και θα μείνει εκεί, μέρα με τη μέρα, μέχρι να φύγει μακριά. Με την επιστροφή του θα καθόριζε μπροστά στην εικόνα, μερικές φορές την αποθάρρυνε και τον εαυτό του, αλλά γεμίζει, άλλοτε, με εκείνη την υπερηφάνεια του ατομικισμού που είναι η μισή γοητεία της αμαρτίας και χαμογελώντας με μυστική ευχαρίστηση στη σκιά που έλειπε φέρει το βάρος που θα έπρεπε να είναι το δικό του.

Μετά από μερικά χρόνια δεν μπορούσε να αντέξει για να βρεθεί μακριά από την αγγλία, και έδωσε την βίλα που είχε μοιραστεί στο με τον άρχοντα , καθώς και το μικρό άσπρο τείχος-σπίτι στο όπου είχαν ξοδεψει περισσότερο από μία φορά χειμώνας. Μισούσε να χωριστεί από την εικόνα που ήταν ένα τέτοιο κομμάτι της ζωής του και φοβόταν επίσης ότι κατά την απουσία του κάποιος μπορούσε να αποκτήσει πρόσβαση στο δωμάτιο, παρά τα περίτεχνα μπαρ που είχε προκαλέσει να τοποθετηθεί πάνω στην πόρτα .

Ήταν αρκετά συνειδητό ότι αυτό δεν θα τους έλεγε τίποτα. Ήταν αλήθεια ότι το πορτραίτο εξακολουθούσε να διατηρεί, κάτω από όλη τη φρενίτιδα και την ασχήμια του προσώπου, την αξιοσημείωτη ομορφιά του στον εαυτό του. Αλλά τι θα μπορούσαν να μάθουν από αυτό; θα γελούσε σε οποιονδήποτε προσπάθησε να τον χτυπήσει. Δεν το είχε ζωγραφίσει. Τι του ήταν πόσο άθλια και γεμάτη ντροπή φαινόταν; ακόμα κι αν τους είπε, θα το πίστευαν;

Αλλά φοβόταν. Μερικές φορές όταν ήταν κάτω στο μεγάλο σπίτι του στο , ψυχαγωγώντας τους μοντέρνους νέους της ίδιας της τάξης οι οποίοι ήταν οι κύριοι σύντροφοί του και εκπλήσσοντας τον νομό με την απίστευτη πολυτέλεια και την πανέμορφη μεγαλοπρέπεια του τρόπου ζωής του, θα αφήσει ξαφνικά τους καλεσμένους του και βιαστείτε πίσω στην πόλη για να δείτε ότι η πόρτα δεν είχε παραβιαστεί και ότι η εικόνα ήταν ακόμα εκεί. Τι θα έπρεπε αν κλαπεί; η απλή σκέψη τον έκανε κρύο από φρίκη. Σίγουρα ο κόσμος θα γνώριζε τότε το μυστικό του. Ίσως ο κόσμος το είχε ήδη υποπτευθεί.

Διότι, ενώ γοητεύει πολλούς, δεν υπήρχαν μερικοί που τον κατηγόρησαν. Ήταν πολύ μαύρος παίκτης σε μια λέσχη δυτικού τύπου, από την οποία η γέννησή του και η κοινωνική του θέση τον δικαιούνταν να γίνει μέλος, και λέγεται ότι σε μια περίπτωση, όταν τον έφερε ένας φίλος στην αίθουσα καπνιστών της εκκλησίας, ο δούκας του και άλλος κύριος σηκώθηκε με αξιοσημείωτο τρόπο και βγήκε έξω. Περίεργες ιστορίες έγιναν επικίνδυνες γι 'αυτόν αφού πέρασε το εικοστό πέμπτο έτος. Φημολογήθηκε ότι είχε δει να αγωνίζεται με ξένους ναυτικούς σε ένα χαμηλό κάστρο στα μακρινά τμήματα του λευκού πύργου και να συνειδητοποιεί με κλέφτες και κέρματα και να γνωρίζει τα μυστήρια του εμπορίου τους. Οι εκπληκτικές απουσίες του έγιναν διαβόητες και όταν επανεμφανιζόταν ξανά στην κοινωνία, οι άνθρωποι θα ψιθύριζαν ο ένας στον άλλο στις γωνίες ή θα τον έδιναν με ένα σκάνδαλο ή θα τον κοίταζαν με ψυχρά μάτια, σαν να ήταν αποφασισμένοι να ανακαλύψουν μυστικό.

Από τέτοιες ασυλίες και απόπειρες ασυδοσίας δεν αγνοούσε βέβαια και κατά την γνώμη των περισσότερων ανθρώπων ο ειλικρινής ομορφιά του, το γοητευτικό αγόρι του χαμόγελο και η απεριόριστη χάρη αυτής της θαυμάσιας νεολαίας που δεν φαινόταν ποτέ να τον εγκαταλείψει ήταν από μόνα τους μια ικανοποιητική απάντηση στους κακούργους, επειδή τους ονόμαζαν, που κυκλοφόρησαν γι 'αυτόν. Παρατηρήθηκε, ωστόσο, ότι μερικοί από τους πιο στενούς μαζί του εμφανίστηκαν, μετά από λίγο καιρό, να τον αποφύγουν. Οι γυναίκες που τον λάτρευαν άγρια και για χάρη του είχαν πάρει όλη την κοινωνική μομφή και έβαλαν σύμβαση σε ανυποληψία, φάνηκαν να χαλάνε με ντροπή ή φρίκη, αν εισέλθει στο δωμάτιο το γκρίζο.

Αλλά αυτά τα ψιθυριστά σκάνδαλα αυξήθηκαν μόνο στα μάτια πολλών παράξενη και επικίνδυνη γοητεία του. Ο μεγάλος πλούτος του ήταν ένα συγκεκριμένο στοιχείο ασφάλειας. Κοινωνία-πολιτισμένη κοινωνία, τουλάχιστον-δεν είναι ποτέ πολύ έτοιμη να πιστέψει τίποτα εις βάρος αυτών που είναι τόσο πλούσιοι και συναρπαστικοί. Αισθάνεται ενστικτωδώς ότι οι τρόποι είναι πιο σημαντικοί από τα ηθικά και, κατά τη γνώμη του, η υψηλότερη αξιοπρέπεια έχει πολύ λιγότερη αξία από την κατοχή ενός καλού σεφ . Και, τελικά, είναι μια πολύ φτωχή παρηγοριά για να πει κανείς ότι ο άνθρωπος που έχει δώσει ένα κακό δείπνο, ή φτωχό κρασί, είναι άψογο στην ιδιωτική του ζωή. Ακόμη και οι καρδινάλιες αρετές δεν μπορούν να εξιλεώσουν για μισοκρύους εισβολές , όπως είπε μία φορά ο άρχοντας , σε μια συζήτηση σχετικά με το θέμα και υπάρχει πιθανώς μια καλή συμφωνία για να πούμε για την άποψή του. Για τους κανόνες της καλής κοινωνίας είναι, ή πρέπει να είναι, ίδιοι με τους κανόνες της τέχνης. Μορφή είναι απολύτως απαραίτητη γι 'αυτό. Θα πρέπει να έχει την αξιοπρέπεια μιας τελετής, καθώς και την αλήθεια της, και θα πρέπει να συνδυάζει τον αδάμαστο χαρακτήρα ενός ρομαντικού παιχνιδιού με το πνεύμα και την ομορφιά που κάνουν τέτοια έργα ευχάριστα για μας. Είναι αλήθεια τόσο φοβερό; νομίζω πως όχι. Είναι απλώς μια μέθοδος με την οποία μπορούμε να πολλαπλασιάσουμε τις προσωπικότητές μας.

Τέτοια όμως ήταν η γνώμη του . Αναρωτιόταν από την ρηχή ψυχολογία εκείνων που αντιλαμβάνονται το εγώ στον άνθρωπο ως κάτι απλό, μόνιμο, αξιόπιστο και με μία ουσία. Σε αυτόν, ο άνθρωπος ήταν μια ύπαρξη με μυριάδες ζωές και μυριάδες αισθήσεις, ένα σύνθετο πολύμορφο πλάσμα που έφερε μέσα του παράξενες κληρονομιές σκέψης και πάθους και του οποίου η σάρκα ήταν μολυσμένη με τις τερατώδεις ασθένειες των νεκρών. Αγαπούσε να περπατήσει μέσα από το κρησφύγετο κρύο γκαλερί της εξοχικής κατοικίας του και να δει τα διάφορα πορτρέτα εκείνων των οποίων το αίμα έχυσε στις φλέβες του. Εδώ ήταν ο , που περιέγραψε ο , στα απομνημονεύματά του σχετικά με την βασιλεία της βασίλισσας ελισάβετ και του βασιλιά ιάμεσ, ως εκείνος που "χάιδεψε από το δικαστήριο για το όμορφο πρόσωπο του, που τον κράτησε πολύ καιρό". Ήταν η ζωή του νεαρού που οδήγησε μερικές φορές; είχε κάποιο περίεργο δηλητηριώδες φύτρωμα από το σώμα στο σώμα μέχρι να φτάσει στο δικό του; ήταν κάποια αίσθηση της χαμένης αυτής χάρης που τον έκανε τόσο ξαφνικά, και σχεδόν χωρίς αιτία, να δώσει τη φωνή του στο στούντιο του βασιλείου, στην τρελή προσευχή που άλλαξε έτσι τη ζωή του; εδώ, σε χρυσοκέντητο κόκκινο διπλό, στολιδωτό με επικάλυψη, και χρυσές χάντρες και βραχίονες, έμεινε ο κύριος ανθώνη σέραρ, με την ασημένια και μαύρη πανοπλία του να συσσωρεύεται στα πόδια του. Τι είχε η κληρονομιά αυτού του ανθρώπου; είχε ο εραστής της γιουβάννα των ναπολών κληροδότησε τον κληρονομία της αμαρτίας και της ντροπής; ήταν οι πράξεις του μόνο τα όνειρα που ο νεκρός δεν τολμούσε να συνειδητοποιήσει; εδώ, από τον ξεθωριασμένο καμβά, χαμογέλασε την κυρία , στην κουκούλα της γάζας της, το μαργαριτάρι και τα ροζ μανίκια. Ένα λουλούδι ήταν στο δεξί του χέρι και η αριστερή της σύρριζε ένα σμαλτωμένο κολάρο λευκών και δαμασκηνών τριαντάφυλλων. Σε ένα τραπέζι δίπλα της βάζει ένα μαντολίνο και ένα μήλο. Υπήρχαν μεγάλα πράσινα ροζέτες πάνω στα μικρά μυτερά παπούτσια της. Ήξερε τη ζωή της και τις περίεργες ιστορίες που είχαν πει για τους εραστές της. Είχε κάτι από την ιδιοσυγκρασία της; αυτά τα οβάλ, γεμάτα από βαρύ μάτια μάτια φαίνονταν να φαίνονται περίεργα σε αυτόν. Τι του , με τα μαλλιά του σε σκόνη και τα φανταστικά μπαλώματα; πόσο κακό κοίταξε! Το πρόσωπο ήταν καυσόξυλο και σαγιονάρες, και τα αισθησιακά χείλη έμοιαζαν να στρεβλώνουν με περιφρόνηση. Λεπτή δαντέλα δαντέλα έπεσε πάνω από τα άπαχα κίτρινα χέρια που ήταν τόσο με δαχτυλίδια. Ήταν μια μακαρόνια του δέκατου όγδοου αιώνα, και ο φίλος, στη νεολαία του, των φερράρων του κυρίου. Τι του δεύτερου κυρίου , ο σύντροφος του πρίγκιπα αντιβασιλέα στις πιο δύσκολες μέρες του, και ένας από τους μάρτυρες στο μυστικό γάμο με την κα. ; πόσο περήφανος και όμορφος ήταν, με τις καστανιές του και τις φουσκωμένες στάσεις! Ποια πάθη είχε κληρονομήσει; ο κόσμος τον κοίταζε σαν φευγαλέα. Είχε οδηγήσει τα οργίες στο σπίτι του . Το αστέρι της γαρνιτούρας έλαμπε στο στήθος του. Δίπλα του κρέμασε το πορτρέτο της γυναίκας του, μια μαύρη γυναίκα με μαύρη, λεπτή μύτη. Το αίμα της, επίσης, αναδεύεται μέσα του. Πόσο περίεργο φαινόταν όλοι! Και η μητέρα του με το πρόσωπο της κυρίας και τα υγρά, χυμένα με κρασί χείλη - ήξερε τι είχε από την. Είχε πάρει από την ομορφιά του, και το πάθος του για την ομορφιά των άλλων. Αυτή γέλασε σε τον στο χαλαρό φόρεμα μπακατά. Υπήρχαν φύλλα αμπέλου στα μαλλιά της. Το πορφυρό χύθηκε από το κύπελλο που κρατούσε. Τα γαρίφαλα της ζωγραφικής είχαν μαραθεί, αλλά τα μάτια ήταν ακόμα θαυμάσια στο βάθος και τη λαμπρότητα τους. Φάνηκαν να τον ακολουθούν οπουδήποτε πήγαινε.

Αλλά κάποιος είχε προγόνους τόσο στη λογοτεχνία όσο και στη δική του φυλή, πιο κοντά στον τύπο και την ιδιοσυγκρασία, πολλοί από αυτούς, και σίγουρα με την επιρροή της οποίας ήταν πιο απολύτως συνειδητή. Υπήρχαν στιγμές που φαινόταν στο γκρίζο γκρίζο ότι όλη η ιστορία ήταν απλώς η καταγραφή της δικής του ζωής, όχι όπως το είχε ζήσει σε πράξη και περίσταση, αλλά όπως η φαντασία του είχε δημιουργήσει γι 'αυτόν, όπως ήταν στο τον εγκέφαλο και στα πάθη του. Ένιωθε ότι τους γνώριζε όλους, εκείνες τις παράξενες τρομερές φιγούρες που είχαν περάσει στη σκηνή του κόσμου και έκανε την αμαρτία τόσο θαυμάσια και κακή τόσο γεμάτη λεπτότητα. Του φαινόταν ότι με κάποια μυστηριώδη τρόπο η ζωή τους ήταν δική του.

Ο ήρωας του θαυμάσιου μυθιστορήματος που είχε επηρεάσει τόσο τη ζωή του γνώριζε ο ίδιος αυτή την περίεργη φαντασία. Στο έβδομο κεφάλαιο λέει πώς, στέφθηκε με δάφνη, για να μην τον έπληξε ο κεραυνός, είχε κάθισε, ως , σε έναν κήπο στο καπρί, διαβάζοντας τα επαίσχυντα βιβλία του ελέφαντα, ενώ νάνοι και παγώνια σέρνουν γύρω του και τον φλάουτο κοροϊδευόταν από το σκάνδαλο του θυμιατήριου. Και, όπως ο μάγουλο, είχε κακομαθούμε με τους πράσινους περιπατητές σε στάβλους και τους έβαζαν σε μια ελεφαντόδοντο με ένα άλογο με μπροστινό κόσμημα. Και, ως ντόμιτζι, είχε περιπλανηθεί σε ένα διάδρομο με επένδυση από μαρμάρινα κάτοπτρα, κοιτάζοντας γύρω από τα μάτια για το αντανάκλαση του στιλέτου που τελείωσε τις μέρες του και άρρωστος με αυτό το , το φοβερό , που έρχεται σε εκείνους στους οποίους η ζωή δεν αρνείται τίποτα. Και είχε κοιτάξει μέσα από ένα σαφές σμαραγδένιο στα κόκκινα ρωγμές του τσίρκου και στη συνέχεια, σε ένα απορριμμάτι από μαργαριτάρι και πορφυρό που τραβήχτηκαν από ασημένια μούλια, μεταφέρθηκαν από το δρόμο των ροδιών σε ένα σπίτι από χρυσό και άκουσαν τους άνδρες να κλαίνε στο καφέ καθώς πέρασε. Και, όπως ο , είχε ζωγραφίσει το πρόσωπό του με τα χρώματα, και έριξε το μεταξύ των γυναικών, και έφερε το φεγγάρι από την καρταρία και της έδωσε σε μυστικό γάμο με τον ήλιο.

Ξανά και ξανά ο δωρικός χρησιμοποίησε για να διαβάσει αυτό το φανταστικό κεφάλαιο, και τα δύο κεφάλαια αμέσως μετά, στα οποία, όπως σε μερικές περίεργες ταπετσαρίες ή σπιτικές σμάλτα, απεικονίζονταν οι φοβερές και όμορφες μορφές εκείνων που οι αψιμαχίες και το αίμα και η κούραση είχαν κάνει τερατώδη ή τρελός: φιλιπόπο, δούκας του μιλάν, ο οποίος σκότωσε τη σύζυγό του και ζωγράφισε τα χείλη της με ένα κόκκινο δηλητήριο, που ο εραστής της μπορεί να πιπιλίζει τον θάνατο από το νεκρό πράγμα που έρωσε. Ο πατέρο μπάρμπι, ο βενετσιάνικος, γνωστός ως παύλος ο δεύτερος, που επιδίωκε με την ματαιοδοξία του να πάρει τον τίτλο της μορφοσύνης και του οποίου η τιάρα, που είχε αξία σε διακόσιες χιλιάδες φλωρίνες, αγοράστηκε με την τιμή μιας τρομερής αμαρτίας. , που χρησιμοποίησε κυνηγούς για να κυνηγήσει ζωντανά άτομα και του οποίου το δολοφονημένο σώμα ήταν καλυμμένο με τριαντάφυλλα από μια κόρη που τον αγάπησε. Οι βόργια στο άσπρο άλογό του, με την αδελφική ιππασία δίπλα του και το μανδύα του με το αίμα του περότου. Ο νεαρός καρδινάλιος αρχιεπίσκοπος της φλωρεντίας, παιδί και τρελός του σίξτου, που η ομορφιά του ισοδυναμούσε μόνο με την αθλιότητά του, και που έλαβαν αραγόνα λεοντόρα σε περίπτερο λευκού και πορφυρού μετάξι, γεμάτο νύμφες και κένταυρους, αγόρι που μπορεί να υπηρετήσει στη γιορτή ως ή ? , του οποίου η μελαγχολία θα μπορούσε να θεραπευτεί μόνο από το θέαμα του θανάτου και ο οποίος είχε πάθος για το κόκκινο αίμα, όπως άλλοι άντρες έχουν για το κόκκινο κρασί -τον γιο του φανατικού, όπως αναφέρθηκε, και εκείνος που είχε εξαπατήσει τον πατέρα του στα ζάρια όταν παίζει μαζί του για την ψυχή του. , ο οποίος με το ψέμα πήρε το όνομα του αθώου και του οποίου οι θολωτές φλέβες τράβηξαν το αίμα τριών παίδων από έναν εβραϊκό γιατρό. Το σιγμάστοντο μαλατέστα, ο εραστής της ισότης και ο άρχοντας του ριμίνι, του οποίου το είδωλο κάηκε στη ρώμη ως ο εχθρός του θεού και του ανθρώπου, ο οποίος κατέπνιξε την πολυσσένα με μια χαρτοπετσέτα και έδωσε δηλητήριο στη γινεβρά δ'εε σε ένα φλιτζάνι σμαραγδένιο η τιμή ενός επαίσχυντου πάθους δημιούργησε μια παγανιστική εκκλησία για χριστιανική λατρεία. , που τόσο λατρευόταν τη σύζυγο του αδελφού του, ότι ένας λεπρός τον είχε προειδοποιήσει για την παραφροσύνη που έρχεται σ 'αυτόν και που, όταν ο εγκέφαλός του είχε αρρωστήσει και γινόταν παράξενος, θα μπορούσε μόνο να καταπραϋνθεί από κάρτες ζωγραφισμένες με τις εικόνες την αγάπη και το θάνατο και την τρέλα. Και στο κορμάκι του και τα κοσμήματα του, που έμοιαζε με αγκάθια, το γκριφοντότο μπαγλιόνι, που έχασε το αστέρι με τη νύφη του και το με τη σελίδα του και του οποίου η πολυτέλεια ήταν τέτοια που, όπως βρισκόταν πεθαμένος στην κίτρινη πλατεία της περούτζιας, τον μισούσε δεν μπορούσε να επιλέξει αλλά να κλαίει, και το , που τον είχε καταραστεί, τον ευλόγησε.

Υπήρξε μια φρικτή γοητεία σε όλους τους. Τα είδε τη νύχτα και ταράζουν τη φαντασία του την ημέρα. Η αναγέννηση γνώριζε περίεργους τρόπους δηλητηρίασης-δηλητηρίασης από ένα κράνος και ένα φωτισμένο φακό, από ένα κεντημένο γάντι και έναν ανεμιστήρα με κοσμήματα, από ένα επιχρυσωμένο ποδέρνδρο και από μια κεχριμπάρι αλυσίδα. Το γκρίζο του είχε δηλητηριαστεί από ένα βιβλίο. Υπήρχαν στιγμές που έβλεπε το κακό απλώς ως τρόπο μέσω του οποίου θα μπορούσε να συνειδητοποιήσει την αντίληψή του για την όμορφη.

Κεφάλαιο 12
Ήταν την ένατη του νοεμβρίου, την παραμονή των τριάντα ογδόων γενεθλίων του, όπως συχνά θυμήθηκε αργότερα.

Περπατούσε σπίτι για ένδεκα ώρες από τον πατέρα του, όπου γευμάτισε, και ήταν τυλιγμένος σε βαριές γούνες, καθώς η νύχτα ήταν ψυχρή και ομίχλη. Στη γωνία του πλατειού πλατειού και του νότιου δρόμου, ένας άνδρας τον πέρασε στην ομίχλη, με τα πόδια πολύ γρήγορα και με το περιλαίμιο του γκρίζου άκρου του να εμφανίζεται. Είχε μια τσάντα στο χέρι του. Ο φιλόσοφος τον αναγνώρισε. Ήταν βασιλικό αίθριο. Μια παράξενη αίσθηση φόβου, για την οποία δεν μπορούσε να λογοδοτήσει, τον έπεσε. Δεν έκανε κανένα σημάδι αναγνώρισης και συνέχισε γρήγορα προς την κατεύθυνση του σπιτιού του.

Αλλά προς τα δεξιά τον είχε δει. Ο τον ακούει να σταματάει πρώτα στο πεζοδρόμιο και στη συνέχεια να βιάζεται μετά από αυτόν. Σε λίγα λεπτά, το χέρι του ήταν στο χέρι του.

", ό, τι ένα εξαιρετικό κομμάτι της τύχης! Σας περιμένω στη βιβλιοθήκη σας από τις εννέα το μεσημέρι, τέλος, έλεγα για τον κουρασμένο σας υπηρέτη και του είπα να πάει στο κρεβάτι, καθώς με άφησε έξω. Από το τρένο με τα μεσάνυχτα, και ήθελα ιδιαίτερα να σε δω πριν φύγω, σκέφτηκα ότι ήσασταν εσύ ή μάλλον το γούνινο παλτό σου καθώς με πέρασες, αλλά δεν ήμουν σίγουρος. ; "

"σε αυτή την ομίχλη, το αγαπημένο μου βασιλικό; γιατί, δεν μπορώ να αναγνωρίσω ακόμη και την πλατεία της πλατείας, πιστεύω ότι το σπίτι μου είναι κάπου εδώ, αλλά δεν αισθάνομαι καθόλου σίγουρος γι 'αυτό. Δεν έχω δει για αιώνες, αλλά υποθέτω ότι θα επιστρέψετε σύντομα; "

"όχι: θα είμαι από την αγγλία για έξι μήνες. Σκοπεύω να πάρω ένα στούντιο στο παρίσι και να κλείσω τον εαυτό μου μέχρι να τελειώσω μια μεγάλη εικόνα που έχω στο κεφάλι μου, ωστόσο, δεν ήταν για τον εαυτό μου ήθελα για να μιλήσω εδώ είμαστε στην πόρτα σας, επιτρέψτε μου να έρθω για μια στιγμή, έχω κάτι να σου πω. "

"θα γοητευθώ, αλλά δεν θα χάσετε το τρένο σας;" είπε ο γκρίζος γκρίζος, καθώς περνούσε τα σκαλοπάτια και άνοιξε την πόρτα με το κλειδί του.

Η λάμπα αγωνίστηκε έξω από την ομίχλη και κοιτάζει προς τα δεξιά το ρολόι του. "έχω σωρούς χρόνου", απάντησε. "το τρένο δεν πάει μέχρι δώδεκα-δεκαπέντε, και είναι μόνο έντεκα.στην πραγματικότητα, ήμουν στο δρόμο μου προς τη λέσχη για να σε ψάξω, όταν σε γνώρισα, βλέπεις, δεν θα με καθυστέρηση για τις αποσκευές μου, όπως έστειλα τα βαριά μου πράγματα. Το μόνο που έχω μαζί μου είναι σε αυτή την τσάντα και μπορώ εύκολα να φτάσω στη νικτόρια μέσα σε είκοσι λεπτά ».

Ο τον κοίταξε και χαμογέλασε. "τι ένας τρόπος για έναν μοντέρνο ζωγράφο να ταξιδέψει! Μια τσάντα και μια βούρτσα έρχονται μέσα, ή η ομίχλη θα μπει στο σπίτι και το μυαλό δεν μιλάμε για κάτι σοβαρό τίποτα δεν είναι σοβαρό σήμερα. Είναι."

Ο κούνησε το κεφάλι του, καθώς εισήλθε, και ακολούθησε τον στη βιβλιοθήκη. Υπήρχε μια φωτεινή πυρκαγιά ξύλου που έχυσε στη μεγάλη ανοιχτή εστία. Οι λυχνίες ήταν αναμμένες και μια ανοιχτή ολλανδική θήκη με ασημένια ασημένια στάθηκε, με μερικούς σιφόνες από ανθρακικό νάτριο και μεγάλα κομμένα γυάλινα ποτήρια, σε ένα τραπέζι μαρκετερίου.

«μπορείτε να δείτε τον υπηρέτη σου με αρκετά στο σπίτι γίνονται, δωρική. Μου έδωσε τα πάντα ήθελα, συμπεριλαμβανομένων των βέλτιστων τα τσιγάρα σας χρυσό μύτες. Είναι η πιο φιλόξενη πλάσμα. Μου αρέσει πολύ καλύτερα από ό, τι ο γάλλος που χρησιμοποιείται για να έχουν. Ό, τι έχει να γίνει ο γαλλόφωνος, με το αντίο; "

Ο σήκωσε τους ώμους του. "πιστεύω ότι παντρεύτηκε την υπηρέτρια της κυρίας και την καθιέρωσε στο παρίσι ως αγγλικό ." "αγγλομανία είναι πολύ μοντέρνα εκεί που ακούω τώρα, φαίνεται ανόητο από τη γαλλική, έτσι δεν ξέρω;" δεν ήταν καθόλου κακός υπάλληλος, δεν τον άρεσε ποτέ, αλλά δεν είχα τίποτα να διαμαρτύρονται, κάποιος συχνά φαντάζει πράγματα που είναι αρκετά παράλογοι, ήταν πραγματικά πολύ αφοσιωμένος σε μένα και φάνηκε πολύ θλιβερός όταν έφυγε. -και-σόδα ή θα ήθελες να πατάς-και--παίρνω πάντα τον -- τον εαυτό μου, είναι βέβαιο ότι υπάρχουν μερικοί στο επόμενο δωμάτιο. "

"ευχαριστώ, δεν θα έχω τίποτα περισσότερο", είπε ο ζωγράφος, παίρνοντας το καπάκι και το παλτό του και ρίχνοντας τα στην τσάντα που είχε τοποθετήσει στη γωνία. "και τώρα, αγαπητός συνάδελφός μου, θέλω να σας μιλήσω σοβαρά, να μην μπερδέψετε έτσι, να το καταστήσετε πολύ πιο δύσκολο για μένα".

"τι είναι όλα αυτά;" φώναξε ο δωριανός με τον πενιχρό τρόπο του, βυθίζοντας τον εαυτό του στον καναπέ. "ελπίζω ότι δεν είναι για τον εαυτό μου, είμαι κουρασμένος από τον εαυτό μου νωρίς, θα ήθελα να είμαι κάποιος άλλος".

«είναι για τον εαυτό σου», απάντησε στην αίθουσα με τη βαθύτατη φωνή του »και πρέπει να το πω σε σας, θα σας κρατήσω μόνο μισή ώρα».

Ο αναστέναξε και άναψε ένα τσιγάρο. "μισή ώρα!" μουρμούρισε.

"δεν είναι πολύ να ρωτήσω από εσάς, , και είναι εξ ολοκλήρου για το καλό σας ότι μιλώ. Νομίζω ότι είναι σωστό ότι πρέπει να ξέρετε ότι τα πιο τρομακτικά πράγματα που λέγονται εναντίον σας στο λονδίνο".

"δεν θέλω να μάθω τίποτα γι 'αυτά, μου αρέσουν τα σκάνδαλα για άλλους ανθρώπους, αλλά τα σκάνδαλα για τον εαυτό μου δεν με ενδιαφέρουν, δεν έχουν τη γοητεία της καινοτομίας".

"πρέπει να σας ενδιαφέρουν, ο , κάθε κύριος ενδιαφέρεται για το καλό του όνομα, δεν θέλετε οι άνθρωποι να μιλάνε για σας ως κάτι κακό και υποβαθμισμένο, φυσικά, έχετε τη θέση σας και τον πλούτο σας και όλα αυτά αλλά η θέση και ο πλούτος δεν είναι τα πάντα, νομίζω ότι δεν πιστεύω αυτές τις φήμες καθόλου, τουλάχιστον, δεν μπορώ να τους πιστέψω όταν σε βλέπω ... Η αμαρτία είναι κάτι που γράφει τον εαυτό του στο πρόσωπο ενός ανθρώπου. Δεν μπορεί να κρυφτεί, οι άνθρωποι μιλούν μερικές φορές μυστικές κακίες, δεν υπάρχουν τέτοια πράγματα, αν ένας άθλιος άνθρωπος έχει μια αντίρρηση, εμφανίζεται στις γραμμές του στόματός του, την πρήξιμο των βλεφάρων του, τη χύτευση των χεριών του, δεν θα αναφέρω το όνομά του, αλλά τον ξέρετε - ήρθε σε μένα πέρυσι για να κάνει το πορτρέτο του, δεν τον είχα δει ποτέ πριν και ποτέ δεν είχε ακούσει τίποτα γι 'αυτόν την εποχή, αν και άκουσα μια καλή συμφωνία από τότε προσέθεσε μια υπερβολική τιμή, τον αρνήθηκα, υπήρχε κάτι σαν τα δάχτυλά του που μου άρεσε, ξέρω τώρα ότι ήμουν πολύ σωστά σε αυτό που φανταζόμουν γι 'αυτόν. Η ζωή του είναι τρομακτική. Αλλά εσείς, , με το καθαρό, φωτεινό, αθώο πρόσωπο σας, και το θαυμάσιο νεανικό σας νεανικό - δεν μπορώ να πιστέψω τίποτα εναντίον σας. Και σε βλέπω πολύ σπάνια και ποτέ δεν κατεβαίνεις στο στούντιο τώρα και όταν είμαι μακριά από σας και ακούω όλα αυτά τα φρικτά πράγματα που οι άνθρωποι ψιθυρίζουν για σένα, δεν ξέρω τι να πω. Γιατί είναι, , ότι ένας άντρας όπως ο δούκας του εγκαταλείπει την αίθουσα ενός συλλόγου όταν μπαίνεις; γιατί είναι ότι τόσοι πολλοί κύριοι στο λονδίνο δεν θα πάνε στο σπίτι σας ή δεν θα σας προσκαλέσουν στο δικό τους; συνηθίζατε να είστε φίλος του κυρίου στάργλυ. Τον συνάντησα στο δείπνο την περασμένη εβδομάδα. Το όνομά σας συνέβη σε συζήτηση, σε σχέση με τις μινιατούρες που έχετε δανείσει στην έκθεση στο . Ο σταλέι έσκυψε το χείλι του και είπε ότι μπορεί να έχεις τα πιο καλλιτεχνικά γούστα, αλλά ότι ήσαστε άνδρας που δεν πρέπει να γνωρίζει κανείς καθαρό μυαλό και σε ποιον δεν πρέπει να κάθεται καμιά γυναίκα με το ίδιο δωμάτιο. Του υπενθύμισα ότι ήμουν φίλος σου και τον ρώτησα τι εννοούσε. Μου είπε. Μου είπε ακριβώς πριν από όλους. Ήταν φρικτό! Γιατί η φιλία σου είναι τόσο μοιραία για τους νέους; υπήρχε αυτό το άθλιο αγόρι στους φρουρούς που αυτοκτόνησαν. Ήσασταν ο σπουδαίος φίλος του. Υπήρξε ο κύριος , ο οποίος έπρεπε να εγκαταλείψει την αγγλία με ένα αμαυρωμένο όνομα. Εσείς και ο ίδιος ήταν αδιαχώριστες. Τι γίνεται με το και το τρομακτικό τέλος του; τι γίνεται με το μοναδικό γιο του κυρίου και την καριέρα του; συνάντησα τον πατέρα του χθες στο . Ο δρόμος του . Φάνηκε σπασμένος από ντροπή και θλίψη. Τι γίνεται με τον νεαρό δούκα του ; τι είδους ζωή έχει τώρα; τι τζέντλεμαν θα συνέδεε μαζί του; "

"σταματήστε, βασιλικός, μιλάτε για πράγματα για τα οποία δεν γνωρίζετε τίποτα", είπε ο γκρίζος γκρίζος, δαγκώνοντας το χείλι του, και με μια άπειρη περιφρόνηση στη φωνή του. "με ρωτάς γιατί ο βέρβικς αφήνει ένα δωμάτιο όταν μπαίνω σε αυτό, γιατί ξέρει τα πάντα για τη ζωή του, όχι επειδή ξέρει τίποτα για το δικό μου ... Με τέτοιο αίμα όπως έχει στις φλέβες του, πώς θα μπορούσε να είναι καθαρό το ρεκόρ του; να μου ρωτήσω για τον κλέφτη άστον και το νεαρό περθ, διδάξω το ένα για τα κακά του και το άλλο για την ανυπαρξία του αν ο ανόητος γιος του παίρνει τη γυναίκα του από τους δρόμους τι μου αρέσει αν ο γράψει το όνομα του φίλου του σε ένα νομοσχέδιο , είμαι ο φύλακας του; ξέρω πώς οι άνθρωποι μιλάνε στην αγγλία, οι μεσαίες τάξεις τροφοδοτούν τις ηθικές τους προκαταλήψεις πάνω στα μεγάλα τραπέζια τους, και ψιθυρίζουν για το τι αποκαλούν τις απογοητεύσεις των καλύτερων τους για να προσπαθήσουν να προσποιηθούν ότι είναι σε έξυπνες και σε στενές σχέσεις με τους ανθρώπους που αυτοί συκοφαντούν ... Σε αυτή τη χώρα αρκεί ένας άνθρωπος να έχει διάκριση και εγκεφάλους για κάθε κοινή γλώσσα για να πολεμήσει εναντίον του και τι είδους ζωές κάνουν αυτοί οι άνθρωποι που θεωρούν ότι είναι ηθικοί, οδηγώ τους εαυτούς μου; αγαπητός συνάδελφός σας, ξεχνάτε ότι εμείς είναι στην πατρίδα του υποκριτή. "

"", φώναξε χαϊδευτικά, "αυτό δεν είναι το ερώτημα, η αγγλία είναι αρκετά κακή όσο ξέρω και η αγγλική κοινωνία είναι λάθος, αυτός είναι ο λόγος για τον οποίο θέλω να είσαι καλά, δεν είσαι καλά. Να κρίνεις έναν άνθρωπο από την επίδραση που έχει στους φίλους του, η δική σου φαίνεται να χάνει κάθε αίσθηση τιμής, αγαθότητας, αγνότητας, γεμίζει με μια τρέλα για ευχαρίστηση, έχει πέσει στα βάθη. Εκεί ναι: τους οδήγησες εκεί, και όμως μπορείς να χαμογελάσεις, καθώς χαμογελάς τώρα και υπάρχει χειρότερο πίσω, ξέρω ότι εσύ και ο χάρι είναι αδιαχώριστοι, σίγουρα για τον λόγο αυτό, αν και για κανέναν άλλο, δεν θα έπρεπε να κάνεις το όνομα της αδελφής του είναι από λέξη. "

"φροντίστε, βασιλικό, πηγαίνετε πάρα πολύ μακριά."

"πρέπει να μιλήσω, και πρέπει να ακούσετε, θα πρέπει να ακούσετε .. Όταν συναντήσατε την κοπέλα , δεν μια πνοή σκάνδαλο είχε ποτέ άγγιξε της υπάρχει μια μόνη αξιοπρεπή γυναίκα στο λονδίνο τώρα που θα οδηγούσε μαζί της στο πάρκο; ακόμα και τα παιδιά της δεν επιτρέπεται να ζήσουν μαζί της, τότε υπάρχουν και άλλες ιστορίες-ιστορίες που σας έχουν δει να γεμίζουν από ξημερώματα από τα φοβερά σπίτια και να τσακώνονται με τη μεταμφίεση τους στο φούσκωμα του λονδίνου, είναι αλήθεια; όταν τους άκουσα για πρώτη φορά, γέλασα, τους ακούω τώρα και με κάνουν να τρέμω ... Τι γίνεται με το σπίτι σου και με τη ζωή που οδηγεί εκεί; σας λέω ότι δεν θέλω να σας κηρύξω, θυμάμαι ότι ο χάρι λέει μία φορά ότι κάθε άνθρωπος που έγινε αυτοαπασχολούμενος για πάντα, άρχισε πάντα λέγοντάς του, και έπειτα προχώρησε να σπάσει τον λόγο του. Κηρύττω σε σένα θέλω να οδηγήσεις μια τέτοια ζωή που θα σε κάνει να σε σεβαστεί ο κόσμος θέλω να έχεις ένα καθαρό όνομα και ένα δίκαιο ρεκόρ. Θέλω να απαλλαγείτε από τους τρομακτικούς ανθρώπους με τους οποίους συνδέεστε. Μην σηκώνετε τους ώμους σας έτσι. Μην είστε τόσο αδιάφοροι. Έχετε μια υπέροχη επιρροή. Ας είναι για καλό, όχι για κακό. Λένε ότι καταστρέφεις κάθε έναν με τον οποίο είσαι οικείος και ότι είναι αρκετό για να εισέλθεις σε ένα σπίτι για κάποια ντροπή που θα ακολουθήσει μετά. Δεν ξέρω αν είναι έτσι ή όχι. Πώς πρέπει να το ξέρω; αλλά σας λέει. Μου είπαν πράγματα που φαίνεται αδύνατο να αμφισβητηθεί. Ο άρχοντας ήταν ένας από τους μεγαλύτερους φίλους μου στο . Μου έδειξε μια επιστολή που η γυναίκα του είχε γράψει όταν πέθαινε μόνη στη βίλα του στο . Το όνομά σας εμπλέκεται στην πιο τρομερή ομολογία που διάβασα ποτέ. Τον είπα ότι ήταν παράλογο - ότι σε γνώρισα καλά και ότι δεν είσαι ικανός για τίποτα τέτοιο. Ξέρετε? Αναρωτιέμαι ότι σε ξέρω; πριν μπορέσω να το απαντήσω, θα πρέπει να δω την ψυχή σου. "

"να δω την ψυχή μου!" μουρμούρισε το γκρίζο γκρίζο, ξεκινώντας από τον καναπέ και γυρίζοντας σχεδόν λευκό από το φόβο.

«ναι», απάντησε βαθειά προς τα δεξιά και με βαθιά θλίψη στη φωνή του «για να δεις την ψυχή σου, αλλά μόνο ο θεός μπορεί να το κάνει».

Ένα πικρό γέλιο από κοροϊδία έσπασε από τα χείλη του νεαρού άνδρα. "θα το δείτε μόνοι σας, αυτή τη νύχτα!" φώναξε, καταλαμβάνοντας μια λάμπα από το τραπέζι. "ελάτε: είναι το δικό σας χειροποίητο, γιατί δεν πρέπει να το κοιτάξετε, μπορείτε να το πείτε όλος ο κόσμος μετά από αυτό, αν το επιλέγετε, κανείς δεν θα σε πίστευε, αν σε πίστευαν, θα με ήσουν πολύ καλύτερα γνωρίζω την ηλικία καλύτερα από εσένα, αν και θα το πειράξεις τόσο επιμελώς ... Έλα, σου λέω , έχεις κουβεντιάσει αρκετά για τη διαφθορά ... Τώρα θα το κοιτάξεις μπροστά σου ».

Υπήρξε η τρέλα υπερηφάνειας σε κάθε λέξη που έλεγε. Σφράγισε το πόδι του πάνω στο έδαφος με τον πορνογραφικό του τρόπο. Αισθάνθηκε μια τρομερή χαρά στη σκέψη ότι κάποιος άλλος θα μοιραζόταν το μυστικό του και ότι ο άνθρωπος που είχε ζωγραφίσει το πορτρέτο που ήταν η αιτία της όλη του ντροπής έπρεπε να επιβαρυνθεί για το υπόλοιπο της ζωής του με την αποτρόπαια μνήμη τι είχε κάνει.

«ναι», συνέχισε, έρχεται πιο κοντά σε αυτόν και κοιτάζει σταθερά στα αυστηρά μάτια του, «θα σου δείξω την ψυχή μου, θα δεις το πράγμα που θέλεις να δει μόνο ο θεός».

Το ξεκίνησε. "αυτό είναι βλασφημία, !" αυτός έκλαψε. "δεν πρέπει να λέτε τέτοια πράγματα, είναι φρικτά και δεν σημαίνουν τίποτα".

"έτσι νομίζεις?" γέλασε πάλι.

"ξέρω ότι, όπως και για αυτό που σας είπα νύχτα, το είπα για το καλό σας, ξέρετε ότι είμαι πάντα ένας φίλος σας."

"μη με αγγίζετε. Τελειώστε τι πρέπει να πείτε."

Ένα στριμμένο φλας του πόνου που σπρώχτηκε στο πρόσωπο του ζωγράφου. Σταμάτησε για μια στιγμή και πέρασε άγρια αίσθηση λύπης. Μετά από όλα, ποιο ήταν το δικαίωμα να ριχτεί στη ζωή του γκρίζου ; αν είχε κάνει μια δεκάτη από αυτό που φημολογήθηκε γι 'αυτόν, πόσο πρέπει να έχει υποστεί! Έπειτα ο ίδιος ευθυγραμμίστηκε και γύρισε στο τζάκι και στάθηκε εκεί, κοιτάζοντας τα καυτά κούτσουρα με τις στάχτες τους σαν παγετό και τους πυκνωμένους πυρήνες τους.

«περιμένω, βασιλικό», είπε ο νεαρός με μια σκληρή σαφή φωνή.

Γύρισε. "αυτό που έχω να πω είναι αυτό", φώναξε. "πρέπει να μου δώσετε κάποια απάντηση σε αυτές τις φρικτές κατηγορίες που γίνονται εναντίον σας, αν μου πείτε ότι είναι απολύτως αλήθεια από την αρχή μέχρι το τέλος, θα σε πιστέψω, να τους αρνηθεί, , να τους αρνηθεί! Περνάω μέσα; θεέ μου, μην μου πείτε ότι είσαι κακός, διεφθαρμένος και ντροπιασμένος. "

Ο γκρίζος χώρος χαμογέλασε. Υπήρχε μια κυρτή περιφρόνηση στα χείλη του. «έρχεται επάνω, βασιλικός», είπε ήσυχα. "κρατώ από μέρα σε μέρα ένα ημερολόγιο της ζωής μου και δεν αφήνει ποτέ το δωμάτιο στο οποίο είναι γραμμένο, θα το δείξω σε σας αν έρθετε μαζί μου".

"θα έρθω μαζί σας, , αν το επιθυμείτε .. Βλέπω ότι έχω χάσει το τρένο μου που δεν έχει σημασία μπορεί να πάω αύριο αλλά μην με ρωτάτε να διαβάσω τίποτα το βράδυ όλα θέλω είναι μια απλή απάντηση στην ερώτησή μου. "

"που θα σας δοθεί επάνω, δεν θα μπορούσα να το δώσω εδώ, δεν θα χρειαστεί να διαβάσετε πολύ".

Κεφάλαιο 13

Έπεσε έξω από το δωμάτιο και άρχισε την ανάβαση, βασιλικό προς τα δεξιά ακολουθώντας πίσω. Περπατούσαν μαλακά, όπως κάνουν οι άνδρες ενστικτωδώς τη νύχτα. Ο λαμπτήρας ρίχνει φανταστικές σκιές στον τοίχο και την σκάλα. Ένας ανεβαίνοντας άνεμος έκανε κάποια από τα παράθυρα κουδουνίστρα.

Όταν έφτασαν στην κορυφή της προσγείωσης, ο έβαλε τη λάμπα στο πάτωμα και έβγαλε το κλειδί και το γύρισε στη κλειδαριά. "επιμένεις να γνωρίζεις, βασιλικό;" ρώτησε με χαμηλή φωνή.

"ναί."

«χαίρομαι», απάντησε χαμογελώντας. Έπειτα πρόσθεσε, κάπως σκληρά: «είσαι ο μόνος άνθρωπος στον κόσμο που έχει το δικαίωμα να γνωρίζει τα πάντα για μένα» είχατε περισσότερα για τη ζωή μου από ό, τι νομίζετε ». Και, λαμβάνοντας τη λάμπα, άνοιξε την πόρτα και μπήκε μέσα. Τον πέρασε από ένα κρύο ρεύμα αέρα και το φως χτύπησε για μια στιγμή σε μια φλόγα από σκοτεινό πορτοκαλί. Ρέει. «κλείστε την πόρτα πίσω από σας», ψιθύρισε, καθώς τοποθέτησε τη λάμπα στο τραπέζι.

Προς τα δεξιά, τον κοίταξε με μια αμηχανία. Το δωμάτιο φαινόταν σαν να μην είχε ζήσει εδώ και χρόνια. Μια ξεθωριασμένη φλαμανδική ταπετσαρία, μια εικόνα με κουρτίνα, μια παλιά ιταλική κασόνη και ένα σχεδόν άδειο βιβλίο - αυτό ήταν το μόνο που φαινόταν να περιέχει, εκτός από μια καρέκλα και ένα τραπέζι. Καθώς ο γκρίζος γκρίζος φώτισε ένα ημι-καμένο κερί που στέκεται πάνω στο , είδε ότι όλο το μέρος ήταν καλυμμένο με σκόνη και ότι το χαλί ήταν μέσα σε τρύπες. Ένα ποντίκι έτρεξε ξεγελώντας πίσω από το υαλοπίνακα. Υπήρχε μια υγρή οσμή μούχλας.

"έτσι νομίζετε ότι μόνο ο θεός βλέπει την ψυχή, το βασιλικό; τραβείτε την κουρτίνα πίσω και θα δείτε τη δική μου".

Η φωνή που μίλησε ήταν ψυχρή και σκληρή. «είσαι τρελός, δωριανός, ή παίζεις ένα κομμάτι», μουρμούρισε προς τα δεξιά.

"δεν θα το κάνετε, τότε θα το κάνω μόνος μου", είπε ο νεαρός άνδρας και έσχισε την κουρτίνα από τη ράβδο της και την έριξε στο έδαφος.

Ένα θαυμαστικό της φρίκης έσπασε από τα χείλη του ζωγράφου, καθώς είδε στο σκοτεινό φως το εκκεντρικό πρόσωπο στον καμβά που χαμογελούσε σ 'αυτόν. Υπήρχε κάτι στην έκφρασή του που τον γεμίζει με αηδία και θλίψη. Θεέ μου! Ήταν το πρόσωπο του γκρι του γκρίζου που το έβλεπε! Η φρίκη, ό, τι κι αν ήταν, δεν είχε ακόμα καταστρέψει εντελώς την θαυμάσια ομορφιά. Υπήρχε ακόμα ένας χρυσός στα μαλλιά που είχαν αραιωθεί και κάποιο κόκκινο στο αισθησιακό στόμα. Τα χτενισμένα μάτια είχαν κρατήσει κάτι από την ομορφιά του γαλάζιου τους, οι ευγενείς καμπύλες δεν είχαν περάσει εντελώς από τα ρινίσματα και από το πλαστικό λαιμό. Ναι, ήταν ο ίδιος ο . Αλλά ποιος το έκανε; φάνηκε να αναγνωρίζει τη δική του βούρτσα και το πλαίσιο ήταν δικό του σχέδιο. Η ιδέα ήταν τερατώδης, όμως αισθάνθηκε φοβισμένος. Κατέλαβε το αναμμένο κερί και το κράτησε στην εικόνα. Στην αριστερή γωνία ήταν το όνομά του, που εντοπίστηκε με μακρά γράμματα λαμπερού βερμούλιου.

Ήταν κάποια παράδοξη παρωδία, κάποια περίφημη αλαζονική σάτιρα. Δεν είχε κάνει ποτέ αυτό. Ακόμα, ήταν η δική του εικόνα. Το γνώριζε, και ένιωθε σαν να είχε αλλάξει το αίμα του σε μια στιγμή από φωτιά σε αργό πάγο. Τη δική του εικόνα! Τι σήμαινε; γιατί άλλαξε; γύρισε και κοίταξε το γκρίζο γκρίζο με τα μάτια ενός άρρωστου. Το στόμα του τσαλακώθηκε και η ξεφτισμένη γλώσσα του φαινόταν ανίκανη να αρθρώσει. Πέρασε το χέρι του στο μέτωπό του. Ήταν βρεγμένο με αχνά ιδρώτα.

Ο νεαρός άνδρας κλίνει ενάντια στο , βλέποντας τον με την περίεργη έκφραση που βλέπει στα πρόσωπα εκείνων που απορροφούνται σε ένα έργο όταν ένας μεγάλος καλλιτέχνης ενεργεί. Δεν υπήρχε ούτε πραγματική θλίψη ούτε πραγματική χαρά. Υπήρχε απλά το πάθος του θεατή, με ίσως ένα τρεμόπαιγμα του θριάμβου στα μάτια του. Είχε πάρει το λουλούδι έξω από το παλτό του, μυρίζοντας το, ή προσποιούμενος να το κάνει.

"τι σημαίνει αυτό?" φώναξε επιμελώς, επιτέλους. Η δική του φωνή ακούστηκε ξαφνικά και περίεργα στα αυτιά του.

"χρόνια πριν, όταν ήμουν αγόρι", είπε ο γκρίζος γκρίζος, συνθλίβοντας το λουλούδι στο χέρι του, "με συναντήσατε, με κολακεύατε και με διδάξατε να είμαι μάταιος της καλής μου εμφάνισης, μια μέρα με παρουσιάσατε σε έναν φίλο σου, που μου εξήγησε το θαύμα της νεολαίας και τελείες ένα πορτρέτο μου που μου έδειξε το θαύμα της ομορφιάς σε μια τρελή στιγμή που ακόμα και τώρα δεν ξέρω αν λυπάμαι ή όχι, έκανα ευχή, ίσως να την ονομάζετε προσευχή ... "

"το θυμάμαι! Ω, πόσο καλά το θυμάμαι! Όχι! Το πράγμα είναι αδύνατο ... Το δωμάτιο είναι υγρό ... Η μούχλα έχει εισέλθει στον καμβά ... Τα χρώματα που χρησιμοποίησα είχαν κάποια άθλια μεταλλικά δηλητήρια σε αυτά. Αδύνατο."

"αχ, τι είναι αδύνατο;" μουρμούρισε τον νεαρό, πηγαίνοντας στο παράθυρο και σκύβοντας το μέτωπό του στο κρύο, βαμμένο με ομίχλη.

"μου είπες ότι το είχε καταστρέψει."

"έκανα λάθος, με κατέστρεψε".

"δεν πιστεύω ότι είναι η εικόνα μου".

"δεν μπορείτε να δείτε το ιδανικό σας σε αυτό;" είπε ο πειρατής πικρά.

"το ιδανικό μου, όπως το αποκαλείτε ..."

"όπως το αποκαλούσατε."

"δεν υπήρχε τίποτα κακό σε αυτό, τίποτα δεν ήταν ντροπιαστικό, ήσασταν σε μένα ένα τέτοιο ιδανικό που δεν θα συναντήσω ξανά ... Αυτό είναι το πρόσωπο ενός σάτυρα".

"είναι το πρόσωπο της ψυχής μου".

"χριστός, τι πρέπει να λατρεύω, έχει τα μάτια ενός διαβόλου".

«ο καθένας μας έχει τον ουρανό και την κόλαση σε αυτόν, βασιλικό», φώναξε ο με μια άγρια χειρονομία απελπισίας.

Ο γύρισε πάλι στο πορτρέτο και κοίταξε το. «ο θεός μου, αν είναι αληθινό», αναφώνησε, «και αυτό είναι που κάνατε με τη ζωή σας, γιατί, πρέπει να είστε χειρότεροι ακόμα και από εκείνους που μιλάνε εναντίον σας, φαντάζεστε ότι είστε!» κράτησε το φως και πάλι στον καμβά και το εξέτασε. Η επιφάνεια φαινόταν να είναι αρκετά ανενόχλητη και όπως είχε αφήσει. Ήταν από μέσα, προφανώς, ότι η φρενίτιδα και ο τρόμος είχαν έρθει. Μέσω μιας περίεργης επιτάχυνσης της εσωτερικής ζωής, οι λεπροί της αμαρτίας τρώνε σιγά-σιγά το πράγμα μακριά. Η σήψη ενός πτώματος σε έναν υδατώδη τάφο δεν ήταν τόσο φοβισμένη.

Το χέρι του τίναξε και το κερί έπεσε από την πρίζα του στο πάτωμα και εκεί έπεσε. Έβαλε το πόδι του πάνω του και το έβαλε έξω. Τότε έπεσε στην καμαρωτή καρέκλα που στέκεται δίπλα στο τραπέζι και έθαψε το πρόσωπό του στα χέρια του.

"καλός θεός, , τι ένα μάθημα! Τι φοβερό μάθημα!" δεν υπήρχε απάντηση, αλλά μπορούσε να ακούσει τον νεαρό άνδρα να φωνάζει στο παράθυρο. "προσευχηθείτε, , προσευχηθείτε", μουρμούρισε. "τι είναι αυτό που δίδαξε να πει κανείς στο παιδί του;" δεν μας οδηγεί σε πειρασμό, συγχωρέστε μας τις αμαρτίες μας, ξεπλύνετε τις ανομίες μας. Ας πούμε ότι μαζί, η προσευχή της υπερηφάνειας σας έχει απαντηθεί, η προσευχή της μετάνοιής σας θα απαντηθεί και εγώ θα σας προσκυνήσω πάρα πολύ, θα τιμωθώ γι 'αυτό, θα λατρεύατε τον εαυτό σας πάρα πολύ και οι δύο θα τιμωθούμε ».

Το γκρίζο γύρισε σιγά-σιγά γύρω και τον κοίταξε με τα μαύρα μάτια. «είναι πολύ αργά, βασιλικός», κατέρρευσε.

"δεν είναι ποτέ αργά, , ας γονατίσουμε και να προσπαθήσουμε αν δεν μπορούμε να θυμηθούμε μια προσευχή." δεν υπάρχει στίχος κάπου, "αν και οι αμαρτίες σου είναι κόκκινες, όμως θα τις φτιάξω σαν λευκό σαν χιόνι";

"αυτές οι λέξεις δεν μου σημαίνουν τίποτα τώρα".

"δεν το λέτε αυτό, έχετε κάνει αρκετό κακό στη ζωή σας, θεέ μου, δεν βλέπετε αυτό το πονηρό πράγμα να μας φωνάζει;"

Ο δωριανός γκρίζος κοίταξε την εικόνα και ξαφνικά έβγαινε πάνω του μια ανεξέλεγκτη αίσθηση μίσους για το βασιλικό προς την κατεύθυνση του, σαν να του είχε προταθεί η εικόνα στον καμβά, ψιθύρισε στο αυτί του από αυτά τα χαμογελαστά χείλη. Τα τρελά παθάρια ενός κυνηγίου ζώου που αναδεύεται μέσα του και απείλησε τον άνθρωπο που καθόταν στο τραπέζι, περισσότερο από ό, τι σε όλη του τη ζωή, είχε ποτέ αποδοκιμήσει τίποτα. Κοίταξε άγρια γύρω. Κάτι έλαμψε στην κορυφή του ζωγραφισμένου στήθους που τον αντιμετώπιζε. Το μάτι του έπεσε πάνω του. Ήξερε τι ήταν. Ήταν ένα μαχαίρι που είχε αναστήσει, μερικές μέρες πριν, να κόψει ένα κομμάτι κορδόνι και είχε ξεχάσει να τον πάρει μαζί του. Κινούσε σιγά-σιγά προς το μέρος του, περνώντας προς τα δεξιά. Μόλις το πήρε πίσω του, το κατέλαβαν και γύρισαν. Αναπήδησε προς τα δεξιά στην καρέκλα του σαν να ανέβαινε. Έσπευσε προς αυτόν και έσκαψε το μαχαίρι στη μεγάλη φλέβα που βρίσκεται πίσω από το αυτί, συνθλίβοντας το κεφάλι του ανθρώπου κάτω στο τραπέζι και μαχαιρώντας ξανά και ξανά.

Υπήρχε ένα πνίγημα στεναγμός και ο τρομερός ήχος κάποιας που πνίγηκε με αίμα. Τρεις φορές τα τεντωμένα χέρια χτύπησαν σπασμωδικά, κυματίζοντας με γοργούς, άκαμπτα χέρια τα χέρια στον αέρα. Τον σκότωσε δύο φορές περισσότερο, αλλά ο άνθρωπος δεν κινήθηκε. Κάτι άρχισε να τρέχει στο πάτωμα. Περίμενε για μια στιγμή, πιέζοντας ακόμα το κεφάλι κάτω. Τότε πέταξε το μαχαίρι στο τραπέζι και άκουσε.

Δεν μπορούσε να ακούσει τίποτα, αλλά το στάζει, στάζει πάνω στο χαλί. Άνοιξε την πόρτα και βγήκε στην προσγείωση. Το σπίτι ήταν απολύτως ήσυχο. Κανείς δεν περίμενε. Για μερικά δευτερόλεπτα στέκεψε να κάμπτεται πάνω από το κιγκλίδωμα και κοιτάζοντας προς τα κάτω στο μαύρο καταιγιστικό πηγάδι του σκότους. Τότε έβγαλε το κλειδί και επέστρεψε στο δωμάτιο, κλείνοντας τον εαυτό του καθώς το έκανε.

Το πράγμα ήταν ακόμα καθισμένο στην καρέκλα, στρέφοντας πάνω από το τραπέζι με τεντωμένο κεφάλι, και ξαφνικά πίσω, και μακριά φανταστικά όπλα. Αν δεν υπήρχε για το κόκκινο χαραγμένο δάκρυ στο λαιμό και η μαύρη κολλημένη μαύρη πισίνα που διευρύνθηκε σιγά-σιγά στο τραπέζι, κάποιος θα είπε ότι ο άντρας απλά κοιμόταν.

Πόσο γρήγορα όλα είχαν γίνει! Αισθάνθηκε παράξενα ήρεμη και περπάτησε στο παράθυρο, το άνοιξε και βγήκε στο μπαλκόνι. Ο άνεμος είχε ανατινάξει την ομίχλη και ο ουρανός ήταν σαν μια τερατώδης ουρά παγωνιού, με αστέρι με μυριάδες χρυσά μάτια. Κοίταξε κάτω και είδε τον αστυνομικό να γυρίζει τους γύρους του και να αναβοσβήνει τη μακριά δέσμη του φανάρι του στις πόρτες των σιωπηλών σπιτιών. Το χτενισμένο σημείο ενός χασμουρητού λάμπει στη γωνία και έπειτα εξαφανίστηκε. Μια γυναίκα σε ένα φτερωτό σάλι βύθισε αργά από τα κιγκλιδώματα, συγκλονίζοντας καθώς πήγε. Τότε σταμάτησε και κοίταξε πίσω. Μια φορά, άρχισε να τραγουδάει με μια χυδαία φωνή. Ο αστυνομικός περπάτησε και της είπε κάτι. Κατέρρευσε, γελώντας. Μια πικρή έκρηξη σάρωσε την πλατεία. Οι λάμπες αερίου έσκαψαν και έγιναν μπλε, και τα απεριόριστα δέντρα κούνησαν τα μαύρα κλαδιά σιδήρου τους προς τα πίσω. Ξύπνησε και γύρισε πίσω, κλείνοντας το παράθυρο πίσω του.

Αφού έφτασε στην πόρτα, γύρισε το κλειδί και το άνοιξε. Δεν κοίταξε ούτε καν τον δολοφονημένο άνθρωπο. Θεώρησε ότι το μυστικό του συνόλου δεν ήταν να συνειδητοποιήσουμε την κατάσταση. Ο φίλος που είχε ζωγραφίσει το θανατηφόρο πορτραίτο στον οποίο οφείλεται όλη η δυστυχία του είχε βγει από τη ζωή του. Αυτό ήταν αρκετό.

Τότε θυμήθηκε τη λάμπα. Ήταν μάλλον περίεργο από μαυριτανές κατασκευές, φτιαγμένες από θαμπό ασήμι με ένθετα από αραβουργήματα από λιωμένο χάλυβα, και γεμάτες χονδροειδείς τυρκουάζ. Ίσως να χάσει ο υπηρέτης του και θα ζητηθούν ερωτήσεις. Δίστασε για μια στιγμή, γύρισε πίσω και πήρε το από το τραπέζι. Δεν μπορούσε να βοηθήσει να δει το νεκρό πράγμα. Πόσο ακόμα ήταν! Πόσο τρομερά λευκό τα μακρά χέρια κοίταξε! Ήταν σαν μια φοβερή εικόνα κεριού.

Έχοντας κλειδώσει την πόρτα πίσω του, στράφηκε ήσυχα κάτω. Το ξυλόγλυπτο ξύπνησε και φάνηκε να φωνάζει σαν να τον πόνο. Σταμάτησε αρκετές φορές και περίμενε. Όχι: όλα ήταν ακόμα. Ήταν απλά ο ήχος των δικών του βημάτων.

Όταν έφτασε στη βιβλιοθήκη, είδε την τσάντα και το παλτό στη γωνία. Πρέπει να κρυφτούν κάπου. Ξεκλείδωσε έναν μυστικό τύπο που βρισκόταν στον υαλοπίνακα, έναν τύπο στον οποίο κρατούσε τις περίεργες μεταμφιέσεις του και τις έβαζε σε αυτό. Θα μπορούσε εύκολα να τους κάψει αργότερα. Τότε έβγαλε το ρολόι του. Ήταν είκοσι λεπτά έως δύο.

Κάθισε και άρχισε να σκέφτεται. Κάθε χρόνο - κάθε μήνα, σχεδόν οι άντρες ήταν στραγγαλισμένοι στην αγγλία για αυτό που είχε κάνει. Υπήρξε μια τρέλα της δολοφονίας στον αέρα. Κάποιο κόκκινο αστέρι είχε έρθει πολύ κοντά στη γη ... Και όμως, ποια στοιχεία υπήρχαν εναντίον του; το βασιλικό αίθριο είχε αφήσει το σπίτι στις έντεκα. Κανείς δεν τον είχε δει ξανά. Οι περισσότεροι από τους υπηρέτες ήταν σε βασιλική. Ο υπηρέτης του είχε πάει για ύπνο .... Παρίσι! Ναί. Ήταν στο παρίσι να είχε πάει ο βασιλικός και από το τρένο στα μεσάνυχτα, όπως είχε σχεδιάσει. Με τις περίεργες επιφυλακτικές του συνήθειες, θα ήταν μήνες πριν από κάθε υποψία θα ξεσηκώνονταν. Μήνες! Όλα θα μπορούσαν να καταστραφούν πολύ καιρό πριν.

Μια ξαφνική σκέψη τον χτύπησε. Έβαλε το γούνινο παλτό και το καπέλο και βγήκε στην αίθουσα. Εκεί σταμάτησε, ακούγοντας το αργό βαρύ πέλμα του αστυνομικού στο εξωτερικό οδόστρωμα και βλέποντας το φλας του οφθαλμού του ταύρου να αντικατοπτρίζεται στο παράθυρο. Περίμενε και κράτησε την ανάσα του.

Μετά από λίγα λεπτά, επέστρεψε τη μανδάλωση και γλίστρησε έξω, κλείνοντας την πόρτα πολύ απαλά πίσω του. Τότε άρχισε να κουδουνίζει το κουδούνι. Σε περίπου πέντε λεπτά ο υπηρέτης του εμφανίστηκε, μισός ντυμένος και κοιτάζοντας πολύ υπνηλία.

"λυπάμαι που έπρεπε να σε ξυπνήσω, φράνσις", είπε, εισερχόμενη. "αλλά είχα ξεχάσει το κλειδί μου. Τι ώρα είναι;"

"δέκα λεπτά μετά τα δύο, κύριε," απάντησε ο άνθρωπος, κοιτάζοντας το ρολόι και αναβοσβήνοντας.

"δέκα λεπτά μετά τα δύο ... Πόσο τρομερά αργά πρέπει να με ξυπνήσετε στις 9 το πρωί, έχω κάποια δουλειά να κάνω".

"εντάξει, κύριε."

"κάλεσε κάποιον απόψε αυτό το βράδυ;"

"κύριε, κύριε, κύριε, έμεινε εδώ μέχρι έντεκα, και έπειτα πήγε για να πιάσει το τρένο του".

"ω! Λυπάμαι που δεν τον είδα, άφησε κανένα μήνυμα;"

"όχι, κύριε, εκτός από το ότι θα σας γράψει από το παρίσι, αν δεν σας βρεθεί στο σύλλογο".

"αυτό θα κάνει, φρανκίς, μην ξεχάσετε να με καλέσετε εννέα μ.μ."

"όχι κύριε."

Ο άνδρας κατέρρευσε το πέρασμα στις παντόφλες του.

Το γκρίζο έριξε το καπέλο και το παλτό πάνω στο τραπέζι και πέρασε στη βιβλιοθήκη. Για ένα τέταρτο της ώρας περπάτησε πάνω και κάτω στο δωμάτιο, δαγκώνοντας το χείλι του και σκέπτοντας. Τότε πήρε το μπλε βιβλίο από ένα από τα ράφια και άρχισε να γυρίζει τα φύλλα. " , 152, , ." ναί; αυτός ήταν ο άνθρωπος που ήθελε.

Κεφάλαιο 14

Στις 9 το μεσημέρι, ο υπηρέτης του ήρθε με ένα φλιτζάνι σοκολάτα σε ένα δίσκο και άνοιξε τα παραθυρόφυλλα. Ο κοιμόταν ειρηνικά, ξαπλωμένος στη δεξιά πλευρά του, με το ένα χέρι κάτω από το μάγουλο του. Έμοιαζε σαν αγόρι που είχε κουραστεί με το παιχνίδι ή μελετά.

Ο άνθρωπος έπρεπε να τον αγγίξει δύο φορές στον ώμο πριν ξυπνήσει και καθώς άνοιξε τα μάτια του, πέρασε στα χείλη του ένα αχνό χαμόγελο, σαν να είχε χάσει σε κάποιο ευχάριστο όνειρο. Όμως δεν είχε ονειρευτεί καθόλου. Η νύχτα του ήταν ανυπόμονη από οποιεσδήποτε εικόνες ευχαρίστησης ή πόνου. Αλλά η νεολαία χαμογελάει χωρίς κανένα λόγο. Είναι ένα από τα αρχέγονα γοητεύει.

Γύρισε και στήριξε τον αγκώνα του και άρχισε να τραγουδάει τη σοκολάτα του. Ο ώριμος ήλιος του νοεμβρίου βγήκε στο δωμάτιο. Ο ουρανός ήταν φωτεινή και υπήρχε μια ζεστασιά ζεστασιά στον αέρα. Ήταν σχεδόν σαν ένα πρωί τον μάιο.

Σταδιακά τα γεγονότα του προηγούμενου νύχτα έπεφταν με σιωπηλά, αιματηρά πόδια στο αίμα του και ανακατασκευάστηκαν εκεί με τρομερή διακριτικότητα. Χτύπησε στη μνήμη όλων αυτών που υπέφερε και για μια στιγμή το ίδιο περίεργο συναίσθημα της απεχθάσης για το βασιλικό αίθριο που τον είχε κάνει να τον σκοτώσει καθώς κάθισε στην καρέκλα ήρθε πίσω σε αυτόν και έγινε ψυχρός με πάθος. Ο νεκρός ακόμα κάθισε εκεί, και τώρα στο φως του ήλιου. Πόσο φρικτή ήταν αυτή! Τέτοια θλιβερά πράγματα ήταν για το σκοτάδι, όχι για τη μέρα.

Αισθάνθηκε ότι αν βάλανε τα πράγματα που είχε περάσει, θα άρρωναν ή θα τρελάντουσαν. Υπήρχαν αμαρτίες των οποίων η γοητεία ήταν περισσότερο στη μνήμη απ 'ό, τι στη δουλειά τους, οι περίεργοι θριάμβοι που ικανοποιούσαν την υπερηφάνεια περισσότερο από τα πάθη και έδωσαν στη διάνοια μια ταχύτερη αίσθηση χαράς, μεγαλύτερη από κάθε χαρά που έφεραν ή θα μπορούσαν ποτέ να φέρουν , στις αισθήσεις. Αλλά αυτό δεν ήταν ένα από αυτά. Ήταν ένα πράγμα να απομακρυνθεί από το μυαλό, να καταπολεμηθεί με παπαρούνες, να στραγγαλίσει για να μην καταπνίξει τον εαυτό του.

Όταν η μισή ώρα χτύπησε, πέρασε το χέρι του στο μέτωπό του, και στη συνέχεια σηκώθηκε βιαστικά και ντυνόταν με κάτι παραπάνω από τη συνηθισμένη του φροντίδα, δίδοντας μεγάλη προσοχή στην επιλογή της γραβάτας του και της καρφίτσας και την αλλαγή του χτυπάει περισσότερες από μία φορές. Πέρασε πολύ καιρό στο πρωινό, δοκιμάζοντας τα διάφορα πιάτα, μιλώντας στο καφετέρια του σχετικά με μερικά νέα που σκέφτηκε να πάρει για τους υπηρέτες σε , και να περάσει από την αλληλογραφία του. Σε μερικά από τα γράμματα, χαμογέλασε. Τρεις από αυτούς τον βαρέθηκαν. Ένας που διάβασε αρκετές φορές και στη συνέχεια έσκασε με μια ελαφριά εμφάνιση ενόχλησης στο πρόσωπό του. "αυτό το φοβερό πράγμα, η μνήμη μιας γυναίκας!" όπως είπε κάποτε ο άρχοντας .

Αφού έπινε το φλιτζάνι του μαύρου καφέ, σκούπισε σιγά-σιγά τα χείλη του με μια χαρτοπετσέτα, κάλεσε τον υπάλληλό του να περιμένει και πήγε στο τραπέζι, κάθισε και έγραψε δύο γράμματα. Έναν που έβαλε στην τσέπη του, ο άλλος που παρέδωσε στον καπετάνιο.

"πάρτε αυτό το γύρο σε 152, οδός χέρτφορντ, φράγκις, και αν ο κύριος είναι έξω από την πόλη, πάρτε τη διεύθυνσή του."

Μόλις ήταν μόνος του, άναψε ένα τσιγάρο και άρχισε να σχεδιάζει ένα κομμάτι χαρτί, αντλώντας πρώτα λουλούδια και κομμάτια αρχιτεκτονικής και έπειτα ανθρώπινα πρόσωπα. Ξαφνικά παρατήρησε ότι κάθε πρόσωπο που έμοιαζε φάνηκε να έχει μια φανταστική ομοιότητα με το βασιλικό αίθριο. Σκέπασε, σηκώθηκε, πήγε στο βιβλίο και έβγαλε έναν τόμο σε κίνδυνο. Ήταν αποφασισμένος να μην σκεφτεί τι συνέβη μέχρι να γίνει απολύτως απαραίτητο να το κάνει.

Όταν είχε τεντωθεί στον καναπέ, κοίταξε τη σελίδα τίτλου του βιβλίου. Ήταν το , η έκδοση του χαρτιού ιαπωνικού χαρτιού, με τη χάραξη . Η δέσμευση ήταν από πράσινο δερμάτινο κιτρινό, με σχέδιο χρυσοκέντημα και διάστικτα ρόδια. Του είχε δοθεί από τον . Όπως ο ίδιος γύρισε πάνω από τις σελίδες, το μάτι του έπεσε στο ποίημα για το χέρι του , το κρύο κίτρινο χέρι « ,» με περονόσπορος κόκκινα μαλλιά της και της « .» κοίταξε τα δικά του άσπρα δάκτυλα δάχτυλα, ανατριχιάζοντας ελαφρώς παρά τον εαυτό του και πέρασε μέχρι να φτάσει σε εκείνες τις υπέροχες στροφές κατά τη βενετία:

Να βρεθεί σε ένα χρωματικό χρώμα, να βρεθεί στο τέλος της ζωής του, να βγαίνει από το είδος του ύπνου .

, ' φράση , ' ένα '.

' Μου καθαιρέσει, γιος , πρόσοψη αυξήθηκε, ' .

Πόσο εξαίσια ήταν! Καθώς κάποιος τα διάβαζε, φάνηκε να πέφτει κάτω από τα καταπράσινα νερά των ροζ και μαργαριταριών, καθιστώντας σε μια μαύρη γόνδολα με ασημί πλώρη και κουρτίνες. Οι απλές γραμμές τον κοίταζαν σαν εκείνες τις ευθείες γραμμές του γαλαζοπράσινου που ακολουθούσαν το ένα όπως το ένα σπρώχνει έξω στο καπάκι. Οι ξαφνικές λάμψεις του χρώματος του τον θυμίζουν τη λάμψη των πτηνών που έκαναν να πνίξουν από το οπάλιο και την ίριδα που κυλούσαν γύρω από το ψηλό καμπαναριό, ή το μίσχο, με τόσο εντυπωσιακή χάρη, μέσα από τις ατελείωτες στοές με λεκέδες. Σκύβοντας πίσω με μισά κλειστά μάτια, συνέχισε να λέει ξανά και ξανά στον εαυτό του:

" αυξήθηκε, ' ."

Ολόκληρη η βενετία ήταν σε αυτές τις δύο γραμμές. Θυμήθηκε το φθινόπωρο ότι είχε περάσει εκεί και μια θαυμάσια αγάπη που τον ανάγκασε να τρελαίνει ευχάριστες ταλαιπωρίες. Υπήρχε ρομαντισμός σε κάθε μέρος. Αλλά η βενετία, όπως και η , είχε κρατήσει το υπόβαθρο για ρομαντισμό και, στο αληθινό ρομαντικό, το υπόβαθρο ήταν τα πάντα ή σχεδόν τα πάντα. Ο βασιλικός είχε μαζί του μέρος του χρόνου, και είχε πεθάνει πάνω από το . Φτωχό βασιλικό! Τι φρικτό τρόπο για να πεθάνει ένας άνθρωπος!

Αναστέναξε, πήρε και πάλι τον τόμο και προσπάθησε να ξεχάσει. Διάβασε τα χελιδόνια που πετούν μέσα και έξω από το μικρό καφενείο στο όπου οι κάθονται μετρώντας τις κεχριμπαρένιες χάντρες τους και οι περιστρεφόμενοι έμποροι καπνίζουν τους μακρινούς φουσκωμένους σωλήνες τους και μιλούν σοβαρά ο ένας στον άλλο. Διάβασε τον οβελίσκο στον τόπο που κλαίει τα δάκρυα του γρανίτη στην μοναχική άγρυπνη εξορία του και θέλει να επιστρέψει πίσω από τον καυτό, λωτό που καλύπτεται από τον ουρανό, όπου υπάρχουν σφίγγες και τριαντάφυλλα και λευκά γύπες επιχρυσωμένα νύχια και κροκόδειλοι με μικρά μάτια βεριλιά που σέρνουν πάνω από την πράσινη λάσπη ατμού. Άρχισε να προβληματίζει αυτούς τους στίχους, οι οποίοι, αντλώντας μουσική από μάρμαρο που μοιάζει με φιλί, μιλούν για το περίεργο αυτό άγαλμα που συγκρίνεται με τη φωνή , τον « γοητευτικό γείτονα » που κουβαλάει στο πορφυρικό δωμάτιο της γρίλιας. Αλλά μετά από λίγο το βιβλίο έπεσε από το χέρι του. Μεγάλωσε νευρικός, και πέρασε από αυτόν μια φρικτή τριβή. Τι θα συμβεί αν ο του πρέπει να βγει από την αγγλία; θα περάσουν μέρες πριν μπορέσει να επιστρέψει. Ίσως αρνείται να έρθει. Τι θα μπορούσε να κάνει τότε; κάθε στιγμή ήταν ζωτικής σημασίας.

Ήταν σπουδαίοι φίλοι μία φορά, πέντε χρόνια πριν - πράγματι σχεδόν αδιάσπαστο. Τότε η οικειότητα έρχεται ξαφνικά στο τέλος. Όταν συναντήθηκαν στην κοινωνία τώρα, ήταν μόνο ο γκρίζος γκρίζος που χαμογέλασε: το δεν το έκανε ποτέ.

Ήταν ένας εξαιρετικά έξυπνος νεαρός άνδρας, αν και δεν είχε καμία πραγματική εκτίμηση για τις ορατές τέχνες, και ανεξάρτητα από την αίσθηση της ομορφιάς της ποίησης που κατείχε είχε κερδίσει εξ ολοκλήρου από το . Το κυρίαρχο πνευματικό του πάθος ήταν για την επιστήμη. Στο είχε περάσει μεγάλο μέρος του χρόνου του στο εργαστήριο, και είχε πάρει μια καλή τάξη στη φυσική επιστήμη του έτους. Πράγματι, εξακολουθούσε να είναι αφοσιωμένος στη μελέτη της χημείας και είχε ένα δικό του εργαστήριο, στο οποίο συνηθούσε να κλείνει όλη την ημέρα, σε μεγάλο βαθμό στην ενόχληση της μητέρας του, ο οποίος είχε θέσει την καρδιά της στη θέση του για το κοινοβούλιο και είχε μια αόριστη ιδέα ότι ένας χημικός ήταν ένα πρόσωπο που συντάχτηκε συνταγές. Ήταν επίσης εξαιρετικός μουσικός και έπαιξε τόσο το βιολί όσο και το πιάνο καλύτερα από τους περισσότερους ερασιτέχνες. Στην πραγματικότητα, ήταν μουσική που τον είχε φέρει για πρώτη φορά μαζί με το γκρίζο γκρίζο μαζί - τη μουσική και την αόριστη έλξη που ο φάνηκε να μπορεί να ασκεί όποτε το ήθελε - και πράγματι ασκούσε συχνά χωρίς να το συνειδητοποιεί. Συναντήθηκαν στην κυρία τη νύχτα που έπαιξε εκεί ο , και έπειτα ήταν πάντα ορατά μαζί στην όπερα και οπουδήποτε κι αν ήταν καλή μουσική. Για δεκαοκτώ μήνες η επαφή τους κράτησε. Ήταν πάντα είτε σε βασιλική είτε σε πλατεία . Σε αυτόν, όπως και σε πολλούς άλλους, ο γκρίζος του ήταν ο τύπος όλων όσων είναι υπέροχοι και συναρπαστικοί στη ζωή. Ανεξάρτητα από το αν είχε γίνει ή όχι διαμάχη μεταξύ τους, κανείς δεν ήξερε ποτέ. Αλλά ξαφνικά οι άνθρωποι παρατήρησαν ότι μόλις μίλησαν όταν συναντήθηκαν και ότι η καμπάνα έμοιαζε πάντα να φύγει νωρίς από οποιοδήποτε πάρτι στο οποίο έβλεπε το γκρίζο γκρίζο. Είχε αλλάξει, ήταν παράξενα μελαγχολικά κατά καιρούς, φαινόταν σχεδόν να αρέσει να ακούει μουσική και ποτέ δεν θα έπαιζε τον εαυτό του, δίνοντας ως δικαιολογία του, όταν κλήθηκε, ότι ήταν τόσο απορροφημένος στην επιστήμη ότι δεν είχε χρόνο να μείνει που πρέπει να ασκείται. Και αυτό ήταν ασφαλώς αλήθεια. Κάθε μέρα φάνηκε να ενδιαφέρεται περισσότερο για τη βιολογία και το όνομά του εμφανίστηκε μία ή δύο φορές σε μερικές από τις επιστημονικές ανασκοπήσεις σε σχέση με ορισμένα περίεργα πειράματα.

Αυτό ήταν ο άνθρωπος γκρίζος περίμενε. Κάθε δευτερόλεπτο συνέχισε να κοιτάζει το ρολόι. Όπως πέρασαν τα πρακτικά, έγινε τρομερά αναστατωμένος. Επιτέλους σηκώθηκε και άρχισε να κινείται πάνω και κάτω από το δωμάτιο, μοιάζοντας με ένα όμορφο κλουβί. Πήρε μακρά μυστικά βήματα. Τα χέρια του ήταν περίεργα κρύα.

Η αγωνία έγινε αφόρητη. Ο χρόνος του φάνηκε να σέρνει με τα πόδια του μολύβδου, ενώ από τεράστιους ανέμους σάπιαζε προς την οδοντωτή άκρη κάποιου μαύρου διακένου γκρεμού. Ήξερε τι τον περιμένει εκεί? Το είδε πράγματι και, ξαφνικά, συνθλίβει με τα βουλωμένα χέρια τα καψίματα που καίει σαν να είχε κλέψει τον ίδιο τον εγκέφαλο και να οδηγήσει τα μάτια πίσω στη σπηλιά τους. Ήταν άχρηστο. Ο εγκέφαλος διέθετε το δικό του φαγητό και το φανταστικό, γοητευτικό από τρομοκρατία, στριμμένο και παραμορφωμένο ως ζωντανό από τον πόνο, χόρεψε σαν μια κακή μαριονέτα σε μια στάση και χαμογέλασε μέσα από κινούμενες μάσκες. Τότε, ξαφνικά, ο χρόνος σταμάτησε γι 'αυτόν. Ναι: αυτό το τυφλό, αργό-αναπνευστικό πράγμα δεν σέρνεται πια, και φρικτές σκέψεις, που είναι νεκροί, αγωνιζόταν μπροστά και έσυραν ένα θαυμαστό μέλλον από τον τάφο του και το έδειξαν σε αυτόν. Τον κοίταξε. Η ίδια η φρίκη του τον έκανε πέτρινο.

Τελικά η πόρτα άνοιξε και ο υπηρέτης του μπήκε. Γύρισε γυαλιά στα μάτια πάνω του.

"κύριε , κύριε," είπε ο άνθρωπος.

Ένα αναστεναγμένο αναστεναγμό έσπασε από τα χαραγμένα χείλη του και το χρώμα επέστρεψε στα μάγουλά του.

"να τον ζητήσω να έρθει αμέσως, φρανκίς". Ένιωθε ότι ήταν και πάλι ο ίδιος. Η διάθεση του για δειλία είχε πεθάνει.

Ο άντρας υποκλίθηκε και αποσύρθηκε. Σε λίγα λεπτά, ο μπήκε μέσα, κοιτάζοντας πολύ αυστηρά και μάλλον χλωμό, με την οσμή του να εντείνεται από τα μαύρα μαλλιά του και τα σκοτεινά φρύδια.

"! Αυτό είναι το είδος σας, σας ευχαριστώ που ήρθατε."

«είχα την πρόθεση να μην εισέλθω ποτέ ξανά στο σπίτι σας, γκρι, αλλά είπατε ότι ήταν ζήτημα ζωής και θανάτου». Η φωνή του ήταν σκληρή και κρύα. Μίλησε με αργή συζήτηση. Υπήρχε μια ματιά περιφρόνησης στο σταθερό αναζητητικό βλέμμα που γύρισε στο . Κράτησε τα χέρια του στις τσέπες του αστρακάν παλτό του, και φαινόταν να μην έχει παρατηρήσει τη χειρονομία με την οποία είχε χαιρετιστεί.

"ναι: είναι θέμα ζωής και θανάτου, , και σε περισσότερα από ένα άτομα."

Ο πήρε μια καρέκλα στο τραπέζι και ο κάθισε απέναντι του. Τα μάτια των δύο ανδρών συναντήθηκαν. Στο υπήρχε άπειρος κρίμα. Ήξερε ότι αυτό που θα έκανε ήταν φοβερό.

Μετά από μια τεντωμένη στιγμή σιωπής, έσκυψε και είπε, πολύ ήσυχα, αλλά βλέποντας την επίδραση κάθε λέξης στο πρόσωπό του για τον οποίο είχε στείλει, ", σε ένα κλειδωμένο δωμάτιο στην κορυφή αυτού του σπιτιού, ένα δωμάτιο για να που δεν έχει κανείς αλλά ο εαυτός μου έχει πρόσβαση, ένας νεκρός κάθεται σε ένα τραπέζι, έχει πεθάνει δέκα ώρες τώρα, μην το ανακατεύετε και μην με κοιτάτε έτσι, ποιος είναι ο άνθρωπος, γιατί πέθανε, πώς αυτός έχουν πεθάνει, είναι θέματα που δεν σας αφορούν. Αυτό που πρέπει να κάνετε είναι αυτό ... "

"σταματήστε, γκρι, δεν θέλω να ξέρει τίποτα περαιτέρω αν αυτό που μου είπατε είναι αλήθεια ή δεν είναι αληθινό δεν με απασχολεί απόλυτα αποφεύγω να μπερδεύω στη ζωή σου κρατήστε τα φρικτά μυστικά στον εαυτό σας. Δεν με ενδιαφέρουν πια. "

", θα πρέπει να σας ενδιαφέρουν, αυτό θα πρέπει να σας ενδιαφέρει, είμαι τρομερά συγνώμη για σας, , αλλά δεν μπορώ να βοηθήσω τον εαυτό μου, είστε ο μόνος που μπορεί να με σώσει. Για να σας φέρει στο θέμα δεν έχω καμία επιλογή , είστε επιστημονικά γνωρίζετε για τη χημεία και τα πράγματα αυτού του είδους έχετε κάνει πειράματα αυτό που πρέπει να κάνετε είναι να καταστρέψετε το πράγμα που είναι επάνω να καταστρέψετε έτσι ώστε να μην έχει απομείνει ένα απόσπασμα από αυτό, κανείς δεν είδε αυτό το άτομο να έρθει στο σπίτι, πράγματι, αυτή τη στιγμή υποτίθεται ότι είναι στο παρίσι, δεν θα χάσει για μήνες, όταν χάνεται, πρέπει να μην υπάρχει ίχνος αυτού που θα βρεθεί εδώ, εσύ, αλάν, πρέπει να τον αλλάξεις και όλα όσα του ανήκεις σε μια χούφτα στάχτης που μπορεί να διασκορπιστώ στον αέρα.

"είστε τρελοί, ."

"αχ! Περίμενα να μου τηλεφωνήσετε ."

"είσαι τρελός, σου λέω-τρελός να φανταστώ ότι θα σηκώσω ένα δάχτυλο για να σε βοηθήσω, τρελός για να κάνω αυτή την τερατώδη ομολογία ... Δεν θα έχω τίποτα να κάνω με αυτό το θέμα, ό, τι κι αν είναι. Να διακινδυνεύσει η φήμη μου για σας; τι μου είναι αυτό που δουλεύει ο διάβολος;

"ήταν αυτοκτονία, ."

"είμαι ευτυχής γι 'αυτό, αλλά ποιος τον οδήγησε σε αυτό; εσείς, θα έπρεπε να το φανταστώ".

"εξακολουθείτε να αρνείστε να το κάνετε αυτό για μένα;"

"φυσικά αρνούμαι, δεν θα έχω απολύτως τίποτα να κάνω με αυτό δεν με νοιάζει τι ντροπή έρχεται σε εσένα αξίζεις όλα δεν πρέπει να λυπάμαι που σε βλέπω ντροπή, δημόσια ντροπή πώς τολμάς με ρωτάς , από όλους τους ανθρώπους στον κόσμο, για να αναμιγνύω τον εαυτό μου σε αυτή τη φρίκη, θα έπρεπε να σκέφτηκα ότι ξέρατε περισσότερα για τους χαρακτήρες των ανθρώπων, ο φίλος σας, , δεν μπορεί να σας διδάξει πολλά για την ψυχολογία, ό, τι άλλο σας έχει διδάξει. Θα με αναγκάσει να ανακατέψω ένα βήμα για να σε βοηθήσω, έφτασες σε λάθος άνθρωπο, πήγαινε σε μερικούς φίλους σου, μην έρχεσαι σε μένα ».

", ήταν δολοφονία, τον σκότωσα, δεν ξέρεις τι με έκανε να υποφέρω, ό, τι κι αν είναι η ζωή μου, είχε να κάνει περισσότερο με τη δημιουργία ή τη φασαρία από ό, τι η κακή είχε. Το είχαν ως αποτέλεσμα, το αποτέλεσμα ήταν το ίδιο. "

"δολοφόνος, καλός θεός, , είναι ότι αυτό που έρχεσαι;" δεν θα σας ενημερώσω, δεν είναι δουλειά μου, εκτός κι εγώ, χωρίς την ανάμιξή μου στο θέμα, είστε βέβαιοι να συλληφθεί κανείς δεν διαπράττει ποτέ κανένα έγκλημα χωρίς να κάνουμε κάτι ανόητο, αλλά δεν θα έχω καμία σχέση με αυτό. "

"πρέπει να έχεις κάτι να κάνεις με αυτό, περιμένετε, περιμένετε μια στιγμή, ακούστε με, μόνο να ακούσετε, , το μόνο που σας ζητώ είναι να εκτελέσετε ένα συγκεκριμένο επιστημονικό πείραμα, πηγαίνετε στα νοσοκομεία και τα νεκροταφεία, ότι σε κάποια απόκρυφες αίθουσες ανατομίας ή σε περίεργο εργαστήριο βρήκατε αυτόν τον άνθρωπο που βρίσκεται σε ένα τραπέζι μολύβδου με κόκκινα σωληνάρια να ρίχνει μέσα του για να ρέει το αίμα, ένα αξιοθαύμαστο θέμα, δεν θα γύριζατε μια τρίχα, δεν θα πίστευες ότι κάνατε κάτι λάθος, αντίθετα, μάλλον θα αισθανόσασταν ότι ωφελήσατε την ανθρώπινη φυλή ή αυξάνατε το άθροισμα της γνώσης στον κόσμο ή ικανοποιώντας την πνευματική περιέργεια ή κάτι τέτοιο ... Αυτό που θέλω να κάνεις είναι απλώς αυτό που κάνασες συχνά πριν ... Πράγματι, να καταστρέψεις ένα σώμα πρέπει να είναι πολύ λιγότερο φρικτό από ό, τι είναι συνηθισμένο να δουλεύεις και να θυμάσαι ότι είναι το μόνο κομμάτι των αποδεικτικών στοιχείων εναντίον μου, αν ανακαλυφθεί, είμαι χαμένος δ είναι βέβαιο ότι θα ανακαλυφθεί αν δεν με βοηθήσεις ».

"δεν έχω καμία επιθυμία να σας βοηθήσω, ξεχνάτε ότι είμαι απλά αδιάφορος για το όλο πράγμα, δεν έχει καμία σχέση με μένα".

", εγώ σας ζητώ να σκεφτείτε τη θέση που είμαι μέσα λίγο πριν έρθει σχεδόν έπεσε με τρόμο μπορεί να γνωρίζετε τον εαυτό σας τρομοκρατία κάποια μέρα όχι, μην το σκέφτεστε αυτό το θέμα μόνο από την επιστημονική δεν ξέρετε πού τα νεκρά πράγματα από τα οποία προέρχεστε το πείραμα μην το ρωτήσετε τώρα σας έχω πει πάρα πολύ όπως είναι, αλλά σας παρακαλώ να το κάνετε αυτό, ήμασταν φίλοι μια φορά, . "

"μην μιλάτε για εκείνες τις ημέρες, -είναι νεκροί."

"ο νεκρός μείνει μερικές φορές ο άνδρας στον πάνω όροφο δεν θα πάει μακριά, κάθεται στο τραπέζι με τεντωμένο κεφάλι και τεντωμένα χέρια ... Αν δεν έρθετε στη βοήθειά μου, είμαι καταστραμμένος. Εγώ, ! Δεν καταλαβαίνετε; θα με κρεμάσουν για αυτό που έχω κάνει. "

"δεν υπάρχει καλό να παρατείνω αυτή τη σκηνή. Απολύω απόλυτα να κάνω τίποτα στο θέμα, είναι παράλογο να σας ζητήσετε".

"αρνείστε;"

"ναί."

"σας ικετεύω, αλάν."

"είναι άχρηστο".

Η ίδια ματιά του κρίμα ήρθε στα μάτια γκρι. Τότε έβαλε το χέρι του, πήρε ένα κομμάτι χαρτί και έγραψε κάτι πάνω του. Το διάβασε δύο φορές, το διπλώθηκε προσεκτικά και το έσπρωξε πάνω από το τραπέζι. Έχοντας κάνει αυτό, σηκώθηκε και πήγε στο παράθυρο.

Ο τον κοίταξε με έκπληξη και στη συνέχεια πήρε το χαρτί και το άνοιξε. Καθώς το διάβασε, το πρόσωπό του έγινε άσχημα χλωμό και έπεσε πίσω στην καρέκλα του. Μια φρικτή αίσθηση ασθένειας τον έπεσε. Αισθάνθηκε σαν να χτυπούσε η καρδιά του σε θάνατο σε κάποιο κενό κούφωμα.

Μετά από δύο ή τρία λεπτά από την τρομερή σιωπή, ο γύρισε γύρω και ήρθε και στάθηκε πίσω του, βάζοντας το χέρι του πάνω στον ώμο του.

"λυπάμαι τόσο πολύ για εσάς, ," μουρμούρισε, "αλλά δεν μου αφήνετε εναλλακτική λύση. Έχω ήδη γράψει μια επιστολή που γράφτηκε ήδη εδώ εδώ είναι η διεύθυνση που βλέπετε αν δεν με βοηθήσετε πρέπει να το στείλετε αν δεν με βοηθήσεις, θα το στείλω, ξέρετε τι θα είναι το αποτέλεσμα αλλά θα με βοηθήσετε, είναι αδύνατο να αρνηθείτε τώρα. Να σου παραδεχθώ ότι είσαι πρύμνη, σκληρή, προσβλητική ... Με νοιάζασες όπως κανείς δεν τόλμησε ποτέ να με θεραπεύσει - κανένας ζωντανός άνθρωπος, εν πάση περιπτώσει ... Έχω βαρεθεί όλα ... Τώρα είναι για μένα να υπαγορεύσω όρους ».

Ο έθαψε το πρόσωπό του στα χέρια του και ένα θόρυβο πέρασε από αυτόν.

"ναι, είναι η σειρά μου να υπαγορεύσω τους όρους, , ξέρετε τι είναι, το πράγμα είναι απλό, έρχεστε, μην εργάζεστε στον πυρετό αυτό, πρέπει να το κάνετε, να το αντιμετωπίσετε και να το κάνετε. "

Ένα στεναγμό έσπασε από τα χείλη του και ξαπνίγησε παντού. Το τσίμπημα του ρολογιού πάνω στο τζάμι του φαινόταν να χωρίζει το χρόνο σε χωριστά άτομα αγωνίας, καθένα από τα οποία ήταν πολύ τρομερό για να το φέρουμε. Αισθάνθηκε σαν να σφίγγεται σιγά σιγά ένα σίδερο από το μέτωπό του, σαν να είχε βρεθεί ήδη η ντροπή με την οποία απειλήθηκε. Το χέρι στον ώμο του ζυγίστηκε σαν ένα χέρι μολύβδου. Ήταν απαράδεκτο. Φάνηκε να τον συνθλίβει.

"έλα, άλαν, πρέπει να αποφασίσεις αμέσως."

«δεν μπορώ να το κάνω», είπε μηχανικά, σαν να μπορούσαν να αλλάξουν τα λόγια τα λόγια.

"δεν θα έχετε καμία επιλογή, μην καθυστερείτε".

Δίστασε μια στιγμή. "υπάρχει πυρκαγιά στο δωμάτιο στον επάνω όροφο;"

"ναι, υπάρχει πυρκαγιά με αμίαντο".

"θα πρέπει να πάω σπίτι και να πάρω κάποια πράγματα από το εργαστήριο."

"όχι, , δεν πρέπει να φύγετε από το σπίτι, γράψτε σε ένα φύλλο χαρτιού τι θέλετε και ο υπηρέτης μου θα πάρει μια καμπίνα και θα σας φέρει τα πράγματα πίσω".

Ο κάμπελ περιστράφηκε με λίγες γραμμές, τους σκούπισε και έστειλε ένα φάκελο στον βοηθό του. Ο πήρε το χαρτονόμισμα και το διάβασε προσεκτικά. Τότε χτύπησε το κουδούνι και το έδωσε στον καπετάνιο του, με εντολές να επιστρέψει το συντομότερο δυνατόν και να φέρει τα πράγματα μαζί του.

Καθώς η πόρτα της αίθουσας έκλεισε, ο κάμπελ άρχισε νευρικά, και αφού σηκώθηκε από την καρέκλα, πήγε στο κομμάτι καμινάδας. Τρεμοπαίγονταν με ένα είδος παλαίωσης. Για σχεδόν είκοσι λεπτά, κανένας από τους άνδρες δεν μίλησε. Μια μύγα χτύπησε θορυβώδη για το δωμάτιο, και το τραγούδι του ρολογιού ήταν σαν το χτύπημα ενός σφυριού.

Καθώς το χτύπημα χτύπησε ένα, ο στρατόπεδο γύρισε και κοιτάζοντας το γκρίζο γκρίζο, είδε ότι τα μάτια του ήταν γεμάτα με δάκρυα. Υπήρχε κάτι στην καθαρότητα και την τελειοποίηση αυτού του λυπημένου προσώπου που φαινόταν να τον εξοργίζει. "είσαι περίφημος, απολύτως κακόφημος!" μουρμούρισε.

"σβήσατε, , έχετε σώσει τη ζωή μου", δήλωσε ο .

"η ζωή σου; καλοί ουρανοί, ποια είναι η ζωή σου, που έχεις περάσει από τη διαφθορά στη διαφθορά και τώρα έχεις φτάσει στο έγκλημα, κάνοντας αυτό που θα κάνω - αυτό που με αναγκάζεις να κάνω - δεν είναι δικό σου ζωή που σκέφτομαι ".

«αχ, άλαν», μουρμούρισε ο δωριάν με αναστεναγμό, «εύχομαι να έχεις ένα χιλιοστό μέρος του λυπηρότητας για μένα που έχω για σένα». Γύρισε μακριά καθώς μιλούσε και στάθηκε κοιτάζοντας έξω στον κήπο. Δεν απάντησε.

Μετά από περίπου δέκα λεπτά ένα χτύπημα ήρθε στην πόρτα, και ο υπηρέτης εισήλθε, φέρει ένα μεγάλο μαόνι από χημικές ουσίες, με ένα μακρύ πηνίο από χάλυβα και σύρμα πλατίνας και δύο μάλλον περίεργα σχήματος σιδερένια σφιγκτήρες.

"θα αφήσω τα πράγματα εδώ, κύριε;" ρώτησε τον .

«ναι», είπε ο . "και φοβάμαι, φρανκίς, ότι έχω μια άλλη δουλειά για σένα, ποιο είναι το όνομα του ανθρώπου στο που εφοδιάζει με τις ορχιδέες;"

"σκληρύνει, κύριε."

"ναι-σκληρύνετε, πρέπει να κατεβείτε αμέσως στο πλούσιο, να το καθηλώσετε προσωπικά και να του πείτε να στείλει διπλάσιες ορχιδέες που έχω παραγγείλει και να έχω όσο το δυνατόν λιγότερες λευκές. Είναι μια υπέροχη μέρα, ο φρανκίς και ο πλούτος είναι ένα πολύ όμορφο μέρος - αλλιώς δεν θα σε ενοχλήσω γι 'αυτό. "

"δεν υπάρχει πρόβλημα, κύριε, πότε θα επιστρέψω;"

Ο δωρικός κοίταξε το κάμπιλ. "πόσο καιρό θα πάρει το πείραμά σας, ;" είπε με μια ήρεμη αδιάφορη φωνή. Η παρουσία ενός τρίτου στο δωμάτιο φάνηκε να του δίνει εξαιρετικό θάρρος.

Ο κάμπελ φρενάρει και τσίμπησε το χείλι του. "θα χρειαστούν περίπου πέντε ώρες", απάντησε.

"θα είναι αρκετός χρόνος, λοιπόν, αν είστε πίσω στα μισά επτά, ή να μείνετε: απλά αφήστε τα πράγματα έξω για ντύσιμο., μπορείτε να έχετε το βράδυ για τον εαυτό σας, δεν τρώμε στο σπίτι, έτσι θα δεν θέλει εσένα. "

"ευχαριστώ, κύριε," είπε ο άντρας, αφήνοντας το δωμάτιο.

"τώρα, , δεν υπάρχει στιγμή να χαθεί, πόσο βαρύ είναι αυτό το στήθος, θα το πάρω για σένα, θα φέρεις τα άλλα πράγματα." μίλησε γρήγορα και με αυθεντικό τρόπο. Ο αισθάνθηκε ότι τον κυριάρχησε. Έφυγαν από το δωμάτιο μαζί.

Όταν έφτασαν στην κορυφαία προσγείωση, ο έβγαλε το κλειδί και το γύρισε στη κλειδαριά. Τότε σταμάτησε, και στα μάτια του ήρθε μια ενοχλητική ματιά. Ρέει. "δεν νομίζω ότι μπορώ να πάω, ", μουρμούρισε.

"δεν είναι τίποτα για μένα, δεν σας απαιτώ", είπε ο ψυχρά.

Ο μισός μισός άνοιξε την πόρτα. Καθώς το έπραξε, είδε το πρόσωπο του πορτρέτου του να ακούει στο φως του ήλιου. Στο πάτωμα μπροστά του έσπασε η σχισμένη κουρτίνα. Θυμήθηκε ότι τη νύχτα πριν είχε ξεχάσει για πρώτη φορά στη ζωή του να κρύψει τον θανατηφόρο καμβά και επρόκειτο να σπεύσει προς τα εμπρός, όταν επέστρεψε με ένα τρεμάκι.

Ποια ήταν αυτή η απεχθή κόκκινη δροσιά που λάμπει, βρεγμένη και αστραφτερή, σε ένα από τα χέρια, σαν να είχε εφίδρωσε το αίμα ο καμβάς; πόσο φρικτή ήταν - πιο φρικτή, τον φάνηκε προς το παρόν, απ 'ό, τι το σιωπηλό πράγμα που ήξερε ότι ήταν απλωμένο πάνω από το τραπέζι, το πράγμα του οποίου η σκονισμένη σκιά που έπεφτε στο κηλιδωμένο χαλί τον έδειξε ότι δεν είχε ανακατωθεί, αλλά ακόμα εκεί, όπως τον άφησε.

Αναπήδησε βαθιά την πόρτα, άνοιξε την πόρτα λίγο πιο φαρδιά, και με τα μισά κλειστά μάτια και απομακρυνόταν από το κεφάλι, μπήκε γρήγορα, αποφασίζοντας ότι δεν θα έβλεπε ούτε μία φορά τον νεκρό. Στη συνέχεια, σκαρφαλώνοντας κάτω και παίρνοντας το χρυσό-μοβ κρέμονται, το έριξε ακριβώς πάνω στην εικόνα.

Εκεί σταμάτησε, αισθάνθηκε φοβισμένη να γυρίσει, και τα μάτια του σταθεροποιήθηκαν στις περιπλοκές του σχεδίου μπροστά του. Άκουσε το στρατόπεδο που έφερε το βαρύ στήθος, τα σίδερα και τα άλλα πράγματα που είχε απαιτήσει για το φοβερό έργο του. Άρχισε να αναρωτιέται αν είχε συναντήσει ποτέ τον βασιλικό και τον περίγυρο, και αν ναι, τι είχαν σκεφτεί ο ένας τον άλλον.

"αφήστε μου τώρα", είπε μια αυστηρή φωνή πίσω του.

Γύρισε και βγήκε έξω, έχοντας συνειδητοποιήσει ότι ο νεκρός είχε επιστρέψει στην καρέκλα και ότι το στρατόπεδο κοιτούσε ένα αστραφτερό κίτρινο πρόσωπο. Καθώς πήγαινε κάτω, άκουσε το κλειδί να γυρίζει στη κλειδαριά.

Ήταν πολύ καιρό μετά από επτά όταν ο επέστρεψε στη βιβλιοθήκη. Ήταν χλωμό, αλλά απόλυτα ήρεμη. "έκανα αυτό που μου ζήτησε να κάνω", μουρμούρισε. "και τώρα, αντίο, ας μην δούμε ποτέ ξανά ο ένας τον άλλο".

"μου έχεις σωθεί από την καταστροφή, , δεν μπορώ να το ξεχάσω", δήλωσε απλά ο .

Μόλις έφευγε ο , πήγε επάνω. Υπήρχε μια φρικτή μυρωδιά νιτρικού οξέος στο δωμάτιο. Αλλά το πράγμα που είχε κάθεται στο τραπέζι είχε φύγει.

Κεφάλαιο 15

Εκείνο το βράδυ, οκτώ και τριάντα, εξαίρετα ντυμένο και φορώντας μια μεγάλη τρύπα κουμπιού από μοσχοκάρυδα παρμά, το γκρίζο γκρίζο εισήχθη στο σαλόνι του κυρίου υπηρετώντας τους υπηρέτες. Το μέτωπό του τρεμούσε με τρελά νεύρα και αισθάνθηκε άγρια ενθουσιασμένος, αλλά ο τρόπος που αυτός έσκυψε πάνω από το χέρι της οικοδέσποινας ήταν τόσο εύκολος και χαριτωμένος όσο ποτέ. Ίσως κάποιος να μην φαίνεται τόσο πολύ με την ευκολία του, όπως όταν κάποιος πρέπει να παίξει ένα ρόλο. Σίγουρα κανείς που δεν έβλεπε το γκρίζο γκρίζο εκείνο το βράδυ θα μπορούσε να πιστέψει ότι είχε περάσει από μια τραγωδία τόσο φρικτή όσο και οποιαδήποτε τραγωδία της εποχής μας. Αυτά τα λεπτότατα διαμορφωμένα δάκτυλα δεν θα μπορούσαν ποτέ να έχουν συσφίξει ένα μαχαίρι για την αμαρτία, ούτε αυτά τα χαμογελαστά χείλη έχουν φώναξε για το θεό και την καλοσύνη. Ο ίδιος δεν μπορούσε να αναρωτηθεί για την ηρεμία της συμπεριφοράς του και για μια στιγμή αισθάνθηκε έντονα την τρομερή ευχαρίστηση μιας διπλής ζωής.

Ήταν ένα μικρό πάρτι, σηκώθηκε μάλλον σε μια βιασύνη από την κυρία , η οποία ήταν μια πολύ έξυπνη γυναίκα με ό, τι κυρία περιέγραψε ως τα απομεινάρια της πραγματικά αξιοσημείωτη ασχήμια. Είχε αποδείξει μια εξαιρετική σύζυγο σε έναν από τους πιο κουραστικούς πρεσβευτές της και έχοντας ταφεί σωστά τον σύζυγό της σε ένα μαρμάρινο μαυσωλείο, το οποίο είχε σχεδιάσει ο ίδιος, και παντρεύτηκε τις κόρες της με τους πλούσιους, μάλλον ηλικιωμένους άνδρες, αφιέρωσε τώρα στο τις απολαύσεις της γαλλικής φαντασίας, της γαλλικής μαγειρικής και του γαλλικού εσπερίσματος, όταν θα μπορούσε να το πάρει.

Ο ήταν ένα από τα αγαπημένα της και πάντα του είπε ότι ήταν εξαιρετικά ευτυχής που δεν τον γνώρισε νωρίς. "ξέρω, αγαπητέ μου, θα έπρεπε να είχα πέσει ερωτικά ερωτευμένος μαζί σου", έλεγε, "και έριξε το καπό μου ακριβώς πάνω από τους μύλους για χάρη σου, είναι πολύ τυχερό που δεν σκεφτήκατε εκείνη τη στιγμή. Όπως ήταν, τα μας ήταν τόσο απρόσεκτοι και οι μύλοι ήταν τόσο απασχολημένοι προσπαθώντας να ανεβάσουν τον άνεμο, που ποτέ δεν έχω φλερτάρει με κανέναν, ωστόσο αυτό ήταν το λάθος του , ήταν τρομερά κοντόφθαλμο και εκεί δεν είναι ευχαρίστηση να παίρνετε έναν σύζυγο που ποτέ δεν βλέπει τίποτα ».

Οι επισκέπτες της απόψε ήταν μάλλον κουραστικό. Το γεγονός ήταν, όπως εξήγησε στον δωριάν, πίσω από έναν πολύ ξεχασμένο ανεμιστήρα, μια από τις παντρεμένες κόρες της έφτασε ξαφνικά να μείνει μαζί της και, για να κάνει τα πράγματα χειρότερα, είχε φέρει πραγματικά τον σύζυγό της μαζί της. "νομίζω ότι είναι πιο άσχημη γι 'αυτήν, αγαπητέ μου", ψιθύρισε. "φυσικά πηγαίνω και μένω μαζί τους κάθε καλοκαίρι, αφού έρχομαι από το , αλλά τότε μια ηλικιωμένη γυναίκα σαν εμένα πρέπει να έχει φρέσκο αέρα μερικές φορές, και εκτός αυτού, εγώ πραγματικά ξυπνάς." δεν ξέρεις τι μια ύπαρξη οδηγεί κάτω εκεί είναι μια καθαρή και αναλλοίωτη ζωή στη χώρα, γίνονται νωρίς, επειδή έχουν τόσα πολλά να κάνουν, και κοιμούνται νωρίς, επειδή δεν έχουν τόσο λίγα να σκεφτούν, δεν υπάρχει σκάνδαλο στη γειτονιά από την εποχή του βασίλισσα ελισάβετ, και κατά συνέπεια όλοι κοιμούνται μετά το δείπνο, δεν θα πρέπει να καθίσετε δίπλα τους, θα μείνετε δίπλα μου και θα με διασκεδάσετε ».

Ο δωρικός μουρμούρισε μια χαριτωμένη φιλοφρόνηση και κοίταξε γύρω από το δωμάτιο. Ναι: ήταν σίγουρα ένα κουραστικό πάρτι. Δύο από τους ανθρώπους που δεν είχε ξαναδεί πριν, και οι άλλοι αποτελούσαν , μια από τις μέσες ηλικίες μέριμνας τόσο συνηθισμένη στις λέσχες του λονδίνου που δεν έχουν εχθρούς αλλά δεν τους άρεσε πολύ από τους φίλους τους. Η κυρία ρκεξτον, μια υπερβολική γυναίκα σαρανταπέντε, με μια αγκιστρωμένη μύτη, που προσπαθούσε πάντοτε να γλιτώσει τον εαυτό της, αλλά ήταν τόσο ξεκάθαρη που για την μεγάλη της απογοήτευση κανείς δεν θα πίστευε ποτέ τίποτα εναντίον της. Κυρία. , ένας άνθρωπος που δεν πιέζει, με ένα απολαυστικό και με βενετσιάνικο κόκκινα μαλλιά. Κυρία , την κόρη της οικοδέσποινας του, μια κολαστή κοπέλα, με ένα από εκείνα τα χαρακτηριστικά βρετανικά πρόσωπα που, μόλις το είδαν, δεν θυμούνται ποτέ. Και ο σύζυγός της, ένα πλάσμα με κόκκινα μάγουλα, λευκόχρυσο, το οποίο, όπως πολλοί της τάξης του, είχε την εντύπωση ότι η υπερβολική κοροϊδία μπορεί να εξιλασθεί για μια ολόκληρη έλλειψη ιδεών.

Ήταν μάλλον λυπημένος που είχε έρθει, μέχρι η κυρία , κοιτάζοντας το μεγάλο ρολόι ομόσπονδου ομόλου που έσκασε σε καμπυλωτές καμπύλες πάνω στο μανουλόφυλλο, φώναξε: «πόσο φοβερό είναι ο κώδωνας να είναι τόσο αργά! Το πρωί με την ευκαιρία και υποσχέθηκε πιστά να μην με απογοητεύσει ».

Ήταν κάποια παρηγοριά ότι ο χάρι θα ήταν εκεί, και όταν άνοιξε η πόρτα και άκουσε την αργή του μουσική φωνή να δανείζει τη γοητεία σε κάποια ακανθώδη συγγνώμη, έπαψε να αισθάνεται βαρετή.

Αλλά το δείπνο δεν μπορούσε να φάει τίποτα. Πλάκα μετά την πλάκα έφυγε άψογα. Η κυρία τον κράτησε να τον πειράζει για αυτό που αποκαλούσε «μια προσβολή για τους φτωχούς , που εφευρέθηκε το μενού ειδικά για εσάς» και από δω και έπειτα ο κοίταξε τον, αναρωτιόντας τη σιωπή του και τον αφηρημένο τρόπο. Από καιρό σε καιρό ο μπάτλερ πλήρωσε το ποτήρι του με σαμπάνια. Έπινε ανυπόμονα και η δίψα του φάνηκε να αυξάνεται.

"", δήλωσε επιτέλους ο άρχοντας , καθώς το - παραδόθηκε στρογγυλά, "τι είναι το θέμα μαζί σου νύχτα; είσαι αρκετά ξεκάθαρο".

"πιστεύω ότι είναι ερωτευμένος", φώναξε κυρία , "και ότι φοβάται να μου πει για φόβο ότι πρέπει να είμαι ζηλότυπος, είναι απολύτως σωστός.

«αγαπητή κυρία », μουρμούρισε χαμογελώντας, «δεν είμαι ερωτευμένος για μια ολόκληρη εβδομάδα - όχι, στην πραγματικότητα, δεδομένου ότι η εγκατέλειψε την πόλη».

"πώς μπορείτε άνδρες να ερωτευτούν με αυτή τη γυναίκα!" αναφώνησε η παλιά κυρία. «δεν μπορώ πραγματικά να το καταλάβω».

"είναι απλώς και μόνο επειδή θυμάται όταν ήσασταν κοριτσάκι, κυρία ", είπε ο άρχοντας . "αυτή είναι η σύνδεση μεταξύ μας και τα σύντομα σας."

"δεν θυμάται καθόλου τα μικρά μου σφουγγαράκια, αλλά μου θυμάμαι πολύ καλά στη βιέννη πριν από τριάντα χρόνια και πόσο απογοητευτικό ήταν τότε".

"είναι ακόμα αποκολλημένος ", απάντησε, παίρνοντας μια ελιά στα μακρύ του δάχτυλα. "και όταν είναι σε ένα πολύ έξυπνο φόρεμα μοιάζει με μια έκδοση ενός κακού γαλλικού μυθιστορήματος, είναι πραγματικά θαυμάσια και γεμάτη εκπλήξεις, η ικανότητα της για οικογενειακή αγάπη είναι εξαιρετική. Αρκετά χρυσό από τη θλίψη. "

"πώς μπορείτε να, !" φώναξε ο .

"είναι μια πιο ρομαντική εξήγηση", γέλασε η οικοδέσποινα. "αλλά ο τρίτος σύζυγός της, ! Δεν θέλεις να πεις ότι το είναι το τέταρτο;"

"σίγουρα, κυρία ."

"δεν πιστεύω μια λέξη του."

"καλά, ρωτήστε κύριε, είναι ένας από τους πιο οικείους φίλους της".

"είναι αλήθεια, κύριε γκρίζα;"

"με διαβεβαιώνει έτσι, κυρία ", δήλωσε ο . "την ρώτησα αν, όπως και ο , είχε τις καρδιές τους βαλσαρισμένες και κρεμασμένα στο κορμάκι της. Μου είπε ότι δεν το έκανε, γιατί κανένας από αυτούς δεν είχε καθόλου καρδιές».

"τέσσερις συζύγους! Πάνω στη λέξη μου που είναι ."

" ' , της λέω", δήλωσε ο .

"ω, είναι αρκετά τολμηρή για τίποτα, αγαπητέ μου, και τι είναι ο φερρόλ, δεν τον γνωρίζω".

«οι σύζυγοι πολύ όμορφων γυναικών ανήκουν στις ποινικές τάξεις», είπε ο άρχοντας , πίνοντας το κρασί του.

Η κυρία τον χτύπησε με τον ανεμιστήρα της. " , δεν είμαι καθόλου έκπληκτος που ο κόσμος λέει ότι είστε εξαιρετικά κακοί."

"αλλά τι λέει ο κόσμος;" ρώτησε ο άρχοντας , ανυψώνοντας τα φρύδια του. "μπορεί να είναι μόνο ο επόμενος κόσμος, αυτός ο κόσμος και εγώ είμαι με εξαιρετικούς όρους".

«όλοι γνωρίζω ότι είσαι πολύ κακός», φώναξε η παλιά κυρία, κουνώντας το κεφάλι της.

Ο άρχοντας φαινόταν σοβαρός για μερικές στιγμές. «είναι απολύτως τερατώδες», είπε, επιτέλους, «ο τρόπος με τον οποίο οι άνθρωποι περνούν σήμερα λέγοντας πράγματα εναντίον ενός πίσω από την πλάτη που είναι απόλυτα και απολύτως αληθινά».

"δεν είναι αδιόρθωτο;" ρώτησε ο , κάθισε προς τα εμπρός στην καρέκλα του.

"ελπίζω έτσι", είπε η οικοδέσποινα του, γελώντας. "αλλά πραγματικά, αν λατρεύετε όλοι τη μαντάμ ντε φερόλ με αυτόν τον γελοίο τρόπο, θα πρέπει να παντρευτώ και πάλι έτσι ώστε να είναι στη μόδα".

"ποτέ δεν θα παντρευτείς πάλι, κυρία ", έσπασε στο . "ήσασταν πολύ χαρούμενος όταν μια γυναίκα ξαναζωντανεύει γιατί είναι ο πρώτος σύζυγός της, όταν ένας άντρας παντρεύεται και πάλι, επειδή λατρεύει την πρώτη σύζυγό του, οι γυναίκες δοκιμάζουν την τύχη τους και οι άνδρες διακινδυνεύουν".

"ο δεν ήταν τέλειος", φώναξε η γριά.

"αν ήταν, δεν θα τον αγαπούσατε, αγαπητή μου κυρία", ήταν το υπόμνημα ανταπαντήσεως. «αν αγαπάμε τις γυναίκες μας για τα ελαττώματά μας, αν τους έχουμε αρκετά, θα μας συγχωρήσουν τα πάντα, ακόμα και τις διανοητικές μας ενέργειες ... Δεν θα μου ζητήσετε ποτέ ξανά το δείπνο, λέγοντας αυτό, φοβάμαι κυρία , αλλά είναι αλήθεια. "

"φυσικά είναι αλήθεια, κυρία , αν εμείς οι γυναίκες δεν σ 'αγαπούσαμε για τα ελαττώματά σου, πού θα είσαι όλοι; δεν θα παντρευόσαστε ποτέ κάποιος από εσάς, θα ήταν μια σειρά ατυχών . Αυτό που θα σας αλλάξει πολύ. Σήμερα όλοι οι παντρεμένοι άνδρες ζουν σαν γκρουπ και όλοι οι γκρουπ σαν παντρεμένοι άνδρες ».

" ", μουρμούρισε ο άρχοντας .

" ", απάντησε η οικοδέσποινα του.

«θα ήθελα να ήταν τελείωτος κόσμος », είπε ο με αναστεναγμό. "η ζωή είναι μεγάλη απογοήτευση".

"αχ, αγαπητέ μου", φώναξε η κυρία , βάζοντας τα γάντια της, "μην μου πείτε ότι έχετε εξαντλήσει τη ζωή." όταν ένας άντρας λέει ότι κάποιος ξέρει ότι η ζωή τον έχει εξαντλήσει, ο άρχοντας είναι πολύ κακός και μερικές φορές ευχόμαστε ότι ήμουν, αλλά είσαι φτιαγμένος για να είσαι καλός - φαίνεσαι τόσο καλός, πρέπει να σε βρω μια συμπαθητική σύζυγο, κυρία , δεν νομίζεις ότι ο γκρίζος θα έπρεπε να παντρευτεί;

"τον λέω πάντα, κυρία ", είπε ο άρχοντας με ένα τόξο.

"καλά, πρέπει να προσέξουμε για έναν κατάλληλο αγώνα για αυτόν, θα περάσω από το προσεκτικά μέχρι τη νύχτα και θα καταρτίσω μια λίστα με όλες τις επιλέξιμες νεαρές κυρίες".

"με τις ηλικίες τους, κυρία ;" ρώτησε ο .

"φυσικά, με τις ηλικίες τους, ελαφρώς επεξεργασμένο, αλλά τίποτα δεν πρέπει να γίνει σε μια βιασύνη." θέλω να είναι αυτό που το πρωινό ταχυδρομείο καλεί μια κατάλληλη συμμαχία, και θέλω και οι δύο να είναι ευτυχισμένοι. "

"ποιες ανοησίες μιλάνε για ευτυχισμένους γάμους!" αναφώνησε ο άρχοντας . "ένας άντρας μπορεί να είναι ευχαριστημένος με οποιαδήποτε γυναίκα, εφόσον δεν την αγαπάει".

"αχ, ποιος κυνηγός είσαι!" φώναξε η παλιά κυρία, σπρώχνοντας πίσω την καρέκλα της και κούνησε την κοπέλα . "πρέπει να έρθετε και να δειπνήσετε μαζί μου σύντομα ξανά, είσαι πραγματικά ένας θαυμάσιος τονωτικός, πολύ καλύτερος από ό, τι ο κύριος συνταγογραφεί για μένα, πρέπει να μου πείτε ποιοι άνθρωποι θα θέλατε να συναντήσετε, όμως θέλω να είναι μια ευχάριστη συγκέντρωση . "

"μου αρέσουν άντρες που έχουν μέλλον και γυναίκες που έχουν παρελθόν", απάντησε. "ή νομίζετε ότι αυτό θα έκανε ένα πάρτι με πετσέτες;"

"φοβούμαι έτσι", είπε, γελώντας, καθώς σηκώθηκε. "χίλιες χάριδες, αγαπητέ κυρία μου ", πρόσθεσε, "δεν είδα ότι δεν είχατε τελειώσει το τσιγάρο σας."

"δεν πειράζει, κυρία , καπνίζω πάρα πολύ, θα περιοριστώ τον εαυτό μου για το μέλλον".

"μην προσεύχεστε, κυρία ρούξτον", είπε ο άρχοντας . "η μετριοπάθεια είναι ένα θανατηφόρο πράγμα, αρκετά τόσο κακό όσο ένα γεύμα, περισσότερο από αρκετό είναι τόσο καλό όσο μια γιορτή".

Η κυρία ρούξτον τον κοίταξε περιέργως. "πρέπει να έρθετε και να μου εξηγήσετε κάποιο μεσημεριανό, κυρία , ακούγεται μια συναρπαστική θεωρία", μουρμούρισε, καθώς έσκαψε από το δωμάτιο.

"τώρα, νου ότι δεν μένεις πάρα πολύ για την πολιτική και το σκάνδαλο σου", φώναξε η κυρία από την πόρτα. "αν το κάνετε, είμαστε σίγουροι ότι θα σκαρφαλώσουμε επάνω".

Οι άνδρες γέλασαν και ο κ. Ο σηκώθηκε επίσημα από τους πρόποδες του τραπεζιού και ήρθε στην κορυφή. Το γκρίζο άλλαξε το κάθισμά του και πήγε και καθόταν από τον . Κύριος. Ο άρχισε να μιλάει με μεγάλη φωνή για την κατάσταση στο σπίτι των κοινών. Έσκυψε στους αντιπάλους του. Η λέξη δοξασία - λέξη γεμάτη τρόμο στο βρετανικό μυαλό - επανεμφανίστηκε από καιρό σε καιρό ανάμεσα στις εκρήξεις του. Ένα εξωγενές πρόθεμα που χρησίμευσε ως στολίδι του δημαρχείου. Ανυψώθηκε το βύσμα της ένωσης στις κορυφές της σκέψης. Η κληρονομική βλακεία της κουλτούρας-υγιής αγγλικής κοινής λογικής που τον ονόμασε εύστοχα - αποδείχθηκε ότι ήταν το κατάλληλο προπύργιο για την κοινωνία.

Ένα χαμόγελο κυρτούσε τα χείλη του άρχοντα, γύρισε και κοίταξε τον δωριάν.

"είσαι καλύτερος, αγαπητός μου συνάδελφος;" ρώτησε. "φάνηκε μάλλον να ξεφύγετε από το δείπνο".

"είμαι πολύ καλά, χάρι, είμαι κουρασμένος, αυτό είναι όλο".

"ήταν γοητευτικό χθες το βράδυ, η μικρή δούκισσα είναι πολύ αφοσιωμένη σε σας, μου λέει ότι πηγαίνει κάτω σε ."

"έχει υποσχεθεί να έρθει στο εικοστό".

"είναι να είναι εκεί, πάρα πολύ;"

"ω, ναι, χάρι".

"με τρελαίνει με τρεξίματα, σχεδόν όσο τον τσακίζει, είναι πολύ έξυπνο, πολύ έξυπνο για μια γυναίκα, δεν έχει την αόριστη γοητεία της αδυναμίας, είναι τα πόδια του πηλού που κάνουν το χρυσό της εικόνας πολύτιμο. Είναι πολύ όμορφα, αλλά δεν είναι πόδια από πηλό, λευκά πορσελάνη πόδια, αν θέλετε, έχουν περάσει από τη φωτιά, και ποια φωτιά δεν καταστρέφει, σκληραίνει, είχε εμπειρίες.

"πόσο καιρό έχει παντρευτεί;" ρώτησε ο .

"μια αιωνιότητα, μου λέει, πιστεύω ότι, σύμφωνα με την επισκόπηση, είναι δέκα χρόνια, αλλά δέκα χρόνια με το πρέπει να ήταν σαν την αιωνιότητα, με το χρόνο που ρίχτηκε μέσα ο άλλος που έρχεται;"

"οχι, οι θαυμαστές, ο ράγκμπι άρχοντας και η σύζυγός του, η οικοδέσποινα μας, το , το συνηθισμένο σετ.

«μου αρέσει», είπε ο άρχοντας . "πολλοί άνθρωποι δεν το κάνουν, αλλά τον βρίσκω γοητευτικό, ο οποίος αγωνίζεται για να είναι περιστασιακά κάπως υπερβολικός, επειδή είναι πάντα υπερβολικά μορφωμένος, είναι πολύ μοντέρνος".

"δεν ξέρω αν θα μπορέσει να έρθει, ο χάρι μπορεί να χρειαστεί να πάει στο με τον πατέρα του".

"αχ, ποια είναι η όχληση των ανθρώπων του λαού!" προσπαθήστε να τον κάνετε να έρθει, παρεμπιπτόντως, εσείς έτρεξε πολύ νωρίς χθες το βράδυ, έφυγε πριν έντεκα, τι κάνατε μετά;

Ο δωριάν τον κοίταξε βιαστικά και κοίταξε.

"όχι, ," είπε επιτέλους, "δεν έφτασα στο σπίτι μέχρι σχεδόν τρία."

"πήγες στο ;"

"ναι", απάντησε. Τότε έκοψε το χείλι του. "όχι, δεν το εννοώ, δεν πήγα στο , περπάτησα, ξέχασα τι έκανα .... Πόσο περίεργη είσαι, , πάντα θέλεις να μάθεις τι έχει κάνει κανείς. Πάντα ήθελα να ξεχάσω τι έκανα, ήρθα στα μισά δυο χρόνια, αν ήθελες να μάθεις την ακριβή ώρα, είχα αφήσει το κλειδί μου στο σπίτι και ο υπηρέτης μου έπρεπε να με αφήσει μέσα. Θέλετε οποιεσδήποτε επιβεβαιωτικές ενδείξεις σχετικά με το θέμα, μπορείτε να τον ρωτήσετε ".

Ο άρχοντας σήκωσε τους ώμους του. "αγαπητός συνάδελφός μου, σαν να με ενδιέφερε, ας ανεβούμε στην αίθουσα υποδοχής, όχι , ευχαριστώ, κυρία κ. , κάτι σου έχει συμβεί, , πες μου τι είναι, δεν είσαι εσύ, νύχτα."

"δεν με νοιάζει, χάρι, είμαι ευερέθιστος, και από την ψυχραιμία θα έρθω γύρω σου και θα σου δω την μέρα ή την επόμενη μέρα, θα κάνω τις δικαιολογίες μου στην κυρία , δεν θα πάω επάνω. Πρέπει να πάω σπίτι. "

"καλά, , τολμούν να πω ότι θα σας δω την μέρα στο τσάι, η δωδεκάδα έρχεται."

"θα προσπαθήσω να είμαι εκεί, ", είπε, αφήνοντας το δωμάτιο. Καθώς έφευγε στο σπίτι του, συνειδητοποίησε ότι η αίσθηση τρόμου που πίστευε ότι είχε στραγγαλίσει είχε επιστρέψει σ 'αυτόν. Η περιστασιακή ανάκριση του άρχοντα του τον είχε κάνει να χάνει το νεύρο του προς το παρόν και ήθελε ακόμα το νεύρο του. Πράγματα που ήταν επικίνδυνα έπρεπε να καταστραφούν. Χτύπησε. Μισούσε την ιδέα να τα αγγίξει κανείς.

Αλλά έπρεπε να γίνει. Συνειδητοποίησε αυτό, και όταν είχε κλειδώσει την πόρτα της βιβλιοθήκης του, άνοιξε τον μυστικό τύπο στον οποίο είχε στρώσει το παλτό και την τσάντα του βασιλικού. Μια τεράστια φωτιά φλεγμονώδης. Έβαλε ένα άλλο αρχείο. Η μυρωδιά των τραγουδιστικών ρούχων και του καυστικού δέρματος ήταν φρικτή. Τον χρειάστηκαν τρία τέταρτα της ώρας για να καταναλώσουν τα πάντα. Στο τέλος αισθάνθηκε εξασθενημένος και άρρωστος και έχοντας φωτίσει μερικές αλγερινές παστίλιες σε μια διάτρητη χαλκομανία, έτρωγε τα χέρια και το μέτωπό του με ένα δροσερό ξύδι με μυρωδιά.

Ξαφνικά άρχισε. Τα μάτια του γίνονταν παράξενα λαμπερά και γονατίζονταν νευρικά στο κάτω μέρος του. Ανάμεσα σε δύο παράθυρα βρισκόταν ένα μεγάλο γραφείο της φλωρεντίας, φτιαγμένο από έβενο και ένθετο με ελεφαντόδοντο και μπλε λάπις. Το παρακολούθησε σαν να ήταν κάτι που θα μπορούσε να συναρπάσει και να φοβίσει, σαν να κρατούσε κάτι που λαχταρούσε και παρ 'όλα αυτά σχεδόν απείλησε. Η αναπνοή του επιταχύνθηκε. Μια τρελή λαχτάρα ήρθε πάνω του. Άναψε ένα τσιγάρο και έπειτα τον έριξε μακριά. Τα βλέφαρά του κατέρρευσαν μέχρι που οι μακριές ακτίνες βύθισαν σχεδόν το μάγουλο του. Αλλά εξακολουθούσε να παρακολουθεί το γραφείο. Επιτέλους σηκώθηκε από τον καναπέ που βρισκόταν, πήγε σε αυτό και αφού το ξεκλείδωσε, άγγιξε κάποια κρυφή πηγή. Ένα τριγωνικό συρτάρι πέρασε αργά έξω. Τα δάχτυλά του κινήθηκαν ενστικτωδώς προς το μέρος του, βυθίστηκαν και έκλεισαν σε κάτι. Ήταν ένα μικρό κουτί από μαύρο και χρυσό λάστιχο σκόνης, επεξεργασμένο με περίτεχνο τρόπο, τα πλαϊνά με κυρτά κύματα, τα μεταξωτά κορδόνια κρέμασαν με στρογγυλά κρύσταλλα και σπασμένα σε πλεγμένα μεταλλικά νήματα. Το άνοιξε. Στο εσωτερικό ήταν μια πράσινη πάστα, κηρώδη σε λάμψη, η οσμή περίεργα βαριά και επίμονη.

Δίστασε για μερικές στιγμές, με ένα παράξενο ακίνητο χαμόγελο στο πρόσωπό του. Τότε ρίχνοντας, αν και η ατμόσφαιρα του δωματίου ήταν τρομερά καυτή, ο ίδιος σηκώθηκε και κοίταξε το ρολόι. Ήταν είκοσι λεπτά μέχρι δώδεκα. Έβαλε το κουτί πίσω, κλείνοντας τις πόρτες του ντουλαπιού, και πήγε στην κρεβατοκάμαρά του.

Καθώς τα μεσάνυχτα χτύπησαν τα χάλκινα χτυπήματα πάνω στον στροβιλισμένο αέρα, το γκρίζο του , ντυμένο συχνά, και με ένα σιγαστήρα τυλιγμένο γύρω από το λαιμό του, ξεπήδησε ήσυχα έξω από το σπίτι του. Σε δεσμό δρόμο βρήκε ένα χάντσο με ένα καλό άλογο. Το χαιρέτισε και με χαμηλή φωνή έδωσε στον οδηγό μια διεύθυνση.

Ο άνθρωπος κούνησε το κεφάλι του. "είναι πολύ μακριά για μένα", μουρμούρισε.

"εδώ είναι ένας κυρίαρχος για σας", δήλωσε ο . "θα έχετε άλλο εάν οδηγείτε γρήγορα".

"εντάξει, κύριε," απάντησε ο άνθρωπος, "θα είσαστε εκεί μέσα σε μία ώρα" και αφού είχε εισέλθει ο ναύλος γύρισε το άλογό του και γύρισε γρήγορα προς το ποτάμι.

Κεφάλαιο 16

Μια κρύα βροχή άρχισε να πέφτει και οι θολωτοί λαμπτήρες των δρόμων κοίταζαν φρικιαστικά στη σταγόνα ομίχλη. Οι δημόσιοι χώροι μόλις έκλειναν και οι σκοτεινές γυναίκες και άνδρες συσπειρώθηκαν σε σπασμένες ομάδες γύρω από τις πόρτες τους. Από μερικές από τις μπάρες ήρθε ο ήχος του φρικτού γέλιου. Σε άλλους, οι μεθυσμένοι ένοιωθαν και φώναξαν.

Ξαπλωμένος στο χάντσο, με το καπέλο του να τράβηξε πάνω από το μέτωπό του, ο γκρίζος γκρίζος κοίταξε με αδιάφορα τα μάτια την οδυνηρή ντροπή της μεγάλης πόλης και από καιρό καιρό επανέλαβε στον εαυτό του τα λόγια που του είπε ο άρχοντας την πρώτη ημέρα είχε συναντήσει, «για να θεραπεύσει την ψυχή με τις αισθήσεις και τις αισθήσεις μέσω της ψυχής». Ναι, αυτό ήταν το μυστικό. Το είχε δοκιμάσει συχνά και θα το δοκιμάσει ξανά τώρα. Υπήρχαν κοιλότητες οπίου όπου θα μπορούσε κανείς να αγοράσει τη λήθη, τα σκλαβιά της φρίκης, όπου η μνήμη των παλιών αμαρτιών θα μπορούσε να καταστραφεί από την τρέλα των αμαρτιών που ήταν νέα.

Το φεγγάρι κρέμασε χαμηλά στον ουρανό σαν κίτρινο κρανίο. Από καιρό σε καιρό ένα τεράστιο σύννεφο που έπεφτε απλώνεται σε ένα μακρύ χέρι και το έκρυψε. Οι λάμπες αερίου αυξήθηκαν λιγότερα, και οι δρόμοι πιο στενοί και ζοφερόι. Όταν ο άνθρωπος έχασε το δρόμο του και έπρεπε να οδηγήσει πίσω μισό μίλι. Ένας ατμός ανέβηκε από το άλογο καθώς έχυσε τις λακκούβες. Τα πλευρικά παράθυρα του ήταν φραγμένα με γκρίζα φανέλα.

"να θεραπεύσει την ψυχή με τις αισθήσεις και τις αισθήσεις μέσω της ψυχής!" πώς οι λέξεις χτύπησαν στα αυτιά του! Η ψυχή του, σίγουρα, ήταν άρρωστη μέχρι θανάτου. Ήταν αλήθεια ότι οι αισθήσεις μπορούσαν να την θεραπεύσουν; αθώο αίμα είχε χυθεί. Τι θα μπορούσε να αποκαταστήσει γι 'αυτό; αχ! Διότι δεν υπήρχε εξιλέωση. Αλλά αν και η συγχώρεση ήταν αδύνατη, η ανάμνηση ήταν δυνατή ακόμα και ήταν αποφασισμένη να ξεχάσει, να σφραγίσει το πράγμα έξω, να το συντρίψει, όπως θα συνθλίψει τον αγκώνα που είχε τσιμπήσει ένα. Πράγματι, τι δικαίωμα είχε ο βασιλικός για να του μιλήσει όπως είχε κάνει; ο οποίος τον έκανε κριτή για τους άλλους; είχε πει πράγματα που ήταν τρομακτικά, φρικτά, να μην υπομείνουν.

Επάνω και επάνω έτρεξε το , που περνούσε πιο αργά, φάνηκε σε τον, σε κάθε βήμα. Ώθησε την παγίδα και κάλεσε τον άνθρωπο να οδηγεί ταχύτερα. Η τρομακτική πείνα για το όπιο άρχισε να τον καμαρώνει. Ο λαιμός του έκαψε και τα λεπτότατα χέρια του τσαλακώθηκαν νευρικά. Χτύπησε στο άλογο τρελά με το ραβδί του. Ο οδηγός γέλασε και χτύπησε. Γέλασε σε απάντηση, και ο άνθρωπος ήταν σιωπηλός.

Ο δρόμος έμοιαζε ατελείωτος και οι δρόμοι σαν τον μαύρο ιστό κάποιας αράχνης αράχνης. Η μονοτονία έγινε αφόρητη, και καθώς η ομίχλη πυκνώθηκε, ένιωσε φοβισμένος.

Τότε πέρασαν από μοναχικά τούβλα. Η ομίχλη ήταν πιο ανοιχτή εδώ και μπορούσε να δει τους παράξενους φούρνους με τις πορτοκαλί, φανταστικές γλώσσες της φωτιάς. Ένας σκύλος γαβγίζει καθώς περνούσαν, και μακριά στο σκοτάδι, κάποιοι περιπλανώμενοι θαλασσοπόροι φώναζαν. Το άλογο σκόνταψε σε μια ράβδωση, και έπειτα έπεσε στην άκρη και έσπασε σε ένα καλπασμό.

Μετά από κάποιο χρονικό διάστημα έφυγαν από τον πηλό δρόμο και ξαφνικά χτύπησαν τους δρόμους που είχαν τραχιά πεζογέφυρα. Τα περισσότερα παράθυρα ήταν σκοτεινά, αλλά από καιρο καιρό φανταστικές σκιές σκιαγραφούνταν εναντίον κάποιων τυφλών. Τα παρακολούθησε περιέργως. Μετακόμισαν σαν τερατώδη μαριονέτα και έκαναν χειρονομίες σαν ζωντανά πράγματα. Τους μισούσε. Μια βαριά οργή ήταν στην καρδιά του. Καθώς στρίβανε μια γωνιά, μια γυναίκα τους φώναξε από μια ανοιχτή πόρτα και δύο άντρες έτρεξαν μετά από το χάνι για περίπου εκατό μέτρα. Ο οδηγός τους χτύπησε με το μαστίγιο του.

Λέγεται ότι το πάθος κάνει έναν να σκεφτεί σε έναν κύκλο. Σίγουρα με αποτρόπαια επανάληψη, τα δαγκωμένα χείλη του γκρίζου γκρίζου σχημάτισαν και ανασχημάτισαν εκείνες τις λεπτές λέξεις που ασχολήθηκαν με την ψυχή και την αίσθηση, μέχρι που είχε βρει μέσα τους την πλήρη έκφραση της διάθεσής του και δικαιολογούσε με πνευματική έγκριση πάθη που χωρίς τέτοια δικαιολογία θα εξακολουθούσε να κυριαρχεί στην ψυχραιμία του. Από κυψέλη στο κύτταρο του εγκεφάλου του κλόνισε τη μία σκέψη. Και η άγρια επιθυμία να ζήσουν, πιο τρομερή από όλες τις ορέξεις του ανθρώπου, επιτάχυνε σε ισχύ το κάθε τρέμουλο νεύρο και ίνες. Η ασχήμια που κάποτε ήταν μισητή γι 'αυτόν επειδή έκανε τα πράγματα πραγματικά, έγιναν αγαπητά γι' αυτόν τώρα για αυτόν ακριβώς τον λόγο. Η ασχήμια ήταν η πραγματικότητα. Η χονδροειδής φιλονικία, η απεχθή νύκτα, η αδυσώπητη βία της διαταραγμένης ζωής, η πολύ χαλάρωση του κλέφτη και του εξωστρεφούς, ήταν πιο ζωντανές, με την έντονη πραγματικότητα της εντυπώσεώς τους, από ό, τι τα ευγενικά σχήματα της τέχνης, τις ονειρικές σκιές του τραγουδιού. Ήταν αυτά που χρειάζονταν για την αμηχανία. Σε τρεις μέρες θα ήταν ελεύθερη.

Ξαφνικά ο άνδρας έφτασε με ένα τράνταγμα στην κορυφή μιας σκοτεινής λωρίδας. Πάνω από τις χαμηλές στέγες και τις οδοντωτές καμινάδες των σπιτιών αυξήθηκαν οι μαύρες στήλες των πλοίων. Στεφάνια λευκής ομίχλης στεκόταν σαν φουσκωτά πανιά στα ναυπηγεία.

"κάπου εδώ, κύριε, έτσι δεν είναι;" ρώτησε σθεναρά μέσα από την παγίδα.

Ο ξεκίνησε και κοίταξε γύρω. "αυτό θα κάνει", απάντησε, και αφού βγήκε βιαστικά και έδωσε στον οδηγό τον επιπλέον ναύλο που του είχε υποσχεθεί, περπάτησε γρήγορα προς την αποβάθρα. Εδώ και εκεί ένα φανάρι λάμπει στην πρύμνη ενός τεράστιου εμπόρου. Το φως τίναξε και διασπάστηκε στις λακκούβες. Μια κόκκινη λάμψη ήρθε από έναν εξωτερικό ατμόπλοιο που ήταν παλλόμενος. Το λειασμένο οδόστρωμα έμοιαζε με ένα υγρό μακκιντόσο.

Έσπευσε προς τα αριστερά, κοιτάζοντας πίσω και πάλι για να δει αν ακολουθήθηκε. Σε περίπου επτά ή οκτώ λεπτά έφτασε σε ένα μικρό σαθρό σπίτι που ήταν σφηνωμένο ανάμεσα σε δύο εργοστάσια. Σε ένα από τα επάνω παράθυρα υπήρχε λάμπα. Σταμάτησε και έδωσε ένα ιδιαίτερο χτύπημα.

Μετά από λίγο χρόνο άκουσε βήματα στο πέρασμα και η αλυσίδα ξετυλίγεται. Η πόρτα άνοιξε ήσυχα και μπήκε χωρίς να λέει μια λέξη στην κακοποιημένη φιγούρα που κατέρρευσε στη σκιά καθώς περνούσε. Στο τέλος της αίθουσας κρέμασε μια κουρελιασμένη πράσινη κουρτίνα που κλόνισε και συγκλόνισε τον έντονο άνεμο που τον είχε ακολουθήσει από το δρόμο. Το έσφιξε στην άκρη και εισήλθε σε ένα μακρύ χαμηλό δωμάτιο, που φαινόταν σαν να ήταν κάποτε ένα τρίτο χορευτικό σαλούν. Οι εκρηκτικοί αεριωθούμενοι αεριωθούμενοι αεριωθούμενοι, σπασμένοι και στρεβλωμένοι στους κατόπτους που έριξαν φτερωτά τους, έτρεχαν γύρω από τους τοίχους. Οι λιπαροί ανακλαστήρες των ραβδισμένων κασσίτερων τους στήριζαν, κάνοντας φρεσκάρισμα των δίσκων φωτός. Το δάπεδο ήταν καλυμμένο με ωχρό πριονίδι, ποδοπατήθηκε εδώ και εκεί σε λάσπη και χρωματίστηκε με σκοτεινούς δακτυλίους από χυμένο ποτό. Μερικοί μάλιστα σκύβονταν με μια μικρή σόμπα με κάρβουνο, παίζοντας με μετρητές οστών και δείχνοντας τα λευκά δόντια τους καθώς κουβεντιάζονταν. Σε μια γωνιά, με το κεφάλι του να είναι θαμμένο στα χέρια του, ένας ναύτης ξαπλωμένος πάνω σε ένα τραπέζι, και από το τραχύ βαμμένο μπαρ που έτρεξε κατά μήκος μιας πλήρους πλευράς, στέκονταν δύο θηριώδεις γυναίκες, χλευάζοντας έναν γέρο που βουνούσε τα μανίκια του παλτού του έκφραση αηδιασμού. "σκέφτεται ότι έχει κόκκινα μυρμήγκια πάνω του", γέλασε ένα από αυτά, όπως πέρασε ο . Ο άντρας την κοίταξε με τρόμο και άρχισε να φωνάζει.

Στο τέλος της αίθουσας υπήρχε μια μικρή σκάλα, που οδηγούσε σε ένα σκοτεινό θάλαμο. Καθώς ο δωρικός έσπευσε τα τρία άθλια βήματα του, η βαριά οσμή του οπίου τον συνάντησε. Έβαλε βαθιά ανάσα και τα ρουθούνια του έτρεχαν με ευχαρίστηση. Όταν εισήλθε, ένας νεαρός άνδρας με ομαλά κίτρινα μαλλιά, που κάθισε πάνω από έναν λαμπτήρα που φωτίζει ένα μακρύ λεπτό σωλήνα, τον κοίταξε και κούνησε με διστακτικό τρόπο.

"εδώ, αδριανός;" μουρμούρισε .

"πού αλλού πρέπει να είμαι;" απάντησε άτσαλα. "κανένα από τα δεν θα μου μιλήσει τώρα".

«νόμιζα ότι είχες φύγει από την αγγλία».

"ο δεν πρόκειται να κάνει τίποτα, ο αδελφός μου πλήρωσε τελικά το νομοσχέδιο, ο δεν μιλάει ούτε ... Δεν με νοιάζει", πρόσθεσε με αναστεναγμό. "εφ 'όσον κάποιος έχει αυτά τα πράγματα, κάποιος δεν θέλει φίλους. Νομίζω ότι είχα πάρα πολλούς φίλους."

Ο χτύπησε και κοίταξε τα γκροτέστικα πράγματα που βρισκόταν σε τέτοιες φανταστικές στάσεις στα σκαμπανεβάσματα. Τα στριμμένα άκρα, τα εκκεντρικά στόματα, τα ματιές χωρίς λαγουδάρα, τον γοητεύτηκαν.

Ήξερε σε τι περίεργους ουρανούς υπέφεραν και ποιες θαμνώδεις κόρες τους έδιναν το μυστικό μιας νέας χαράς. Ήταν καλύτερα από ό, τι ήταν. Φυλακίστηκε στη σκέψη. Η μνήμη, όπως μια φρικτή ασθένεια, έτρωγε την ψυχή του. Από καιρό σε καιρό φάνηκε να βλέπει τα μάτια του βασιλικού προς τα δεξιά κοιτάζοντάς τον. Αλλά αισθάνθηκε ότι δεν μπορούσε να μείνει. Η παρουσία του τον ενοχλούσε. Ήθελε να είναι όπου κανείς δεν θα ήξερε ποιος ήταν. Ήθελε να ξεφύγει από τον εαυτό του.

«πηγαίνω στην άλλη θέση», είπε μετά από μια παύση.

"στην προβλήτα;"

"ναί."

"αυτή η τρελή γάτα είναι βέβαιο ότι θα είναι εκεί, δεν θα την έχουν στη θέση αυτή τώρα".

Ο σήκωσε τους ώμους του. "είμαι άρρωστος από τις γυναίκες που αγαπούν ένα, οι γυναίκες που μισούν ένα είναι πολύ πιο ενδιαφέρουσες, εκτός από τα πράγματα είναι καλύτερα."

"πολύ το ίδιο."

"μου αρέσει καλύτερα να έρχονται και να πίνουν κάτι, πρέπει να έχω κάτι".

"δεν θέλω τίποτα", μουρμούρισε ο νεαρός.

"δεν πειράζει."

Ο σηκώθηκε απαρατήρητος και ακολούθησε στο μπαρ. Μια μισή κάστα, σε ένα θρυμματισμένο τουρμπάνι και ένα βρώμικο βύσμα, χαμογέλασε έναν αποκρουστικό χαιρετισμό καθώς έσφιξε μπροστά του ένα μπουκάλι μπράντυ και δυο ρόμπες. Οι γυναίκες κατέρρευσαν και άρχισαν να μιλάνε. Ο γύρισε την πλάτη τους και είπε κάτι με χαμηλή φωνή στο .

Ένα καμπύλο χαμόγελο, σαν μια κακοτυπημένη πτυχή, τσαλακώθηκε στο πρόσωπο μιας από τις γυναίκες. "είμαστε πολύ περήφανοι για τη νύχτα", εξοργίστηκε.

"για χάρη του θεού, μην μιλήσετε σε μένα", φώναξε ο , σφραγίζοντας το πόδι του στο έδαφος. "τι θέλεις; χρήματα; εδώ είναι, μην μιλάς ποτέ ξανά σε μένα".

Δύο κόκκινα σπινθήρες αναβοσβήνουν για μια στιγμή στα μαλακά μάτια της γυναίκας, και έπειτα έβγαιναν έξω και τα άφηναν θαμμένα και γυαλισμένα. Πέταξε το κεφάλι της και έβγαλε τα νομίσματα από το πάγκο με άπληστους δάχτυλους. Η σύντροφος της την κοίταζε φωναχτά.

«δεν είναι χρήσιμο», αναστέναξε ο . "δεν με νοιάζει να επιστρέψω, τι έχει σημασία; είμαι πολύ χαρούμενος εδώ".

"θα μου γράψετε αν θέλετε τίποτα, έτσι δεν είναι;" είπε ο , μετά από μια παύση.

"ίσως."

"καληνύχτα τότε."

"καληνύχτα", απάντησε ο νεαρός, περνώντας τα βήματα και σκουπίζοντας το εκκενωμένο στόμα του με ένα μαντήλι.

Ο περπάτησε στην πόρτα με ένα βλέμμα του πόνου στο πρόσωπό του. Καθώς έριξε την κουρτίνα στην άκρη, ένα θλιβερό γέλιο έσπασε από τα ζωγραφισμένα χείλη της γυναίκας που είχε πάρει τα χρήματά του. "εκεί πηγαίνει το παζάρι του διαβόλου!" κοίταξε, με μια κραυγαλέα φωνή.

"ανάθεμά σε!" απάντησε: "μη μου τηλεφωνείτε".

Έσπασε τα δάχτυλά της. "ο γοητευτικός πρίγκιπας είναι αυτό που σας αρέσει να καλείτε, έτσι δεν είναι;" φώναξε μετά από αυτόν.

Ο νυσταγμένος ναυτικός πήδηξε στα πόδια του όταν μιλούσε και κοίταξε άγρια γύρω. Ο ήχος του κλείστρου της πόρτας της αίθουσας έπεσε στο αυτί του. Έσπευσε σαν να αναζητούσε.

Το γκρίζο γκρίζο έσπευσε κατά μήκος της αποβάθρας μέσα από τη βροχή που έριξε. Η συνάντησή του με τον άντριαν στόουντον το περίμενε κι εκείνος αναρωτιόταν αν η καταστροφή αυτής της νεανικής ζωής έπρεπε πραγματικά να βρεθεί στην πόρτα του, όπως του είπε ο βασιλικός στρατιώτης με τέτοια αηδία για προσβολή. Έκοψε το χείλι του και για μερικά δευτερόλεπτα τα μάτια του έγιναν λυπημένα. Όμως, τελικά, τι είχε σημασία γι 'αυτόν; οι ημέρες ήταν πολύ σύντομες για να πάρουν το βάρος των λαθών ενός άλλου στους ώμους του. Κάθε άνθρωπος έζησε τη δική του ζωή και κατέβαλε τη δική του τιμή για να το ζήσει. Το μόνο κρίμα ήταν ότι κάποιος έπρεπε να πληρώνει τόσο συχνά για ένα μόνο λάθος. Κάποιος έπρεπε να πληρώνει ξανά και ξανά, πράγματι. Στις σχέσεις της με τον άνθρωπο, το πεπρωμένο δεν έκλεισε ποτέ τους λογαριασμούς της.

Υπάρχουν στιγμές που μας λένε ψυχολόγοι όταν το πάθος για την αμαρτία ή για το τι ο κόσμος ονομάζει αμαρτία κυριαρχεί έτσι σε μια φύση που κάθε ίνα του σώματος, όπως κάθε κύτταρο του εγκεφάλου, φαίνεται να είναι ένστικτο με φοβισμένες παρορμήσεις. Οι άνδρες και οι γυναίκες σε τέτοιες στιγμές χάνουν την ελευθερία της θέλησής τους. Κινούνται στο τρομερό τέλος τους καθώς κινούνται αυτομάτως. Η επιλογή γίνεται από αυτούς και η συνείδηση είτε σκοτώνεται είτε, αν ζει καθόλου, ζει αλλά για να δώσει επανάσταση τη γοητεία και την ανυπακοή της γοητεία της. Για όλες τις αμαρτίες, όπως οι θεολόγοι που κουραστούν να μην μας υπενθυμίζουν, είναι αμαρτίες ανυπακοής. Όταν εκείνο το υψηλό πνεύμα, εκείνο το πρωί αστέρι του κακού, έπεσε από τον ουρανό, ήταν σαν επαναστάτης που έπεσε.

Καλοσχηματισμένος, επικεντρωμένος στο κακό, με το λερωμένο μυαλό και την ψυχή πεινασμένη για εξέγερση, ο γκρίζος γκρίζος επιτάχυνε, επιταχυνόμενος το βήμα του καθώς πήγε, αλλά καθώς έσκυπτε σε μια σκοτεινή αψίδα, αυτός τον εξυπηρετούσε συχνά ως σύντομη περικοπή στους άρρωστους όπου έμενε, αισθάνθηκε ξαφνικά καταληφθεί από πίσω, και πριν είχε χρόνο να υπερασπιστεί τον εαυτό του, έσπρωξε πίσω στον τοίχο, με ένα βάναυσο χέρι γύρω από το λαιμό του.

Αγωνιζόταν τρελά για ζωή και με μια τρομερή προσπάθεια έσπρωξε τα σφιχτά δάχτυλα μακριά. Σε ένα δευτερόλεπτο άκουσε το χτύπημα ενός περιστροφέα και είδε τη λάμψη ενός γυαλισμένου βαρελιού, στραμμένη κατευθείαν στο κεφάλι του, και τη νωθρή μορφή ενός μικρού, παχιασμένου ανθρώπου που τον έβλεπε.

"εσυ τι θελεις?" αψιδιαζόταν.

«παραμείνετε ήσυχοι», είπε ο άντρας. "αν ανακατεύετε, σας πυροβολώ."

"είσαι τρελός τι σου έκανα;"

"καταστρέψατε τη ζωή του δίσκου του ", ήταν η απάντηση, "και το ήταν η αδερφή μου, σκότωσε τον εαυτό της, το ξέρω ότι ο θάνατός της είναι στην πόρτα σου." ορκίστηκε ότι θα σε σκοτώσω σε αντάλλαγμα. Δεν ήξερα τίποτα από εσένα αλλά το όνομα του κατοικίδιου ζώου που σε κάλεσε, το άκουσα νύχτα τυχαία, κάνε την ειρήνη σου με θεέ, γιατί νύχτα θα πεθάνεις ».

Το γκρίζο του αρρώστησε με φόβο. «ποτέ δεν την ήξερα», έσκαψε. "ποτέ δεν άκουσα γι 'αυτήν, είσαι τρελός."

"έπρεπε να ομολογήσεις καλύτερα την αμαρτία σου, γιατί τόσο σίγουρος όσο είμαι ο , πρόκειται να πεθάνεις". Υπήρξε μια φρικτή στιγμή. Ο δεν ήξερε τι να πει ή να κάνει. "κάτω στα γόνατά σας!" ρώτησε ο άνθρωπος. "σας δίνω ένα λεπτό για να φτιάξω την ειρήνη σου - όχι πια. Πάω να πάω νύχτα για την ινδία και πρέπει να κάνω την δουλειά μου πρώτα, ένα λεπτό.

Τα χέρια του έπεσαν στο πλευρό του. Παράλυτος με τρόμο, δεν ήξερε τι να κάνει. Ξαφνικά μια άγρια ελπίδα έλαμψε στον εγκέφαλό του. "σταματήστε", φώναξε. "πόσο καιρό είναι από τότε που η αδελφή σου πέθανε; γρήγορα, πες μου!"

"δεκαοκτώ χρόνια", είπε ο άνδρας. "γιατί με ρωτάς; τι σημαίνουν χρόνια;"

«δεκαοκτώ χρόνια», γέλασε γκρίζο του , με μια φωνή θριάμβου στη φωνή του. "δεκαοκτώ χρόνια, με έβαλε κάτω από τη λάμπα και κοίτα το πρόσωπό μου!"

Ο δίστασε για μια στιγμή να μην καταλάβει τι σήμαινε. Τότε κατέλαβε το γκρίζο του και τον έσυρε από την αψίδα.

Ορατή και ασταθής, όπως και το φως του ανέμου, αλλά μάλιστα του έδειξε το τρομακτικό λάθος, όπως φάνηκε, στο οποίο είχε πέσει, επειδή το πρόσωπο του ανθρώπου που είχε προσπαθήσει να σκοτώσει είχε όλη την άνθηση της παιδικής ηλικίας, όλα την ασυγκίνητη αγνότητα της νεολαίας. Δεν φαινόταν παρά ένα παιδί είκοσι καλοκαίρια, μόλις ηλικιωμένο, αν ήταν παλιότερο, από ό, τι η αδελφή του, όταν είχαν χωρίσει πολλά χρόνια πριν. Ήταν προφανές ότι αυτό δεν ήταν ο άνθρωπος που είχε καταστρέψει τη ζωή της.

Χαλάρωσε τη λαβή του και γύρισε πίσω. "θεέ μου, θεέ μου!" φώναξε, "και θα σας δολοφόνησα!"

Το γκρι επέστησε μια μακρά αναπνοή. "είστε στο χείλος της τρομερής εγκληματικότητας, ο άνθρωπος μου", είπε, κοιτάζοντάς τον σφιχτά. "ας σας προειδοποιήσει να μην αναλάβετε την εκδίκηση στα χέρια σας".

"συγχωρέστε μου, κύριε," μουρμούρισε το τζέιμς. "ήμουν εξαπατημένη, μια τυχαία λέξη που άκουσα σ 'αυτό το καταραμένο κρησφύγετο με έβαλε σε λάθος διαδρομή".

"καλύτερα να πάτε στο σπίτι και να βγάλετε το πιστόλι μακριά, ή μπορείτε να πάρετε πρόβλημα", δήλωσε ο , γυρίζοντας τη φτέρνα του και πηγαίνοντας αργά στο δρόμο.

Ο βαρίδι του τζέιμς βρισκόταν στο φούρνο με τρόμο. Έτρεχε από το κεφάλι στα πόδια. Μετά από λίγο, μια μαύρη σκιά που είχε ερπετεύσει κατά μήκος του τοιχώματος που έπεφτε βγήκε στο φως και ήρθε κοντά του με μυστικά βήματα. Ένιωσε ένα χέρι στο χέρι του και κοίταξε με ένα ξεκίνημα. Ήταν μια από τις γυναίκες που έπιναν στο μπαρ.

"γιατί δεν τον σκότωσες;" έκλεισε, βάζοντας το περίεργο πρόσωπο πολύ κοντά στο δικό του. "ήξερα ότι τον ακολουθούσες όταν έσπευσες από το , ανόητος, θα έπρεπε να τον σκότωσες, να έχεις πολλά χρήματα και είναι τόσο κακός όσο κακός".

"αυτός δεν είναι ο άνθρωπος που ψάχνω", απάντησε, "και δεν θέλω χρήματα κανενός ανθρώπου, θέλω ζωή ενός ανθρώπου, ο άνθρωπος που η ζωή του θέλω πρέπει να είναι σχεδόν σαράντα τώρα, αυτή είναι λίγο περισσότερο από ένα αγόρι. Ευχαριστώ τον θεό, δεν έχω το αίμα του στα χέρια μου ".

Η γυναίκα έδωσε ένα πικρό γέλιο. "λίγο περισσότερο από ένα αγόρι!" κοίταξε. «γιατί, ο άνθρωπος, είναι σχεδόν δεκαοκτώ χρόνια από τότε που ο γοητευτικός πρίγκιπας με έκανε να είμαι αυτό που είμαι».

"λες ψεματα!" φώναξε ο .

Σήκωσε το χέρι της στον ουρανό. "πριν από το θεό λέω την αλήθεια", φώναξε.

"πριν από το θεό;"

"με χτυπάει αν δεν είναι έτσι είναι ο χειρότερος που έρχεται εδώ λένε ότι έχει πωληθεί στον διάβολο για ένα όμορφο πρόσωπο είναι σχεδόν δεκαοκτώ χρόνια από τότε που τον γνώρισα αυτός δεν έχει αλλάξει πολύ από τότε, έχω, όμως, "πρόσθεσε, με μια κακομεταχείριση.

"ορκίζεις αυτό;"

"το ορκίζομαι", έρχεται σε χυδαία ηχώ από το επίπεδο στόμα της. "αλλά μην με απομακρύνετε", φώναξε.

"φοβάμαι γι 'αυτόν, επιτρέψτε μου να έχω κάποια χρήματα για το κατάλυμα της νύχτας μου".

Έσπασε από αυτήν με όρκο και έσπευσε στη γωνία του δρόμου, αλλά το γκρίζο του είχε εξαφανιστεί. Όταν κοίταξε πίσω, η γυναίκα είχε εξαφανιστεί επίσης.

Κεφάλαιο 17

Μια εβδομάδα αργότερα, ο γκρίζος γκρίζος καθόταν στο ωδείο του , μιλώντας στην όμορφη δούκισσα του μοντγουθ, που με τον άντρα της, έναν εξαντλημένο άντρα, ήταν ένας από τους φιλοξενούμενους του. Ήταν ώρα τσάι και το απαλό φως της τεράστιας, δαντελωτής λυχνίας που βρισκόταν στο τραπέζι φωτίζει την λεπτή πορσελάνη και το σφυρήλατο ασήμι της υπηρεσίας στην οποία προεδρεύει η δούκισσα. Τα λευκά χέρια της κυλούσαν ανάμεσα στα κύπελλα, και τα πλήρη κόκκινα χείλη της χαμογέλαζαν κάτι που ο ποιμενός της είχε ψιθυρίσει. Ο άρχοντας ήταν ξαπλωμένος σε μια ψάθινη καρέκλα με μεταξένια στολή, κοιτάζοντας τους. Σε μια νιότα με χρώμα ροδακινιάς, κάθισε την κυρία , προσποιούμενος να ακούσει την περιγραφή του τελευταίου βραζιλιάνικου σκαθαριού που είχε προσθέσει στη συλλογή του. Τρεις νέοι άνδρες με περίτεχνα κοστούμια καπνίσματος έδωσαν σε μερικές γυναίκες τσάι κέικ. Το - αποτελούσε από δώδεκα άτομα και αναμενόταν να φτάσει την επόμενη μέρα.

"για ποιους μιλάς δύο;" είπε ο άρχοντας , περπατώντας στο τραπέζι και βάζοντας το ποτήρι του κάτω. "ελπίζω ότι ο σου έχει πει για το σχέδιό μου να ξανακρύψω τα πάντα, είναι μια ευχάριστη ιδέα."

"αλλά δεν θέλω να ξανακερδίσω, ", επανέλαβε η δούκισσα, κοιτάζοντας προς τα πάνω με τα υπέροχα μάτια της. "είμαι αρκετά ικανοποιημένος με το δικό μου όνομα, και είμαι σίγουρος ότι ο κύριος γκρίζος θα πρέπει να είναι ικανοποιημένος με τον δικό του."

"αγαπητοί μου γκλάντσες, δεν θα άλλαζα ούτε το όνομα για τον κόσμο, είναι και οι δύο τέλειες, σκεφτόμουν κυρίως λουλούδια, χθες έκοψα μια ορχιδέα, για την τρύπα μου, ήταν ένα θαυμάσιο στίγμα, τόσο αποτελεσματικό όσο το επτά θανατηφόρα αμαρτήματα ... Σε μια ανυποψίαστη στιγμή ζήτησα από έναν από τους κηπουρούς αυτό που κάλεσε, μου είπε ότι ήταν ένα ωραίο δείγμα του ή κάτι τόσο φοβερό αυτού του είδους είναι μια θλιβερή αλήθεια αλλά έχουμε χάσει την ικανότητα του ονομάζω τα πάντα, δεν θίγομαι ποτέ με δράσεις, η μόνη μου διαμάχη είναι με λόγια, αυτός είναι ο λόγος για τον οποίο μισώ τον χυδαίο ρεαλισμό στη λογοτεχνία, ο άνθρωπος που θα μπορούσε να αποκαλεί ένα φτυάρι ένα φτυάρι θα πρέπει να αναγκαστεί να χρησιμοποιήσει ένα. Είναι το μόνο πράγμα για το οποίο είναι κατάλληλο ».

"τότε τι να σας καλούμε, χάρι;" ρώτησε.

"το όνομά του είναι παράδοξο του πρίγκιπα", δήλωσε ο .

«τον αναγνωρίζω σε ένα φλας», αναφώνησε η δούκισσα.

"δεν θα ακούσω γι 'αυτό," γέλασε τον άρχοντα , βυθίζοντας σε μια καρέκλα. "από μια ετικέτα δεν υπάρχει διαφυγή! Αρνούμαι τον τίτλο."

"τα δικαιώματα δεν μπορούν να παραιτηθούν", έπεσε ως προειδοποίηση από τα όμορφα χείλη.

"μου επιθυμείτε να υπερασπιστώ τον θρόνο μου;"

"ναί."

"δίνω τις αλήθειες του αύριο."

«προτιμώ τα λάθη της ημέρας», απάντησε.

«με αφοπλίζεις, γκλάντι», φώναξε, χτύπησε την πικρία της διάθεσής της.

"της ασπίδας σας, , όχι από το δόρυ σας."

«ποτέ δεν κλίνω την ομορφιά», είπε, με ένα κύμα του χεριού του.

"αυτό είναι το λάθος σας, το , πιστέψτε με, εκτιμάτε την ομορφιά πάρα πολύ."

"πώς μπορείτε να το πείτε αυτό; παραδέχομαι ότι νομίζω ότι είναι καλύτερο να είμαι όμορφος από το να είμαι καλός, αλλά από την άλλη πλευρά, κανείς δεν είναι πιο έτοιμος παρά να αναγνωρίσω ότι είναι καλύτερο να είσαι καλός παρά να είσαι καλός άσχημος."

"η ασχήμια είναι μια από τις επτά θανατηφόρες αμαρτίες;" φώναξε η δούκισσα. "τι γίνεται για την ομοιότητά σου με την ορχιδέα;"

"η ασχήμια είναι μια από τις επτά θανατηφόρες αρετές, οι γκλάντς, δεν πρέπει να τους υποτιμάτε, η μπύρα, η βίβλος και οι επτά θανατηφόρες αρετές έχουν κάνει την αγγλία μας αυτό που είναι".

"δεν σας αρέσει η χώρα σας, τότε;" ρώτησε.

"εγώ ζω σε αυτό."

"ότι μπορείτε να το καταδικάσετε τόσο το καλύτερο."

"θα μου επιτρέψετε να κάνω την ετυμηγορία της ευρώπης για αυτό;" ρώτησε.

"τι λένε για μας;"

"ότι το έχει μεταναστεύσει στην αγγλία και άνοιξε ένα κατάστημα."

"είναι η δική σας, ;"

"σου το δίνω."

"δεν θα μπορούσα να το χρησιμοποιήσω, είναι πολύ αλήθεια".

"δεν χρειάζεται να φοβάστε ότι οι συμπατριώτες μας δεν αναγνωρίζουν ποτέ μια περιγραφή".

"είναι πρακτικά."

"είναι πιο πονηρά από ό, τι πρακτικά. Όταν συνθέτουν το βιβλίο τους, εξισορροπούν τη βλακεία με τον πλούτο και την αντιπαράθεση με την υποκρισία".

"ακόμα, έχουμε κάνει σπουδαία πράγματα."

"μεγάλα πράγματα έχουν ωθήσει μας, ."

"έχουμε φέρει το βάρος τους."

"μόνο όσον αφορά το χρηματιστήριο."

Κούνησε το κεφάλι της. "πιστεύω στον αγώνα", φώναξε.

"αντιπροσωπεύει την επιβίωση της πίεσης".

"έχει ανάπτυξη."

"η αποσύνθεση με συναρπάζει περισσότερο."

"τι της τέχνης;" ρώτησε.

"είναι μια ασθένεια."

"αγάπη?"

"μια ψευδαίσθηση."

"θρησκεία?"

"το μοντέρνο υποκατάστατο της πίστης."

"είστε σκεπτικιστής."

«ποτέ ο σκεπτικισμός δεν είναι η αρχή της πίστης».

"τι είσαι?"

"να ορίσετε είναι να περιορίσετε."

"δώσε μου ένα στοιχείο."

"τα νήματα σπάσουν, θα χάνατε το δρόμο σας στον λαβύρινθο".

"μου μπερδεύεις, ας μιλήσουμε για κάποιον άλλο."

"ο οικοδεσπότης μας είναι ένα ευχάριστο θέμα. Χρόνια πριν ήταν βαπτισμένο γοητευτικό πρίγκιπα."

"αχ! Μην μου θυμίζετε αυτό," φώναξε γκρίζο .

"ο οικοδεσπότης μας είναι μάλλον τρομερός το απόγευμα", απάντησε η δούκισσα, χρωματισμός. "πιστεύω ότι νομίζει ότι ο με παντρεύτηκε με καθαρά επιστημονικές αρχές ως το καλύτερο δείγμα που μπορούσε να βρει για μια σύγχρονη πεταλούδα".

"καλά, ελπίζω ότι δεν θα κολλήσει καρφίτσες σε εσένα, δούκα," γέλασε .

"ω, η κοπέλα μου το κάνει ήδη, κύριε γκρι, όταν ενοχλείται μαζί μου".

"και τι ενοχλείται μαζί σου, δούκισσα;"

"για τα πιο ασήμαντα πράγματα, κύριε γκρι, σας διαβεβαιώνω, συνήθως επειδή έρχομαι μέσα σε δέκα λεπτά έως εννέα και της λέω ότι πρέπει να ντυθώ από τα μισά οκτώ".

«πόσο παράλογη είναι της! Πρέπει να δώσετε την προειδοποίησή της».

"εγώ ', κύριε γκρίζα, γιατί, εφευρίσκει καπέλα για μένα, θυμάστε το ένα που φορούσα στο πάρτι της κυρίας ' -δεν είναι, αλλά είναι ωραίο από σας να προσποιούμαστε ότι κάνετε. Το έκαναν από το τίποτα, όλα τα καλά καπέλα είναι κατασκευασμένα από τίποτα ».

"όπως και όλοι οι καλές φήμες, ," διακόπτει τον . «κάθε αποτέλεσμα που παράγει κάποιος δίνει έναν εχθρό · για να είναι δημοφιλής πρέπει να είναι μια μετριότητα».

"όχι με τις γυναίκες", είπε η δούκισσα, κουνώντας το κεφάλι της? "οι γυναίκες, όπως λέει κάποιος, αγαπούν με τα αυτιά μας, όπως εσείς οι άνθρωποι αγαπούν με τα μάτια σας, αν αγαπάτε καθόλου".

«μου φαίνεται ότι ποτέ δεν κάνουμε τίποτα άλλο», μουρμούρισε .

"αχ! Τότε, ποτέ δεν αγαπάς πραγματικά, κύριε γκρι", απάντησε η δωδεκάδα με ψεύτικη θλίψη.

"αγαπητοί μου φίλοι!" είπε ο άρχοντας . "πώς μπορείτε να το πείτε ότι το ρομαντισμό ζει με επανάληψη και η επανάληψη μετατρέπει την όρεξη σε τέχνη, εκτός από το ότι κάθε φορά που αγαπάς είναι η μόνη φορά που κάποιος έχει αγαπήσει ποτέ, η διαφορά του αντικειμένου δεν μεταβάλλει την απλότητα του πάθους. Μπορούμε να έχουμε στη ζωή μας, αλλά μια μεγάλη εμπειρία στην καλύτερη περίπτωση, και το μυστικό της ζωής είναι να αναπαράγει αυτή την εμπειρία όσο το δυνατόν πιο συχνά ».

"ακόμα και όταν κάποιος τραυματίστηκε από αυτό, χάρι;" ρώτησε τη δούκισσα μετά από μια παύση.

"ειδικά όταν κάποιος έχει τραυματιστεί από αυτό", απάντησε ο άρχοντας .

Η δούκισσα γύρισε και κοίταξε το γκρίζο γκρίζο με μια περίεργη έκφραση στα μάτια της. "τι λέτε σε αυτό, κύριε γκρίζα;" ρώτησε.

Ο δίστασε για μια στιγμή. Τότε πέταξε το κεφάλι του και γέλασε. «συμφωνώ πάντα με τον χάρι, τη δούκισσα».

"ακόμα και όταν αυτός κάνει λάθος;"

"χάρι δεν είναι ποτέ λάθος, δούκισσα."

"και η φιλοσοφία του σας κάνει ευτυχισμένους;"

«ποτέ δεν έχω ψάξει για την ευτυχία που θέλει ευτυχία; έχω ψάξει για ευχαρίστηση».

"και το βρήκε, κύριε γκρίζα;"

"συχνά συχνά."

Η δούκισσα αναστέναξε. "ψάχνω για ειρήνη", είπε, "και αν δεν πάω και ντύνομαι, δεν θα έχω κανέναν απόψε."

"επιτρέψτε μου να σας δώσω μερικές ορχιδέες, δούκισσα", φώναξε ο , ξεκινώντας από τα πόδια του και περπατώντας κάτω από το ωδείο.

"φλερτάς ντροπιαστικά μαζί του", είπε ο άρχοντας στον ξάδελφό του. "καλύτερα να φροντίζετε, είναι πολύ συναρπαστικό".

"αν δεν ήταν, δεν θα υπήρχε μάχη".

"ελληνικά συναντάει ελληνικά, τότε;"

"είμαι στην πλευρά των , πολέμησαν για μια γυναίκα".

"ήταν ηττημένοι."

"υπάρχουν χειρότερα πράγματα από τη σύλληψη", απάντησε.

"γαλλίζεις με ένα χαλαρό χέρι".

"ο ρυθμός δίνει ζωή", ήταν η αντίδραση .

«θα το γράψω στο ημερολόγιό μου το βράδυ».

"τι?"

"ότι ένα καμένο παιδί αγαπά τη φωτιά".

"δεν είμαι καν τραγουδισμένος. Τα φτερά μου είναι ανέγγιχτα."

"τα χρησιμοποιείτε για τα πάντα, εκτός από την πτήση".

"το θάρρος έχει περάσει από άνδρες σε γυναίκες, είναι μια νέα εμπειρία για μας."

"έχετε έναν αντίπαλο."

"ο οποίος?"

Γέλασε. "κυρία ," ψιθύρισε. "το λατρεύει τέλεια."

"με πληρώνετε με ανησυχία, η έκκληση για την αρχαιότητα είναι μοιραία για εμάς που είμαστε ρομαντικοί".

"ρομαντιστές! Έχετε όλες τις μεθόδους της επιστήμης."

"οι άνδρες μας έχουν εκπαιδεύσει."

"αλλά δεν σας εξήγησε."

"περιγράψτε μας ως σεξ", ήταν η πρόκληση της.

"σφίγγες χωρίς μυστικά".

Τον κοίταξε χαμογελώντας. "πόσο καιρό ο γκρίζος είναι!" είπε. "ας πάμε να τον βοηθήσουμε, δεν του έχω πει ακόμα το χρώμα του στικ μου".

"αχ! Πρέπει να ταιριάζει με το λαιμό σας στα λουλούδια του, ."

"αυτό θα ήταν μια πρόωρη παράδοση."

"η ρομαντική τέχνη αρχίζει με την κορύφωσή της".

"πρέπει να διατηρήσω μια ευκαιρία για υποχώρηση."

"με τρόπο ;"

«βρήκαν την ασφάλεια στην έρημο, δεν μπορούσα να το κάνω».

«οι γυναίκες δεν έχουν πάντοτε τη δυνατότητα επιλογής», απάντησε, αλλά μόλις τελείωσε τη φράση πριν από το άκρο του ωδείου ήρθε ένα πνιγμένο γκρίνια, ακολουθούμενο από τον θαμπό ήχο μιας βαριάς πτώσης. Όλοι ξεκίνησαν. Η δούκισσα στάθηκε ακίνητη με τρόμο. Και με φόβο στα μάτια του, ο άρχοντας έσπευσε μέσα από τις φουντωτές παλάμες για να βρει το γκρίζο γκρίζο που κοιτάζει προς τα κάτω στο πλακόστρωτο πάτωμα σε ένα θάνατο σαν σκάνδαλο.

Μεταφέρθηκε αμέσως στο μπλε υπαίθριο καθιστικό και βρήκε έναν από τους καναπέδες. Μετά από λίγο, ήρθε στον εαυτό του και κοίταξε γύρω του με μια ζαλισμένη έκφραση.

"τι έχει συμβεί?" ρώτησε. "θυμάμαι, είμαι ασφαλής εδώ, χάρι;" άρχισε να τρέμει.

"αγαπητέ φίλε μου", απάντησε ο λόρδος χένρι, "απλά λιποθύμησες, αυτό ήταν όλο, πρέπει να έχεις ξεπεράσει τον εαυτό σου, καλύτερα να μην κατέβεις στο δείπνο, θα πάρω τη θέση σου".

"όχι, θα έρθω κάτω", είπε, αγωνίζεται στα πόδια του. "θα ήθελα να έρθω κάτω, δεν πρέπει να είμαι μόνος."

Πήγε στο δωμάτιό του και ντυμένος. Υπήρχε μια άγρια απερίσκεπτη ευθυμία με τον τρόπο του που καθόταν στο τραπέζι, αλλά από καιρό καιρό άρχιζε μια συγκίνηση τρόμου, όταν το θυμόταν, πιέζοντας στο παράθυρο του ωδείου, όπως ένα λευκό μαντήλι, είδε το πρόσωπο του παρακολουθώντας τον.

Κεφάλαιο 18

Την επόμενη μέρα δεν έφυγε από το σπίτι και, πράγματι, ξόδεψε τις περισσότερες φορές στο δωμάτιό του, άρρωστος με άγριο τρόμο να πεθάνει και όμως αδιάφορος για την ίδια τη ζωή. Η συνείδηση του να κυνηγούσε, να καταρρίπτεται, να εντοπίζεται, είχε αρχίσει να τον κυριαρχεί. Αν η ταπετσαρία έκανε, αλλά τρέμουσε στον αέρα, τίναξε. Τα νεκρά φύλλα που πυροδότησαν τα μολυβένια τζάμια του φαινόταν σαν τα χαμένα ψηφίσματά του και τα άγρια λύπη. Όταν έκλεισε τα μάτια του, είδε και πάλι το πρόσωπο του ναυτικού να κοιτάζει μέσα από το μολυσμένο με ομίχλη ποτήρι και η φρίκη φάνηκε για άλλη μια φορά να βάλει το χέρι του στην καρδιά του.

Αλλά ίσως ήταν μόνο η φαντασία του που είχε αποκαλέσει εκδίκηση από τη νύχτα και έθεσε τις τρομακτικές μορφές τιμωρίας μπροστά του. Η πραγματική ζωή ήταν χάος, αλλά υπήρξε κάτι τεράστια λογικό στη φαντασία. Ήταν η φαντασία που θέλησε να σκύψει τα πόδια της αμαρτίας. Ήταν η φαντασία που έκανε κάθε εγκληματικό να φέρει το κομματάκι του. Στον κοινό κόσμο των γεγονότων οι κακοί δεν τιμωρήθηκαν ούτε οι καλές ανταμείφθηκαν. Η επιτυχία δόθηκε στην ισχυρή, αποτυχία που προκάλεσε τους αδύναμους. Αυτό ήταν όλο. Άλλωστε, αν κάποιος ξένος έτρεξε γύρω από το σπίτι, θα είχε δει από τους υπηρέτες ή τους κατόχους. Αν είχαν βρεθεί κάποια σημάδια στα λουλούδια, οι κηπουροί θα το είχαν αναφέρει. Ναι, ήταν απλώς φανταχτερό. Ο αδελφός του σίμπλε του βαν δεν είχε επιστρέψει για να τον σκοτώσει. Είχε αποπλεύσει στο πλοίο του σε ιδρυτή σε κάποια χειμωνιάτικη θάλασσα. Από αυτόν, εν πάση περιπτώσει, ήταν ασφαλής. Γιατί ο άνθρωπος δεν ήξερε ποιος ήταν, δεν μπορούσε να ξέρει ποιος ήταν. Η μάσκα της νεολαίας τον είχε σώσει.

Και αν ήταν απλώς μια ψευδαίσθηση, πόσο τρομερό ήταν να σκεφτεί κανείς ότι η συνείδηση θα μπορούσε να δημιουργήσει τέτοιες φοβερές φαντάσματα και να τους δώσει ορατή μορφή και να τους κάνει να κινηθούν πριν από ένα! Τι είδους ζωή θα ήταν εάν, τη μέρα και τη νύχτα, οι σκιές του εγκλήματος του θα ήταν να τον κοιτάξουν από αθόρυβες γωνίες, να τον χλευάζουν από μυστικούς τόπους, να ψιθυρίζουν στο αυτί του καθώς κάθισε στη γιορτή, να τον ξυπνήσει με παγωμένο δάκτυλα καθώς κοιμάται! Καθώς η σκέψη σκοντάφτηκε μέσα από τον εγκέφαλό του, γκρεμίστηκε με τρόμο και ο αέρας του φάνηκε ξαφνικά πιο κρύος. Ω! Σε μια άγρια ώρα τρέλας σκότωσε τον φίλο του! Πόσο φρικτή είναι η απλή μνήμη της σκηνής! Το είδε ξανά. Κάθε περίεργη λεπτομέρεια επανήλθε σε αυτόν με προστιθέμενη φρίκη. Από το μαύρο σπήλαιο του χρόνου, φοβερό και κολλημένο στο κόκκινο, άκμασε την εικόνα της αμαρτίας του. Όταν ο άρχοντας ήρθε στις έξι, τον βρήκε να κλαίει σαν κάποιος του οποίου η καρδιά θα σπάσει.

Δεν ήταν μέχρι την τρίτη ημέρα που ο ίδιος τόλμησε να βγει. Υπήρχε κάτι στον καθαρό, αρωματικό με πεύκο αέρα εκείνου του χειμώνα το πρωί που φάνηκε να τον φέρνει πίσω τη χαρά του και το όνειρό του για ζωή. Αλλά δεν ήταν μόνο οι φυσικές συνθήκες του περιβάλλοντος που προκάλεσαν την αλλαγή. Η δική του φύση είχε επαναστατηθεί ενάντια στην υπερβολική αγωνία που είχε επιδιώξει να μοιραστεί και να αμαυρώσει την τελειότητα της ηρεμίας του. Με λεπτές και λεπτές ιδιοσυγκρασίες είναι πάντα έτσι. Τα έντονα πάθη τους πρέπει είτε να τραυματιστούν είτε να λυγίσουν. Είτε σκοτώνουν τον άνθρωπο είτε αυτοί πεθαίνουν. Ρηχές θλίψεις και ρηχές αγάπες ζουν. Οι αγάπες και οι θλίψεις που είναι μεγάλες καταστρέφονται από τη δική τους πληρότητα. Εκτός αυτού, είχε πείσει τον εαυτό του ότι είχε πέσει θύμα τρομακτικής φαντασίας και κοίταξε πίσω τους φόβους του με το λυπηρό και όχι περιφρονητικό.

Μετά το πρωινό, περπάτησε με την δούκισσα για μια ώρα στον κήπο και έπειτα πέρασε από το πάρκο για να συμμετάσχει στο γυμναστήριο. Ο τραγανός παγετός βρισκόταν σαν αλάτι στο γρασίδι. Ο ουρανός ήταν ένα ανεστραμμένο φλιτζάνι μπλε μέταλλο. Μια λεπτή μεμβράνη πάγου περιόριζε την επίπεδη, λίμνη που καλλιεργούσε καλά.

Στη γωνία του πευκοδάσους έριξε το βλέμμα του , του αδελφού της δαιμονισμένης, τραβώντας δύο εξαντλημένα φυσίγγια από το όπλο του. Πήδηξε από το καροτσάκι και αφού είπε στον γαμπρό να πάρει το σπιτάκι του κόλπου, έκανε το δρόμο προς τον φιλοξενούμενο του μέσα από το μαραμένο και το τραχύ υποφύσμα.

"είχατε καλό άθλημα, ;" ρώτησε.

"δεν είναι πολύ καλό, , νομίζω ότι τα περισσότερα από τα πουλιά έχουν πάει στο ανοιχτό, τολμούν να πω ότι θα είναι καλύτερα μετά το γεύμα, όταν φτάσουμε στο νέο έδαφος."

Ο περπάτησε δίπλα του. Ο έντονος αρωματικός αέρας, τα καφετιά και τα κόκκινα φώτα που έλαμψαν μέσα στο ξύλο, οι χάλκινες κραυγές των χτυπητών που χτυπήθηκαν από καιρό σε καιρό, και τα αιχμηρά σφραγίσματα των όπλων που ακολούθησαν, τον γοητεύτηκαν και τον γέμισαν με μια αίσθηση ευχάριστης ελευθερίας . Κυριαρχείται από την απροσεξία της ευτυχίας, από την υψηλή αδιαφορία της χαράς.

Ξαφνικά από ένα παχύρρευστο τσίμπημα παλαιού γρασιδιού, περίπου είκοσι μέτρα μπροστά από αυτά, με μαύρα άκρα όρθια και μακριά εμπόδια στα άκρα που το έριξαν προς τα εμπρός, άρχισε λαγό. Βιδώθηκε για μια πυκνότητα . Ο κύριος έβαλε το όπλο του στον ώμο του, αλλά υπήρχε κάτι στη χάρη της κίνησης του ζώου που περίμενε παράξενα γκρίζο του και φώναξε αμέσως: "μην το πυροβολείτε, .

"τι ανοησία, !" γέλασε τον σύντροφό του και, όπως ο λαγός που περιβάλλεται από το παχύρρευστο, πυροβόλησε. Υπήρχαν δύο κραυγές ακούστηκαν, η κραυγή ενός λαγού στον πόνο, που είναι τρομακτική, η κραυγή ενός αγωνιώδους, ο οποίος είναι χειρότερος.

"καλοί ουρανοί! Έχω χτυπήσει ένα !" αναφώνησε ο κύριος . "τι ένα κώλο ο άνθρωπος ήταν να πάρει μπροστά από τα πυροβόλα όπλα! Σταματήστε να πυροβολείτε εκεί!" φώναξε στην κορυφή της φωνής του. "ένας άνθρωπος τραυματίζεται".

Ο αρχηγός του ποδηλάτου έτρεξε με ένα ραβδί στο χέρι του.

"όπου, κύριε; πού είναι;" φώναξε. Την ίδια στιγμή, η πυρκαγιά σταμάτησε κατά μήκος της γραμμής.

"εδώ", απάντησε ο κύριος , τρέχοντας προς το παχύρρευστο. "γιατί στη γη δεν κρατάτε τους άντρες πίσω σας χαλάσει τα γυρίσματα μου για την ημέρα."

Ο τους παρακολούθησε καθώς έσκαψαν στο σπήλαιο της σάλτσας, βουρτσίζοντας τα πλαϊνά κλαδάκια. Σε λίγα λεπτά βγήκαν, σύροντας ένα σώμα μετά από αυτά στο φως του ήλιου. Γύρισε μακριά με τρόμο. Φάνηκε σε αυτόν ότι η ατυχία ακολούθησε οπουδήποτε πήγε. Άκουσε τον κύριο να ρωτάει αν ο άνθρωπος ήταν πραγματικά νεκρός και η καταφατική απάντηση του φύλακα. Το ξύλο του φάνηκε ξαφνικά ζωντανό με πρόσωπα. Υπήρξε η πτώση των μυριάδων ποδιών και η χαμηλή φωνή των φωνών. Ένας μεγάλος φασιανός με χαλκό έρρεψε μέσα από τα κλαδιά πάνω από το κεφάλι.

Μετά από μερικές στιγμές - αυτό ήταν σε αυτόν, στην διαταραγμένη κατάσταση του, όπως ατέλειωτες ώρες πόνου - αισθάνθηκε ένα χέρι στο χέρι του. Άρχισε και κοίταξε γύρω.

"", δήλωσε ο , "έπρεπε να τους πω καλύτερα ότι τα γυρίσματα σταματούν για σήμερα, δεν θα φαινόταν καλά να συνεχίσω".

"εύχομαι να σταματήσει για πάντα, ", απάντησε πεινασμένα. "το όλο πράγμα είναι τρομακτικό και σκληρό. Είναι ο άνθρωπος ...;"

Δεν μπορούσε να ολοκληρώσει τη φράση.

"φοβούμαι έτσι", επανέλαβε ο άρχοντας . "πήρε ολόκληρη την ευθύνη να πυροβολήσει στο στήθος του, πρέπει να έχει πεθάνει σχεδόν στιγμιαία, να έρθει, ας πάμε σπίτι."

Περπατούσαν δίπλα-δίπλα προς την κατεύθυνση της λεωφόρου για σχεδόν πενήντα μέτρα χωρίς να μιλούν. Τότε ο κοίταξε τον άρχοντα και είπε, με βαρύ αναστεναγμό, "είναι ένας κακός λογοτέχνης, ο , ένας πολύ κακός προφήτης".

"τι είναι?" ρώτησε ο άρχοντας . "α, αυτό το ατύχημα, υποθέτω, αγαπητός μου συνάδελφος, αυτό δεν μπορεί να βοηθηθεί, ήταν δικό του λάθος, γιατί έφτασε μπροστά στα όπλα, εκτός από το ότι δεν είναι τίποτα για εμάς. Αλλά δεν υπάρχει λόγος να μιλάμε για το θέμα ", λέει ο , αν και δεν κάνει τίποτα για να κάνει πιπέρι.

Ο δωριανός κούνησε το κεφάλι του. "είναι ένας κακός, ο χάρι, αισθάνεται σαν κάτι φρικτό να συμβεί σε μερικούς από εμάς, ίσως", πρόσθεσε, περνώντας το χέρι του στα μάτια του, με μια χειρονομία πόνου.

Ο γέροντας γέλασε. "το μόνο φρικτό πράγμα στον κόσμο είναι το , το , αυτό είναι το μοναδικό αμάρτημα για το οποίο δεν υπάρχει συγχώρεση, αλλά δεν είμαστε πιθανό να υποφέρουμε από αυτό, εκτός αν αυτοί οι άνθρωποι συνεχίζουν να μιλάνε για αυτό το πράγμα στο δείπνο. Το θέμα θα πρέπει να είναι ταμπού, όπως και για τα όντα, δεν υπάρχει κάτι τέτοιο, όπως ο τύπος, το πεπρωμένο δεν μας στέλνει ανακοινώσεις, είναι πάρα πολύ σοφός ή πολύ σκληρός για αυτό, εκτός από αυτό που θα μπορούσε να συμβεί σε σας, ; έχουν οτιδήποτε στον κόσμο που κάποιος μπορεί να θέλει. Δεν υπάρχει κανένας που δεν θα χαρεί να αλλάξει μέρη μαζί σου. "

"δεν υπάρχει κανείς με τον οποίο δεν θα αλλάξω θέσεις, , δεν γελούν έτσι, σου λέω την αλήθεια, ο άθλιος αγρότης που μόλις πέθανε είναι καλύτερος από όσο είμαι εγώ δεν έχω τρόμο θανάτου. Είναι ο ερχομός του θανάτου που με τρομάζει, τα τρομερά πτερύγιά του φαίνονται να τρομοκρατούν στον αέρινο αέρα γύρω μου, καλοί ουρανοί, δεν βλέπεις κάποιον που κινούνται πίσω από τα δέντρα εκεί, με παρακολουθεί, περιμένοντας για μένα;

Ο άρχοντας κοίταξε προς την κατεύθυνση στην οποία έδειχνε το τρεμάμενο χέρι με τα γάντια. "ναι", είπε, χαμογελώντας, "βλέπω τον κηπουρό να σας περιμένει ... Υποθέτω ότι θέλει να σας ρωτήσει τι λουλούδια θέλετε να έχετε στο τραπέζι νύχτα ... Πόσο παράλογο νευρικός είσαι, αγαπητός μου συνάδελφος! Ελάτε να δείτε τον γιατρό μου, όταν επιστρέφουμε στην πόλη. "

Ο έκαψε ένα αναστεναγμό καθώς είδε τον κηπουρό να πλησιάζει. Ο άνδρας άγγιξε το καπέλο του, κοίταξε για μια στιγμή τον άρχοντα με ένα διστακτικό τρόπο και έπειτα έδωσε ένα γράμμα, το οποίο παρέδωσε στον κύριό του. "η χάρη της μου είπε να περιμένω μια απάντηση", μουρμούρισε.

Ο έβαλε το γράμμα στην τσέπη του. "πείτε τη χάρη της ότι έρχομαι», είπε ψυχρά. Ο άνθρωπος γύρισε και πήγε γρήγορα προς την κατεύθυνση του σπιτιού.

"πόσο οι γυναίκες αγαπούν να κάνουν επικίνδυνα πράγματα!" γέλασε γέλιο. "είναι μια από τις ιδιότητες που τους αρέσουν περισσότερο. Μια γυναίκα θα φλερτάρει με κανέναν στον κόσμο όσο οι άλλοι άνθρωποι κοιτάζουν".

"πόσο αγαπάς να λέτε επικίνδυνα πράγματα, , στην παρούσα περίπτωση, είστε αποτρόπαιοι, μου αρέσει πάρα πολύ η δούκισσα, αλλά δεν την αγαπώ".

"και η δούκισσα σας αγαπά πολύ, αλλά σας αρέσει λιγότερο, έτσι είστε εξαιρετικά ταιριασμένοι."

"μιλάτε σκάνδαλο, , και δεν υπάρχει ποτέ καμία βάση για το σκάνδαλο."

«η βάση κάθε σκανδάλου είναι μια ανήθικη βεβαιότητα», είπε ο άρχοντας , φωτίζοντας ένα τσιγάρο.

"θα θυσιάσετε οποιονδήποτε, , για χάρη ενός επιγράμματος."

«ο κόσμος πηγαίνει από μόνος του στον βωμό», ήταν η απάντηση.

«θα ήθελα να αγαπήσω», φώναξε ο γκρίζος του με μια βαθιά σημείωση του πατός στη φωνή του. "αλλά φαίνεται να έχω χάσει το πάθος και να ξεχάσω την επιθυμία, είμαι πολύ συγκεντρωμένος στον εαυτό μου, η δική μου προσωπικότητα έχει γίνει ένα βάρος για μένα." θέλω να ξεφύγω, να πάω μακριά, να ξεχάσω. Έλα να πάω εδώ, νομίζω ότι θα στείλω ένα καλώδιο για να φτιάξω το γιοτ έτοιμο.

"ασφαλής από ό, τι, ; είστε σε κάποιο πρόβλημα, γιατί να μην μου πείτε τι είναι, ξέρετε ότι θα σας βοηθήσω."

"δεν μπορώ να σας πω, ," απάντησε θλιβερά. "και τολμούν να πω ότι είναι μόνο μια φαντασία μου, αυτό το ατυχές ατύχημα με με έκανε να με ενοχλεί, έχω μια φρικτή πρόνοια ότι κάτι τέτοιο μπορεί να μου συμβεί".

"τι ασυναρτησίες!"

"ελπίζω να είναι, αλλά δεν μπορώ να το βοηθήσω να αισθανθώ." αχ, εδώ είναι η δούκισσα, που μοιάζει με σε ένα εξειδικευμένο φόρεμα, βλέπετε ότι έχουμε επιστρέψει, δούκα ".

"έχω ακούσει όλα αυτά, κύριε γκρι", απάντησε. "ο φτωχός είναι τρομερά αναστατωμένος και φαίνεται ότι τον ζητήσατε να μην πυροβολήσει το λαγό.

"ναι, ήταν πολύ περίεργο, δεν ξέρω τι με έκανε να το πω, κάποια ιδιοτροπία, υποθέτω ότι φαινόταν το ωραιότερο από λίγα ζωντανά πράγματα, αλλά λυπάμαι που σας είπαν για τον άνθρωπο. . "

"αυτό είναι ένα ενοχλητικό θέμα", έσπασε ο άρχοντας . "αν δεν έχει καμία ψυχολογική αξία, τώρα αν ο είχε κάνει το πράγμα με σκοπό, πόσο ενδιαφέρουσα θα ήταν, θα ήθελα να μάθω κάποιον που είχε διαπράξει μια πραγματική δολοφονία".

"πόσο τρομακτικό από εσάς, !" φώναξε η δούκισσα. "δεν είναι, κύριε γκρέι, ο κ. Γκρι είναι άρρωστος πάλι, θα λιποθυμεί".

Ο ετοίμασε με μια προσπάθεια και χαμογέλασε. "δεν είναι τίποτα, δούκισσα", μουρμούρισε. "τα νεύρα μου είναι τρομερά άτακτα, αυτό είναι όλο ... Φοβάμαι ότι περπάτησα πολύ μακριά σήμερα το πρωί δεν άκουσα τι είπε ο ήταν πολύ κακό έπρεπε να μου πεις κάποια άλλη στιγμή νομίζω ότι πρέπει να πάω και να ξαπλώσετε, θα με συγχωρήσετε, έτσι δεν είναι; "

Είχαν φτάσει στη μεγάλη πτήση των βημάτων που οδήγησαν από το ωδείο στη βεράντα. Καθώς η γυάλινη πόρτα έκλεινε πίσω από το , ο άρχοντας γύρισε και κοίταξε τη δαιμονισμένη με τα οδυνηρά μάτια του. "αγαπάς πολύ τον ίδιο;" ρώτησε.

Δεν απάντησε για κάποιο χρονικό διάστημα, αλλά στάθηκε ατενίζοντας το τοπίο. «μακάρι να ήξερα», είπε επιτέλους.

Κούνησε το κεφάλι του. "η γνώση θα ήταν θανατηφόρα, είναι η αβεβαιότητα που γοητεύει ένα, μια ομίχλη κάνει τα πράγματα θαυμάσια".

"μπορεί κάποιος να χάσει το δρόμο του."

"όλοι οι τρόποι τελειώνουν στο ίδιο σημείο, αγαπητοί μου ."

"τι ειναι αυτο?"

"αυταπάτη."

«ήταν το ντεμπούτο μου στη ζωή», αναστέναξε.

"ήρθε σε εσένα στέφθηκε."

"έχω κουραστεί από φύλλα φράουλας."

"σας γίνονται".

"μόνο στο κοινό."

"θα τους χάσετε", είπε ο άρχοντας .

"δεν θα μοιραστώ με ένα πέταλο".

"το έχει αυτιά."

"η γήρανση είναι βαρετή της ακοής".

"δεν έχει ποτέ ζηλεύει;"

"μακάρι να ήταν."

Ρώτησε περίπου σαν να ψάχνει κάτι. "τι ψάχνεις?" ρώτησε.

"το κουμπί από το φύλλο σας", απάντησε. "το χάσατε".

Γέλασε. "έχω ακόμα τη μάσκα".

"κάνει τα μάτια σας πιο ωραία", ήταν η απάντησή του.

Γέλασε πάλι. Τα δόντια της έδειχναν σαν λευκούς σπόρους σε κόκκινο φρούτο.

Επάνω στο δωμάτιό του, το γκρίζο του βρισκόταν σε έναν καναπέ, με τρόμο σε κάθε κνησμώδη ίνα του σώματος του. Η ζωή είχε ξαφνικά γίνει υπερβολικά φρικτή ως βάρος για να φέρει. Ο φοβερός θάνατος του άτυχου , πυροβόλησε στο παχύρρευστο σαν άγριο ζώο, τον φαινόταν να του προ-αριθμούσε το θάνατο και για τον εαυτό του. Είχε σχεδόν ξεσπάσει σε αυτό που είπε ο σερβεντόρ σε μια πιθανή διάθεση κυνικής φασισμού.

Στις πέντε μ.μ. Χτύπησε το κουδούνι για τον υπάλληλό του και του έδωσε εντολές να συσκευάσει τα πράγματα για τη νυχτερινή έκφρασή του στην πόλη και να βάλει το βούρλαμ στην πόρτα οκτώ και τριάντα. Ήταν αποφασισμένος να μην κοιμηθεί άλλη νύχτα στο βασιλιά . Ήταν ένας άσχημος τόπος. Ο θάνατος περπατούσε εκεί στο φως του ήλιου. Το γρασίδι του δάσους είχε εντοπιστεί με αίμα.

Τότε έγραψε ένα σημείωμα στον άρχοντα , λέγοντάς του ότι πηγαίνει στην πόλη για να συμβουλεύει τον γιατρό του και να του ζητάει να διασκεδάσει τους επισκέπτες του κατά την απουσία του. Καθώς το έβαζε στο φάκελο, ένα χτύπημα ήρθε στην πόρτα και ο υπάλληλος του τον πληροφόρησε ότι ο αρχηγός θέλησε να τον δει. Ο ίδιος κοίταξε και τσίμπησε το χείλι του. "να τον στείλετε", μουρμούρισε, μετά από δισταγμό στιγμές.

Μόλις έμπαινε ο άνθρωπος, ο έβγαλε το βιβλίο επιταγών του από ένα συρτάρι και το απλώνει μπροστά του.

"υποθέτω ότι έχετε έρθει για το ατυχές αυτό το πρωί, ;" είπε, παίρνοντας ένα στυλό.

"ναι, κύριε," απάντησε ο θησαυρός.

"ήταν ο κακός παντρεμένος; αν είχε εξαρτάται από αυτόν;" ρώτησε ο , κοιτάζοντας βαριέται. "αν ναι, δεν πρέπει να τους αρέσει να μένουν σε άσχημη κατάσταση και θα τους στέλνουν οποιοδήποτε χρηματικό ποσό ίσως κρίνετε αναγκαίο".

"δεν ξέρουμε ποιος είναι, κύριε, αυτό είχα την ελευθερία να έρχομαι σε σας".

"δεν ξέρω ποιος είναι;" είπε ο , άτσαλα. "τι εννοείς; δεν ήταν ένας από τους άντρες σου;"

"όχι, κύριε, δεν τον είδα ποτέ πριν, φαίνεται σαν ναύτης, κύριε."

Το στυλό έπεσε από το χέρι του γκρι, και ένιωθε σαν να είχε ξαφνικά σταματήσει να χτυπάει η καρδιά του. "ένας ναύτης?" φώναξε. "είπατε έναν ναύτη;"

"ναι, κύριε, μοιάζει σαν να ήταν είδος ναυτικού, τατουάζ με τα δύο χέρια και κάτι τέτοιο."

"υπήρξε κάτι που βρέθηκε σε αυτόν;" είπε ο , σκύβοντας προς τα εμπρός και κοιτάζοντας τον άντρα με τα τρομακτικά μάτια. "οτιδήποτε θα έλεγε το όνομά του;"

"μερικά χρήματα, κύριε - όχι πολύ, και έξι-, δεν υπήρχε κανένα όνομα, ένας άνθρωπος με αξιοπρεπή εμφάνιση, κύριε, αλλά τραχύς, όπως ένα είδος ναύτης νομίζουμε."

Ο δωριάν άρχισε να μπαίνει στα πόδια του. Μια φοβερή ελπίδα έτρεξε κοντά του. Το συμπλήρωσε τρελά. "πού είναι το σώμα;" αναφώνησε. "γρήγορα! Πρέπει να το δω αμέσως."

"είναι σε ένα άδειο στάβλο στην αγροικία, κύριε, οι λαοί δεν θέλουν να έχουν τέτοια πράγματα στα σπίτια τους, λένε ότι ένα πτώμα φέρνει κακή τύχη".

"το αγρόκτημα στο σπίτι, πάει εκεί αμέσως και συναντήστε με εμένα, πείτε σε έναν από τους γαμπρούς να φέρουν το άλογό μου γύρω μου, όχι, δεν με πειράζει, θα πάω στον στάβλο ο ίδιος, θα εξοικονομήσει χρόνο".

Σε λιγότερο από ένα τέταρτο της ώρας, ο γκρίζος γκρίζος χτύπησε την μακρά λεωφόρο τόσο σκληρά όσο μπορούσε. Τα δέντρα φαινόταν να σαρώνουν τον παρελθόν του με φασματική πομπή, και άγριες σκιές για να ρίξουν τον εαυτό του στην πορεία του. Αφού η φοράδα στρίβει σε μια άσπρη πύλη και σχεδόν τον έριξε. Την έβγαλε στο λαιμό με την καλλιέργειά του. Έσφιξε τον αστείο αέρα σαν βέλος. Οι πέτρες πέταξαν από τις οπλές της.

Επιτέλους έφτασε στο αγρόκτημα. Δύο άντρες έτρεχαν στην αυλή. Πέταξε από τη σέλα και έριξε τα ηνία σε έναν από αυτούς. Στο πιο απομακρυσμένο σταθερό φωτισμό έλαμψε. Κάτι φάνηκε να του λέει ότι το σώμα ήταν εκεί, και έσπευσε στην πόρτα και έβαλε το χέρι του πάνω στο μάνδαλο.

Εκεί παρέμεινε για μια στιγμή, αισθάνεται ότι βρισκόταν στο χείλος μιας ανακάλυψης που θα έκανε ή θα κάνει τη ζωή του. Τότε έσπρωξε την πόρτα και μπήκε.

Σε ένα σωρό απολύσεων στη μακρινή γωνία ήταν το νεκρό σώμα ενός άνδρα ντυμένο με ένα χοντρό πουκάμισο και ένα μπλε παντελόνι. Ένα σκουρόχρωμο μαντήλι είχε τοποθετηθεί πάνω από το πρόσωπο. Ένα χονδροειδές κερί, κολλημένο σε ένα μπουκάλι, που διασκορπίστηκε δίπλα του.

Το γκρίζο γκρίζο χτύπησε. Αισθάνθηκε ότι δεν μπορούσε να είναι το χέρι για να πάρει το μαντίλι μακριά, και κάλεσε έναν από τους αγρότες-υπηρέτες να έρθουν σε τον.

"να πάρετε αυτό το πράγμα από το πρόσωπο." θα ήθελα να το δω ", είπε, συγκρατώντας τη θυρίδα για υποστήριξη.

Όταν ο αγρότης-υπηρέτης το είχε πράξει, ανέβηκε προς τα εμπρός. Μια κραυγή χαράς έσπασε από τα χείλη του. Ο άνθρωπος που είχε πυροβοληθεί στο παχύρρευστο ήταν ο .

Στάθηκε εκεί για μερικά λεπτά κοιτάζοντας το νεκρό σώμα. Καθώς έτρεχε στο σπίτι, τα μάτια του ήταν γεμάτα δάκρυα, γιατί ήξερε ότι ήταν ασφαλής.

Κεφάλαιο 19

"δεν υπάρχει καμία χρήση που μου λέτε ότι θα είστε καλός", φώναξε ο άρχοντας , βυθίζοντας τα λευκά του δάκτυλά του σε ένα κόκκινο χάλκινο κύπελλο γεμάτο με τριαντάφυλλο. "είστε απόλυτα τέλειοι, προσευχηθείτε, μην αλλάξετε".

Το γκρίζωσε το κεφάλι του. "όχι, , έχω κάνει πάρα πολλά τρομακτικά πράγματα στη ζωή μου, δεν πρόκειται να κάνω πια, ξεκίνησα τις καλές ενέργειές μου χθες".

"πού ήσουν χθες?"

"στη χώρα, , εγώ μείναμε σε ένα μικρό πανδοχείο".

«ο αγαπητός μου αγόρι», είπε ο άρχοντας , χαμογελώντας, «ο καθένας μπορεί να είναι καλός στη χώρα, δεν υπάρχουν πειρασμοί εκεί, αυτός είναι ο λόγος για τον οποίο οι άνθρωποι που ζουν έξω από την πόλη είναι τόσο εντελώς ακαδημαϊκοί. Είναι εύκολο να επιτύχει κανείς, υπάρχουν μόνο δύο τρόποι με τους οποίους ο άνθρωπος μπορεί να φτάσει σε αυτό, ο ένας είναι καλλιεργημένος και ο άλλος είναι διεφθαρμένος.

"ο πολιτισμός και η διαφθορά", επανέλαβε ο . "έχω ξέρει κάτι και από τα δύο, μου φαίνεται τρομερό τώρα που πρέπει να βρεθούν μαζί, γιατί έχω ένα νέο ιδεώδες, χάρι, θα το αλλάξω.

"δεν μου είπατε ακόμα ποια ήταν η καλή σας ενέργεια ή είπατε ότι είχατε κάνει περισσότερα από ένα;" ρώτησε τον σύντροφο του, καθώς χύθηκε στο πιάτο του μια μικρή πικάντικη πυραμίδα από σπαρμένες φράουλες και, μέσα από ένα διάτρητο, κέλυφος σε σχήμα κουταλιού, χιονισμένο με λευκή ζάχαρη επάνω τους.

"μπορώ να σας πω, , δεν είναι μια ιστορία που θα μπορούσα να πω σε κάποιον άλλον, εγώ έκπληκτος κάποιος, αυτό ακούγεται μάταιο, αλλά καταλαβαίνετε τι εννοώ, ήταν πολύ όμορφη και θαυμάσια σαν πτερύγιο. Αυτό που με προσέλκυσε για πρώτη φορά ... Θυμάσαι τη σίμσαλ, δεν είναι, πόσο καιρό πριν φαίνεται ότι, καλά, δεν ήταν από την δική μας τάξη, βέβαια ήταν απλά ένα κορίτσι σε ένα χωριό αλλά μου άρεσε πραγματικά είμαι σίγουρος ότι την αγάπησα ... Όλα αυτά κατά τη διάρκεια αυτής της θαυμάσιας που μπορεί να έχουμε, συνήθιζα να τρέχω κάτω και να την δω δύο ή τρεις φορές την εβδομάδα χθες με συνάντησε σε ένα μικρό οπωρώνα τα άνθη μήλου και ξαφνικά αποφάσισα να την αφήσω σαν λουλούδι όπως την βρήκα ».

"πρέπει να σκεφτώ ότι η καινοτομία του συναισθήματος πρέπει να σας έδινε μια συγκίνηση πραγματικής απόλαυσης, ," διακόπτει τον . "αλλά μπορώ να τελειώσω το ειδύλλιο σου για σένα, σου έδωσες καλές συμβουλές και έσπασε την καρδιά της, αυτή ήταν η αρχή της αναμόρφωσής σου".

"χάρι, είσαι τρομερός! Δεν πρέπει να πεις αυτά τα φοβερά πράγματα." η καρδιά του δεν είναι σπασμένη, βέβαια φώναξε και όλα αυτά, αλλά δεν υπάρχει ντροπή γι 'αυτήν, μπορεί να ζήσει, όπως και η περδική, στον κήπο της μέντα και κατιφέ. "

"και να κλαίει πάνω από ένα άπιστο ", είπε ο γέρος , γελώντας, καθώς έσκυψε πίσω στην καρέκλα του. "αγαπητέ μου , έχετε τις πιο περίεργες αγοριές διαθέσεις, νομίζετε ότι αυτό το κορίτσι θα είναι ποτέ πολύ ικανοποιημένο τώρα με κάποιον από την δική του τάξη;" υποθέτω ότι θα παντρευτεί κάποια μέρα σε ένα τραχύ ή ένα χαμόγελο οργή. , το γεγονός ότι σε γνώρισα και σε αγαπούσα θα της διδάξει να περιφρονεί τον σύζυγό της και θα είναι άθλια ... Από ηθική άποψη δεν μπορώ να πω ότι σκέφτομαι μεγάλο μέρος της μεγάλης αποχής σου, είναι άσχημο, εκτός από το πώς ξέρεις ότι η δεξαμενή δεν επιπλέει αυτή τη στιγμή σε κάποια λιμνούλα με αστραφτερά νερά, με ωραία νούφαρα γύρω της, όπως το όφελο;

"δεν μπορώ να το αντέξω αυτό, το , εσείς εικονίζετε τα πάντα και, στη συνέχεια, προτείνετε τις πιο σοβαρές τραγωδίες ... Λυπάμαι που σας το είπα τώρα, δεν με νοιάζει τι μου λέτε. Έκανα φτωχό , καθώς περνούσα από το αγρόκτημα σήμερα το πρωί, είδα το λευκό του πρόσωπο στο παράθυρο σαν ψεκασμό γιασεμιού, μην μας αφήνετε να μιλάμε για αυτό πια και μην προσπαθείτε να με πείσετε η πρώτη καλή δράση που έχω κάνει εδώ και χρόνια, το πρώτο μικρό κομμάτι αυτοθυσίας που έχω γνωρίσει ποτέ, είναι πραγματικά ένα είδος αμαρτίας., θέλω να είμαι καλύτερος, θα είμαι καλύτερα, πες μου κάτι για τον εαυτό σου. Συνεχίζεται στην πόλη; δεν έχω πάει στο σύλλογο για μέρες. "

"οι άνθρωποι εξακολουθούν να συζητούν για την κακή εξαφάνιση του βασιλικού."

"θα έπρεπε να είχα σκεφτεί ότι είχαν κουραστεί από αυτό μέχρι τώρα", δήλωσε ο , ρίχνοντας τον εαυτό του έξω από το κρασί και ελαφρώς κουνισμένος.

«αγαπητό μου αγόρι, μιλούσαν μόνο για αυτό για έξι εβδομάδες και το βρετανικό κοινό δεν είναι ίσο με το ψυχικό πάθος να έχει περισσότερα από ένα θέματα κάθε τρεις μήνες. Το δικό μου διαζύγιο και η αυτοκτονία του , τώρα έχουν την μυστηριώδη εξαφάνιση ενός καλλιτέχνη.η αυλή του σκωτίας εξακολουθεί να επιμένει ότι ο άνθρωπος στο γκρίζο άσπρο που έφυγε για το παρίσι από το τρένο των μεσάνυχτων στις 9 νοεμβρίου ήταν φτωχός βασιλικός και η γαλλική αστυνομία δηλώνει ότι ο βασιλικός ποτέ δεν έφτασε στο παρίσι καθόλου υποθέτω ότι σε περίπου ένα δεκαπενθήμερο θα μας πει ότι έχει δει στο σαν φρανσίσκο είναι ένα περίεργο πράγμα αλλά όσοι εξαφανίζονται λέγεται ότι βλέπουν στο , πρέπει να είναι μια όμορφη πόλη και να διαθέτει όλα τα αξιοθέατα του επόμενου κόσμου ».

"τι νομίζεις ότι έχει συμβεί στο βασιλικό;" ρώτησε τον , κρατώντας το μπορντό του ενάντια στο φως και αναρωτιέμαι πώς θα μπορούσε να συζητήσει το θέμα τόσο ήρεμα.

"δεν έχω την παραμικρή ιδέα, αν ο βασιλικός επιλέξει να κρυφτεί, δεν είναι δουλειά μου, αν είναι νεκρός, δεν θέλω να σκεφτώ γι 'αυτόν, ο θάνατος είναι το μόνο πράγμα που με τρομάζει ποτέ. . "

"γιατί?" είπε ο νεότερος άνθρωπος κουρασμένος.

"επειδή," είπε ο άρχοντας , περνώντας κάτω από τα ρουθούνια του τα χρυσαφένια πέλματα ενός ανοιχτού κουτιού βινεγκρέτ, "μπορεί κανείς να επιβιώσει από τα πάντα σήμερα, εκτός από το ότι ο θάνατος και η χυδαιότητα είναι τα μόνα δύο γεγονότα του δέκατου ένατου αιώνα που δεν μπορούμε να εξηγήσουμε. Να έχεις τον καφέ μας στην αίθουσα μουσικής, , πρέπει να παίζεις σε μένα ... Ο άντρας με τον οποίο η γυναίκα μου έτρεξε έπαιξε το εξαιρετικά ... Φτωχός , μου άρεσε πολύ ... Το σπίτι είναι μάλλον μοναχικό χωρίς την. , η παντρεμένη ζωή είναι απλώς μια συνήθεια, μια κακή συνήθεια, αλλά στη συνέχεια κάποιος εκφράζει τη λύπη της για την απώλεια ακόμη και για τις χειρότερες συνήθειες κάποιου, ίσως και για κάποιον που τους λυπάται περισσότερο.

Ο δωριάν δεν είπε τίποτα, αλλά ανέβηκε από το τραπέζι και πέρασε στο επόμενο δωμάτιο, κάθισε στο πιάνο και άφησε τα δάχτυλά του αδέσποτα στο λευκό και μαύρο ελεφαντόδοντο των κλειδιών. Μετά την είσοδο του καφέ, σταμάτησε και κοιτάζοντας τον άρχοντα, είπε: "χάρι, σε γνώρισα ποτέ ότι δολοφονήσατε το βασιλικό;"

Ο άρχοντας χασμουρημένος. "ο βασιλικός ήταν πολύ δημοφιλής και πάντα φορούσε ένα ρολόι .γιατί θα έπρεπε να δολοφονήθηκε δεν ήταν αρκετά έξυπνος για να έχει εχθρούς φυσικά είχε υπέροχη μεγαλοφυία για ζωγραφική αλλά ένας άνθρωπος μπορεί να ζωγραφίσει σαν και ακόμα να είναι το βασιλικό ήταν πραγματικά μάλλον βαρετό, με ενδιέφερε μόνο μια φορά και αυτό ήταν όταν μου είπε, χρόνια πριν, ότι είχε μια άγρια λατρεία για σένα και ότι ήταν το κυρίαρχο κίνημα της τέχνης του.

"ήμουν πολύ λάτρης του βασιλικού", δήλωσε ο με μια σημείωση θλίψης στη φωνή του. "αλλά δεν λένε οι άνθρωποι ότι δολοφονήθηκε;"

", μερικές από τις εφημερίδες δεν μου φαίνεται να είναι καθόλου πιθανό, ξέρω ότι υπάρχουν φοβερά μέρη στο παρίσι, αλλά ο βασιλικός δεν ήταν το είδος του ανθρώπου που είχε πάει σε τους, δεν είχε καμία περιέργεια. Ήταν το κύριο ελάττωμα του. "

"τι θα λέγατε, , αν σας είπα ότι είχα δολοφονήσει βασιλικό;" είπε ο νεότερος. Τον παρακολούθησε προσηκόντως αφού είχε μιλήσει.

"θα έλεγα, αγαπητό συνάδελφό μου, ότι θέλατε για έναν χαρακτήρα που δεν σας ταιριάζει. Όλα τα εγκλήματα είναι χυδαία, όπως και όλα τα χυδαία πράγματα είναι εγκληματικές πράξεις, δεν είναι σε εσάς, , να διαπράξετε μια δολοφονία. Λυπάμαι αν τραυματίσω τη ματαιοδοξία σου λέγοντας έτσι, αλλά σας διαβεβαιώνω ότι είναι αλήθεια, το έγκλημα ανήκει αποκλειστικά στις κατώτερες παραγγελίες, δεν τους κατηγορώ στο μικρότερο βαθμό, θα πρέπει να φανταστώ ότι το έγκλημα ήταν για αυτούς τι είναι τέχνη για μας , απλά μια μέθοδος για την εξασφάλιση εξαιρετικών αισθήσεων. "

"μια μέθοδος απόκτησης αισθήσεων; νομίζετε λοιπόν ότι ένας άνθρωπος που κάποτε είχε διαπράξει δολοφονία θα μπορούσε να κάνει και πάλι το ίδιο έγκλημα; μην το πείτε αυτό".

"οχι, τίποτα γίνεται ευχαρίστηση αν κάποιος το κάνει πολύ συχνά", φώναξε ο γέρος , γελώντας. "αυτό είναι ένα από τα σημαντικότερα μυστικά της ζωής, θα ήθελα όμως να φανταστώ ότι η δολοφονία είναι πάντα ένα λάθος, κανείς δεν πρέπει να κάνει τίποτα για τον οποίο κανείς δεν μπορεί να μιλήσει μετά το δείπνο αλλά ας περάσουμε από το φτωχό βασιλικό. Πιστεύω ότι είχε φτάσει σε ένα τέτοιο ρομαντικό τέλος, όπως προτείνεις, αλλά δεν μπορώ να τολμήσω να πω ότι έπεσε στο γρι-γρι από ένα πανταχού παρόν και ότι ο ηγέτης σβήνει το σκάνδαλο ναι: θα ήθελα να φανταστώ ότι ήταν το τέλος του τον βλέπω να βρίσκεται τώρα στην πλάτη του κάτω από αυτά τα θαμνώδη πράσινα νερά, με τα βαρέα φορτηγίδες που επιπλέουν πάνω του και τα μακρά ζιζάνια να πιάζουν τα μαλλιά του ... Ξέρετε, δεν νομίζω ότι θα είχε κάνει πολύ πιο καλή δουλειά. Τα τελευταία δέκα χρόνια η ζωγραφική του είχε πάει πάρα πολύ. "

Ο δωριάν έτρεξε ένα αναστεναγμό και ο άρχοντας άρχοντας περπάτησε στο δωμάτιο και άρχισε να χτυπάει το κεφάλι ενός περίεργου παπαγάλου της ιάβας, ενός μεγάλου, γκρίζου-φτερωτού πουλιού με ροζ ακανθώδες και ουρά, που εξισορροπήθηκε με μπαμπού. Καθώς τα άγγιξε τα δάχτυλά του άγγιζαν, έριξε το λευκό άκρο των πτυχωτών καπακιών πάνω σε μαύρα, γυάλινα μάτια και άρχισαν να κυλούν προς τα πίσω και προς τα εμπρός.

"ναι", συνέχισε, γύρισε και πήρε το μαντήλι από την τσέπη του. "ο πίνακας του είχε πάει πολύ μακριά μου φαινόταν να έχω χάσει κάτι είχε χάσει ένα ιδεώδες όταν εσύ και αυτός έπαψε να είσαι σπουδαίοι φίλοι έπαψε να είσαι σπουδαίος καλλιτέχνης τι σου χώριζε υποθέτω ότι σας βαρεθεί, αν ναι, δεν σε συγχώρεσε ποτέ, είναι μια συνήθεια που έχει κανείς, λοιπόν, τι έχει γίνει με αυτό το θαυμάσιο πορτρέτο που έκανε από εσένα; θυμάμαι ότι μου είπατε πριν από χρόνια ότι το είχατε στείλει σε και ότι είχε χαθεί ή κλαπεί στο δρόμο δεν το πήρατε ποτέ πίσω πόσο κρίμα ήταν πραγματικά ένα αριστούργημα θυμάμαι ότι ήθελα να αγοράσω αυτό που ήθελα να είχα τώρα, ανήκε στην καλύτερη περίοδο του βασιλικού, από τότε, το έργο του ήταν αυτό το περίεργο μείγμα κακής ζωγραφικής και καλών προθέσεων που πάντα δίνει το δικαίωμα στον άνθρωπο να ονομάζεται αντιπροσωπευτικός βρετανός καλλιτέχνης. Πρέπει."

«ξεχνώ», είπε ο . "υποθέτω ότι έκανα, αλλά ποτέ δεν μου άρεσε πολύ, λυπάμαι που καθίσαμε γι 'αυτό, η μνήμη του πράγματος είναι μισητό για μένα, γιατί το μιλάς για αυτό;" υπενθυμίζοντάς μου για αυτές τις περίεργες γραμμές σε κάποιο παιχνίδι -, νομίζω-πώς τρέχουν;

"όπως ο πίνακας μιας θλίψης,
Ενός προσώπου χωρίς καρδιά".

Ναι: ήταν αυτό που ήθελε. "

Ο άρχοντας άρχοντας γέλασε. "αν ένας άνθρωπος αντιμετωπίζει τη ζωή καλλιτεχνικά, ο εγκέφαλός του είναι η καρδιά του", απάντησε, βυθίζοντας σε μια πολυθρόνα.

Ο γκρίζος κούνησε το κεφάλι του και χτύπησε μερικές μαλακές χορδές στο πιάνο. «όπως ο πίνακας μιας θλίψης», «επανέλαβε», «ένα πρόσωπο χωρίς καρδιά».

Ο μεγάλος άνδρας επέστρεψε και τον κοίταξε με μισά κλειστά μάτια. "παρεμπιπτόντως, ο δωριανός," είπε μετά από μια παύση, "τι κερδίζει κάποιον αν κερδίσει ολόκληρο τον κόσμο και χάσει - πώς τρέχει η παράθεση;

Η μουσική έτρεξε και το γκρίζο γκρίζο άρχισε και κοίταξε τον φίλο του. "γιατί μου το ρωτάς αυτό, χάρι;"

«αγαπητός μου συνάδελφος», είπε ο άρχοντας , ανυψώνοντας τα φρύδια του με έκπληξη, «σας ρώτησα επειδή σκέφτηκα ότι θα μπορούσατε να μου δώσετε μια απάντηση ... Αυτό είναι όλο ... Περνούσα το πάρκο την τελευταία κυριακή και κοντά στο μαρμάρινη αψίδα υπήρχε ένα μικρό πλήθος σαρωμένων ανθρώπων που άκουσαν κάποιο χυδαίο ιεροκήρυκα, καθώς πέρασα, άκουσα τον άνθρωπο να φωνάζει εκείνο το ερώτημα στο ακροατήριό του, μου φάνηκε μάλλον δραματικό. Περίεργα αποτελέσματα αυτού του είδους, μια υγρή κυριακή, ένας άθικτος χριστιανός σε ένα μακκιντόσχα, ένας δακτύλιος ασθενών λευκών προσώπων κάτω από μια σπασμένη οροφή από στάσιμες ομπρέλες και μια θαυμάσια φράση που πέταξε στον αέρα με κραυγαλέα υστερικά χείλη - ήταν πραγματικά πολύ καλός ο τρόπος του, μια αρκετά πρόταση, σκέφτηκα να λέω στον προφήτη ότι η τέχνη είχε ψυχή, αλλά αυτός ο άνθρωπος δεν είχε, αλλά φοβάμαι ότι δεν θα με καταλάβαινε ».

"μην το κάνεις, η ψυχή είναι μια τρομερή πραγματικότητα, μπορεί να αγοραστεί, να πωληθεί και να αντικατασταθεί, μπορεί να δηλητηριαστεί ή να γίνει τέλειο, υπάρχει μια ψυχή σε κάθε έναν από εμάς.

"αισθάνεσαι αρκετά σίγουρος γι 'αυτό, ;"

"αρκετά σίγουρος."

"αχ! Τότε πρέπει να είναι μια ψευδαίσθηση, τα πράγματα που κάποιος αισθάνεται απολύτως βέβαιος δεν είναι ποτέ αληθινό, αυτό είναι το θανάσιμο της πίστης και το μάθημα του ρομαντισμού, πόσο σοβαρός είσαι! Μην είσαι τόσο σοβαρός. Να παίζω με κάτι, να παίζω με νυκτερινό, και, όπως παίζεις, να μου πεις με μια χαμηλή φωνή πώς έχεις να κάνεις με τις δεισιδαιμονίες της εποχής μας; να κρατάς τη νεολαία σου, πρέπει να έχεις κάποιο μυστικό, είμαι μόνο δέκα χρόνια μεγαλύτερος από ότι είσαι, είμαι τσαλακωμένος, φθαρμένος και κίτρινος, είσαι πραγματικά θαυμάσιος, , ποτέ δεν φαινόταν πιο γοητευτικό από ό, τι κάνεις νύχτα μου θυμάσαι τη μέρα που σε είδες πρώτα, ήσασταν μάλλον μπερδεμένος, πολύ ντροπαλός και εξαιρετικά έκτακτος, αλλάξατε, φυσικά, αλλά όχι σε εμφάνιση, θα ήθελα να μου πείτε το μυστικό σου. Θα ήθελα να κάνω τίποτα στον κόσμο, εκτός από την άσκηση, να σηκωθώ νωρίς, ή να είμαι αξιοσέβαστος ... Νεολαία! Δεν υπάρχει τίποτα σαν αυτό ... Είναι παράλογο να μιλάμε για την άγνοια του γι . Οι μόνοι άνθρωποι των οποίων οι απόψεις ακούν τώρα με οποιοδήποτε σεβασμό είναι άνθρωποι πολύ νεότεροι από εμένα. Φαίνονται μπροστά μου. Η ζωή τους έχει αποκαλύψει το τελευταίο της θαύμα. Όσο και για τους ηλικιωμένους, πάντα έχω αντιφάσεις με τους ηλικιωμένους. Το κάνω κατ 'αρχήν. Αν τους ζητήσετε τη γνώμη τους για κάτι που συνέβη χθες, σας παραχωρούν επίσημα τις απόψεις που ισχύουν το 1820, όταν οι άνθρωποι φορούσαν υψηλά αποθέματα, πίστευαν σε όλα και δεν ήξεραν απολύτως τίποτα. Πόσο υπέροχο είναι αυτό που παίζεις είναι! Αναρωτιέμαι, το έγραψε ο κ. Σοπέν στη μέρκεκα, με τη θάλασσα να κλαίει γύρω από τη βίλα και το σπρέι αλατιού να χτυπάει τα παράθυρα; είναι θαυμάσια ρομαντική. Τι ευλογία είναι ότι υπάρχει μια τέχνη που μας άφησε που δεν είναι μιμητική! Μην σταματάτε. Θέλω μουσική νύχτα. Μου φαίνεται ότι είσαι ο νεαρός απόλλωνας και ότι είμαι μάρσις που σε ακούει. Έχω θλίψεις, , της δικής μου, ότι ακόμα και δεν ξέρετε τίποτα. Η τραγωδία του γήρατος δεν είναι ότι κάποιος είναι παλαιός, αλλά αυτός είναι νέος. Εκπλήσσομαι μερικές φορές με τη δική μου ειλικρίνεια. Αχ, , πόσο χαρούμενος είσαι! Τι εξαίσια ζωή που είχατε! Έχετε μεθυσθεί βαθιά από τα πάντα. Έχετε συνθλίψει τα σταφύλια ενάντια στον ουρανίσκο σας. Τίποτα δεν έχει κρυφτεί από σας. Και όλοι σας δεν ήταν παρά ο ήχος της μουσικής. Δεν σας έπεσε. Εξακολουθείτε να είστε το ίδιο. "

"δεν είμαι το ίδιο, ."

"ναι, είσαι το ίδιο, αναρωτιέμαι τι θα είναι η υπόλοιπη ζωή σου, μην το χαλάς με αποποιήσεις." σήμερα είσαι τέλειος τύπος, μην είσαι ατελής. Μην κουνάτε το κεφάλι σας: ξέρετε ότι είστε, εκτός από, , μην ξεγελάσετε τον εαυτό σας.η ζωή δεν διέπεται από θέληση ή πρόθεση.η ζωή είναι ένα ζήτημα των νεύρων και των ινών και των αργά δομημένων κυττάρων στα οποία η σκέψη κρύβεται και το πάθος έχει τα όνειρά του, μπορεί να φανταστείς τον εαυτό σου ασφαλές και να σκεφτείς τον εαυτό σου ισχυρό, αλλά ένα τυχαίο τόνο χρώματος σε ένα δωμάτιο ή έναν πρωινό ουρανό, ένα συγκεκριμένο άρωμα που αγαπάς κάποτε και που φέρνει με αυτό το λεπτό μνήμη, το ξεχασμένο ποίημα που συναντήσατε ξανά, ένα ρυθμό από ένα κομμάτι μουσικής που είχατε σταματήσει να παίζω - σας λέω, , ότι σε τέτοια πράγματα εξαρτάται η ζωή μας, το γράφει για αυτό κάπου, αλλά το δικό μας οι αισθήσεις θα τις φανταστούν για μας, υπάρχουν στιγμές που η οσμή του περνά ξαφνικά μου, και πρέπει να ζήσω ξανά το πιο παράξενο μήνα της ζωής μου. Εύχομαι να αλλάξω μέρη μαζί σου, . Ο κόσμος έχει φώναξε εναντίον μας και των δύο, αλλά πάντα σας λατρεύει. Θα σας λατρεύει πάντα.

Είστε ο τύπος του τι αναζητά η ηλικία και τι φοβάται ότι έχει βρει. Είμαι τόσο χαρούμενος που δεν έχετε κάνει ποτέ τίποτα, ποτέ δεν χαράξατε ένα άγαλμα, ή ζωγραφίσατε μια φωτογραφία, ή παράγετε κάτι έξω από τον εαυτό σας! Η ζωή ήταν η τέχνη σου. Έχετε ρυθμίσει τη μουσική σας. Οι μέρες σας είναι τα σας. "

Ο σηκώθηκε από το πιάνο και πέρασε το χέρι του μέσα από τα μαλλιά του. "ναι, η ζωή ήταν εξαιρετική", μουρμούρισε, "αλλά δεν πρόκειται να έχω την ίδια ζωή, και δεν πρέπει να πείτε αυτά τα υπερβολικά πράγματα σε μένα, δεν ξέρετε τα πάντα για μένα. Έκανες, ακόμα και εσύ θα γυρίζατε από μένα γελάσατε.

"γιατί σταματήσατε να παίζετε, ; επιστρέψτε και δώστε μου το πάνω από το πάλι, κοιτάξτε εκείνο το μεγάλο, μελιούχρωμο φεγγάρι που κρέμεται στο σκούρο αέρα, σας περιμένει να την γοητεύσετε και αν παίζετε θα έρχεστε πιο κοντά στη γη, δεν θα πάμε να πάμε στη λέσχη τότε ήταν μια γοητευτική βραδιά και πρέπει να την τελειώσουμε όμορφα ... Υπάρχει κάποιος στα λευκά που θέλει να σε ξέρει πάρα πολύ - , ο μεγαλύτερος γιος του , έχει ήδη αντιγράψει τις γραβάτες σου και με έχει παρακαλέσει να τον συστήσω σε σας, είναι πολύ ευχάριστο και μάλλον μου θυμίζει.

"ελπίζω όχι", είπε ο με μια θλιβερή ματιά στα μάτια του. "αλλά είμαι κουρασμένος νύχτα, χάρι, δεν θα πάω στο , είναι σχεδόν έντεκα και θέλω να κοιμηθώ νωρίς".

"δεν έχω παίξει τόσο καλά όσο το βράδυ, υπήρχε κάτι στην επαφή σου που ήταν θαυμάσιο, είχε περισσότερη έκφραση από ό, τι είχα ξανακούσει από πριν".

"είναι επειδή θα είμαι καλός", απάντησε χαμογελώντας. "είμαι λίγο αλλάξει ήδη."

"δεν μπορείτε να αλλάξετε σε με, ", δήλωσε ο . "εσείς και εγώ θα είμαστε πάντα φίλοι".

"ακόμα με δηλητηριάσατε με ένα βιβλίο μια φορά δεν πρέπει να συγχωρήσω αυτό, , υπόσχονται μου ότι δεν θα δανείσετε ποτέ αυτό το βιβλίο σε κανέναν.

"αγαπητέ μου αγόρι, αρχίζετε πραγματικά να ηθικολογείτε, σύντομα θα πάτε σαν τους μετασχηματισμένους και τους αναζωπυρωτές, προειδοποιώντας τους ανθρώπους ενάντια σε όλες τις αμαρτίες που έχετε κουραστεί, είστε πολύ ευχάριστοι να το κάνετε αυτό, δεν είναι καθόλου χρήσιμο, εσείς και εγώ είμαστε και θα είμαστε ό, τι θα είμαστε, καθώς για το ότι είναι δηλητηριασμένο από ένα βιβλίο, δεν υπάρχει τίποτα τέτοιο, η τέχνη δεν έχει επιρροή στη δράση, καταστρέφει την επιθυμία να ενεργήσει είναι εξαιρετικά στείρα, τα βιβλία που ο κόσμος αποκαλεί ανήθικα είναι βιβλία που δείχνουν στον κόσμο τη δική του ντροπή, ότι είναι όλα, αλλά δεν θα συζητήσουμε τη λογοτεχνία, θα έρθουμε αύριο, θα πάω να φτάσω στις έντεκα. Μπορεί να πάει μαζί και θα σε πάω για φαγητό αργότερα με κυρίαρχη γυναίκα, είναι μια γοητευτική γυναίκα και θέλει να σε συμβουλεύει για μερικές ταπετσαρίες που σκέφτεται να αγοράσει, νου ήλεις ή θα γευματίσουμε με τη μικρή μας δούκα; λέει ότι δεν σε βλέπει ποτέ τώρα, ίσως σου έχει κουραστεί από , σκέφτηκα ότι θα είσαι η έξυπνη γλώσσα της παίρνει τα νεύρα του. Καλά, σε κάθε περίπτωση, να είναι εδώ στις έντεκα. "

"πρέπει πραγματικά να έρθω, ;"

"σίγουρα το πάρκο είναι πολύ όμορφο τώρα, δεν νομίζω ότι υπήρξαν τέτοιες πασχαλιές από το έτος που σας γνώρισα."

"πολύ καλά, θα είμαι εδώ στις έντεκα", δήλωσε ο . "καλή νύχτα, χάρι." καθώς έφτασε στην πόρτα, δίστασε για μια στιγμή, σαν να είχε κάτι περισσότερο να πει. Τότε αναστέναξε και βγήκε έξω.

Κεφάλαιο 20

Ήταν μια όμορφη νύχτα, τόσο ζεστή που πέταξε το παλτό πάνω από το χέρι του και δεν έβαλε ούτε το μεταξωτό κασκόλ του γύρω από το λαιμό του. Καθώς περπατούσε στο σπίτι, κάπνιζε το τσιγάρο, δύο νέοι άνδρες με φόρεμα το βράδυ τον πέρασαν. Άκουσε ένα από αυτά να ψιθυρίζει στο άλλο, "αυτό είναι γκρίζο." θυμήθηκε πόσο ευχαριστημένος ήταν όταν ήταν επισημανθείς, ή κοίταξε ή μιλούσε. Είχε κουραστεί να ακούει το όνομά του τώρα. Το ήμισυ της γοητείας του μικρού χωριού, όπου ήταν τόσο συχνά πρόσφατα, ήταν ότι κανείς δεν ήξερε ποιος ήταν. Είχε συχνά πει στο κορίτσι τον οποίο είχε δελεάσει για να τον αγαπάει ότι είναι φτωχός και τον είχε πίστεψε. Την είπε κάποτε ότι ήταν κακός και είχε γέλια σε αυτόν και απάντησε ότι οι κακοί άνθρωποι ήταν πάντα πολύ παλιοί και πολύ άσχημοι. Τι γέλιο είχε - ακριβώς σαν τσίχλα τραγουδώντας. Και πόσο όμορφη ήταν στα βαμβακερά της φορέματα και τα μεγάλα καπέλα της! Δεν ήξερε τίποτα, αλλά είχε όλα όσα είχε χάσει.

Όταν έφτασε στο σπίτι, βρήκε τον υπηρέτη του να τον περιμένει. Τον έστειλε στο κρεβάτι και πέταξε στον καναπέ στη βιβλιοθήκη και άρχισε να σκέφτεται κάποια από τα πράγματα που του είπε ο άρχοντας.

Ήταν πραγματικά αλήθεια ότι δεν θα μπορούσε ποτέ να αλλάξει; αισθάνθηκε μια άγρια λαχτάρα για την ασυγκίνητη αγνότητα της παιδικής ηλικίας του - το ροδοκόκκινο αγόρι του, όπως τον είχε καλέσει κάποτε ο άρχοντας . Ήξερε ότι είχε αμαυρώσει τον εαυτό του, πλήρωσε το μυαλό του με διαφθορά και έδωσε τρόμο στη φαντασία του. Ότι είχε κακή επιρροή στους άλλους και είχε βιώσει μια τρομερή χαρά να είναι έτσι. Και εκείνη των ζωών που διέσχισαν τη δική του, ήταν η πιο δίκαιη και η πιο γεμάτη υπόσχεση που είχε ντροπήσει. Αλλά ήταν όλα ανεπανόρθωτα; δεν υπήρχε καμία ελπίδα γι 'αυτόν;

Αχ! Σε τι τερατώδη στιγμή υπερηφάνειας και πάθους είχε προσευχηθεί ότι το πορτρέτο θα έπρεπε να φέρει το βάρος των ημερών του, και κρατάει το απέραντο μεγαλείο της αιώνιας νεολαίας! Όλη η αποτυχία του οφείλεται σε αυτό. Καλύτερα γι 'αυτόν ότι κάθε αμαρτία της ζωής του είχε φέρει την σίγουρη ταχεία ποινή μαζί του. Υπήρξε καθαρισμός στην τιμωρία. Όχι "συγχωρέστε μας τις αμαρτίες μας" αλλά "να μας χτυπήσει για τις ανομίες μας" θα πρέπει να είναι η προσευχή του ανθρώπου σε έναν πολύ δίκαιο θεό.

Ο περίεργος σκαλιστός καθρέφτης που τον είχε δώσει ο ίδιος ο άρχοντας, πριν από τόσες μέρες τώρα, στέκεται στο τραπέζι, και οι λευκοί τεμπέληδες γελούσαν γύρω του από παλιά. Το πήρε, όπως είχε κάνει εκείνη τη νύχτα της φρίκης, όταν είχε σημειώσει για πρώτη φορά την αλλαγή στη θανατηφόρα εικόνα και με άγρια δάκρυα μάτια κοίταξε τη γυαλισμένη ασπίδα του. Μια φορά, κάποιος που τον άρεσε πολύ τον είχε γράψει μια τρελή επιστολή, τελειώνοντας με αυτά τα ειδωλολατρικά λόγια: "ο κόσμος αλλάζει γιατί είναι φτιαγμένος από ελεφαντόδοντο και χρυσό, οι καμπύλες των χειλιών σου ξαναγράφουν την ιστορία". Οι φράσεις ήρθαν πίσω στη μνήμη του και τους επαναλάμβανε ξανά και ξανά στον εαυτό του. Τότε απείλησε την ομορφιά του και έριξε τον καθρέφτη στο πάτωμα, το έσπασαν σε ασημένια θραύσματα κάτω από τη φτέρνα του. Ήταν η ομορφιά του που τον είχε καταστρέψει, την ομορφιά του και τη νεολαία που είχε προσευχηθεί. Αλλά για τα δύο αυτά πράγματα, η ζωή του μπορεί να ήταν απαλλαγμένη από λεκέ. Η ομορφιά του ήταν σε αυτόν, αλλά μια μάσκα, η νεολαία του, αλλά μια ψευδαίσθηση. Τι ήταν στην καλύτερη περίπτωση η νεολαία; ένα πράσινο, ένας άγρυπνος χρόνος, ένας χρόνος ρηχών συναισθημάτων, και ασθενικές σκέψεις. Γιατί φορούσε την έπαυλη του; η νεολαία τον είχε χαλάσει.

Καλύτερα να μην σκεφτόμαστε το παρελθόν. Τίποτα δεν θα μπορούσε να αλλάξει αυτό. Ήταν για τον εαυτό του, και για το δικό του μέλλον, που έπρεπε να σκεφτεί. Ο ήταν κρυμμένος σε έναν άγνωστο τάφο στην εκκλησία του . Ο αλαν καμπέλ είχε πυροβολήσει μια νύχτα στο εργαστήριό του, αλλά δεν είχε αποκαλύψει το μυστικό που είχε αναγκαστεί να γνωρίσει. Ο ενθουσιασμός, όπως ήταν, πάνω από την εξαφάνιση του βασιλικού, θα περάσει σύντομα. Ήταν ήδη πτωτική. Ήταν απόλυτα ασφαλής εκεί. Ούτε, πράγματι, ήταν ο θάνατος του βασιλικού προς την κατεύθυνση της στροφής, που ζύγιζε περισσότερο στο μυαλό του. Ήταν ο ζωντανός θάνατος της ψυχής του που τον ενοχλούσε. Ο βασιλικός είχε ζωγραφίσει το πορτρέτο που είχε θολώσει τη ζωή του. Δεν μπορούσε να τον συγχωρήσει αυτό. Ήταν το πορτρέτο που είχε κάνει τα πάντα. Ο βασιλικός είχε πει τα πράγματα σε αυτόν που ήταν αφόρητοι και ότι είχε ακόμα υποφέρει από υπομονή. Η δολοφονία ήταν απλά η τρέλα μιας στιγμής. Όπως και για τον , η αυτοκτονία του ήταν η πράξη του. Είχε επιλέξει να το κάνει. Δεν ήταν τίποτα γι 'αυτόν.

Μια νέα ζωή! Αυτό ήταν αυτό που ήθελε. Αυτό ήταν αυτό που περίμενε. Σίγουρα είχε ήδη αρχίσει. Είχε σπαταλήσει ένα αθώο πράγμα, σε κάθε περίπτωση. Ποτέ δεν θα δελεαστεί και πάλι αθωότητα. Θα ήταν καλό.

Όπως σκέφτηκε για το , άρχισε να αναρωτιέται αν το πορτρέτο στο κλειδωμένο δωμάτιο άλλαξε. Σίγουρα δεν ήταν ακόμα τόσο φρικτή όπως ήταν; ίσως αν η ζωή του γίνει καθαρή, θα μπορούσε να αποβάλει κάθε σημάδι κακού πάθους από το πρόσωπο. Ίσως τα σημάδια του κακού είχαν ήδη φύγει. Θα πάει να κοιτάξει.

Πήρε τη λάμπα από το τραπέζι και έπεσε επάνω. Καθώς αφαίρεσε την πόρτα, χαμογελά χαμόγελο στο πρόσωπό του που έμοιαζε νεαρά και έμεινε για λίγα λεπτά στα χείλη του. Ναι, θα ήταν καλό, και το φρικτό πράγμα που είχε κρυφτεί δεν θα ήταν πλέον τρομοκρατία γι 'αυτόν. Ένιωθε σαν να έχει ήδη φορτωθεί το φορτίο από αυτόν.

Πήγε ήσυχα, κλείνοντας την πόρτα πίσω του, όπως ήταν το έθιμά του, και έσυρε το μωβ κρέμεται από το πορτρέτο. Μια κραυγή πόνου και αγανάκτησης έσπασε από αυτόν. Δεν μπορούσε να δει καμία αλλαγή, εκτός από το ότι στα μάτια υπήρχε μια ματιά της πονηρίας και στο στόμα η καμπύλη ρυτίδα του υποκριτή. Το πράγμα ήταν ακόμα δυσάρεστο - πιο οδυνηρό, αν ήταν δυνατόν, από πριν - και η κόκκινη δροσιά που έβλεπε το χέρι φαινόταν πιο φωτεινή και περισσότερο σαν νεογέννητο αίμα. Τότε τρεμώθηκε. Αν ήταν απλώς ματαιοδοξία που τον έκανε να κάνει την καλή του πράξη; ή η επιθυμία για μια νέα αίσθηση, όπως έλεγε ο άρχοντας , με το κοροϊδευτικό του γέλιο; ή το πάθος να δράσουμε ένα μέρος που μερικές φορές μας κάνει να κάνουμε τα πράγματα πιο λεπτό από εμάς; ή, ίσως, όλα αυτά; και γιατί η κόκκινη κηλίδα ήταν μεγαλύτερη από ό, τι ήταν; φαινόταν να έχει φτάσει σαν μια φρικτή ασθένεια πάνω από τα ζαρωμένα δάχτυλα. Υπήρχε αίμα στα ζωγραφισμένα πόδια, σαν να είχε στάξει το αίμα ακόμα και στο χέρι που δεν είχε κρατήσει το μαχαίρι. Ομολογώ?

Σήμαινε ότι έπρεπε να ομολογήσει; να παραδοθεί και να δοθεί θύμα; γέλασε. Θεώρησε ότι η ιδέα ήταν τερατώδης. Εξάλλου, ακόμα κι αν ομολόγησε, ποιος θα τον πίστευε; δεν υπήρχε ίχνος του δολοφονημένου άνδρα οπουδήποτε. Όλα όσα του ανήκαν είχαν καταστραφεί. Ο ίδιος είχε καεί ό, τι ήταν κάτω από τις σκάλες. Ο κόσμος θα έλεγε απλά ότι ήταν τρελός. Θα τον κλείσουν εάν εμμείνει στην ιστορία του ... Όμως ήταν καθήκον του να ομολογήσει, να υποστεί δημόσια ντροπή και να δημοσιοποιήσει την εξιλέωση. Υπήρχε ένας θεός που κάλεσε τους ανθρώπους να λένε τις αμαρτίες τους στη γη και στον ουρανό. Τίποτα που θα μπορούσε να κάνει θα τον καθαρίσει μέχρι να είχε πει την αμαρτία του. Η αμαρτία του; άναψε τους ώμους του. Ο θάνατος του βασιλικού αλεξίπτωτο φαινόταν πολύ μικρός σε αυτόν. Σκεφτόταν το . Γιατί ήταν ένας άδικος καθρέφτης, αυτός ο καθρέφτης της ψυχής του που κοιτούσε. Ματαιοδοξία? Περιέργεια? Υποκρισία? Αν δεν υπήρχε τίποτε περισσότερο στην απόφασή του από αυτό; υπήρχε κάτι περισσότερο. Τουλάχιστον σκέφτηκε έτσι. Αλλά ποιος θα μπορούσε να το πει; ... Όχι. Δεν υπήρχε τίποτα περισσότερο. Μέσω της ματαιοδοξίας την είχε κρατήσει. Με υποκρισία φορούσε τη μάσκα της καλοσύνης. Για λόγους περιέργειας είχε δοκιμάσει την άρνηση του εαυτού. Το αναγνώρισε τώρα.

Αλλά αυτή η δολοφονία - ήταν να τον σκύψει όλη του τη ζωή; ήταν πάντα να επιβαρυνθεί από το παρελθόν του; ήταν πραγματικά να ομολογήσει; ποτέ. Υπήρχε μόνο ένα κομμάτι αποδεικτικών στοιχείων εναντίον του. Την ίδια την εικόνα - αυτό ήταν αποδεικτικά στοιχεία. Θα το καταστρέψει. Γιατί το είχε κρατήσει τόσο πολύ; αφού του είχε δώσει την ευχαρίστηση να το παρακολουθήσει να αλλάζει και να μεγαλώνει. Αργά δεν αισθανόταν τέτοια ευχαρίστηση. Τον είχε κρατήσει ξύπνιο το βράδυ. Όταν είχε απομακρυνθεί, είχε γεμίσει με τρόμο για να μην το βλέπουν άλλα μάτια. Είχε φέρει μελαγχολία στα πάθη του.

Η μνήμη της είχε μολύνει πολλές στιγμές χαράς. Ήταν σαν τη συνείδησή του. Ναι, ήταν συνείδηση. Θα το καταστρέψει.

Κοίταξε γύρω και είδε το μαχαίρι που είχε μαχαιρώσει το βασιλικό προς τα δεξιά. Το είχε καθαρίσει πολλές φορές, μέχρι να μην αφήσει κανένα λεκέ επάνω του. Ήταν φωτεινό, και λυγίστηκε. Καθώς είχε σκοτώσει τον ζωγράφο, έτσι θα σκότωνε το έργο του ζωγράφου και όλα αυτά σήμαιναν. Θα σκοτώσει το παρελθόν, και όταν αυτό ήταν νεκρό, θα ήταν ελεύθερος. Θα σκότωνε αυτήν την τερατώδη ψυχή-ζωή, και χωρίς τις τρομακτικές προειδοποιήσεις της, θα ήταν ειρηνική. Κατέλαβε το πράγμα και έσφιξε την εικόνα με αυτό.

Υπήρξε μια κραυγή ακούστηκε, και μια συντριβή. Η κραυγή ήταν τόσο φρικτή στην αγωνία της που οι φοβισμένοι υπηρέτες ξύπνησαν και ξεπήδησαν από τα δωμάτιά τους. Δύο κύριοι, που περνούσαν στην πλατεία κάτω, σταμάτησαν και κοίταξαν το μεγάλο σπίτι. Περπατούσαν έως ότου συνάντησαν έναν αστυνομικό και τον έφεραν πίσω. Ο άνθρωπος χτύπησε το κουδούνι αρκετές φορές, αλλά δεν υπήρχε απάντηση. Εκτός από ένα φως σε ένα από τα επάνω παράθυρα, το σπίτι ήταν σκοτάδι. Μετά από λίγο, πήγε μακριά και στάθηκε σε μια παρακείμενη στοά και κοίταξε.

"του οποίου το σπίτι είναι αυτό, αστυφύλακας;" ρώτησε ο παλαιότερος των δύο κυρίων.

"κύριε , κύριε," απάντησε ο αστυνομικός.

Κοίταζαν ο ένας τον άλλον, καθώς περπατούσαν μακριά και κοίταζαν. Ένας από αυτούς ήταν ο κύριος ο θείος της .

Στο εσωτερικό του σπιτιού, οι μισοί επιστρωμένοι οικολόγοι μιλούσαν με χαμηλό ψίθυρο ο ένας στον άλλο. Παλιά κα. Το φύλλο φώναζε και σπρώχνει τα χέρια του. Ο φρανκίς ήταν τόσο ωχρός όσο ο θάνατος.

Μετά από περίπου ένα τέταρτο της ώρας, πήρε τον αμαξάρι και έναν από τους ποδοσφαιριστές και έπεσε επάνω. Χτύπησαν, αλλά δεν υπήρξε απάντηση. Ρώτησαν. Όλα ήταν ακόμα. Τελικά, αφού μάταια προσπαθούσαν να εξαναγκάσουν την πόρτα, μπήκαν στη στέγη και πέταξαν στο μπαλκόνι. Τα παράθυρα έδωσαν εύκολα - τα μπουλόνια τους ήταν παλιά.

Όταν μπήκαν, βρήκαν κρεμασμένα στον τοίχο ένα υπέροχο πορτρέτο του κυρίου τους, όπως τον είδαν για τελευταία φορά, σε όλο το θαύμα της εξαιρετικής του νεολαίας και ομορφιάς. Ξαπλωμένος στο πάτωμα ήταν ένας νεκρός, σε φόρεμα το βράδυ, με ένα μαχαίρι στην καρδιά του. Ήταν μαραμένο, τσαλακωμένο και αποτρόπαιο. Δεν ήταν μέχρι που είχαν εξετάσει τα δαχτυλίδια που αναγνώριζαν ποιος ήταν.

CPSIA information can be obtained
at www.ICGtesting.com
Printed in the USA
LVHW080324111019
633893LV00006B/111/P

9 788166 844812